JIANGXINORMALUNIVERSITY

江西师范大学博士文库专项资助成果

民族意识与沦陷区文学

MINZU YISHI YU
LUNXIANQU WENXUE

冯昊 著

中国社会科学出版社

图书在版编目（CIP）数据

民族意识与沦陷区文学/冯昊著.—北京：中国社会科学出版社，2017.11
（江西师范大学博士文库）
ISBN 978-7-5203-1059-8

Ⅰ.①民…　Ⅱ.①冯…　Ⅲ.①中国文学—现代文学史—文学史
研究—1931-1945　Ⅳ.①I209.6

中国版本图书馆 CIP 数据核字（2017）第 231906 号

出 版 人　赵剑英
责任编辑　郭晓鸿
特约编辑　席建海
责任校对　朱妍洁
责任印制　戴　宽

出　　　版　中国社会科学出版社
社　　　址　北京鼓楼西大街甲 158 号
邮　　　编　100720
网　　　址　http://www.csspw.cn
发 行 部　010-84083685
门 市 部　010-84029450
经　　　销　新华书店及其他书店

印　　　刷　北京明恒达印务有限公司
装　　　订　廊坊市广阳区广增装订厂
版　　　次　2017 年 11 月第 1 版
印　　　次　2017 年 11 月第 1 次印刷

开　　　本　710×1000　1/16
印　　　张　17.25
插　　　页　2
字　　　数　235 千字
定　　　价　76.00 元

序

我虽然是从沦陷区文学研究开始自己的学术思考，从 20 世纪 80 年代初到 90 年代中期，一直未离开这一领域，但带的十几届博士生中，只有冯昊一个人选择了沦陷区文学研究作为自己的博士论文选题。我的学生选择做租界文化和中国现代文学、章太炎研究等题目的，各有其难度。冯昊选择沦陷区文学研究，且在后来繁忙的工作中一直未丢弃这一研究，取得了成果，发表了诸多论文，争取到了国家和教育部课题的立项。如今又有《民族意识和沦陷区文学》一书的出版，我想这其中当有他自己的学术兴趣在。这种兴趣，不只是学术研究的知难而进，也有对文学史的开阔把握和深刻感知。

沦陷区文学虽然是中国现代文学的一种特殊状态，却也是中国现代文学的重要形态，甚至说它带有中国现代文学普遍性的趋向，反映出中国现代文学的本质性特征也不为过。20 世纪初的中华民族面临存亡一线的危局，这是中国现代文学开始自身进程的最重要的背景；在殖民地半殖民地化的巨大压力下，借助外来现代性思想资源开始民族复兴，是中国现代文学面临的包含历史悖反的社会进程。中国现代文学的诸多重要问题都源出于此。近代西方列强强迫割让、租借香港，在中国众多重要城市设立租借地，随后又有东方近邻日本占据中国台湾，进而并吞东北……在这些殖民地空间，诞生了中国现代文学，其形态最可能回答一个非常重要的问题：殖民地半殖民地进程中的中国社会，会产生什么样的中国现代文学？由于殖民地社会政治压迫性、冲突性之显著，其文学研究难免遭受政治判断的影响。30 多年前沦陷区文学研究尚是禁区，之后展开也曾承受诸多政治宣判的压力。对沦陷区文学，以大义凛然、斩钉截铁的政治结论一言以蔽之，是最保险的做法，但也失去了一个很好的研究对象，失去了一种值得珍惜的文化资源，冯昊这部著作要研究的"民族意识与现代文学"，就是沦陷区文学拥有的一种丰富资源。

冯昊在"导论"中的"关键词解释"中将"民族意识"视为其研究沦陷区文学最重要的关键词，并作了自己的梳理，显现出"民族意识"的复杂内涵，它确实是沦陷区文学乃至中国现代文学的核心价值所在。我们今天所关注的"民族意识"是源自中华民族传统，又产生于"中国"这一现代国家的产生语境中的"民族认同"。19 世纪末至今，中国社会往往被隔离为不同的政治、文化空间，例如本书所研究的"1931 年至 1945 年"，中国大陆就有民国政府管辖地区、沦陷区和中共政权地区（苏区、敌后抗日根据地），而如今也还有中国香港和台湾地区等不同社会制度的地区。这种情况使得"民族认同"既表现为国族认同，也表现为伦理价值认同、文化审美认同因而其内容有了不同的模式，而不同模式及其关系才足以揭示"民族认同"的内涵。沦陷区是中国历史上少有的被外来殖民国家统治的地区，殖民地环境中民族意识的考察，是我们认识自己民族历史、性格非常重要的内容，而这种考察的对象是文学，更足以让我们深入自己民族历史、性格的深处。

同其他出色的文学史研究一样，《民族意识和沦陷区文学》首先是以史料的把握作为研究取得突破的基础。20 世纪 80 年代以来，沦陷区文学及其资料得到挖掘，但与中国现代文学其他领域史料的整理出版相比，还是显得薄弱，任何要进入这一领域力图研究有成者都需要在史料的搜集与解读上作出努力。通读冯昊此书，感到他在每一个具体问题上的论述，都有坚实的史料支撑。沦陷区文学一类的研究，往往需要在湮没的史料挖掘中为历史祛蔽,而不要造成新的遮蔽。既要尽可能全面地查勘历史现场,花费大量时间精力去整理史料,又要有眼力辨识、梳理、选择好史料。冯昊此书只研究沦陷区文学中的民族意识,但他对沦陷区文学的全貌是费了心力去把握的,对同时期的中国现代文学也思考颇多,所以,无论是作家、期刊个案的选择,还是思潮、题材、文体、语言的辨析,其史料的运用都恰到好处,既紧紧围绕"民族意识"展开,又充分顾及抗战(二战)背景、殖民统治体制下民族意识的复杂性。史料的确凿可靠需要花费时间、精力去保证,一件件具体史料的运用要呈现而不是遮蔽历史的整体,这需要学术良知和眼力。冯昊是自觉于此而去努力的。

正是意识到殖民统治下民族意识及其与文学关系的复杂,《民族意识和沦陷区文学》首先从作家和文学期刊这两个文学生产者层面去考辨沦陷区文学的生存状态。东北、华北、华东(上海、南京等地区当时也称为"华中")是沦陷区的主要区域,文化差异性明显;沦陷区作家在本地区沦陷前有左翼、自由主义、文化守成等倾向;沦陷区文学期刊的背景、取向从抗日进步到"和平运动",从感时忧国到娱乐消费,都纠结在一起。《民族意识和沦陷区文学》所取样的作家、期刊反映了这种差异性、复杂性,论析能直面历史的分歧、争议,从差异性、复杂性中辨析殖民统治下中华民族意识的存在和深化。我们常强调问题意识的重要,沦陷区文学研究有价值的问题往往产生于有争议的对象中。本书所论析的作家梁山丁、周作人、张爱玲等都存在很大争议,一些争议延续至今。冯昊能从争议中发现症结所在,从分歧中提炼问题,再直面沦陷区作家生存中的矛盾冲突,从作家个人选择中探讨了民族认同的复杂指向。文学期刊的分析从期刊类别上的选择,与作家个案选择的尺度相对一致,章节之间贯通,更使得问题的研究得以延续深化。政治逆境中的民族认同会有分化,而文学期刊对其文学立场的选择会体现出文学对于殖民政治的抵抗,所以沦陷区刊物往往会有其时局政论与文学作品的潜在对峙,有时甚至出现"悖论"。本书既充分关注了刊物编辑者包括政治立场在内的思想意识的变化及其现实处境中应对策略的多面性，也分析了不同背景的文学期刊各自运作中文学作品自身的力量对于殖民政治的抵抗，尽量多侧面呈现沦陷区文坛生态，其中得以呈现的民族意识是丰富的，由此揭示了文学如果被殖民政治化，就会严重失落文学自身，走向毁灭；而作家对于文学的坚持，自然会指向其民族文化意识的表达。

　　除了上述从个案入手的论析，冯昊还努力从较为宏观的层面上深化"民族意识和沦陷区文学"的研究，那就是沦陷区文学中的民族集体记忆和殖民统治下的叙事症候。民族作为一种"想象共同体"，包括集体无意识在内的民族集体记忆是最持久而强韧的凝聚力。《民族意识和沦陷区文学》在论析这一宏观层面的问题时，其指向却是具体而切实的——土地意识与沦陷区文学最重要的创作潮流"乡土文学"、民族历史记忆与沦陷区文学兴盛的历史题材创作、民族语言的资源性与抵抗"语言殖民"……每个问题都指向沦陷区文学重要的文学现象和创作话题。文学史研究切忌空乏，再宏观的问题也要从具体而切实的文学现象出发，冯昊这样做了，思考也得以深化。"叙事症候"的分析，是全书论析的最后部分，也最能反映沦陷区文学的特殊性。殖民统治的黑暗、难言造成沦陷区文学叙事的复杂，暴力、沉沦、颓废等比比皆是，表达的曲折是沦陷区文学的常态，冯昊从这些情况中揭示沦陷区文学对殖民性、战争、道德等的反思，也揭示沦陷区作家艰难处境中的种种矛盾，所呈现的沦陷区文学就更是立体的。总之，对"民族意识和沦陷区文学"这一重要问题，冯昊的研究是扎实而有深度的。

　　作为青年学者，冯昊在这一领域里还可以作出更多努力，可开拓的研究空间还很开阔。《民族意识和沦陷区文学》一书"以1931年至1945年间沦陷时期文学为主要研究对象，探讨沦陷区文学中民族意识的存在形态及其蕴含的意义"，同时明言"台湾日据时期文学和香港日占时期文学，由于它们的历史复杂性与政治特殊性而没有被本论题收入进来"。我倒是有个建议，可以将以往的"沦陷区文学研究"扩展到"二战期间的日占区文学研究"。1931年发生的"九一八"事变在当时的报刊中就被视为第二次世界大战的开始，因为从那时起，日本已开始实施其大东亚侵略计划，走上其法西斯军国主义道路。此后，日本有计划地占领了中国东北、华北、华中、华南等广大地区（合称"沦陷区"），1941年后又占领中国香港和菲律宾、现新加坡和马来西亚、文莱、现印尼等南洋地区（这些地区都存在广泛而强韧的华侨中文写作），而在早先占领的中国台湾、朝鲜半岛等地区实行战时体制。此时期的上述地区可统称为日占区。日本当局在这些地区实行的文化政策有服务于其大东亚侵略计划的统一性，三次大东亚文学者大会是其推行占领区文化政策的一个例证，而这些地区的文学也确有较密切的联系和交流。所以，在第二次世界大战的背景下，将这一时期这些地区的文学打通，厘清日本殖民当局在日占区所实行的战时殖民文化政策，全面系统收集整理日占区文学资料，研究日本军国主义高压下日占区文学的复杂状态，探讨东亚殖民统治下文学所包含的民族反侵略意识，揭露日本"大东亚共荣"的殖民侵略本质，研究东亚殖民性等当下学术界关注的重要问题，尤其关注中国抗战对日占区文学产生的影响……这些研究内容，不仅是以往沦陷区文学研究的拓展，也是第二次世界大战反法西斯历史和中国抗战历史研究的深化，更是中国现代文学研究领域的拓展和提升，颇可以关注。

日占区是东亚（广义的东亚，包括东南亚）历史上唯一的本地区殖民者的战争占领区，又是第二次世界大战法西斯阵营的东方占领区，其文化、文学最能表明日本殖民文化的存在及其本质，也最能体现东亚反殖民的民族意识的复杂存在。从第二次世界大战所体现的人类和东亚各民族命运的高度展开研究，对多样的日占区文学作出清晰的描绘（分区域和综合性相结合，可分阶段）；对日本殖民当局在日占区推行的文化政策的侵略本质；日占区文学反殖民的民族意识的复杂面貌；日占区文学所体现的东亚殖民性、现代性；日占区文学的价值和意义等重要问题作出科学论述，可以做的研究很多，期待青年学者的加入。当然这一研究不能只是填补空白，可以在填补日占时期中国香港、南洋地区、朝鲜半岛等地文学的空白和更系统、深入整理沦陷区文学、战争时期中国台湾地区文学资料的基础上，打破以往被分割的各日占区文学研究界限，在第二次世界大战所体现的世界反法西斯斗争的背景下，从日本占领当局的战时殖民文化政策及其推行；东亚殖民性的历史和理论；日占区文学的历史形态和抵抗意识；日占区文学思潮和东亚民族性、现代性的曲折进程；各日占区之间的文学交流及其影响等方面展开研究，这样的研究会有学术突破，也会是沦陷区文学研究的提升。

黄万华

2017 年 4 月

目　　录

导　　论

在辉煌灿烂的中国现代文学史上，沦陷区文学却因它复杂的"成分"，至今没有得到充分的研究。在现代民族抗争与复兴的大背景下，沦陷区文学犹如一道深深的伤痕，每一次回顾，都会引起这个伟大民族的隐隐伤痛。然而，没有它的文学史，终究不是一部完整的中国现代文学史。人们可以唾弃厚颜无耻的汉奸，却不应忘记以热血为民族抗争的志士，也不能忘记那"忍泪望恢复"、饱受异族欺凌的"遗民"们。由于日伪高压的统治，沦陷区的人们曾生活在一个噤若寒蝉的空间，他们身陷在暴力镇压、经济剥削以及文化独裁等重重困境之中，却仍然坚强不屈地做出或隐或显的抗争。其中，沦陷区文学记录了他们在沦陷时期的心性活动，并为中华民族反思危机中的民族意识提供了更多的借鉴。可以说，沦陷区文学是中国现代文学史上一道不可或缺的特殊景观。

一　沦陷区文学研究现状

由于历史与政治的原因，国统区文学和解放区文学得到了比较多的关注和较为充分的研究，而沦陷区文学则在很长一段时期内被忽视和误解。随着时间的迁移和政治意识的开明，沦陷区文学也逐渐进入研究者的视野。近20年，有关沦陷区文学的研究已取得了不少新成果。其中具有开拓意义的专著有台湾刘心皇的《抗战时期沦陷区文学史》① 以及美国耿德华的《被冷落的缪斯——抗战时期的上海北京文学》②。这些开拓之作对沦陷区文学研究的开展起到了很大的触发和推动作用。20 世纪 80 年代，杨义在其《中国现代小说史》中专列一节考察沦陷区文学；1989 年张毓茂的《东北新文学论丛》和东北三省社会科学院、高校学者编著的《东北现代文学史》都将东北沦陷区文学纳入了中国现代文学史中进行史论史评。之后，一批初步成果相继问世，如《蹄下文学面面观》（胡凌芝，长春出版社 1990 年版）、《东北沦陷时期文学新论》（冯为群等，吉林大学出版社 1991 年版）、《东北沦陷时期文学史论》（申殿和等，北方文艺出版社 1991 年版）、《东北流亡文学史论》等。以刘爱华所著的《孤独的舞蹈——东北沦陷时期女性作家群体小说论》一书为代表，该书从东北沦陷区相对繁荣的女性作家作品为切入点，对五位女作家的作品进行分析，通过挖掘文学作品本身和对文本审美的特质进行了专题性讨论和研究。另外还有《东北沦陷时期文学国际学术研讨会论文集》（冯为群等编，沈阳出版社 1992 年版）和《中日战争与文学——中国现代文学的比较研究》（山田敬三、吕元明主编，东北师范大学出版社 1992 年版）等研究成果。到 20 世纪 90 年代中后期，大陆的学者在沦陷区文学研究方面出版了一批专著作品，其中包括《沦陷时期北京文学八年》（张泉，中国和平出版社 1994 年版）、《抗战时期的上海文学》（陈青生，上海人民出版社 1995 年版）、《中国抗战时期沦陷区文学史》（徐迺翔、黄万华，福建教育出版社 1995 年版）、《东北新文学大系》（14 册，张毓茂主编，沈阳出版社 1996 年版）、《中国沦陷区文学大系》（8 册，钱理群主编，广西教育出版社 1999 年版）、《镣铐下

①　刘心皇：《抗战时期沦陷区文学史》，成文出版社有限公司 1980 年版。

②　该著先以英文出版，即 *Unwelcome Muse：Chinese Literature in Shanghai and Peking*，1937—1945，*New York：Columbia University Press*，1980，该著出版后对国内沦陷区文学研究有较大的影响。2006 年 8 月，张泉将该著译为中文。参见［美］耿德华《被冷落的缪斯——中国沦陷区文学史（1937—1945）》，张泉译，新星出版社 2006 年版。

的缪斯——东北沦陷区文学史纲》（孙中田、逄增玉、黄万华、刘爱华著，吉林大学出版社1998年版）、《交争する中国文学と日本文学：沦陷下北京1937—45》（〔日〕杉野要吉编著，三元社2000年版）、《伪满洲国文学》（〔日〕冈田英树，吉林大学出版社2001年版）等。这些著作以丰富的原始资料，厘清了沦陷区文坛的状况，论述了上百位作家，考察了文学出版社、文艺社团、文艺口号以及文艺论争等史实，比较完整地展示了那一特殊时空中的文学历史地图。

早期沦陷区文学研究著作中有较大的影响却最容易引起尖锐批评的是刘心皇的《抗战时期沦陷区文学史》。该书的写作目的是要将"落水作家令人警惕而引以为戒的事迹荟集资料撰写本书，并本着'宋史''叛臣传''清史''贰臣传'之意来立旨"，对抗日时期的"落水作家"加以评述，"以存史迹，而分忠奸""以作后人警惕之资"。① 该书共分三卷，每卷分别介绍时代背景、文艺活动概况、文艺的特征、文艺作家四方面的情况。第一卷为"南方伪组织的文学"，第二卷为"华北伪组织的文学"，第三卷为"东北伪组织的文学"。该书是较早专门研究沦陷区文学的专著，在史料整理上有着开拓之功。然而该书对沦陷区作家的单一划分标准却显得过于武断，有的缺乏充分的历史依据。该书编辑周锦也在《编后记》提道："所谓'落水作家'，我个人觉得并不合适，因为汉奸中固然有心甘情愿的大恶，但也有生于斯，长于斯，写作于斯，本身并无政治意图的作家，最少不该一概而论。"② 也因此，有学者认为"此书只是史料长编，而非严格意义上的文学史著作。且不说该书没有在勾勒文学发展的轮廓上下功夫，几乎未做作家作品评判工作，单在史料的取舍和运用上，就存在诸多问题。如把某些根本不在沦陷区的作家当作论述对象，便严重影响了该书的

---

① 刘心皇：《抗战时期沦陷区文学史》，成文出版社有限公司1980年版，第2页。
② 周锦：《〈抗战时期沦陷区文学史〉编后记》，刘心皇《抗战时期沦陷区文学史》成文出版社有限公司1980年版，第369页。

科学性"①。这大体也是符合该书实际情况的评断。

张泉的《沦陷时期北京文学八年》是一部沦陷区域性的断代文学史专著。作者开篇即把沦陷时期北京八年间的文学置于世界反法西斯战争的广阔背景下，通过与法国以及中国其他沦陷区域的文学进行多维对照，以丰富的第一手资料，既厘清了沦陷区北京文坛的状况，也指出了中国沦陷区文学的深远意义。专著对北京沦陷时期的作家进行了仔细的归类研究，并对文学出版物、文艺社团等史实进行了比较深入的分析，完整地展示了沦陷时期北京八年来的文学历史。特别值得一提的是，专著的作家作品论做得非常详细深入。作者在该书的结尾对自己一些独创性的结论作出了说明，这是以"史实"为据学者式谨慎的研究结果。作者后来在此基础上又修改充实出版了《抗战时期的华北文学》一书。

《中国抗战时期沦陷区文学史》全书约 53 万字，是迄今为止大陆研究沦陷区文学最为全面的沦陷区文学史研究专著。作者徐迺翔、黄万华将沦陷区文学放在整个抗战的大背景上进行全面的、系统的描述和品评，该书的探讨范围覆盖了东北、华北、华东等多个沦陷区，既清晰地勾勒出了沦陷区文学的整体框架，也客观地再现了各个沦陷区诸多复杂的历史现象。贾植芳认为："在对沦陷区这一新拓的文学史阐释空间进行解析时，作者能以历史主义的治学态度、开放的文化心态，客观而公允地衡估其特殊的历史地位、文化蕴涵和审美价值。"②该著作突破了大陆研究者区域研究的封闭状态，采取整体研究的开放格局。全书在处理复杂的沦陷区文学材料时，以时间为经，大致分为前后两个时期（东北沦陷区由于时间过长，分为初、中、后三个时期）；以区域为纬，既条分缕析各个沦陷区的特殊状态，又打通区域界限，在更宏大的背景下对各种文学现象进行整合。著者

---

① 古远清：《刘心皇和他的新文学史研究》，《嘉应大学学报》2002 年第 5 期，第 47 页。
② 贾植芳：《〈中国抗战时期沦陷区文学史〉序》，徐迺翔、黄万华《中国抗战时期沦陷区文学史》，福建教育出版社 1995 年版，第 2 页。

并未淡化作家创作政治和社会背景层面上的评价，同时更侧重于文本中所渗透、凝聚的创作价值。全书论及的相关作家多达四五百人，作者从社团流派、题材类型、文体特征等几个层面上对作家作品进行分析，内容繁复而翔实。

　　随着这些沦陷区文学研究学术专著的出现，沦陷区文学研究不断深入，沦陷区文学的"史"学地位也逐渐地得到了认可。大学的中国现代文学史教材也开始给沦陷区文学留有一席之地。钱理群主编的《中国现代文学三十年》和孔范今主编的《二十世纪中国文学史》都列有"沦陷区文学"一章加以论述①。中国现代文学史对沦陷区文学的接受大大扩大了沦陷区文学的影响，并吸引了更多的年轻学者投身于该领域的研究之中。刘慧娟编著的《东北沦陷时期文学史料》一书，以编年史的撰写方式将1931年至1945年"伪满洲国"所发生的文学事件、作家概况及其作品发表刊物状况作了详尽的描述，较为全面客观地评介了"伪满洲国"文学。随着研究的深入，不少研究者由沦陷区文学"史"的研究转向沦陷区"文学"的研究，开始将目光投向沦陷区报刊，集中于文本研究、文化研究等。尤其是东北沦陷区原始史料较为丰富，这一领域陆续出版了不少较有影响的著作。如2005年刘晓丽的博士学位论文《1939—1945年东北地区文学期刊研究》对东北沦陷时期的文学期刊做专题研究，并在此基础上修订充实，并于2008年出版了《异态时空中的精神世界——伪满洲国文学研究》一书。《异态时空中的精神世界：伪满洲国文学研究》一书是近年研究的重要成果之一，作者以大量的史料为线索，并对一些尚健在的作家进行了深入的面对面采访，从而得到更为直观、真实的现场感知和文学生存状态。此外，还有蒋蕾的《精神抵抗：东北沦陷区报纸副刊的政治身份与文

---

　　①　参见钱理群《中国现代文学三十年》"第二十八章：在荆棘中潜行的'孤岛文学'和沦陷区文学"，上海文艺出版社1987年版，第578页；孔范今主编《二十世纪中国文学史》"第二十五章：沦陷区文学"，山东文艺出版社1997年版，第929页。

化身份》、张岩的《滨江时报》、诺曼·史密斯的《伪满洲国时期的鸦片与文学》、刘春英的《"新京"时代的日本作家与作品》等。这些著作要么以某一沦陷区的文学报刊为研究对象，对其内容进行详细的梳理和考察，勾勒沦陷区作家的创作历程和精神轨迹；要么较为详细地阐述沦陷当局政治管制、文化政策等与文学创作、作家生活的内在关系，深入分析沦陷区文学的复杂形态与丰富内蕴。新的研究成果不仅深化与拓宽了沦陷区文学研究的领域，也证明沦陷区文学在文学与文学史上的独特价值。

除专著类的研究成果外，单篇论文的研究也非常丰富。沦陷区文学研究从 20 世纪 80 年代初辽宁省社会科学院和黑龙江省社会科学院的整理和研究工作开始，至今已经有不少有影响的论文发表。一些论者还曾因学术观点的不同而引起争鸣，如有关张爱玲、周作人的身份界定问题的争鸣文章，这些论文大大丰富了沦陷区文学研究的视野和角度。但除少数作家的研究较有成果外，大多数沦陷区作家的研究大多还处在一个整理或有待挖掘的阶段。沦陷区文艺期刊研究的论著则更少，因此更为期待着开拓式的研究成果出现。

二　关键词解释

本论题主要涉及两个概念：一是沦陷区文学；二是民族意识。前者说明本论题的研究范围，后者指明本论题的研究视角。

沦陷区文学是个与抗战文学密切相关的概念。狭义的抗战文学，系指抗战时期以抗日斗争为题材的文学作品。根据国际惯例，世界反法西斯文学不但包括抵抗文学，也包括游离于外来法西斯殖民统治，纳入本民族语言和文化传统谱系的纯文学创作。最典型的例子，是第二次世界大战时期巴黎午夜出版社出版的大量与抗德无直接关联的文艺作品。因此，从这个意义上说，除汉奸文学外，沦陷区的大部分文学作品都可列入抗战文学的范畴之中，其中可以纳入北京沦陷区郭绍虞品评宋代以前诗话的作品。以及上海沦陷区杨绛的那些票房收入尚可的喜剧作品等。如果考虑到法西斯侵略者的最终目的，即消解占领区区域内民众的民族意识和国家概念，而要实现这个目标，首先要消灭占领区的民族语言和民族文化。作为其主要载体的文学，则首当其冲。因此，凡是使用中华民族语言，反映社会生活，坚守民族主体意识，并且能够纳入中华文化谱系的纯文学创作，都"有资格"归入抗战文学范畴。至于作品的作者在文学创作之外有什么问题，当在各领域内分别作出评判。①

要研究"沦陷区文学"，我们必须厘清"沦陷区"的概念。"沦陷区"是一个特定时间段中的地理区域概念。回望过去的一个世纪，民族意识沿历史纵轴持续高涨，给中国现代历史染上浓厚的民族自强不息的精神气概。众所周知，在这一时间纵轴上，最为突出的民族意识高涨期是抗日战争时期。1937 年爆发的卢沟桥事变引发了中华民族历史空前的团结一致、御侮外敌的民族认同意识，古老的民族焕发出巨大的新生力量。此时的中国，根据所占区域的军事、政治力量的不同，从地域上大致被分为三个区域：国统区、解放区和沦陷区。相应地这一时段的中国现代文学也形成三种不同色彩的区域文学。所谓的"沦陷区"，就是通常所说的被占领区，即日本侵略者一方所谓的"和平地区"，亦即抗战的一方所说的"敌伪地区"，我们称之为"沦陷区"。与"沦陷区"这一称谓对应的抗日地区，称为"自由区"，其中国民党统治地区称为"大后方"，共产党的解放区又称"边区"。就沦陷区自身来划分的话，大体上可分为三大版块，即东北沦陷区、华北沦陷区和华东沦陷区，此外，还有华南沦陷区等。之所以形成不同沦陷区，既受到中国地理环境以及当时政治格局的影响，也因为日本侵略者出于分而治之的政策考虑，例如使各个沦陷区伪政权有一定的独立性，或让华北沦陷区游离于汪伪政权之外。本论题的研究范围主体为

---

① 参见张泉《沦陷区文学研究应该坚持历史的原则》，《抗日战争研究》2002 年第 1 期。

1937—1945 年的沦陷区文学，但也会因为文学内在脉络和对比研究的关系而涉及早期东北沦陷区文学，即 1931—1937 年的文学。东北流亡文学"是指受东北的历史文化孕育，在九一八事变的历史阵痛的催动下降生的一代文学青年流亡关内后，以东北生活为主要创作题材，相对于东北沦陷后的'十四年殖民地文学'而独立存在的一种独立形态"。从本质属性看，东北流亡文学是抗日文学，它的迅速崛起，"使自 1840 年以来近现代文学中反帝国主义文学，尤其是九一八以来的'抗日文学'一时占据文学的潮头"。① 因而，在本书中，除了在特殊关联之处引用"东北流亡文学"的某些作品或作家之外，不专门对此进行研究。此外，中国台湾日据时期文学和中国香港日占时期文学，由于它们的历史复杂性与政治特殊性而没有被本论题收入进来，但为了便于阐明观点，有时也会援引事例与史实而加以佐证。

民族意识这一概念则比沦陷区文学更为复杂。要厘清民族意识，首先我们得了解"民族"的含义。吉尔·德拉诺瓦在对"民族"概念进行研究时，通过追溯"民族"概念的词根来发现民族的含义，他认为"民族"概念有三大词源：一是自身；二是身份，出生，继承；三是启蒙之后的自我意识、祖籍。他在《民族与民族主义》一书指出，Nation（民族）一词来自拉丁文 natio、nationis，在演变为现代意义之前，意为种类、种族、人群。通过词源学上意义的追溯，吉尔·德拉诺瓦得出民族从古至今两个重要的组成元素：土地与血缘。他认为要"形成一个民族，应生于同一年代；生于同一地点；生于同一血统；通过语言和习俗一起长大，一起成人。宣称属于某一民族，并不需要集中所有这些条件，但至少需要其中一条"②。吉尔·德拉诺瓦不仅指出民族一词具有"身份与归属"的意义，还

---

① 沈卫威：《东北的生命力与东北的悲剧——东北流亡文学的底蕴》，《中国现代文学研究丛刊》1989 年第 4 期。

② ［法］吉尔·德拉诺瓦：《民族与民族主义》，郑文彬、洪晖译，生活·读书·新知三联书店 2005 年版，第 4 页。

指出其中还含有"父亲的土地"的含义，更是道出了民族一词深层的意义——由此引出的感情和服从关系、父子关系及权威关系。词源学不仅使我们明了某词古代的出处，并且告诉我们人们在用这些词的时候不完全意识到的选择。①

在中国，人们很早便对民族这种现象有了深刻的认识。如《左传》中就有"非我族类，其心必异"的说法，其中"族类"即为"民族"之义。当然，这时的民族还没有"民族国家"的含义，而是处于中国古代历史上所谓的"夷夏之防""以夏变夷"的层面上。梁漱溟说"中国人传统观念中极度缺乏国家观念，而总爱说'天下'，更见出其缺乏国际对抗性，见出其完全不像国家"②。在天下观念下，"中国"指的王朝或文化，而不是民族国家或政治共同体。传统文化中所谓的"国家"指的是朝代，"亡国"无非是"更朝换代"。现代意义的民族概念则是来源于西方。以1840年鸦片战争历史事件为标志，中国的"民族"问题开始成为历史要求，并且是以民族危机的方式提到日程上来的。为了避免国亡种灭，增强中华民族凝聚力成了一种紧迫的客观要求，如孙中山先生提出"必须合群力""结合四万万人成一个坚固的民族"，否则"中国便有亡国灭种之忧"③。西方列强以血与火涤荡了古老中国之后，在国与国之间的交往和对抗之中，人们对由种族、地理、文化和历史纽带联结在一起的"民族"逐渐有了自我确认。因而，我们可以知道，现代意义上的"民族"与"国家"有着千丝万缕的联系，特别是把当时的统治民族满族和占大多数的汉族都统合到一个传统文化中，正是"国家"的观念起了关键的作用。总体而言，民族是历史发展中的一种社会现象、客观存在。

---

① 参见［法］吉尔·德拉诺瓦《民族与民族主义》，郑文彬、洪晖译，生活·读书·新知三联书店2005年版，第4页。

② 梁漱溟：《中国文化要义》，《梁漱溟全集》第3卷，山东人民出版社1990年版，第160页。

③ 孔庆榕、李权时主编：《中华民族凝聚力论纲》，广东人民出版社1995年版，第3页。

　　根据斯大林关于民族的论述，"民族是人们在历史上形成的有共同语言、共同地域、共同经济生活以及表现于共同的民族文化特点上的共同心理素质这四个基本特征的稳定的共同体"①。斯大林所说的"民族"，其实质是政治、文化的共同体，相当于英语概念中的 nation，或"中华民族"这一概念意义上的民族。这一概念已经得到了广泛的认同，如1991年史密斯关于民族的论述，就与斯大林的论述非常相似。史密斯认为民族要素为"历史领土、共同传说与历史记忆、共同公共文化、共同法律权利和对于全体成员的责任、共同经济和全体成员地域流动"②。《辞海》上"民族"词条除完整采纳斯大林的民族定义外，还包含其他的义项说明，如还表示族群概念意义上的民族、中华民族构成单位概念意义上的民族、表示政治独立体以及表示族类共同体或民族共同体（ethnos）概念意义上的民族等。除了表示不同层次的概念意义外，汉语民族一词还可以用来表示按不同朝代和不同生产、生活方式划分出来的人类群体。例如根据历史阶段的不同，汉语中有原始民族、古代民族、现代民族之分。由于"民族"概念的多义性，因而有人认为，汉语"民族"是一个含义庞杂而无法成为一个指称明确的分类概念。③ 在实际研究当中，人们不得不采取比较折中的方式，在民族众多的定义中有所取舍，或者含混地使用。在谈到民族概念的难以界定时，吉尔·德拉诺瓦甚至把民族概念同时间、死亡等概念相比，他说虽然民族概念没有这些概念"那么重要，亦无同样的普世性。但是这一比较使我们想到这种不证自明但又无内容的情况其实就是存在本身，是同存在概念相连的事物的处境"④。

　　前面简单地梳理了民族在历史中的意义转换及其多义的若干方面。鉴

---

① 《斯大林选集》上卷，人民出版社1979年版，第64页。

② 马戎：《民族与社会发展》，民族出版社2001年版，第121页。

③ 谌华玉：《关于放群、民族、国籍等概念的翻译与思考》，《读书》2005年第11期。

④ ［法］吉尔·德拉诺瓦：《民族与民族主义》，郑文彬、洪晖译，生活·读书·新知三联书店2005年版，第22页。

于抗战时期的时代背景以及民族概念的稳定性，本书所论及的"民族"概念基本采取斯大林所述的民族定义，即本书所采用的"民族"概念更多的指向"中华民族"。有人会说，那么如何处理沦陷时期文学中所体现的汉、满等民族的关系呢？其实，民族作为一个历史变化中的概念，在鸦片战争之前，如果论述民族关系，则必须注意由于汉族是我国的主体民族，汉族与其他民族的关系也就构成了主要内容。然而，1840年以后，帝国主义列强侵略我国，使我国沦为半殖民地半封建社会，这就使我国的民族关系发生了很大的变化。这时，我国内部各民族关系虽然依然存在，但它们却共同面临帝国主义侵略和生死存亡的问题。① 因而，我国各族人民联合和团结起来，反对帝国主义侵略，就构成其关系的重要内容。在反对帝国主义侵略的过程中，我国各族人民深深认识到他们的共同命运，从而加强了团结，加强了中华民族的观念和民族意识。特别是在抗日战争时期，民族意识更多地指向民族国家意义，因而文中在"中华民族"层面上使用"民族"一词应该是合理的。

概而言之，民族意识（National Consciousness）就是对民族这一社会存在的反映，是综合反映和认识民族生存、交往和发展及其特点的一种社会意识。它包括对自身民族的特征、特点的反映和认识，对自身民族历史及传统的反映和认识；对自身民族生存和发展条件的反映和认识；对自身民族与他民族交往的环境、条件的反映和认识。从民族意识的结构来看，则包括民族属性意识、民族交往意识和民族发展意识。其中民族属性意识又包括民族自我归属意识、民族认同意识、民族分界意识三个层次。民族自我归属意识是指一个民族的成员自觉属于某一民族共同体的归属意识。民族认同意识是维系民族成员之间情感联系的精神纽带。在民族认同意识的

---

① 作为动态的历史概念，民族，甚至每一个细分规则下的民族如满族、瑶族等，都包含有更细小的民族。因而，本书在分析民族这一概念时，主要从当时语境下，民族所对话的主要对象是处于何等级别。抗日战争时期，无疑是"中华民族"与"日本民族"等之间的对抗与对话时期。然而，我们也不能忽视中华民族内部各更细分民族之间的关系。

作用下，民族内部具有向心力、内聚力和互助性。一个民族自觉认识到不同于其他民族的族性意识。不同民族之间的体质、文化、价值观等差异越大，民族分界意识就越明显。

民族意识是一种社会意识，是民族社会的群体意识。虽然民族意识对民族社会存在的反映和认识是通过民族成员个体来实现，而民族意识又是通过民族成员个体具体反映和表现出来，但民族成员个体的所有认识并不一定是民族意识，只有这种认识在民族成员中具有普遍性或代表广泛具有和流行的趋向，并与民族整体的生存、发展相关，才能从民族成员个体的认识升华为民族意识。

民族意识是一种民族自觉，也是一个民族的自我认识，乃民族的构成分子，在主观上对同民族的人，有彼此一体的心理感觉，乃利害与共的精神意识，蕴藏于内心又自别于其他民族。一个民族有了民族意识，才会体认个人与民族的密切关系，进而认识自己的民族与其他民族之区别[1]，是"同一民族的人感觉到大家是同属于一个人们共同体的自己人的这种心理"[2]。熊锡元认为民族意识包括："第一，它是人民对于自己归属于某个民族共同体的意识；第二，在与不同民族交往的关系中，人们对本民族生存、发展、权利、荣辱、得失、安危、利害等等的认识、关切和维护。"[3]也就是说，民族意识的实质是对自身民族生存、交往、发展的地位、待遇和权利、利益的享有和保护。虽然民族意识本质上是关切、维护自己民族的民族权益或民族利益的，但这种追求、保护是以追求与其他民族同等、同样（平等）的地位、权利为限度，应以不损害其他民族生存、发展权利为前提，也同样以不损害自己民族的权利为前提。如果超过了这个限度和前提，那么，就超越了民族意识内涵实质的、应有的内在规定性，便可能

---

① 参见马戎《论民族意识的产生》，《民族与社会发展》，民族出版社 2001 年版，第 130 页。
② 费孝通：《费孝通民族研究文集》，民族出版社 1988 年版，第 173 页。
③ 熊锡元：《与刘克甫书再谈民族共同心理素质问题》，《民族研究》1989 年第 4 期。

形成狭隘的民族主义。

　　人们常借助一些事实来形象地说明"民族意识"的存在。如梁启超先生所说："何谓民族意识？谓对他而自觉为我。'彼，日本人；我，中国人'，凡遇一他族而立刻有'我中国人'之一观念浮于其脑际者，此人即中华民族之一员也。"① 在苦难深重的中国现代历史中，民族意识自觉不自觉地在各个阶层、各种领域体现出来。而中国现代文学，作为文化的一个重要组成部分，更是以民族意识一以贯之。不同历史时期、不同地域的民族意识有着形态各异的表现，然而各种形态的民族意识还是有着比较相同或相似的特征。如体现出人们对自己民族属性的觉悟，包含着民族成员对本民族共同体的历史以及现实行为和特性的理解，以及由此而产生的民族自尊心。民族意识很大程度上来自人们日常生活的实践中，是人们对本民族前途命运的直观理解。民族意识也和一般意识一样有一个由朦胧到觉醒、由低到高的发展过程。最初作为一定族体的人们只是对故乡、生活方式、风俗习惯有相互感情，随着族际交往的发生和发展，民族意识的内容也逐渐丰富和发展起来，如表现出对自己的历史传统、语言、文化等有代表性特征的热爱和理论上的强调，以及对本民族的存亡和发展的道德义务和责任感的复杂感情。

　　民族意识的本质是民族整体生存意识。在民族存在时代，每一个人自幼都受到本民族传统文化的教育，形成了带有本民族特点的思维方式和价值观念，对本民族怀有特殊情感，都关心本民族的前途和命运，都希望本民族强大，希望本民族的文化和价值观能对别的民族产生更大、更多的影响同时不被别的民族同化，维护本民族本体的存在价值，实际上也是维护每一位民族成员生存的价值。② 历史悠久的中华民族，形成了自己的民族意识。这一方面表现在人们对故国土地和传统文化的执着眷恋和高度重视，素具"天下兴亡，匹夫有责"的民族责任感，刻苦耐劳，自强不息；

---

① 转引自马戎《民族与社会发展》，民族出版社 2001 年版，第 133 页。
② 参见游涛《浅谈民族意识》，《贵州民族研究》1996 年第 2 期。

另一方面表现于"兄弟阋于墙外御其侮"的民族凝聚力和一致性，在民族敌人面前团结为一体，同仇敌忾，英勇不屈。在英勇的抗日斗争中，中华儿女并肩作战，相互扶持，显示出"血浓于水"的兄弟之情，中华民族的观念真正渗透到各民族和各阶层人民大众的心中。1938 年 7 月传诵一时的《康藏民众代表慰问前线将士书》，就曾满怀真情地这样写道："中国是包括固有之二十八省、蒙古、西藏而成之整个国土，中华民族是由我汉、满、蒙、回、藏及其他各民族而成的整个大国族。日本帝国主义肆意武力侵略，其目的实欲亡我整个国家，奴我整个民族，凡我任何一部分土地，任何一部分人民，均无苟全悻存之理。"① 由此可见，各族人民血肉相连的民族命运和共同的抗战生活于一体的情感的传递与感染。它从一个侧面也表明，"中华民族"概念，至此已经逐步趋于巩固。尼采说"只有不停的疼痛才留在记忆里"②。抗日战争，使中国人民在苦难面前强化了对民族的归属感，增强了民族集体共同命运体验，中华民族意识也随之高涨。

　　要特别注意的是，民族意识并不等同于民族主义。民族主义（nation-alism）一词，最早出现在 15 世纪的莱比锡大学的校园里，当时的内涵相对简单，意指该校教授为保卫相同出生地同胞的共同利益而组成的联合组织。经过多次使用后，后来专门用来指称那些重视民族感情，强调民族利益的思想观念。③ 关于民族主义的定义很多，有认为民族主义是一种思想状态的，如《简明不列颠百科全书》的解释是："民族主义可以表明个人对民族国家怀有高度忠诚的心理状态"④。有认为民族主义是一种学说或原则的，如厄内斯特·盖尔纳认为"民族主义是一种关于政治合法性的理论，它要求族裔的疆界不得跨越政治的疆界，尤其是某一个国家中，族裔

---

① 原载 1938 年 7 月 12 日《新华日报》，转引自黄兴涛《"中华民族"观念萌生与确立的历史考察》，（香港）《中国社会科学评论》2002 年 2 月创刊号。

② 转引自方维规《民族主义原则损伤之后》，《社会科学》2006 年第 5 期。

③ 周平：《民族政治学》，高等教育出版社 2003 年版，第 210 页。

④ 《简明不列颠百科全书》第 6 卷，中国大百科全书出版社 1986 年版，第 6 页。

的疆界不应该将掌权者与其他人分割开"①。盖尔纳认为民族主义的理想模式是国家与民族同一，实现一族一国。持相同观点还有埃里·凯杜里，他说："民族主义认为人类自然地分成不同的民族，这些不同的民族是而且必须是政治组织的严格单位。"② 也有论者认为民族主义是一种运动，如安东尼·史密斯认为"民族主义是一种意识形态运动，目的在于为一个社会群体谋取和维持自治及个性，他们中的某些成员期望民族主义能够形成一个事实上的或潜在的民族"③。再如我国学者余建华认为："民族主义是民族共同体的成员在民族意识的基础上所形成的对本民族至高无上的忠诚和热爱，是关于民族和民族问题的理论政策，以及在这种理论政策指导或影响下的追求、维护本民族生存和发展权益的社会实践和群众运动。"④ 关于民族主义的界说存在许多不同，但总体看来，民族主义乃为国家的政治原则，是建立民族政权的指导思想，是关于民族的一种理想，是一种历史运动等。其基本含义是：对一个民族的忠诚和奉献，特别是指一种特定的民族意识，即认为自己的民族比其他民族优越，特别强调促进和提高民族文化和民族利益以对抗其他民族的文化和利益。⑤ 安东尼·史密斯认为一旦"民族主义"在一个新的政治基础上把各族群统一起来，就会出现强烈的民族意识⑥，这一观点也说明了民族主义与强烈的民族意识有着自然的联系。关于民族主义⑦与民族意识的区分，伯恩斯有过精辟的概括，"民族意

---

① ［英］厄内斯特·盖尔纳：《民族与民族主义》，韩红译，中央编译出版社2002年版，第2页。

② ［英］埃里·凯杜里：《民族主义》，张明明译，中央编译出版社2002年版，第7页。

③ Anthony D. Smith, *Nationlism*, *A Trend Report and Bibliography*, *Current Sociology*, *Vol.* 21, *No.* 3, 1973, p. 26.

④ 余建华：《民族主义：历史遗产与时代风云的交汇》，学林出版社1999年版，第13页。

⑤ 徐迅：《民族主义》，中国社会科学出版社2005年版，第62页。

⑥ 参见 Anthony Smith, *National Identity*, London, University of Nevada Press, 1991, p. 8。

⑦ 吉尔·德拉诺瓦认为民族主义至少有四种特点："一，它表达对衰落的恐惧。二，民族主义表现为对现实的反抗愿望，是对意识形态不满而产生的结果，试图赋予民族更多的重要性。三，民族主义是有机体论的一种形式。个人的一切都因民族而获得，生于集体就要为集体服务，并在必要时为这个更为长久和更为旺盛的生命体献身。四，民族主义是一种宣传工具，维持、引导民族感情，并以此获得政治能量。"参见［法］吉尔·德拉诺瓦《民族与民族主义》，郑文彬、洪晖译，生活·读书·新知三联书店2005年版，第107页。

识的觉醒，是民族主义作为意识形态工具的自我表达。民族意识的进一步发展则有可能形成民族主义意识形态运动（包括革命），所以，民族主义一般被界定为一种以民族意识为基础的纲领或理想。"①

三　选题意义与主要内容

已往有关沦陷区文学的研究已经把"文学史"这一块梳理得比较清楚，并且厘清了许多争议性的问题，给后人的研究带来了许多便利。最初的开拓工作除了给后来的学者研究带来作品整理的便利、研究方法的启示，也在他们的文章中也暗示了未来的研究空间和方向。如黄万华先生提到有关沦陷区文学今后研究应该注意"一是继续强化史料的梳理、研读""要在二次大战的世界性背景上去拓展研究空间""坚持把日占区文学作为中国抗战时期文学不可或缺的一环来把握，展开多层面的比较研究，来认识日占区文学的复杂形态"。② 这些观点开启了本书的一些重要构思。而阅读日本学者冈田英树的《伪满国洲文学》则让我认识到"从史料出发"的学术态度是十分必要的。

从前面对沦陷区文学研究所做的简单扼要的综述中，我们发现，目前沦陷区文学的研究著作大多以史论为主，单篇论文则偏重于对作家作品的解读。此外，在三大沦陷区文学中，除东北沦陷区文学研究比较丰富外，其他沦陷区文学研究还比较薄弱。而以中国抗战时期沦陷区文学为整体研究对象的著作也仅有中国台湾刘心皇的《中国沦陷区文学史》和徐乃翔、黄万华所著的《中国抗战时期沦陷区文学史》。到目前为止，还没有一本著作从一个特定的角度对沦陷区文学作品作系统的、全面的研究。因而本论题希望能够尝试以一种新的角度对沦陷区文学进行研究，以求能够全面

---

① ［美］爱·麦·伯恩斯：《当代世界政治理论》，曾炳钧译，商务印书馆 1990 年版，第423 页。

② 黄万华：《抗战时期沦陷区文学及其研究》，《文学评论》2004 年第 4 期。

展示出沦陷区文学的侧面图。

20 世纪文学史中，"民族"无疑是一个极其重要的关键词。陈平原在《关于"二十世纪中国文学"的对话》① 中曾提到，整个 20 世纪的中国历史就是由古老的中国向现代中国过渡的时期，在历史的转折中，逐渐地建立起现代民族政治、现代民族经济、现代民族文化，实现整个民族的现代化。"文学之河只能在民族生存的历史河床中流淌"②，20 世纪中国文学是逐渐形成中的中国现代民族文化的重要组成部分，是一种民族文学。应该说，从"民族意识"这一角度解读中国现代文学史是非常合适的，自然也是有必要的。

民族意识作为 20 世纪兴起的一种带有普遍性的思潮，其影响是十分重大和深远的。当今社会，有关民族意识的问题仍是一个重要的话题。探讨中国现代历史中民族意识的生成、表现和变化，有利于我们对 20 世纪的思潮重新进行深入的审视和思考。"民族意识的形成既非一蹴而就，而是随着民族的形成而形成，发展而发展。那么，它必然要呈现出层次性。"③ 因而，探讨特殊语境中民族意识形成以及其中蕴含的意义，对民族生存、文化传承都是有意义的。沦陷区文学作为一种特殊时期的文学，是中华民族最大规模被外强入侵时期产生于铁蹄下的文学，它的特殊性决定了它与其他区域中的民族意识表现有着很大的不同。抗日战争爆发后，沦陷区人民深受异族入侵者的蹂躏，他们的切身之痛尤为深重，沦陷区文学受残酷环境的制约，民族意识表征因此也非常的隐晦和曲折。在沦陷区，反对异族入侵大体也只能是文化层面的抵抗，即文化抵抗。因而，沦陷区文学中的民族意识就被赋予了更多的使命，也有了更大的意义。它既显示"我们民族文化的血脉是任何外力都无法割断"，也蕴含着民族坚韧的生存意志。

① 钱理群等：《二十世纪中国文学三人谈——漫说文化》，北京大学出版社 2004 年版，第 50 页。
② 孔范今主编：《二十世纪中国文学史》，山东文艺出版社 1997 年版，第 149 页。
③ 王万盈：《试论民族意识》，《西北师大学报》（社会科学版）1998 年第 4 期。

考察特殊时期特殊区域文学中的民族意识更有利于我们理解民族意识产生的条件、存在的方式以及民族意识的可变性。同时，这一问题的探讨对我们理解当下由民族国家组成的全球生存语境也有启发意义。

全书的主体结构主要由四个部分组成。第一部分，写沦陷区作家的选择。主要勾画出沦陷区文学的话语空间，分析沦陷区作家的写作心态。本部分在三个主要沦陷区各选一位作家——东北沦陷区作家梁山丁、华东沦陷区作家张爱玲以及华北沦陷区作家周作人作个案研究。这样的选择也出于平衡老作家与年轻作家、男作家与女作家的考虑。第二部分，是对沦陷区文学期刊中的民族意识进行研究，着重分析沦陷时期文学期刊的生存方式、主要特征以及作家作品。这一部分选择《中国文艺》《紫罗兰》和《万象》作个案研究。选择代表性期刊的依据是根据期刊的创办背景取样，由官办或有官方背景的期刊、依靠市场运作谋取生存的期刊以及进步刊物中各取其一，依靠民间团体或独立学术机构的期刊则在综述中作简单论述。第三部分，分析沦陷时期民族集体记忆。主要从沦陷区的土地意识、历史意识和语言意识三个方面进行研究。第四部分，侧重分析沦陷区在异族统治下的叙事症候。首先分析沦陷区文学的道德言说与伦理叙事的特征；其次分析沦陷区文学真实而曲折地反映出人们种种颓废状态和颓废特征；最后分析殖民统治下沦陷区文学的修辞特征。

本书显然无力也无意把握全部沦陷区文学史料，而是希望能首次从一个特定角度"民族意识"去贯通与分析沦陷区文学，勾画出沦陷区文学较为完整的侧面图景；同时，也希望能够从一些有代表性的原始资料与前人研究资料的基础上，获得一些较新的论证。

第一章　民族危机与作家选择

民族作为一个共同体，规定了在哪个地域的什么人拥有什么样的义务、责任和权利。民族在危难之际，对于自己的成员更是要求其忠诚与尽责。同样，作为知识分子的作家，在民族危机之际，也有着本民族意识的诉求。作为民族文化的载体、民族知识精英之一，作家在民族危机之际的选择与民族的生死存亡有着重大影响；他们对于自己的民族身份认同与维护程度对整个民族精神的维系也起着强大作用。雷蒙·阿隆说："任何政治制度都为那些擅长语言和思想的人提供了机会。"① 因而，沦陷区作家在面临着日伪当局威逼的同时，也面临着利诱的选择。他们在民族危机中的选择与心态、所作与所为，从一个复杂、艰难的环境中反映出中华民族对其成员的凝聚力度，也展示出中华民族生命力的韧性与强度。

第一节　沦陷区作家的选择与心态

中日战争全面爆发后，沦陷区的大部分作家，在国家民族生死存亡的重要关头，将个人的命运与祖国生死紧密联系在一起。他们清楚地认识到

---

① ［法］雷蒙·阿隆：《知识分子的鸦片》，吕一民、顾杭译，译林出版社 2005 年版，第212 页。

"天下大乱，无有安国；一国尽乱，无有安家；一家皆乱，无有安身"①。于是，通过种种途径辗转于内地。然而，也有相当一部分作家由于种种原因滞留在沦陷区，但其中成名作家的人数并不多。当时的日本作家林房雄曾对照《中国新文学大系》史料卷提供的作家资料，了解到中国第一次文学革命运动时期的作家共有 142 名。抗战时期，除鲁迅等 17 人逝世外，大多数作家在抗战地区；而在沦陷区的，仅有周作人、俞平伯、徐祖正、周毓英、张资平、陈大悲、陶晶孙、傅东华、樊仲云 9 名。② 民族危难时期作家与民族同命运、共存亡的选择，使得日本企图"起用中国第一流人物，削弱中国现中央政府和中国民众的抗战意识"的打算落空。

其时，久困沦陷区的作家，包括那些成长于沦陷期间的青年作家，一方面由于消息的封锁，另一方面也由于日伪的宣传，对民族前途并没有完全肯定的信心。面对民族倾覆灭亡的危机，个人生存的困境，甚至生命危险的威胁，在新的情境下，沦陷区作家也不断地调整自己的心态，重新认识周边的生活世界。"当个人周围流行的思想和价值被感知时，情境所提供的东西才会对他或她的思想转变发生影响"③，沦陷区作家面临着新的选择。值得注意的是，文化的隔阂与对入侵异族的仇恨、个人对民族国家的义务和责任感是一个大的背景。尽管在带血的刺刀下，人们可能选择生存与沉默，其心理取向却难有根本性改变。每一位中国人在进行选择时，内心都必然承受着民族气节的道德压力，真正死心塌地地投靠日伪政权的作家毕竟不多。

一　沦陷区作家的生存方式

在沦陷区选择"沉默"，当然是作家对沦陷当局的一种反抗，他们用"无声"表明个人在民族大义上的态度，表达对民族命运的关注。在不同

---

① 吕不韦：《谕大》，《吕氏春秋白话今译》，谷声应译注，中国书店 1992 年版，第 113 页。
② 参见张泉《沦陷时期北京文学八年》，中国和平出版社 1994 年版，第 38 页。
③ 张灏：《危机中的中国知识分子——寻求秩序与意义》，新星出版社 2006 年版，第 5 页。

的沦陷区域，日伪占据初期，文坛都有着一段文学创作的"沉默"期，而那些能够长久保持沉默的作家尤其值得敬佩。如身陷北京的俞平伯，沦陷之后，鲜有作品问世，后迫于生计，先后有选择地在《万人文库》《文学集刊》等刊物上发表了少量学术性考据文章如《与友人论宫调书》《谈西厢记哭宴》等，仍力求不介入时局中的文学活动。对此现象，当时有人评论说："所谓老作家的沉默，在我们看来也不失为一种态度，只要是这种沉默是彻底的话。比如俞平伯先生，为人与作品都是我们所景仰的。这种沉默，无妨于作家自己的为人，也不致有碍于文坛的进步。"① 1941 年 12 月 8 日太平洋战争爆发，上海"孤岛"沦陷后，仍然留在上海的作家面对更险恶的政治环境，也被迫"蛰居"，郑振铎只能化名并伪造"良民证"而隐匿于市。1937 年 12 月，周作人的弟子废名②因母去世，历经北平陷落后的种种苦辛返回故里黄梅，其后久居山中，隐于民间。这些作家在沉默中表明了对日伪政权的态度，也在沉默中保持了自己的民族尊严。

　　一部分作家如李霁野等进入日伪当局无法过多干涉的教会学校，这是沦陷区中比较特殊的空间。③ 由于有着相对的安全保障，一些老师利用讲台授课机会，向学生宣传民族意识和爱国思想，勉励青年学生刻苦学习，积蓄力量，以待来日报效国家。在初期日伪对教会侦探不甚严密时，学校中甚至出现一些抗日爱国组织，如辅仁大学由沈兼士、张怀、英千里等人

---

　　① 黎建青：《一年间的华北文坛》（上），《华文每日》1944 年第 12 卷第 2 期。
　　② 废名自 1939 年至 1945 年，在沦陷区刊物上发表少量作品并出版过诗集，均与政治时局无关，如在《文学集刊》第 1 集上发表的论文《新诗应该是自由诗》（1943 年）、在《文学集刊》第 2 集上发表论文《已往的诗文学与新诗》（1944 年）。
　　③ 以北京（时称北平）为例。日军侵占北京城后，各大专院校相继被迫停课。留下来的私立高校非变质即关门，只剩燕京、辅仁、协和等极少数教会学校及中国大学勉强维持。1941 年太平洋战争爆发后，日本因与美英宣战接管了燕京大学和协和医学院。辅仁大学因和德国"圣言会"的关系得以幸免，中国大学则在校长何其巩的周旋下极力维持。这些大学在沦陷区坚持独立的办学和反抗侵略，辅仁大学依靠德国人出面与日伪周旋，沦陷初期仍坚持使用原来教材，不用伪满的和日文的课本，日文也不作为必修课程，学校大门不悬挂日本国旗。后期，由于时局的关系，在日伪压力下，1942 年增设日本语言文学系。抗战胜利后，南京国民政府即把辅仁大学和中国大学与后方大学一同对待。

借研究明末忠贞爱国的学者顾炎武的学说为名，秘密组织"炎社"，激发师生爱国家、爱人民、不附逆、不投降的热情，以人心不死、国家不亡相号召，鼓舞全校师生奋发图强、斗争到底。① 郭绍虞在北京沦陷后初期留在燕京大学任教，太平洋战争爆发后，燕京大学遭查封，遂进入私立中国大学任教。整个沦陷期间，郭绍虞坚持不与日伪当局的机构、出版物发生牵连，除学术研究外，其所发表为数不多的作品，全部刊载在教会学校的校园刊物上。栖身于教会学校的还有张秀亚、赵宗濂、谢人堡等，他们的创作都相对显得超脱，并带有一些宗教色彩，如张秀亚的中篇小说《皈依》《幸福的泉源》都以"忏悔和皈依"为主题，内容甚少涉及政治，更遑论谄媚于沦陷当局。

当然，没有入职相对独立的教会学校，而进入日伪接管或者创办的学校担任教职的作家自然还是占多数。他们的心态与作家老舍给其沦陷区的妻子的一封信中所说相似："你能在故乡为我孝敬八旬老母，我心稍安；中国人教国文也还勉强说得过去，好在有了个栖身之处；盼望有机会出来为是。"② 可以说沦陷区作家栖身于学校是一种普遍现象。如当时被人评价为"今日上海最流行的名作家"丁谛③在日军占据上海、南京与苏南后，他先后在镇江一家商号任文书、镇江师范学校任教，同时创作小说、散文，成果颇丰。考虑到事实上来不及撤走的教员生活无着，除了仅剩的一两所教会大学，就只有到伪政府控制的"国立大学"任教，这也算是相较之下与政治无涉的一种职业吧。

还有一部分作家主要是延续自己以前的翻译工作。相对而言，只要不是翻译日本宣传"时局"思想的作品，一般就与政治无甚关联，这既省却许多检查的麻烦，也能坚守住自己的气节情操。相对于文学创作而言，译

---

① 参见孙金铭《华北文教协会》，《日伪统治下的北平》，北京出版社1987年版，第55页。
② 胡絜青：《沦陷之后》，《日伪统治下的北平》，北京出版社1987版，第4页。
③ 丁谛：原名吴鼎第，江苏镇江人，1942年8月在南京作家出版社出版《长江的夜潮》长篇小说。

介外国文学，是在当时特定历史条件下采取的一种以退为进的斗争策略。如朱生豪从 1935 年开始翻译《莎士比亚全集》，"及三十一年（1942 年）春，目睹世变日亟，闭户家居，而埋头伏案，握管不辍，凡前后十年，而全稿完成"①。当时以翻译谋生的还有耿济之、傅雷和董秋斯等作家。当时许多杂志也设有翻译一栏，如《中国文艺》就常设翻译一栏，其第 4 卷第 2 期该栏目一次刊发了六篇翻译作品，而《辅仁文苑》第二辑不仅设有"翻译"一栏，而且辑翻译作品竟达 11 篇。期刊上大量刊发翻译作品，既为一些作家提供了维持生计的便利，也反映了沦陷区作家不愿干涉政治、玷污清名的心理。

更多的作家因为平时别无所长，继续依靠写作谋生也实属无奈。谭正璧就曾自述道，因"各书局皆停止收稿，而一介书生，又无从改业，不得已，开始为各定期刊物写些已有十多年不专门写作的文艺作品"②。一些作家更是迫于生计，不得不抱病秉笔，一边写稿一边等稿费购米买药，生活潦倒不堪。如孙了红拖着病体为《万象》写稿时，杂志曾如实地刊登其贫病的生活状况，并因而募得了一些善款。孙了红就此事曾写有《生活在同情中》③ 一文，一面详述自己的情况，一面对朋友读者们的帮助表示感谢。其实像孙了红这样的情况，在沦陷区作家中并不鲜见，著名作家顾明道也有过同样的遭遇，并最终死于贫病之中。事实上，沦陷时期死于贫病的作家不在少数！由此可见不少作家的写作纯粹是出于谋生的需要，并无投靠日伪的投机行为。程小青有感于仅依靠文章难于维持生计，以卖画补资，曾作诗："乱世文章不值钱，漫漫长夜意萧然。穷途忍作低眉想，敢托丹青补砚田。"④ 诗作表明诗人把写文章与卖画看作是同等的事情，都是为谋生而作，也流露出诗人对时世的无奈与不满情绪。

---

① 朱生豪：《莎士比亚戏剧全集》自序，世界书局 1946 年版，第 3 页。
② 陈青生：《抗战时期的上海文学》，上海人民出版社 1995 年版，第 223 页。
③ 参见孙了红《生活在同情中》，《万象》（1934 年）第 3 卷第 2 期。
④ 程小青：《程小青画例》，《万象》（1943 年）第 3 卷第 2 期。

　　也有一些作家出任伪职，如周作人、张资平、胡兰成等。这类作家附逆的具体情况较为复杂，其中有主动投靠日伪当局的，有被迫无奈的；有权高位重的，也有小职员谋生的；有积极参与日伪当局活动的，也有消极怠工的。目前通行把这类人物区分为汉奸与一般伪职人员。至于具体如何划分，还存在着种种问题。在这里，我们只讨论这些作家出任何职、所做何事、有着什么心态。如出任伪职，后来被国民政府或人民政府判为汉奸的张资平在南京沦陷后，受日军资助，以"张声"之名主办《新科学》《文学研究》等刊物；不久公开参与日本当局发动的"兴亚运动"，加入"兴亚建国社"，以"张星海"之名出任"兴亚运动文化委员会"主席。1940 年 3 月 30 日汪精卫在南京成立"中央政府"后，张资平来到南京，加入伪政权，任伪"文物保管委员会"地质部主任、伪"农矿部"技正、宣传部干部以及"中日文化协会"出版部主任、《中日文化》月刊主编等职。胡兰成，浙江嵊县人，战前任教兼报社主笔，后投靠汪精卫，任香港《南华日报》主笔，伪中央宣传部政务次长、法制局局长等职，曾以《战难，和亦不易》[①] 一文深得汪精卫赏识。该作充斥着胡兰成"抗战必亡，和则救国"的论调。这类沉陷于日伪泥淖之中，认贼作父却不自省的作家，当属汉奸一列无疑，对于他们的作品则更应以一种审慎的态度进行研究。

　　从整个沦陷区作家的生存方式来看，那些依托教会学校生存的作家、辍笔转行独立谋生的作家以及在与日伪当局几乎无涉报刊编辑撰稿的作家，大体能够保持民族大节不亏。此外，不少作家或多或少地与日伪当局或与其所控制的机关、团体、刊物发生牵连。关于他们的"附逆"程度，我们很难进行量化式的判断。正如古远清所说："要严格区分'文化汉奸'

---

　　① 胡兰成写有《战难，和亦不易》，此书出版于 1940 年，收入 105 篇政论文，是胡兰成的政论集和代表作。书前有汪兆铭的序言。序中写道："胡兰成同志志于艳电以后发表了许多重要论文，对于国内情形国际形都有极深切的认识，极明确的判断，其最言人所未尝言的，是'如何争取主动的和'，这实在是一针见血的话……"参见王春南《我读胡兰成》，《人民论坛》2004 年第 7 期。

与不分敌我是非、亲近日伪、参加过汉奸文学活动与写过汉奸作品的作家的界限。"[1] 如抗战胜利后改名为纪弦的诗人路易士[2]，在沦陷期间，与汉奸胡兰成过从甚密，并在汪伪政权中担任过短期的科长、秘书等职务，1944 年 3 月独资创办《诗领土》月刊，先后并在太平书局出版诗集《出发》，以"诗领土"名义出版《夏天》《三十年集》和《上海飘流记》等诗集。沦陷时期也写有《炸吧、炸吧》《文化的雨季》《失眠的世纪》等攻击中国革命、嘲讽抗战、美化汉奸的诗作。大体上看来，他们出任伪职或在伪办刊物上发表文章，在民族气节上有亏自不待言，然大多数作家出于谋生考虑而写作，所发表的文章也确实很少属于为日伪吹捧之作。如纪果庵[3]，战前在学校任教与从事文学创作。1941 年来南京伪中央大学任文学院教授，兼南大附属实验学校师专科主任，列名为《古今》杂志同人，他的创作颇丰，时有文章见于当时如《艺文杂志》《中国文学》《风雨谈》《人间味》等多家杂志。沦陷时期他发表的作品如《两都赋》《风雨小谭》《林渊杂记》《亡国之君》《书的故事》等一系列散文随笔，多为叙事抒情之作。从创作数量看，这类作家是沦陷区文坛人数占多的群体。

还有一些作家的选择情况更加复杂些。如当时沦陷区出现的大批女作家，一方面她们由于女性的身份，更多地倾向于回避政治；另一方面她们却由于家庭的关系而同日伪产生事实上的联系。如张爱玲，她同汉奸胡兰成的一段婚姻，直到今天仍为人所诟病。而有着"南玲北梅"之称的梅娘在这一时期极少涉及政治时局，但发表她作品的刊物和出版社，如《中国文艺》《妇女杂志》、华北文化书局等都是属于日伪政权下的官方性质的。她的丈夫柳龙光是当时华北沦陷区文艺界官方的重要人物，与当时主管华北宣传工作的武德报[4]社社长龟谷利一是好友。关于她们的身份界定以及

---

① 古远清：《纪弦抗战前后的"历史问题"》，《文艺理论与批评》2002 年第 4 期。

② 路易士：1913 年生于河北清苑县，原名路逾，笔名路易士、纪弦等。

③ 纪果庵：1909 年生，原名纪国宣，号果庵，笔名纪果庵、纪果轩等，河北蓟县人。

④ 武德报社是由日本军方控制，为对占领区中国民众进行宣传而创办。

对她们作品的批评也需要研究者秉持谨慎的态度，既不能完全忽视这种复杂的关系，又不可简单地进行政治的定性，这也实在需要研究者的智慧。

二　民族意识对作家心态的影响

正如前面所引雷蒙·阿隆所言，"任何政治制度都为那些擅长语言和思想的人提供了机会"，沦陷区作家更是有许多写作的需求与可能的空间。当大量知名作家撤往内地之后，沦陷区文坛一片空白，这给滞留在沦陷区的作家，尤其是新进作家提供了可能的写作空间。此外，日伪当局出于种种考虑，也给予了沦陷区作家各种机会。然而，当沦陷区作家拿起手中的笔时，才知道自己要承担多少压力，需要多大的勇气！在民族危机的语境中，作家与民族共同体天然地有着更多的联系：他们以一种特有的敏感体验到自己民族国家的苦难，并切身感受到个人与民族国家的命运关联。以传统道义的要求而言，在黑暗时代，"知识分子经常被同一民族的成员指望挺身代表、倾诉、见证那个民族的苦难。套用王尔德描述自己的话来说，杰出的知识分子总是与自己的时代具有象征的关系：在公众意识中，他们代表成就、名声、荣誉，而这些都可用于持续不断的斗争或投入斗争的社群"[①]。因而，作为知识分子的作家不得不考虑到其身份角色的定位，不能不考虑到其写作后所面临的道德的压力。这种压力之大，我们可以从俞平伯在沦陷区生活时的心态中略见一斑。沦陷时期，俞平伯坚守节操，困守孤城，却由于生活十分拮据，不得不三番五次地托人变卖家中的藏书与墨宝为生，有时窘迫之急竟至"滋窘求售，颇盼能脱手也"境地。后实无奈，俞平伯不署名地为《艺文杂志》编审稿件，他在 1943 年年底致周作人的信中，认为接手编辑一事是"既屡承台命，不敢固辞"，同时他要求周作人"对外乞勿言及，以为有熟人投稿，去取之间颇有困难也"。其彷徨之态

---

① ［美］爱德华·W. 萨义德：《知识分子论》，单德兴译，生活·读书·新知三联书店 2002 年版，第 40 页。

与戚戚之心溢于言表，我们不难从中看出如俞平伯者都因担心世人对其如此行踪的指责而求"匿名"藏身，何况那些为了生活抛头露面，出没于报刊之中的作家内心所承受的压力。① 可见，在民族危机之中，民族意识对作家强大的心理影响致使作家在选择上有了更多的坚守与更复杂的心理。

沦陷区作家普遍流露出远离政治的心态。如《中国文学》杂志曾经举办过作家交换书简的栏目，其中林榕《覆行田茂一书》一信中这样描述自己的心态，"然而这三四年来的生活，绝不同于昔日，我渐渐变成黑暗中的摸索者，失掉了光明与理想，我仿佛带领着身畔的人，走着茫然若失的道路，后面还受着无情的呟喝，只有负重前进，而没有停息的一日。"② 作者认为自己的生命消耗在平凡的琐事上，而自己又不能不顾及明日的生活。对于在沦陷区写作的人，作家也提出自己的看法，这其实也是他对于沦陷区写作的一种态度。他还说："从事文艺工作的人应有一种'至诚一贯'的态度，不随着风向转移，诚恳的而且热情的做着这件永久的艰巨的事业但是这种努力如果脱离开我们的时代，那是一个最大的错误，相反的如果仅仅为政治的尾巴，却更失掉文学的尊敬。"③ 这种远离政治的姿态，是迫于日伪当局的高压政策，作家个人又无力表达内心真实感受的一种生存策略，更是作家民族意识影响的结果。在某种意义上说，远离沦陷区当局的"政治"就是一种消极的反抗。

沦陷区女性作家的创作更是体现出远离政治、远离时局背景的倾向。女性长期处于政治之外，使得女性作家在选材与立意时较少带有政治色彩。而注重个体情感体验的女性写作特点，也使沦陷区女性作家容易被当时不轻易谈"国事"的文坛所接纳。当时有女作家就指出这种远离政治的女性写作特点："社会或经济的动态变更到如何的地步，从不影响她们的

---

① 参见孙玉蓉《出任伪职前后周作人为他人谋职轶事探究》，《鲁迅研究月刊》2004年第8期。

② 林榕：《覆行田茂一书》，《中国文学》1944年第1卷第2期。

③ 同上。

态度，倘如我们不自隐的话，这是女性写作家共同的感觉。"① 除作者在该评论中所列出的沈阳的杨絮和吉林的璇玲外，其他如上海的张爱玲、苏青等日常生活写作，华北梅娘的都市风情和爱情婚姻小说等，无论其写作是否关注人生感悟、人性压抑或女性苦难，总体上都体现了女性写作对政治疏远的特征。

也有一些作家出于对文学本身发展的考虑，也希望写作能够不过多地受政治的影响。古丁"理论呢，我不敢梦；因为倘有的话，该是官准的东西，有若无！总之，文人多少要守一些节操，也不妨犹自开拓一条各自的文学道。文学终非政治，涂成清一色的企图该会萎缩文坛的"②。不涉政治，致力于"文学"艺术本身，对于沦陷区依靠写作为生的作家实在是较为稳妥的方式。《光化》的主编离石就在创刊的《次发刊词》宣称："诚然在今日办刊物，确是'不识时务'的人，况且我们的动机至为平凡，既不是为了要争取文坛正宗，亦无力热心宣传国策，更没有什么主义要运动，更没有什么思想要阐扬，一切大志宏愿都说不上，动人听闻的名词更没有，唯一的原因，还是在于要办与能办吧！"③ 可见办刊与写作都是为了"写作"本身，尽管不合时宜，然而因为无心宣传国策，倒是心安理得地办下去，写下去。持这种心态的作家与编者不在少数，同类的如《万岁》的编者就说过，"万岁半月刊在这个时候出版，并没有什么崇高的志愿，远大的抱负，只不过想在这消沉的出版界中增添一些活气，给读者们在无可奈何的时代中多一份消闲解闷的刊物。"④ 考虑当时日伪政治宣传的强制与检查的严酷，这自然不难见出作家们的消极之姿态背后真实的抵抗心态。

---

① 吴瑛：《满洲女性文学的人与作品》，《青年文化》1944 年第 2 卷第 5 期。
② 古丁：《说梦》(1937)，转引自［日］冈田英树：《伪满洲国文学史》，吉林大学出版社2001 年版，第 75 页。
③ 离石：《次发刊词》，《光化》1944 年第 1 年第 1 期。
④ 编者：《编辑者言》，《万岁》1943 年第 1 期。

更有许多沦陷区作家利用一切可能的手段，尽最大努力地在作品中隐晦地表达民族意识。这种利用一切机会表达民族意识的作品，也是沦陷区作家对于沦陷语境的一种精神抵抗。有人当时用"无救"一词来描绘身处沦陷环境中作家心灵的窒息①，对此作家们以"文学自救"的心态来进行创作。一些作家秉烛待旦、蛰居为文，他们在沦陷前创作中所蕴积的民族忧患意识，在沉默中趋向新的创作轨道。师陀自述其沦陷区生涯"如梦如魇，如釜底游魂"，而使他"在极大的苦痛中还抱无限耐性"写下去的，便是要借他当时所要写的"果园小城"写出"中国一切小城"的生命、性格、思想、情感②，即借咀嚼中国城乡普通人生的命运意味，借反省中国民族的社会文化性格，来寄托自己在异族统治下的激愤怨恨。"当一个国家的大部分公民连他们自己有没有人的资格都不知道，我们怎么能希望他们过了一夜就积极起来，怎么能使他们自觉的去和敌人战斗呢?"③ 参加过哈尔滨文学运动、后来留在满洲保持沉默的山丁，为纪念萧军、萧红离开哈尔滨四周年，就曾经写了回忆录《萧军与萧红》，发表在《新青年》上，呼吁继承他们的意志："我们来踏着前人的脚步，把压死了的种子掀起来，再播下新的种子在这块土上。"④ 作者以战斗的诗句延续了抗日战士不屈的精神。这种潜行于字里行间的民族意识为沦陷区文学带来更高的品格。

异族肆虐的蹂躏、个人不幸的遭遇、生活的极端困苦、人格尊严的侮辱，使得沦陷区作家更容易产生感伤的情绪。师陀在沦陷时期也写有不少作品，但内容大部分都是"与抗战无关"。据他自己说，"我不知道这些日子是怎么混过来活过来的……只是心怀亡国奴之忧愁，而又身无长技足以别谋生路；无聊之极，偶然拈弄笔墨消遣罢了"⑤，其中所隐含的民族忧愤

① 爵青：《〈黄金的窄门〉前后》，《青年文化》1943 年第 1 卷第 4 期。
② 师陀：《果园城记·序》，《师陀全集》第 2 卷，河南大学出版社 2004 年版，第 453 页。
③ 师陀：《无名氏·序言》，《师陀全集》第 1 卷，河南大学出版社 2004 年版，第 410 页。
④ 邓立（山丁）：《萧军与萧红》，《东北现代文学史料》第 1 辑，1980 年，第 54 页。
⑤ 尹雪曼：《师陀与他的〈果园城记〉》，成文出版社有限公司印行 1980 年版，第 136 页。

与个人忧郁之情已经融为一体了。沦陷时期，有人论到石军时说，石军是一位忧郁者、感伤者。他和他写的诗一样的忧郁、感伤，原因是"个人的际遇太坏了，五年前的一个冬天，死去了慈容和蔼的母亲，三年前的一个初夏死去了义务深重的哥哥"①。这"个人的际遇"始终影响着他，因此他的作品始终没能脱掉感伤主义、个人主义以及浪漫主义的气氛。同时这位感受颇为细腻的作家，被局限在单调的知识阶级生活里，妨碍了他的创作才能。"这些甘愿承当的所谓的'第三种人'的作品，对于写作态度不大真实，对现实社会的理解又极薄弱，他们不甘往东，但同时又不向西。"②如果整体观看当时的上海文坛，我们不难发现其时消沉萎靡的文坛氛围，各种期刊充斥着言情、感伤、自怜甚至颓废的作品。在动荡时局中，苟全性命于乱世是现实人生，不是政治口号，有人选择逃避现实，沉迷于个人小天地，是无奈也是悲愤。我们应该看到，沦陷区文学中的感伤并非一种肤浅的伤感与痛苦，而是在国破家亡的大背景下，人们因抗争无力与困于时势的多重忧伤，是一种时代忧郁症的表征。

如前所述，困于沦陷区的作家承受着来自多方面的压力，民族气节与道德责任似乎是诸多压力中最为影响心态与情绪的一种。然而，民族气节与道德责任的压力并不总是处于最显要的位置，现代文人的角色意识对沦陷区作家在选择生存方式及其心理状态也有着重要影响。文人不再依靠"皇粮"生活，"学而优则仕"价值体系的解体，使得文人与国家体制的关系不似从前那么紧密，使其能够从传统"气节"中稍稍有所解脱。其次，对于中国人来说，虽然深层的民族意识会使大多数人投入为民族生存而战的斗争中。但是，长期以来的贫困生活状态，大大削弱了伦理与道德的自律价值。加上"明清以来，气节与道德的基础就极为薄弱，既有传统文化

---

① 罗烽：《石军及其作品》（1943 年），张毓茂主编《东北现代文学大系·评论卷》，沈阳出版社 1996 年版，第 278 页（注：以下凡属张毓茂主编《东北现代文学大系》丛书的注释，不再标出出版社名称）。

② 同上。

对异族文化的宽容与包融，虽然表面上处处讲道德、气节，而缺乏一种坚强的精神支柱。中国文化有一种对异族文化的宽容和包融，但有时也缺乏一种原则。汉奸在乡村、城市所面临的道德压力远远没有他们所获得的实利多"[1]。因而，沦陷区作家为生存而写作也是一种普遍心态，甚至有以此为由而沦为"帮凶"、汉奸之类的例子也并不鲜见。

对于来自气节与道德方面的压力，沦陷区作家也作了某种思想上的调整，甚至寻找一些理由来求得心理上的解脱。山丁曾在一篇评论中论及作家秋萤的生活时说："他本身就是一出悲剧，我知道他到现在还没有过着舒服的生活""《飘零》，也许是他的宿命，是一切满洲作家的宿命。为了争取一点口食，不能不飘零各处。为了争取一点口食，不能不搜索枯肠。到现在，他仍旧在为争取一点口食而写作。从他的作品里寻不到咬文嚼字的作家们的所谓的'知性'是可以不必解释的。然而，他的执拗的求生的意识却强韧不拔地屹立在读者之前。他的'暗淡的生活''阴郁的思想'使每一个读者嗅到而感受了"。这段话真实地刻画出东北沦陷区一部分作家的困窘生活，也道出了他们写作背后的真实推力。秋萤自己也说："我没有一般文人那点可爱的清高，因为这些年命运的穷塞、生活的拮据，在长年的失业里，我知道没有钱怎样活不下去。我也知道了所谓清高是必须有了钱以后才能办到。"[2] 艰难的生存，对于沦陷区作家来说，既是一种勇气，一种在生存与思想之间抉择的勇气，一种说服自己"活"下去的勇气，也是沦陷区大部分作家无奈的选择。不少作家也因此贫困潦倒甚至死亡，如写有《兼差》这样优秀小说的作家高深，颇具才气却死于贫病之中。著名的"鸳鸯蝴蝶派"作家顾明道最终也是靠读者和朋友的捐款才得以最后的安息。沦陷区作家在自己的作品中大量地揭示贫困、苦难、饥

---

[1] 江沛：《日伪"治安强化运动"研究》，南开大学出版社 2006 年版，第 287 页。
[2] 山丁：《〈去故集〉的作者》（1943 年），张毓茂主编《东北现代文学大系·评论卷》，第 203—208 页。

饿、病患带来的困顿、恐惧甚至死亡，既是对沦陷区黑暗统治的控诉，也是对生存合理性的一种诉求。他们所展现的个人命运、逼近死亡边缘的生存窘迫多少也能够减轻他们在沦陷区进行写作的一些道德自责。

　　一些作家由于自觉没有涉及政治，写作以及其他活动都是出于生存考虑，因而内心并没有更多的困扰。如当时著名的女作家苏青就宣称"我很羡慕一般的能够为民族、国家、革命、文化或艺术而写作的人，近年来，我是常常为着生活而写作的"①。苏青在 1941 年上海沦陷后，开始卖文为生，曾主编过《天地》杂志文艺月刊，主持过上海天地出版社。她和汪伪政府的官员关系比较密切，但其文字倒比较干净，对于生活的执着以及对写作本身单纯的看法，使苏青对于在沦陷时期以写作谋生有着更"正当"的理由。她在《如何活下去》开头一句就是"我要活。如何活下去，正在设想着""无论是有钱的抑或无钱的，有力的抑或无力的，都不免于彷徨迷惑之境了。炸弹随时可以落到自己头上来，时局随时可以起变化，什么东西、地方、什么人才是真正靠得住的呢？""昨夜想想还是投笔回乡下吧，但是今天却接到家中来信说：金饰现钞统被匪军劫掠光了，租款又收不到，千万要我汇些钱去救急""然则——如何生活下去呢？我是只好希望'船到桥门自会直'"。② 这些话应该说贴近了一个在乱世艰难维持生计的女性作家的内心真实感受。苏青并不是没有意识到与日伪政治人物亲近的压力，当年她在《古今》中发表的对陈公博肉麻的吹捧文章③就令她后悔不已，有论者就考证苏青在自己的选本中从不选用此文即是明证。苏青坦荡与隐晦之间的心理活动在她的言行之中不自觉地流露给世人，也实在令人感慨。

　　在长期的寂寞之中，精神的匮乏、视野的窄小以及经历的单纯使得一

---

① 苏青：《自己的文章——代序》，《风雨谈》1943 年第 6 期。
② 苏青：《如何活下去》，《天地》1945 年第 17 期，封面文章。
③ 苏青：《〈古今〉印象》，《古今》1943 年第 19 期。

部分作家，特别是那些成长、成熟于沦陷时期的青年作家有着更大的写作冲动。当沦陷区文坛这一特殊空间给予他们一个表演舞台时，他们对于写作有着更为微妙的心态。他们不甘于沦陷区文坛的冷寂，急于改变现状，个人对于生命的飞扬也有着一种难抑的渴望。包括张爱玲在内的众多沦陷区女作家的出现常常就带有这种心理。此外，我们可以看到东北沦陷时期最有影响的"艺文志派"，一个青年作家聚合成的创作群体，也有着类似的心态。其重要成员古丁多次讲过："东北作家必须一面作文，一面造坛，这苦难是非同小可的，但是倘不决心冲入这非同小可的苦难之中，满洲文学是不会本格地发展起来的。"① 古丁曾经对沦陷区文坛的未来有过一段激情式的论述，"满洲文学还没有脱离萌芽的时期，它的开花，毋宁说要等待到将来"② 。为了改变此种现状，他提出了"写印主义"。

其实，就算这些作家给予自己更多的写作理由，他们仍然会自觉不自觉地意识到"民族"之所在。如活跃在东北沦陷区的古丁，在一次夜宴上，在彩纸上挥毫："今夕复何夕！我乃黄帝子！君仍大和裔！君爱大和子！我爱黄帝裔！"③ 这种危及安全的民族身份自我表白，其实道出了其内心的隐忧。古丁原系北方左联组织部部长，被捕之后叛变。其后，在沦陷区生活时期，他一直对这段事实三缄其口，"变节行为"在其内心所造成的自我道德谴责应该是存在的。古丁在浅见渊来访问其如何看待萧军时回答说："萧军才是真正的作家呢。他没饭吃的时候就靠写作来支撑。"他用激动的语气说："决不像我过的这种双重生活。真正的作家，不管有没有饭吃，都该走萧军的路"④ 。从古丁如此自责的言语中，我们至少可以读出

---

① 转引自徐迺翔、黄万华《中国抗战时期沦陷区文学史》，福建教育出版社 1995 年版，第 30 页

② 古丁：《满洲作家随笔》，转引自徐迺翔、黄万华《中国抗战时期沦陷区文学史》，第 76 页。

③ ［日］冈田英树：《伪满洲国文学》，靳丛林译，吉林大学出版社 2001 年版，第 275 页。

④ ［日］浅见渊：《满人作家会见记》，转引自［日］冈田英树《伪满洲国文学》，靳丛林译，第 121 页。

两层意思。一是作为一般的并不是真正意义上的作家，他们是为谋生而写作的，这有一定的存在合理性；二是他对自己不能坚持气节所进行的自责，内心受到了道德的谴责。他说这些话，即使是一种姿态，也可看出民族气节意识对个人心态的影响是重要的，这也是沦陷区许多作家个人作为"主观的身份"表白的需要。这种自责的方式，显示出沦陷区作家内心对于民族气节这一价值确认的需求。

民族的痛苦与不幸总是与个体紧密相连。"皮之不存，毛将焉附？"个人前途和民族命运的息息相关也决定着沦陷区作家在写作中流露出的民族意识具有一定的必然性。它描绘出沦陷区作家的内心图景。沦陷区作家在艰难的环境中所表现出的负重情怀和民族忧患意识是其最值得称赞的一面。而那些思想内容，多为远离政治、脱离现实的谈古忆往之作、风花雪月之谈、社会人情之绘，反映了沦陷区作家在残酷的屠杀、贫困的生活、欲望的诱惑等面前所呈现的矛盾、胆怯、回避、无奈与痛苦的心态。他们在绝望、悲观、感伤之中无奈地接受依靠写作谋取生存的事实，而这种写作中反映出的对于个人前途、家庭未来、声望、名誉的考虑，所谓的"坦然"、张皇、辩白、疏远的心态，其实都是在异族极端压抑下的心理扭曲的表现。这也是他们当中不少作家今后生活永远的伤痕。然而，无论如何，我们对那些"在占领的奴役下，在威胁的气氛中""写出具有持久性的作品"的作家的勇气表示必要的尊重与敬佩。正如法国作家阿兰·佩雷菲特所说，沦陷区作家对事物的时间与腐蚀的反抗是另一种基本的反抗。作家是反抗性人物，敌人的占领足以启示他们，同时，他们在反抗中，存在着作家的自由。[①]

---

① 转引自张泉《沦陷时期北京文学八年》，中国和平出版社 1994 年版，第 7 页。

第二节　乡土叙事与反抗意志

——沦陷时期山丁的民族意识

1931 年"九一八"事变后，东北大地沦陷于日本侵略者的铁蹄之下。年仅 17 岁的山丁因战乱离开学校，直至 1945 年抗日战争胜利，山丁在沦陷区生活了长达 14 年之久。他在民族危难之际的言与行，为考察沦陷区，特别是东北沦陷区作家生活提供了一个比较完整的个案。

一　现实精神与乡土文学

1933 年山丁经由《大同报》编辑陈华介绍，认识了萧军、萧红、白朗等作家，并结下了深厚的友谊。1934 年，萧军在离开哈尔滨前夕，嘱咐山丁"要从暴露乡土现实做起，'揭露现实'，'描写真实'"①。同年，萧军以田倪为笔名发表《1934 年后全满文学的进路》一文，其中提道："真的文学为了外力的交迫，自身的斗争，必然要崭新而出的。"并提出针对当时文坛自身的"单薄、贫弱、散漫、分歧"的情况，可以"先从暴露乡土现实做起"，这在广泛的范围内取得相当一部分作家的认同。但是，在当时，萧军本人以及其他一些青年作者谁也没有对"暴露乡土现实"的主张作出进一步解释。② 至 1937 年，山丁以《乡土与乡土文学》《乡土文学与〈山丁花〉》为标志，正式提出"乡土文学"的口号，并以实在的作品阐释其对"乡土"与"乡土文学"的理解。

---

① 参见《梁山丁生平年表》，《梁山丁研究资料》，辽宁人民出版社 1998 年版，第 7 页。
② 徐塞：《山丁乡土文学的主张及其实践——兼谈〈绿色的谷〉的评价》，《梁山丁研究资料》，辽宁人民出版社 1998 年版，第 356—357 页。

　　山丁认为"乡土文学"应该饱含对生活在乡土上的人们的热爱。他说，"虽过着都会人的生活，却永远不能忘记和我一起生活在乡下的那些韧性的农民。在我，对于乡下生活比都会生活亲爱，对于乡下人，比都会人更亲爱"①。对"乡下人"的热爱之情，使得山丁的作品大多以处于底层世界中的农民生活为题材，关注他们的悲惨命运。山丁早期发表的作品如《织机》《壕》《山风》《狭街》等，都显示出对沦陷区劳动人们悲惨命运的深切关怀与对他们历史命运的探索。《山风》以粗线条的笔法，描写农民在青黄不接的季节，无奈典卖青苗，最终却一无所获的惨淡生活；《狭街》中的刘大哥出去觅工时，被招工方劫持而去后，杳无音信，一家人贫病无告。山丁在他的作品中展示了下层劳动者的血迹泪痕，抨击制造人间惨剧的社会，体现出其在创作中的现实主义写作风格。

　　山丁的小说常常以沉郁的笔调，来吐露他作为失去祖国的儿女的爱国之心。在《乡愁》中，作者通过一个流浪在中国的俄国人尼古拉，在远离祖国的日子里，时刻对自己的祖国和家乡的怀念之情，展示了一个离开祖国而痛苦的孩子的灵魂。《在土尔池哈小镇上——一个马夫和马的故事》讲述一个发生在北方荒凉旷野上的故事。小说通过马夫魏秉奎对马的痴爱，映射出他无家可归的孤独心境。小说在结尾时以忧郁的笔调写瘸马的死去，并叹息"它再也不会听见黄豆瓣儿的鸣叫，不会再跑回到故土呼伦贝尔了吧"②！而长篇小说《绿色的谷》以大段的风景描写，最后让流亡在异地工作的工人唱出了充满乡愁的歌："我爱我那破碎的家乡，我不爱这锦绣的天堂"，更是抒写出流亡在外的"地之子"对乡土的眷恋。

　　这"锦绣的天堂"是指什么呢？《绿色的谷》中"狼沟一带的河套地上已堆积了许多铁轨、枕木和桥梁的资材"③，似乎点明了所指。然而，正

---

①　山丁：《绿色的谷·后记》，《梁山丁研究资料》，辽宁人民出版社1998年版，第196页。

②　山丁：《在土尔池哈小镇上》，《伸向天边去的大地》，沈阳出版社1991年版。第246页。

③　梁山丁：《绿色的谷》，春风文艺出版社1987年版，第192页

如日本学者冈田英树所说："作为现代文明象征的铁路，只是人类征服大自然过程中的交通工具，而当它延伸到狼沟的时候却不再是简单的交通工具，它代表了异族侵略者对东北的榨取和掠夺。因此，铁路给人们带来的不是幸福，而是灾难。"① 这种属于侵略者的"现代工业"并没有建构一个美丽的天堂。山丁在他的作品中以当时环境允许的最大限度，用几乎直白的语言，揭露日本经济侵略势力在东北的扩张行径，并指出这种扩张是造成东北乡村，如狼沟这样的小山村日益凋残的原因。学者孙中田把这种只用来扩张的"铁路"比喻为"吸血管"②，是非常恰当的。小说在特殊语境的掩护中，通过乡村妇女之口给铁路的出现予以"现世的魔障"的咒骂，作者的情感倾向十分鲜明。山丁在作品中几乎不顾后果地揭露异族入侵者对这片他深爱的土地的伤害，真实体现出热爱家乡的赤子之心。山丁所提倡并实践的"乡土"文学，由于与日本帝国主义侵占整个东北的残酷现实联系在一起，既反映出作者对"家园"失落的忧伤与愤怒，也表现了一代东北作家对整个东北或者是整个沦陷的国土的现实写照与热切深爱，渗透着强烈的民族意识。

对于山丁等人的"乡土文学"主张以及由此而产生的文坛震动，日伪文化统治机构"弘报处"和御用文化组织"文话会"早就密切注视，但并没有采取直接干预的做法。这是因为当时日本侵略者在完成对中国东北的军事占领、拼凑起各级伪政权之后，有意识地采取所谓"和平攻势"，以显示在刺刀和大炮卵翼下的伪满洲国的"自由"和"繁荣"，文坛上的论争正好能成为这种骗人伎俩的一种装饰，却在暗中则日甚一日地加紧对文化人的监视与控制。如日伪情报机关就曾确认山丁是"继承过去在满左翼作家萧军以来的传统农民文学"的骁将，内定为"要视察人"而加以特别

---

① ［日］冈田英树：《伪满洲国文学》，靳丛林译，吉林大学出版社 2001 年版，第 107 页。

② 孙中田、逄增玉、黄万华、刘爱华：《镣铐下的缪斯——东北沦陷区文学史纲》，吉林大学出版社 1998 年版，第 208 页。

监视。山丁的这些弥漫着现实精神的作品，尤其是其中的乡土情怀让沦陷区文学有了更富于"力"的内涵，也因而令日伪当局感受到更大的威胁。

山丁对"乡土文学"的提倡以及他的作品坚持关注底层困境中的人们，是有根可循的。早年深受"鲁迅的杂文集和茅盾的小说集"的影响，并声称"《路》《子夜》都曾经在文学创作上"给予了很多启发，称之为"长途旅行中的指南"，山丁对"乡土文学"的倡导也是自然而然的文学追求。同当时北满作家普遍受到苏俄以及东、北欧作品影响一样，山丁也十分向往19世纪的俄罗斯文学，这也影响到山丁后来在自己的创作中持久地关注"劳动大众"的生活，并坚持"批判现实"的写作方法。山丁所交往的朋友也对其产生十分重要的影响，如萧军、金剑啸等人，在思想与行为上都一直被山丁视为同道与亲密的战友。关于这种友谊对自己的影响，山丁曾这样说道："摆在眼前的许多悲剧的场面，啮噬着我的良心。……1937年偶尔流转到新京（长春），偶尔又遇见了几个从事文化事业的友人。他们推我拉我企图唤回我逝去的温暖，他们不允许我沉默（虽然沉默并非麻痹）。他们的挚爱波动了我冰冷的心湖。假如我的友人吝啬他们的'热'与'力'的施舍，我不敢想，我会扮演了那一幕悲剧的角色。"[1] 他把金剑啸比为"把光和热留给我们"的"盗火者"[2]，并直言自己将接过烈士的火把，继续点燃东北人民抗争的愤怒激情，照亮东北沦陷地区苦难的生活。就山丁在东北沦陷时期高举"乡土文学"大旗的意义，杨义评道："自从三十年代前期哈尔滨青年文学者之群风流云散之后，正是作为这个群体之一员的梁山丁携带着战斗者的热情，与文选文丛同人一道，给东北沦陷区的文坛增添了几分寒冬里的热气。"[3] 并且杨义进而把山丁等人在东北沦陷区坚持"乡土文学"的主张同"光复前的台湾进步文学是乡土文

---

① 山丁：《我与文艺——〈山风〉代序》（1940），《梁山丁研究资料》，辽宁人民出版社1998年版，第217页。

② 山丁：《文学的故乡》，《梁山丁研究资料》，辽宁人民出版社1998年版，第182页。

③ 杨义：《中国现代小说史》（下），人民出版社1998年版，第351页。

学"的见解进行类比,认为山丁提倡乡土文学,也是"包含着浓郁的民族
回归意识和反抗异族的忧愤情感的"[1]。可以说,山丁在东北沦陷之后,是
以"地之子"的身份深情地以笔为"琴",吟唱出对土地的热爱与忧伤;
以笔为"剑",反抗侵略者对这片沃土的蹂躏与侵蚀。

二　困境意识与反抗意志

1933 年初秋,《大同报》文艺副刊《夜哨》创刊。创刊号上代替发刊
辞题名为《解放》的诗系山丁所作:"你们像是牢狱里的囚犯,紧缠着笨
重的铁链,如今,一团烈火燃烧着铁链就要被毁断,打开牢狱之门前进,
光明就在你眼前出现。再也不能安分地期待,期待只是受那种种的割宰,
如今,奴隶们只有一个路,钢铁一般团结起来,伟人一般看重自己,把铁
锁链毁断,去欢迎那光明的出现。"[2] 诗人把生活在沦陷区的人们比作锁着
"铁链"的"牢狱里的囚犯",呼吁他们只有团结起来,砸碎铁锁链才能获
取自由,真实地反映出当时沦陷区人们的处境。而随着沦陷时间的推延,
日伪当局逐渐形成更为严密的文网,沦陷区作家从言到行的空间更为逼
仄。正是在这样的语境中,山丁同他的朋友们一起向令人窒息的生存空间
提出抗议,在作品中表露抗争的意识,并以自己的行动表明反抗异族的民
族立场。

对于在日伪刺刀下的屈辱生活,山丁曾经作《鱼肆》一诗,形象地描
绘生活在沦陷区的感受。诗人以血迹斑斑的鱼肆来比作沦陷区;将那"匍
匐在粗糙的榆蓝"里,等待"被斩决""被煎烹"命运的鱼比为沦陷区的
人们。诗中充满着"恐怖的气息",透露出命在旦夕的恐怖始终盘旋在沦
陷区人们的头顶的命运,表达了诗人对日伪统治的愤懑与对沦陷区人们不

---

[1]　杨义:《中国现代小说史》(下),人民出版社 1998 年版,第 352 页。
[2]　梁山丁:《〈夜哨〉上的亮星》,季红真编选《萧萧落红》,人民文学出版社 2001 年版,
第 95—96 页。

幸生活的同情。对于异族侵略者以野蛮的暴行任意侵占财物、侵害生命的野蛮行径，诗人的情绪几不可抑。山丁在诗集《季季草》中有《隧道》一诗，写道："我们在幽静的山谷碰见，/盘旋的旅情被你切断。//你吞了我们的摇篮，/你撒下了无底的黑暗。//如果你残忍地覆了山口，/这摇篮立刻翻斗。//山谷变成临时的墓碣，/你做了万人的坟墓。"以隐喻的方式揭露日本侵略者霸占东北，隔断中国的大好河山。在《石湖的积木》中则借积木被斫削、被盗运的命运来象征侵略者的贪婪与暴虐之心。"成千累万的肢体，/削足，斩腰，剥皮……/在广场上堆积。/没有眼泪也没有歙嘘！/你难道忘记了/生你的母亲——大地。/她在风中摇摆着手，/向你呼唤，/你终于被装上车箱，/载到院的远方。/你呀！我认识得清，/一堆死魂灵。"联系山丁小说中《狭街》中刘大哥被强行掳为苦力的遭遇，"积木"形象的意指实在是十分明显。山丁此时的作品整体上体现了其对沦陷区人们生活的同情之心和对侵略者的仇恨之情，也充溢着作者在民族受辱多难时的困境意识。

山丁对沦陷区侵略者严酷统治的感受并不是个体的，而是生活在沦陷区人们的普遍体验。《铁槛》写一个普通农家家破人亡的过程和一对纯洁年轻人堕落的故事。小说的标题"铁槛"是一个形象的比喻，把这个日伪统治下黑暗的东北社会比作是大监牢。这篇小说以一种近似白描的手法揭露了日帝统治下东北黑白颠倒的现实，在平静的叙述中蕴含了巨大的悲愤，也流露出作家深沉的压抑感。季疯也曾在杂感中提到东北沦陷区暗然无声的黑暗处境，并愤怒地诅咒，"一个压制别人应该说的话，那是恶汉；逼人说不能够说的话，那是蠢材"[1]。正是日伪高压的统治，让那些敢于直言抗争的热血作家为之逃亡，为之牺牲了生命。在自己的国土上，作家却面临在言语与生命之间作出选择的荒谬处境。何去何从成了新的价值选

---

[1]　季疯：《言与不言》，《杂感之感》，益智书店 1940 年版，第 8 页。

择，季疯在他的一篇杂感中引用诗句"失掉生命的人正是获得了生命，保存生命的人，正是失掉了生命的人"①，正是对这一问题的思考和回答。

困境中的东北沦陷区作家并没有甘于沉默，而是尽可能以写作的方式表示对异族统治的反抗。1944 年山丁发表中篇小说《在疯人院》，就以冷嘲的笔法，对这个颠倒黑白的世界进行控诉。这种控诉式反抗也体现在多个方面。如《初恋》针对外国老师讲鸦片战争是由于"中国人自己的错误"造成的，作者借女主人公苏懿贞之口，宣扬对自己民族历史的尊重，"你们讲的完全是你们的历史，并不是我们的历史，我们希望听自己的历史"，并发出"我们有研究历史的人""我们不听你们的谎话""你们是历史的骗子"② 的呼声。而在《碱性地带》中，作者刻画出瘦鬼魏主任与商务会陈会长勾结，一起鱼肉百姓的丑陋与狠毒形象，对沦陷区老百姓食不果腹的生活予以深深的同情。作者在苦难中酝酿仇恨，在仇恨中升腾起反抗的意志。

在种种反抗方式中，山丁以其炽烈的情感抒写怀念烈士与故人的诗歌在沦陷区文学史中具有独特意义。1936 年，为纪念诗人金剑啸③牺牲，山丁写了《炮队街——献给无墓的阿金》一诗，1941 年在其主编《诗季》创刊号上发表。诗人以悲伤而又浓烈的感情写道："你的一幅未完成的构图，/骄矜的忍耐在灰暗的墙柱。/哑默之间，我没接承你的话语，/却领略到你眼底的欢呼。//我踌躇着：阿金，你画你的，/我不该摇动了你预知的构思；/在无人的旷野，广漠，广漠……/描绘吧！那些从地下来者。//渺茫的举起我的眼睛，/孤独的荡漾在冬的江心，/为了追求你的踪

---

①　季疯：《言与不言》，《杂感之感》，益智书店 1940 年版，第 99 页。

②　山丁：《初恋》（1945 年），《伸向天边去的大地》，沈阳出版社 1991 年版，第 387 页。

③　金剑啸，原名金建硕，1910 年生于沈阳，1930 年参加中国共产党，是东北现代文学的拓荒者。他在《夜哨》《文艺》周刊、《芜田》等进步刊物上发表小说、散文、诗、剧本，反映劳动人民的悲惨生活，揭露统治阶级的丑恶，推动抗联英雄的战歌。后因编辑的《大北新报·画刊》公开宣传苏联的社会主义建设，发表文豪高尔基的病危消息，于 1936 年 6 月 13 日在哈尔滨遭到敌特逮捕，1936 年 8 月 15 壮烈牺牲于齐齐哈尔。

迹,/那管坠进寒流的底层。//如今,大地是一抹静穆,/喜鹊的啄嘴也加了约束。/我默默忆起纪德的一本书题:/'麦粒不死仍为一粒!'"① 1943年,山丁又在《辽远的海岸——悼悄吟》呐喊出"你们的喊叫震荡了故乡,/你们的呼声遍布了异国,/你们慷慨悲歌,/无非是为了活。//死了不能再生,/你虽死了,也是黄种的上乘,/你是不能死的,悄吟!/你的歌声将永远留存"②。金剑啸、萧红等人以其斐然的文学成就、炽烈的民族情感以及勇敢无畏的行为在东北产生了深远的影响。山丁冒着极大的危险,在刊物上发表对英雄的悼诗,意义也十分重大。因为对具有符号象征意义的人物的悼念,能够起到加强民族自我认同的意识,增强民族内部团结的作用。本尼迪克特曾这样说道,"没有什么比无名战士的纪念碑和墓园,更能鲜明表现现代民族主义文化了",这些纪念物"被赋予了公开的、仪式性的敬意"。③ 山丁以诗歌的形式,给民族的抗争者树起了一道纪念碑——这道纪念碑上记载着民族抗争的启示与想象,它为沦陷区彷徨的人们指引了一条路。对于一个"想象的共同体"而言,英雄的事迹起到了维系着民族自豪与尊严,并产生强大的集体认同效应的作用。因为通过英雄的事迹,"在这个共同体内,个人能够寻求到认同意识、安全感以及与家庭和故乡关系相联系的权威。"④ 奥托·兰克曾说,"神话是民族的集体之梦",在沦陷的天空下,英雄是每一个受难民族的精神的象征,对英雄的赞歌也是人们内心的呼声,当英雄形象在每个人心中升起时,集体的想象将会产生更合节拍的强大力量。

---

① 山丁:《炮队街——献给无墓的阿金》(1941年),钱理群主编《中国沦陷区文学大系·诗歌卷》,广西教育出版社1998年版,第344页。(注:以下凡属钱理群主编的《中国沦陷区文学大系》丛书的注释,不再标出出版社名称和日期)

② 山丁:《辽远的海岸——悼悄吟》(1943年),钱理群主编《中国沦陷区文学大系·诗歌卷》,第349页。

③ [美]本尼迪克特·安德森:《想象的共同体》,吴叡人译,上海世纪出版集团2003年版,第11页。

④ 韦民:《民族主义与地区主义的互动》,北京大学出版社2005年版,第106页

　　以现实的态度进行创作的山丁，写出了东北沦陷区人们的极端困苦的生活，也必然会写到民生穷匮、将有他变的现实。在山丁的笔下，有不少穷困潦倒、走投无路的普通老百姓，被迫落草为"匪"。关于这种以"反抗"和"毁灭"主题的作品，应该有更多角度的认识。逄增玉认为："在历史形态中，东北'土匪'及其社会历史内涵是相当复杂的。大体来说，东北土匪既有杀富济贫、'替天行道'及在民族危难的历史关头奋起抗日的壮举，有属于'历史之善'的一面。也有绑票砸窑、杀人越货、无恶不作、破坏性极强，属于'历史之恶'的一面，同时也有抢劫也抗日，或先做匪后抗日等善恶杂缠、好坏并俱、清浊难分的一面。"[1] 尽管山丁后来对他笔下的"胡子"进行了更积极的解释，但仍触摸到了危难时代普通百姓的悲惨生活。他在《绿色的谷》重版时说："我下决心要写一部以家乡狼沟农民武装为题材的长篇小说。因为我在狼沟生活了半年，亲眼看到那些朴实、坚强的农民，被逼铤而走险去当'胡子'，我同情那些贫苦的农民。"[2] 并试图把这些农民武装写成像早期短篇小说《山沟》的农民武装一样。在《山沟》中所写的农民武装具有严格的纪律，"他们和洛子（小说中的我）一样，都像学生，坐在北炕上，我给他们烧壶开水"，他们问的也是农民的生活问题，俨然是"农民起义军"的形象。由于写作《绿色的谷》时间是在1942年，其时，日伪文网已经十分严密，作者已经没有更多的表达自由。加上小说在中文报刊《大同报·夕刊》上连载发表不久，就被日人译者大内隆雄逐日翻译成日文在日文报刊《哈尔滨日日新闻》上连载发表。在当时的环境下，作者必定会产生"文字狱"的恐惧心理，"在精神上承受一种外来的压力"[3]。因而小说在涉及"胡子"时，并没

---

　　① 逄增玉：《胡子与英雄——东北作家创作中独特的历史与文化景观》，《文艺争鸣》1995年第2期。

　　② 山丁：《万年松上叶又青——〈绿色的谷〉重版琐记》，《梁山丁研究资料》，辽宁人民出版社1998年版，第199页。

　　③ 同上书，第201页。

有明显的"游击队"色彩，而是刻画出一个具有"原生态"的"农民武装"队伍，更具"胡子"本身的特色。《绿色的谷》中所述"胡子"来袭时，狼沟从上到下的一片惊恐失色的气氛也具有更真实的逼真性，从而避免了主题先行的图解式弊病。山丁对"胡子"的认识，大抵来自他早年刚刚离开学校，居住在他同母异父的姐姐家——开原老城东大狮子沟这个偏僻的小山沟避乱时的经历。这一时期，山丁亲身经历了"跑胡子"的滋味。加上创作《绿色的谷》时，家里住着一位来自乡间的年老的亲戚提供了一些素材。总体来说，山丁笔下的"胡子"有着边缘生存群体的野性生命力和疯狂的破坏性，有着大背景下求生存的生命冲动，但缺乏细微生动的情节描写，因而也没有充分地展示出个体生命以及这一反抗群体的复杂性。

环境的拘囿与对"胡子"经验的不足，并没有使山丁的作品削弱它的民族意识浓度。在《绿色的谷》中，作者借农民对"胡子"的恐惧，既显示出农民对安定生活的向往，也反衬出农民被逼上梁山的沦陷背景。与农民顺从而受迫害相比，"胡子"并未因反抗而受到更大伤害的事实，使农民对"胡子"产生了认同心理。此外，日益贫苦的生活与异族对微薄资源的压榨更使农民对"胡子"生活产生一种向往。这一心理变化更真实地反映出在日伪统治下民不聊生、逼上梁山的生存状况，客观上也体现了人们从个体自救到民族自救的精神。山丁小说中隐隐约约地显示出日本经理支配下的资本市场对农村土地的盘剥，表露了东北人们对于帝国主义要灭亡中国的深沉忧虑。小说也因之有着一种自觉的社会责任感，显示出民族抗争的必然趋势。这种趋势早在日本侵略之初就已经露出端倪。1933 年，在《大同报·夜哨》上连载了李文光的《路》，这部小说主题是散居深山的"土匪"们通过长途跋涉投奔抗联的故事。作者借小说主人公之口说出："必须向着唯一的道路走去，不然摧残、饥寒与灭亡是永远脱不开的，我们以至我们的子孙，永远地要被践踏着。"①

山丁在沦陷区的创作倾注了他对劳苦民众的同情和对日本侵略者的愤恨，如《山风》《乡愁》《绿色的谷》《季季草》等。他以心灵贴近沦陷区受苦受难的同胞，以真挚的情感描写沦陷区人们的苦难人生，他的作品表现了中华民族热爱乡土的民族意志、坚韧的生存能力和敢于反抗斗争的可贵精神。可以说山丁的创作触到了沦陷区日伪当局"允许的底线"②。尽管山丁似乎有着亲日的背景与一些"资历"——如1934年担任石城税捐局股长；1936年考入伪满大同学院，并赴日本进行了一次毕业旅行，有着"奴化教育"的背景；1938年，山丁的小说集《山风》获得《盛京时报》的"文艺赏"；1940年，山丁经青年诗人杨叶介绍到满映当脚本员等。但纵观他这一时期的所有作品，可以说没有"丝毫媚骨"。因而当《绿色的谷》在1943年准备由长春文化社出版单行本时，受到了伪满洲国弘报处的查处："《绿色的谷》一书有严重问题，不许出厂，不许发售，听候处理！"③ 后经多方疏通，《绿色的谷》在接受"削除"处分之后，获得撕页出版的"黥刑"。其后，山丁受到更加严密的监视与控制，1943年9月30日，山丁在亲友的帮助下，乘车逃离伪满洲国，辗转来到华北沦陷区，成为一个乡土的逃离者、流浪者。

三 "暗与灭"中的"绿色"憧憬

山丁沦陷时期作品的民族意识不仅体现在"描写了满洲农民对于土地的黏着性"和刻画出日伪统治下"在疯人院"里苦难的生活，而且也体现在其作品中散发出对民族生命的"绿色"希望。1943年，山丁在《绿色

① 转引自李春燕《东北抗日文学的不同视角》，《东北沦陷史研究》1999年第4期。

② ［日］冈田英树：《伪满洲国文学》，靳丛林译，吉林大学出版社2001年版，第104页。

③ 山丁：《万年松上叶又青——〈绿色的谷〉重版琐记》，《梁山丁研究资料》，辽宁人民出版社1998年版，第201页。

的谷》单行本的后记中这样写道："我虽过着都会人的生活，却永远不能忘记和我一起生活在乡下的那些韧性的农民""我亲身听见他们在祈祷与叹息之间讨着生活。我还亲眼看见他们在自然巨人足前跌倒下去。他们是聪明的。他们懂得'跌倒了自己爬起来的、还没有完成的农民。我相信他们没爬起来的、没完成的性格，只不过是时间的过程而已'"。① 山丁对于民族坚韧的生命力毫无怀疑，在这篇后记中，他表露出自己的世界观："支持满洲生命的是那些农民，作为社会基础的也是那些农民。"这在当时东北较为封闭的思想背景下是十分难得的。然而，如果了解山丁成长的轨迹，我们会发现这种观点并不是出于偶然。

山丁出生于一个贫民家庭，底层生活的经验使山丁对劳苦人民有着更深切的理解与认同。自 1932 年认识萧军以后，山丁接触的作家大都具有炽热的爱国热情。同时，山丁也受到较多的"左翼"思想影响，如 1934 年与山丁有联系的《夜哨》停刊，白朗编辑的《国际协报》副刊曾连载葆莲译的高尔基名著《夜店》和金人译的柴霍夫的小说《夫妻》，这些作品山丁都非常喜爱。像《大北新报画刊》所载苏联诗人马雅可夫斯基的诗篇《诗人》，山丁更是到了老年还记忆犹新。诗中有这样的句子："劳动大众里的同志，/普罗的躯壳和精魂，/惟其是在一齐儿，/我们去更变整个世界的面目。"② 可以说，山丁对民族生命力的自信来源于他在实际生活中体悟到的劳动大众身上蕴含的打碎压迫阶级、反抗异族统治的巨大力量，尽管这种认识并没有达到自觉的层面。有了这种对民族生命力的感悟，山丁才敢于在黑暗的伪满时期吟唱出"新的生活在等待我，新的勇气在鼓荡我。过去的让它过去，那是没什么可眷恋的。我还执拗着自己的话：'新的永久是代替旧的'"③ 的历史预言诗句。

---

① 山丁：《绿色的谷·后记》，《梁山丁研究资料》，辽宁人民出版社 1998 年版，第 196 页。
② 山丁：《文学的故乡》，《梁山丁研究资料》，辽宁人民出版社 1998 年版，第 83 页。
③ 山丁：《乡愁·自序》，《梁山丁研究资料》，辽宁人民出版社 1998 年版，第 222 页。

　　山丁的作品颇受俄罗斯文学的影响，他自己也坦承十分向往 19 世纪的俄罗斯文学。他在《绿色的谷》后记中表达了自己渴望能够"用《静静的顿河》那样宏大的构成，用《死魂灵》那样骇人的笔法，描写满洲的浑厚的农民生活"，他认为"满洲的农民虽然不是《死魂灵》和《静静的顿河》里的农民，然而却有着性格上和生活上的共同点"。① 山丁的作品尽管没有展示出宏图式的沦陷区农民全息图，却也勾勒出小山村狼沟里的农民，在莫测的命运面前顽强挣扎、惘然固守、继而有意识地探寻出路的丰富生活图景。小说忠实于生活的实态，刻画出像于七爷这样挣扎在几千年传下来的佃户生活模式中的农民形象，他们固守生活的旧有规范，并"如烟"般消逝。而像年轻农民崔福只祈求着把小莲娶来当老婆，然后像霍凤说的那样，一辈子给财主"看山、看坟、看地……"的追求，更显出农民安贫守成的传统心理。然而在他们身上，我们仍能看见"宽厚、坚韧、正直"的民族传统精神。在《绿色的谷》中他们也并不是全无血性的一群人，像黄大辫子说出"我恨他们，他们那一群，我都恨，他们只顾自己，一点也不给旁人想想，他们都是自私自利，对他们怎样也没有好"②！就暗示出了看似顺从、软弱的农民，心里仍然埋藏着反抗的火种。有论者认为他们"不但是大熊掌那样自发反抗的后继人，只要条件成熟，他们完全可能成为《八月的乡村》和《生死场》中的抗日战士"③。《绿色的谷》力图以宽广的历史视角，展现那一片愤怒的土地。在那里，掠夺带着原始性的野蛮，搏斗呈现惊心动魄的尖锐。诚然，那里还只是地壳正在断裂过程中发出的响声，但细心的读者是不难感受到那奔突着的地下火焰的。

　　山丁笔下的人物与场景，一如同时代的作家作品，多有关于"哀民生之多艰"的困苦生活，也有"怒其不争"的愤激之情，如《伸向天边的大

---

　　① 山丁：《〈绿色的谷〉后记》，《梁山丁研究资料》，辽宁人民出版社 1998 年版，第 196 页。

　　② 山丁：《绿色的谷》，春风文艺出版社 1987 年版，第 182 页。

　　③ 张毓茂：《评梁山丁的〈绿色的谷〉》，《梁山丁研究资料》，辽宁人民出版社 1998 年版，第 318 页。

地》中的独眼龙，忠心护主，满心功利，却落得一家灭绝、暴尸异乡的下场。然而，从总体上看，山丁的作品有着一种不灭的生命气息回荡在字里行间，是黑山白水之中的民族生机蓄势待发的预兆。《初恋》中写到当苏懿贞要退学时，国文教员希望她能留下来，这样说"我们这一代是完了，只有希望你们，你们年轻"！并在讲台上诵读着"大铁椎传"。作者要表达的意思已经十分鲜明：作者希望民族儿女能够像"大铁椎"那样充满勇猛力量，并能够起而反抗。作者有意突出苏懿贞维持民族真实历史的斗争精神，文中写道："郭瑛吕芳和几个同学走出教室，象一列赶死的兵队，许多只不安的眼睛望着她们，宛如送大铁椎和群盗决斗似地屏息着呼吸。"①这些学生走进教室的身姿已经成了一种维持民族尊严的象征，作者的民族立场在这些描写中也得到了鲜明表达。1942 年，山丁在小说集《乡愁》的自序中曾这么写道："原打算名为《如晦集》，在文前还写下《国风》上的诗句：'风雨如晦，鸡鸣不已。'"② 这里表达的也正是民族自强不息的意思。也因为有着对民族前途的信心与不屈的斗争信念，山丁才有这样的表白："有人指责我们为什么偏偏刻画暗而不刻画明，为什么偏偏描绘灭而不描绘生，他说我们在 masturbation，这话的意义我很明白，他是说我们在暗与灭里浸润着自己的寂寞，给人类以毒害的了。然而，他却忘掉了我们是在暗与灭里求着明与生。"③

尽管看到中国农民抗争的力量和精神，甚至有着如"大熊掌"这样古朴淳厚的性格和粗犷生命活力的人物，但在当时的语境下，山丁对这种暴力抗争也没能有更多、更细致的刻画，这使得作者所要表达的主题有些模糊。山丁在当时的日译本序中曾这样解释他的长篇小说《绿色的谷》的题名意义："绿色象征青春、健壮、活泼，并含有追求成熟的喜悦，这就是

① 山丁：《初恋》，《伸向天边的大地》，第 405 页。
② 山丁：《乡愁·自序》，《梁山丁研究资料》，辽宁人民出版社 1998 年版，第 221 页。
③ 山丁：《在寂寞中》（1938 年），张毓茂《东北现代文学大系·散文卷》，第 271 页。

小说的主题。"而在《绿色的谷》重版琐记中，作者说他的本意是"要写绿林好汉的"①，是要写出绿林好汉受人民爱戴，是乡村（或是整个受压迫的沦陷区人们）的希望！结合山丁早期创作的《山沟》中"绿林好汉"的形象、山丁好友如萧军、金剑啸等人参加革命的事实以及山丁作品一贯的抗争主题，山丁对"绿色"的补充解释应该是成立的。山丁寄希望于"绿林好汉"的创作构思在当时并不是孤立的。1943 年，上官筝在《新英雄主义、新浪漫主义和新文学之健康的要求》一文就提到了这一创作主题产生的必然性。上官筝在文中认为高尔基是这种新浪漫主义的代表，在其作品里，"我们随处都可以见到那些强壮，勇敢，爱自由，爱光明的英雄们和那些卑怯、贪婪、狭隘的私欲者的对立与战争"②，并认为"英雄"有几种特殊的存在，一是"名士"如章太炎，有着"不屈挠"的精神；一是"强盗"，如《水浒传》中的强盗——到了不得已的时候，便毫不客气地割掉仇人的脑袋。③ 事实上这种创作题材的理论取向在沦陷区文坛产生了很大反响，引起了作家的共鸣。这也是面对异族侵略、民族灾难和人民反抗的现实，作为有良知的爱国作家创作的必然选择。

山丁并不是一个狭隘的民族主义者，除前面所说受俄罗斯文学如高尔基等影响之外，他甚至对日本文学进行了有选择的接受。有论者认为山丁的长篇小说《绿色的谷》中小彪把土地分给佃户的行为是"'耕者有其田'进步思想"的体现。对此，山丁如实地说道："我写这部小说时并没有那么高的思想水平。"究其根源，山丁此种构思设计有可能来源于日本文学的影响。在《绿色的谷》中，作者借主人公小彪的话，引出"分土地"的思想是来源于有岛武郎的仁爱思想。如小说中写道："是去年的微

---

① 山丁：《万年松上叶又青——〈绿色的谷〉重版琐记》，《梁山丁研究资料》，辽宁人民出版社 1998 年版，第 200 页。

② 上官筝：《新英雄主义、新浪漫主义和新文学之健康的要求》（1943 年），钱理群主编《中国沦陷区文学大系·评论卷》，广西教育出版社 1998 年版，第 22 页。

③ 参见上官筝《新英雄主义、新浪漫主义和新文学之健康的要求》（1943 年），钱理群主编《中国沦陷区文学大系·评论卷》，第 26—27 页。

寒的初春，一个落雪的礼拜六傍晚，他躺在宿舍床上读有岛武郎全集，是他沉醉着有岛武郎的著作最甚的时期。"① "在中学时代的小彪，是一个不安分于学科的学生。他喜欢涉猎各种新出版的书籍和杂志。他非常崇拜托尔斯泰、克鲁泡特金、惠特曼的著作。他每次来到南满站的日本书店浏览，都要选购许多新的日文译作，尽管他对日本的文化人不怎么喜欢，他却深受有岛武郎的影响。这位东洋民族的天才人物，捐弃资财的壮志，豪放雄伟的人生观，使小彪受到极大感动。"② 作者大胆地说出小彪对日本的文化人不怎么喜欢的同时，也坦诚地说出对有岛武郎的敬佩。这在当时也是难能可贵的。刘立善甚至考证《绿色的谷》中曾出现过有岛武郎的原话，如下面这段激励小彪的话——"我反惟独看作可悲的牺牲者，你是眼前的人类生活的除外者，你是对于现在生活的进展毫不参加的人""希望现在生活的人，不是这样的，那是毫不犹豫地跳入现在生活的漩涡中，而向前突飞的人，是到了不能再往前进的地方还想前进的人！"就是源出于有岛的《致诉苦的青年朋友》。③ 在目睹异族入侵下的乡村惨淡景象，山丁以自己的想象设计了一个理想的境界，希望苦难中的人们能够有一个安定的家园，表达了他对平等、和平的内心向往。因而一切能够表达这种理想的思想都能够激发山丁的共鸣，并引为己用。事实上，山丁认为他的这种理想主义不仅来自有岛武郎，他自己也认为"地主子弟分土地给农民作为小说的结束，是我同情贫苦农民而创造的童话，可能是我受到老托尔斯泰的思想影响"④。

　　山丁在沦陷时期，竭力于文化上的民族抗争，在其出版小说集《山风》《乡恋》《丰年》，新诗集《季季草》和长篇小说《绿色的谷》等作品

① 山丁：《绿色的谷》，新京文化社1943年版，第5章第2节。
② 同上书，第3章第3节。
③ 参见刘立善《有岛武郎与梁山丁》，《梁山丁研究资料》，辽宁人民出版社1998年版，第441页。
④ 山丁：《心有灵犀一点通——〈绿色的谷〉书简》（1946年），《梁山丁研究资料》，辽宁人民出版社1998年版，第206页。

中，我们能够看到一个民族赤子对同胞命运的同情的目光，对殖民者掠夺的反抗意识。强烈的民族意识使山丁的创作始终保持着文化抗争斗士的风格。也因为此，在最困难、最艰苦的日子，山丁依然能够吟唱出"假如生活欺骗了你，/不要流泪，不要悲伤，/阴郁的日子即将过去，光明的日子即将到来"① 这样充满信心的歌声。他的一些作品也许有些粗粝，然而绝无低回的颓废情绪，他以对乡土的热爱，对抗争的坚持，对希望的执着赢得了沦陷区作者的尊严。1945 年春天，山丁和袁犀参加了北平地下党工作，参与筹办了作为党的联络点的海燕书店，并由此开始了新的文学旅程。

第三节　民族危亡背景下的女性言说
——以张爱玲为中心

五四以来，中国女性作家在现代历史语境中开始获得更多的言说空间，同时也由于现代中国历史命运的蹇运多舛与文化传统的制约，宏大叙事一直制约着个体叙事的发展，这也导致着真正的女性言说声音湮没在宏大叙事之中，显得低回不彰。然而，随着中华民族遭受历史以来最大的外敌入侵，一方面，在国统区、解放区，民族叙事占有绝对主流的位置，其中男性中心的叙事自觉不自觉地占有主流位置；另一方面，在沦陷区，由于民族叙事被绝对压制，女性写作成为沦陷区一道独特的文学风景线。正如孟悦、戴锦华所说："民族入侵者赤裸裸的血腥统治，'大东亚文化'如同一个密闭的毒气室的天顶虐杀了一切民族文化。传统的男性主题与文化

---

① 山丁：《文学的故乡》，《梁山丁研究资料》，辽宁人民出版社 1998 年版，第 182—183 页。

使命遭受了野蛮的阉割。在正统民族文化、主流的男性文学面临着废退、解体与死亡的时候，始终在民族危亡、社会危机的常规命题下遭受着灭顶之灾的女性却获得了一种畸存与苟活式的生机。"① 我们发现，沦陷区文学中民族叙事声音的低落与男性宏大写作姿态的不振，与沦陷区女性写作的"一片繁荣"有着种种错综复杂的关联。

一　女性写作现象的兴起

1944 年 4 月 7 日，傅雷在《论张爱玲的小说》时说，"在一个低气压的时代，水土特别不相宜的地方，谁也不存在什么幻想，期待文艺园地里有奇花异卉探出头来"②，一言道出沦陷区的肃杀景象。然而就在这样一个人们对于文艺没有任何奢望的世界里，出现了一大批女性作家，着实令人有些"出人意料"。东北沦陷 14 年，出现过 20 余位女作家，发表过数百篇作品，出版了 10 余种作品集。其中著名的作家有萧红、吴瑛、白朗、但娣等。华北沦陷区也先后出现了梅娘、雷妍、张秀亚、寒流、哲西、欧阳斐亚、璇玲、纪莹等女性作家，虽然她们的创作历史长短不一，但也颇具群体特色。同东北、华北相比，华东沦陷区女作家群体更显得群星璀璨，其中尤以上海女作家最为引人注目。1944 年谭正璧编选的《当代女作家小说选》收入 16 位女作家的作品，包括被称为"才女"的张爱玲，当时上海文坛"最红"女作家苏青和拥有广大读者群的施济美、汤雪华等。③

一般来说，这些女性作家都很少涉及政治，她们的谋生方式大致能够反映出这一特点。由于日伪统治较为严密，文化空间也相对狭窄，女性作家无论是从传统还是战争当下的环境，都很少有进入政治领域的可能，她

---

　　① 孟悦、戴锦华：《浮出历史地表——现代妇女文学研究》，中国人民大学出版社 2004 年版，第 218 页。

　　② 迅雨（傅雷）：《论张爱玲的小说》，《万象》1944 年第 11 期。

　　③ 参见徐道翔、黄万华《中国抗战时期沦陷区文学史》，福建教育出版社 1995 年版，第 281、364、539 页。

们大都在一些文化机构，如在学校任教或在报刊杂志社谋生。东北沦陷区的如吴瑛，自吉林女子中学毕业后，先后任大连《满洲报》与新京《大同报》的记者、编辑，后又到新京满洲图书株式会社编辑部工作，1941 年编辑《满洲文艺》，并加入满洲文艺协会。但娣 1942 年自日本回国后，任教于开原女子高级中学，1943 年任书店编辑，同年 12 月计划逃出"满洲国"被判刑两年，1944 年以监外执行身份到新京满洲映画协会编剧科。华北沦陷区如雷妍北京大学毕业后，长期任中学教员。梅娘 1942 年自日本回国后，任《妇女杂志》编辑。华东沦陷区，尤其是上海地区，女性作家的谋生空间相对开阔些。如苏青在上海失守之后，靠卖文为生，创办并主编《天地》月刊，主持天地出版社，成为当时上海文坛最有影响力的女作家之一。日军占领香港后，张爱玲于 1942 年返回上海，靠给英文《泰晤士报》《二十世纪报》等报刊卖文为生，后主要从事文学创作维持生计，先后在《古今》《苦竹》《天地》《紫罗兰》《万象》《杂志》等发表文章，以自由撰稿人的身份显名于上海滩。女性对于远离政治与体制有着本能的向往。张爱玲曾经说过，她很高兴"读者"是她的"衣食父母"，言语表达中既有远离政治的自觉，也有对政治的漠视。当时，留守沦陷区的作家大多是在鲜明的政治范畴以外谋求生存的文人，其中一些作家，特别是男性作家，不少以国家民族大业为念者，他们效忠的对象是文化中国，在矛盾和挣扎面前，往往选择沉默作为其个人道德和民族气节的试金石，如傅雷、柯灵等人；另一类文人在动乱时局下同样感到无可奈何，不同的是，他们从人性与生存的角度看事情，比较不受民族气节说的束缚，虽说有不少人因放任自己而堕落，但也有作家因为战争而对人性有了更深刻的体认。这后者便以张爱玲一类的女性作家居多。

女性作家在战争年代谋求生计自然比男人更多一份艰辛。沦陷的大环境使得她们同沦陷区所有人一样，与日伪机构及其人员发生这样或那样的关系。其中，在有日伪背景的杂志刊物上发表文章，对于靠卖文为生的女性作家虽腾挪躲闪却难以完全规避。苦难如雷妍者，个人遭遇是如此的不幸：与丈夫离异后，雷妍独自一人长期支撑着一个十余口之众的大家庭，还担负着妹妹念大学的费用。繁重的经济负担迫使她在北京等沦陷区的各种报刊如《中国文艺》《中国文学》《华北作家月报》《艺文杂志》等刊物上广泛发表作品。生活在辅仁大学的张秀亚，自1938年升入北京辅仁大学后，直至1943年离开北京赴重庆担任《益世报》副刊编辑，她一直生活在与沦陷区相对隔离的环境下，出于对文学的爱好，也在《中国文艺》《新民报半月刊》等刊物上发表过文章。女性作家对政治的淡然既为她们争取了特殊的写作空间，同时导致她们简单处理沦陷区复杂语境的方式带来不少若有若无的嫌疑。

　　在与日伪人员之间的关系上，一些女性作家更是有着千丝万缕的联系。如张爱玲同曾担任过汪伪政府宣传部次长的胡兰成同居，而苏青则在伪上海市市长陈公博的资助下创办《天地》杂志。女性作家的这些行为，使当时乃至今天的人们对其政治上的清白产生怀疑。虽然女性作家政治意志淡薄，由此带给她们不少的麻烦，然而，她们大多仍然知道民族大义重大关节上应该何去何从。迫于当时的舆论压力，沦陷区的女性作家也作过相应的辩白。1946年11月，张爱玲就借《传奇》增订本出版的机会，对几乎所有的沦陷区作家都曾不得不面对的所谓汉奸文人的问题作了说明：她的文章从未涉及政治；没拿过任何津贴；公开写过辞函，拒绝参加第三次大东亚文学者会。因此，文化汉奸与她不沾边，至于上海小报所热衷的她的私生活绯闻，充其量是无稽谩骂。而且，个人私生活也并未涉及她是否有汉奸嫌疑的问题。沦陷期的作品从不涉及政治的张爱玲，大胆地第一次也是最后一次陈述了她在沦陷期的政治清白。而苏青更是理直气壮地在她的《续结婚十年》卷首《关于我》的序言里，回答别人指责她在日伪统治下卖文之事。她说："是的，我在上海沦陷期间卖过文，但是那是我'适逢其时'，盖亦'不得已'耳，不是故意选定这个黄道吉日才动笔的。

我没有高喊什么打倒帝国主义，那是我怕进宪兵队受苦刑，而且即使无甚危险，我也向来不高兴喊口号的。我以为我的问题不在于卖文不卖文，而在于所卖的文是否危害民国，否则正如米商也卖过米，黄包车夫也拉过任何客人一般。假使国家不否认我们在沦陷区的人民也尚有苟延残喘的权利的话，我就是如此苟延残喘下来了，心中并不觉得愧怍。"从作品内容看，她们所写乃是"关于社会人生家庭妇女这么一套的"，虽然没有"抗战意识"，但"在上海投稿也始终未曾歌颂过什么大东亚"。① 平心而论，这些女作家在沦陷时期的写作还没有达到"汉奸作家"的程度，她们的回应对于在复杂的中国政治局势下保存生命正常呼吸也是非常必要的。一般来说，"文化汉奸"或"汉奸作家"，是指利用文艺作品为异族侵略者的政治纲领思想路线摇旗呐喊，为侵略行径歌功颂德的文人。而"汉奸罪"则是一种背叛祖国的政治罪行，由国家司法机构以行为和行为后果为依据取证量刑。具体标准本书无意细究，但显然担任伪职级别，对国家主权、社会生活和人民生命财产造成危害的程度是参考条件。② 沦陷区的女性作家，个人是极少在政治上有背叛祖国的行为，至于她们的文章我们在下面将详细讨论。像张爱玲、苏青这样的女性作家，在国家危难之际，特别是在日本侵略者的法西斯统治之下，一群羸弱女子依靠自己的勤奋和才华，在一个非常时期赢得了不伤害民族利益的生存空间，批评者应该从更多角度以更审慎的态度论之。

　　沦陷区女性作家也有不少敢于揭露侵略者殖民统治的残暴与凶险行径的。如但娣，由于作品中有控诉侵略者的意图而被关进了日本宪兵队的监狱，民族危亡的紧要关头，女作家的文学书写呈现出国家安在的深切痛楚尤为难能可贵。但总体说来，她们的作品更多的是行走在不涉时局的狭窄

---

　　① 苏青：《关于我——〈续结婚十年〉代序》（1946 年），《苏青作品集》，西藏人民出版社2000 年版，第 464、461 页。

　　② 参见张泉《认识梅娘的历史》，《新文学史料》2002 年第 2 期。

的写作之路上。在沦陷区，甚至整个抗战时期，沦陷区女性作家仍属处于非主流的边缘群体。

二　日常生活体验与女性民族意识

日伪统治下的文化政策是要禁绝一切激发民族意识对立、对时局具有逆反倾向的作品，另外又千方百计强迫与诱使作家为"建设大东亚新秩序"而写作。我们当然知道，作为民族整体中的女人，她们的群体利益和个人利益与民族国家有契合之处。出于现实考虑与历史语境的制约，既不能延续五四以来女性作家对国家命运进行直接关注，又不愿完全执着于脱离现实的纯艺术，沦陷区的女性作家更容易转向女性自我的空间。而且在进入现代文化市场化的大语境中，女性作家也相对地获得了一些能够周旋的自在空间。不同于"男性的民族身份与个人身份的紧密纠缠不仅是历史的，也是宿命的"[1]。沦陷区尤其是文化市场更为发达的上海，对于张爱玲、苏青们来说并不是"水土特别不相宜"的土地。

在沦陷区女性作家的笔下，日常生活的写作占有绝大部分的内容。这种写作现象的出现，本身就隐含着中华民族在暴虐之下的无奈与屈辱。究其原因，首先应该是在民族危机下，身处沦陷区的作家不能"我手写我口"所致。沦陷区出现日常生活写作现象的背景有如当时《大众》杂志在其创刊号的献词所言："我们今天为什么不谈政治？因为政治是一种专门学问，自有专家谈，以我们的浅陋，实觉无从说起。我们也不谈风月，因为遍地狼烟，万方多难，以我们的鲁钝也绝不忍再谈。我们愿意在政治和风月之外，谈一点适合于永久人性的东西，谈一点益于日常生活中的东西。"[2] 编者心中自然明白在民族危难之中，不便也不能谈政治，但更不愿昧着良心只谈风月，相对而言，关注与民生有关的日常生活是一条较为折

---

① 李小江、白元淡：《阶级、性别与民族国家》，《读书》2004 年第 10 期。

② 钱须弥：《发刊献辞》，《大众》1942 年第 1 卷第 1 期（创刊号）。

中的方法。其次，日本侵略者和汪伪政权严密的管制也使沦陷区新文学传统受到沉重的打击，并割断了沦陷区与内地的文学交流，失去更多的外界信息与刺激，而对日常生活的体验则是真实且切身的，这也催生了日常生活写作的兴起。此外，女性对于战争本能的隔膜，也使沦陷区女性作家更为关注个体的生命、日常的琐事和女性自身的"私语"。不可否认，沦陷区女性作家对日常生活的热衷，也并不全是由于时局所限。特别是处于上海这一华洋杂居、现代化程度较高的都市里，市民阶层的形成对于宏大叙事的疏离，也是不少作家放弃更贴近民族命运的写作而转为关注日常生活的一个重要原因。张爱玲就曾说"文人能够救济自己，免得等人来救济，岂不是很好的事么"①？既然想救济自己，就必须让作品畅销，这也迫使作家的写作必须贴近市民生活。有意回避政治的心理使沦陷区的市民更倾向于描写世情人生、饮食男女的作品。

其实这种有意疏离日伪当局政治的日常生活写作也是民族意识影响下的选择。1942 年 3 月，日本文化特务小川爱次郎，在给当时日本驻华公使的报告中写道："受动摇不定的社会风气的影响，他们这些文化人不顾我方的方针、国府的期待，人人无精打采，对政治极其消极，毫不关心。"②沦陷区女性作家有意无意地致力于日常生活叙事，既冲淡了当时文坛的政治宣传气氛，抢占了读者市场，也反映了她们内心深处在民族大是大非面前的立场。1942 年《杂志》上刊登了哲非（吴诚之）的《文艺工作者之路》一文，他报道了"战争最烈区域的欧洲"的文艺动向：德国现代诗人为避免政治，写诗都取材于古典文学和民间题材；意大利人民不欢迎带有政治色彩的戏剧和电影，虽然反法西斯的作家"无立足之地"，但亲法西斯的作家也"不闻声息"，民间流行通俗文学和古典文学。这多少说明了

---

① 张爱玲：《我看苏青》，《张爱玲文集》第 4 卷，安徽文艺出版社 1992 年版，第 226 页。
② 上海市档案馆编：《日本帝国主义侵略上海罪行史汇编》（上编），上海人民出版社 1997 年版，第 653 页。

在法西斯的高压统治下，民间流行通俗文学和古典文学具有非同寻常的意义。同样，在中国沦陷区文坛，女性作家对政治题材的规避，对日常生活题材的偏爱也表明她们对于时局的爱憎倾向。张爱玲更是着意声明自己不涉政治的立场，如她曾婉拒当时所谓第三届"大东亚文学者大会"的出席邀请，在辞函中这样写道："承聘为第三届大东亚文学者大会代表，谨辞。张爱玲谨上。"① 冷淡而简短的词句反映了辞者的情感倾向与明确的意志选择。女性作家以不涉"政治"的方式表明她们的"政治选择"，并在作品中体现出来。她们以这样的方式在民族危机之际表明自己民族意识倾向，意义也是不言而喻的。

国家、民族的危亡唤起了普通中国人对于祖国与民族的忧虑，这种对民族的忧虑或多或少也体现在沦陷区女性作家的日常生活写作之中。日常生活看似琐碎无聊，但张爱玲的小说却写出了人生活在日常生活中的历史感。张爱玲对人性的关注与对人的基本生存的思考，在侵略者统治之下，在战争对人的生命无情的剥夺之中，也是有着特别的意义的。若将民族之发展落实在个体的存在上，对日常生活的关注也是保存民族生命力的一种方式。因而，从表面上看，日常生活的写作似乎是远离时代与政治的，但因为其对异族统治之下的生存状况的真实描写，对"战争"中人的生存困境和人性弱点的特殊关注，也闪烁着民族，甚至人类命运的沉思之光。乱世中的女性作家更易感世事无常，安稳的日常生活也成了一种奢望。在她们的笔下，个人的琐细的日常生活构成了最基本、最稳定也更持久永恒的生存基础，而个人的生存又构成了整个人类（国家、民族）生存的基础。张爱玲说，在"有一天我们的文明，不论是升华还是浮华，都要成为过去"的生存大危机、大恐怖里，沦陷区人们"从柴米油盐，肥皂，水与太阳之中去找寻实际的人生"。而在她们笔下日常生活中所渗透出的人们顽

---

① 张爱玲：《有几句话同读者说》，《张爱玲文集》第 4 卷，安徽文艺出版社 1992 年版，第258 页。

强生活下去的韧性也显示出中华民族的生命力。

女性作家的民族意识也在她们对民族"他者"形象叙述中得以彰显。张爱玲的作品就出现了不少关于异族的评点与人物形象，我们可以从这种与"他者"的对比中窥出张爱玲的民族意识。《双声》是张爱玲与炎樱的一篇对话录，其中在谈到日本人时，张说，"日本人同家乡真的隔绝了的话，就简直不行。像美国的日侨，生长在美国，那是非常轻快漂亮，脱尽了日本气的；他们之中就很少好的，我不喜欢他们。不像中国人，可以欧化的中国人，到底也还是中国人，也有好的一方面。"① 其中流露出对中国人的民族根性表示一种由衷的赞赏之情。

在张爱玲的笔下，有关日本人的形象与评点远不如关于西洋人多。出生于中国传统世家，又求学于上海、香港等地，张爱玲对中西文化都有较深的体悟，对于殖民时代的种种病相也体察入微。如写《沉香屑·第一炉香》中主人公葛薇龙的衣着，随笔带出"她自身也是殖民地所特有的东方色彩的一部分，她穿着南英中学的别致的制服，翠蓝竹布衫，长齐膝盖，下面是窄窄的裤脚管，还是满清末年的款式；把女学生打扮得像赛金花模样，那也是香港当局取悦于欧美游客的种种设施之一。"言语之中透出个体体验到的民族的屈辱感。张爱玲将自己的作品称作传奇，将上海人的故事安排在香港进行，按她自己所说是要以上海人的眼光写香港的故事，在异国情调中，在"他者"的"彩色玻璃门"上窥出中国人的身影。那么在张爱玲的作品中我们又看到了怎样的中国人的身影呢？张爱玲就在那个"处处模仿英国习惯，然而总喜欢画蛇添足，弄得全失本来面目"的香港社会里描写了乔琪这个混血儿形象回答了这个问题。在乔琪这个"最没出息的花花公子"面前，葛薇龙却处于完全被动的地位，全没了女性的矜持与尊严。而乔琪在与葛薇龙的第一次约会时，就无所顾忌地说："薇龙，

①　张爱玲：《双声》，《张爱玲文集》第 4 卷，安徽文艺出版社 1992 年版，第 217 页。

我不能答应你结婚，我也不能答应你爱，我只能答应你快乐。"不难看出葛薇龙由于"被殖民"无依无靠的无奈与心酸。她头晕目眩，"抓住了他的外衣的翻领，抬着头，哀恳似的注视着他的脸。她竭力地在他的黑眼镜里寻找他的眼睛，可是，她只看见眼镜里反映的她自己的影子，缩小的而且惨白的。"这种无根由的爱，他者肆无忌惮的凌辱使葛薇龙产生了巨大的惊恐。然而，她并不离开，像命定一样地被殖民的气息侵浸体内——复制着乔琪的生活。张爱玲选择一个并不纯正的外国人形象来衬出葛薇龙的屈辱无奈心理，以最弱的殖民者形象映衬最深刻的亡国无助感受。

法国学者巴柔曾经讲道："一切形象都源于对自我与他者，本土与异域的关系的自觉意识之中，即使这种意识是十分微弱的。"① 张爱玲的作品就是如此，她很巧妙地将"异族""他者"与"自我"结合在一起，并在互为映照中看到一个繁复的世界。张爱玲笔下的外国人物形象也是多彩多姿的，除上述乔琪的没出息外，再如《沉香屑·第一炉香》中蜜秋儿太太显得"天真的可耻"；《沉香屑·第二炉香》中混血儿周吉捷、《桂花蒸·阿小悲秋》中的哥尔达、《倾城之恋》中印度的落难公主萨黑夷妮都是典型的外国交际花形象；《年轻的时候》中的沁西亚是具有一定独立意识的职业女性；而《连环套》中的梅腊妮师太则像个家长里短的市井老太。张爱玲以一种熟稔的笔调，刻画出上海、香港这种华洋杂居中外国人的形象，他们大都是平凡的小人物，作家赋予的更多的是同情与叹息。如《沉香屑·第二炉香》中身为大学教授的罗杰，没有家人、朋友，在异国的土地上孤苦伶仃，年届四十才成家立业，又因为婚姻毁掉了自己一生。而《红玫瑰与白玫瑰》中四个"异族"女性——巴黎妓女、混血儿玫瑰、新加坡华侨娇蕊以及英国人艾许太太，也都是一些现实生活中平庸无奇的女性形象。作者主要是通过异域异性文化差距来观照"自我"的卑污与窘

① ［法］巴柔：《从文化形象到集体想象物》，转引自陈惇等主编《比较文学》，高等教育出版社1997年版，第167页。

迫。在这些异族身上我们并没有发现如其他作家笔下所刻画的日本人形象那种"狰狞"的身影，如梅娘《蟹》中影影绰绰的日本人，给人一种掌握弱小民族命运的逼人心魄的惊悸之感。"文学中的异族、'他者'形象，本来往往带有两种文化碰撞、冲突、交融的鲜明印记，是一种文化对另一种文化的想象性解读。而战时中国文学中的异族、他者形象，是战时中国作家民族命运体验的拓展和深化。"① 沦陷区女性作家在日常生活中勾画出"他者"与"自我"映照中的图景，显示出人类悲悯的情怀和人性拯救的思想，她们对异族文化的接受也更多地体现出"乱世"子民尊重生命、热爱平民的思想。张爱玲虽读西洋书颇多，大凡如萧伯纳、赫克斯莱、毛姆、劳伦斯等都熟读于心，然而不甚喜欢如莎士比亚、歌德、雨果的作品，因为她对西方作家的接受偏重于他们的平民精神。她笔下哪怕是最卑微的小人物，也饱含着作者深深的同情之心。其中既有中华民族传统美德的影响，也不乏对民族苦难中的人们，甚至是对自己不幸遭遇的怜悯之心。

让我们再次回到《双声》里张爱玲和炎樱的对话。她们在漫谈时无意中谈到白俄人和杂种人（如炎樱）年轻的时候有许多聪明，到后来却没有什么发展的原因时，炎樱说是因为"缺少鼓励""社会上对他们总是歧视"。而张爱玲这样说道："因为他们没有背景，不属于哪里，沾不着地气。"② 一言点破张爱玲关于民族与个人之间的隐秘关联的看法——一个人如果没有民族文化的底蕴，没有民族精神的浸润，生命终将枯萎。

张爱玲是一个深受传统文化熏陶的中国文人。她自述道："我三岁时就能背唐诗。我还记得摇摇摆摆立在一个清朝遗老的藤椅前朗吟'商女不知亡国恨，隔江犹唱后庭花'，眼见着他的泪珠滚下来。"我们在她的作品中随处可见传统文化对她的影响。她有大量作品直接谈论中国传统文化。举凡如《谈吃与画饼充饥》《草炉饼》《更衣记》《洋人看京戏及其他》

---

① 黄万华：《异族、"他者"形象：战时中国文学的一种追求》，《文史哲》2002 年第 3 期。
② 张爱玲，《双声》，《张爱玲文集》第 4 卷，安徽文艺出版社 1992 年版，第 217 页。

《必也正名乎》等，从中国的饮食、服饰、到旧戏，甚至琐屑细微的中国式起名学问无不涉及。她对中国传统文化的怀念充满温情的回忆。张爱玲的文化背景都是中国的传统文化，她的根深深地扎在这片血脉相连的泥土里，她说："活在中国就有这样可爱：脏与乱与忧伤之中，到处会发现珍贵的东西，使人高兴一上午，一天，一生一世。"尽管她接受了现代都市如香港文化的影响，她从心里仍感觉像"德国的马路光可鉴人，宽敞，笔直，齐齐整整，一路种着参天大树，然而我疑心那种路走多了要发疯的。"言语之中，对故土的热爱溢于言表。她以这样的语句作为该篇文章的结尾："要是我就舍不得中国——还没离开家已经想家了。"① 张爱玲这种对中国的热爱更多体现在其对传统文化的眷恋之中，从幼读中国古典小说和诗词，至晚年专注于研究《红楼梦》《海上花列传》等古典名著，她的一生都没有离开中国传统文化的熏陶，她的作品中体现出执着的民族文化认同感。张爱玲的作品从内容到技巧都深受民族文化的影响。她在《红楼梦魇》的序中谈到《红楼梦》和《金瓶梅》对她的影响时说："这两部书在我是一切的源泉，尤其是《红楼梦》。"夏志清也在赞叹张爱玲小说时谈到她民族文化的影响："她对于中国的人情风俗，观察如此深刻，若不熟读中国旧小说，绝对办不到""对让人看到在显然不断变更的物质环境中，中国人行为方式的持续性，她有着强烈的历史意识，她认识过去如何影响着现在"②。

就像巴尔扎克以饱含同情的笔墨，却无可奈何地写到自己深爱的贵族阶级必然退出历史舞台的命运，20 世纪 40 年代，凄风苦雨中的中华民族，由于贫穷落后，正日益露出其文化上因袭的阴影面。体察此点有如张爱玲般的沦陷区女性作家，更是以其细腻的笔触，在民族风雨飘摇的命运中，

---

① 张爱玲：《诗与胡说》（1944 年），《张爱玲文集》第 4 卷，安徽文艺出版社 1992 年版，第 128—132 页。

② 夏志清：《张爱玲小说述评》，《张爱玲与苏青》，安徽文艺出版社 1994 年版，第 110 页。

倾诉着对个人命运无穷焦虑与沉思的同时，流露出对日益式微的民族传统文化无尽的眷恋与哀悼。

三　个体焦虑、文明焦虑与民族命运

张爱玲的笔下充满着虚无与焦虑的情绪，这种情绪在一个伟大民族的劫难背景下，显得尤为意味深长。

虚无是一种价值感的丧失，是精神支撑的崩溃。按弗洛伊德所说，任何给定情境中所感受的焦虑的程度，在很大程度上依赖于个人的"对于外界知识和势力的感觉"①。在焦虑状态中，一个存在者能意识到他自己可能有的"非存在"。张爱玲对虚无与这种"非存在"体悟尤为深刻。早在少年时代，这位天才作家就说"时代是仓促的，已经在破坏中，还有更大的破坏要来"②。P. 蒂利希曾说："焦虑就是有限，它体验为人自己的有限。"③ 正是在"大破坏"的背景下，张爱玲以其独特的女性艺术触角，感悟到人生的短暂和肉身的脆弱，才会不时产生无助焦虑之感。生活在充满偶然、变幻莫测的大上海，命运的焦虑是建立在生命个体对其每一方面的偶然性，对其缺乏最终必然性的认识基础上的——即一种没有归宿的、无根的感觉。正如张爱玲对自己的身世的感受——命运是不可逃避的，早年在与父亲的冲突中，年轻的张爱玲就感到了个体生命的生死存亡危机。而当她这种个人的生存危机凸现在当时的中华民族的危机以及当时上海市民生存的危机的背景上时，对命运的焦虑就成了一种惘惘的对存在的威胁。"我想着：'这是乱世。'晚烟里，上海的边疆微微起伏，虽没有山也像是

---

① ［奥］弗洛伊德：《精神分析引论新讲》，苏晓离等译，安徽文艺出版社 1987 年版，第 92 页。

② 张爱玲：《〈传奇〉再版序》，《张爱玲文集》第 4 卷，安徽文艺出版社 1992 年版，第 135 页。

③ ［美］P. 蒂利希：《存在的勇气》，成穷等译，贵州人民出版社 1998 年版，第 29 页。

层峦叠嶂。我想到许多人的命运，连我在内的；有一种郁郁苍苍的身世之感。"① 这里逼真地写出了现代化过程中的都市市民面对社会文化发生巨大变动而生出的虚无和恐慌，有一种大限来临之感。P. 蒂利希说："基本的焦虑即有限存在物对于非存在的威胁的焦虑，却是不可能被消除的。"② 张爱玲对自己所生存的时代理解则是"个人即使等得及，时代是仓促的，已经在破坏中，还有更大的破坏要来。有一天我们的文明，不论是升华还是浮华，都要成为过去。如果我最常用的字是'荒凉'，那是因为思想背景里有这惘惘的威胁"③。从张爱玲的语句中，我们应该能够理解到这"惘惘的威胁"应是指民族在侵略战争中的苦难命运，也是指民族文化在时代变迁中的式微，更是指个人命运的不可捉摸。不自觉中，作家对个人命运的身世之感和对民族命运的感喟浑然一体。

　　作为清王朝达官显贵的后裔，却身在洋场杂居之处，张爱玲既目睹王纲礼乐的解纽与崩溃，传统文化的没落与沉沦，也深深体会到金钱关系对人性的扭曲。当这一切化为"文明都要成为过去"时，张爱玲的作品自然就有更多的虚无与焦虑，特别面对民族文化在大时代的不可避免地被摧毁与衰败，张爱玲以其独特的视角写出民族与个体在命运上的共鸣。在谈到中国文学与传统文化时，张爱玲就有过这样概述："就因为对一切都怀疑，中国文学里弥漫着大的悲哀。只有在物质细节上，它得到欢悦——因此《金瓶梅》《红楼梦》仔仔细细开出整桌的菜单，毫无倦意，不为什么，就因为喜欢——细节往往是和美畅快、引人入胜的，而主题永远悲观。一切对于人生的笼统的观察都指向虚无。""这'虚空的空虚，一切都是虚空'的感觉总像个新发现，并且就停留在这阶段。一个一个中国人看见花落水流，于是临风洒泪，对月长吁，感到生命之短暂，但是他们就到这里为

---

① 张爱玲：《我看苏青》，《张爱玲文集》第 4 卷，安徽文艺出版社 1992 年版，第 238 页。

② P. 蒂利希：《存在的勇气》，成穷等译，贵州人民出版社 1998 年版，第 32 页。

③ 张爱玲：《〈传奇〉再版序》，《张爱玲文集》第 4 卷，安徽文艺出版社 1992 年版，第 135 页。

止，不往前想了。"① 张爱玲回首追及过去的记忆，看到的也只是传统文化行将没落的景象："这里并没有巍峨的更空虚的空虚"②。过去的世界化为一座黑影幢幢的大宅邸，在"鸦片的云雾，雾一样的阳光"里，散发着古墓的清凉，成了"一个怪异的世界"。③ 对于这样一个没落的旧"天地"，张爱玲的笔下依然是充满深情，她甚至为"五更三点望晓星，文武百官下朝廷。东华龙门文官走，西华龙门武将行。文官执笔安天下，武将上马定乾坤"这样的历史古典理想没落而"思之令人落泪"④，张爱玲对民族传统文化如此的执着，使其对这种不可衰败的命运的理解更令人感伤。女性作家以其敏感的文化触角感受着民族文化之殇，别有民族意识蕴含其中。如吴瑛就曾经说："我爱古老，我爱古色古香，甚至一本古书。……那一种古老的色彩的诱惑，对于我该是多么深重呢！"⑤ 这样对民族传统文化的追慕与亲切，其实是民族情感在民族危难之际的自然流露。

张爱玲说："这时代却在影子似的沉落下去，人觉得自己是被抛弃了。"⑥ 她在《传奇》的出版时，在封面上借用了晚清的一张时装仕女图，来传达她对这个时代以及自己内心的一种生存感受：封面画着个女人幽幽地在那里弄骨牌，旁边坐着抱着孩子的奶妈，这是中国传统家庭晚饭后平常的一幕图画，可是栏杆外，"很突兀地，有个比例不对的人形，像鬼魂似的，那是现代人非常好奇的孜孜往里窥视"⑦。画面弥漫着一种令人不安的气氛，这是一种隐隐的威胁，是一种不可逃避的焦虑。非存在就站在焦虑性体验的后面，孤独的个体和所有的事物一起，被转瞬即逝地从过去驱

---

① 张爱玲：《中国人的宗教》，《张爱玲文集》第 4 卷，安徽文艺出版社 1992 年版，第 111 页。
② 张爱玲：《谈画》，《张爱玲文集》第 4 卷，安徽文艺出版社 1992 年版，第 203 页
③ 张爱玲：《私语》，《张爱玲文集》第 4 卷，安徽文艺出版社 1992 年版，第 106 页。
④ 张爱玲：《论写作》，《张爱玲文集》第 4 卷，安徽文艺出版社 1992 年版，第 84 页。
⑤ 吴瑛：《我怎样写的〈墟园〉》，《艺文志》第 1 卷第 1 期，1943 年 11 月。
⑥ 张爱玲：《自己的文章》，《张爱玲文集》第 4 卷，安徽文艺出版社 1992 年版，第 174 页。
⑦ 张爱玲：《有几句话同读者说》，《张爱玲文集》第 4 卷，安徽文艺出版社 1992 年版，第 259 页。

往将来。在虚无与焦虑中，张爱玲对民族传统文化中那种"不合时宜"的陋习，进行了冷讽。如在《中国人的宗教》《中国的日夜》《公寓生活记趣》就中国人对现世的执着，对人生俗事的沉醉，对人生的麻木，对于"大团圆"结局的喜好，以及中国国民性格中的"虚伪"等进行了针砭。

张爱玲的身世与乱世年代使她对生命有种特殊的体验和感悟。"生命是残酷的，看到我们缩小又缩小的，怯怯的愿望，我总觉悟得有无限的惨伤。"① "虽然这种安稳常是不完全的，而且每隔多少时候就要破坏一次，但仍然是永恒的。它存在于一切时代。它是人的神性，也可以说是妇人性。"② 她在谈到自己的成长过程时说，"多少总受了点伤，可是不太严重，不够使我感到剧烈的憎恶，或者是使我激越起来，超过这一切；只够使我生活得比较切实，有个写实的底子；使我对于眼前所有格外知道爱惜，使这世界显得更丰富"③。她对日常生活，并且是现时的日常生活的细节，怀着一股热切的喜好。但从她的言和行来看，不难发现她对现时生活的喜好是出于对人生的恐惧和生存的焦虑。"人们只是感觉日常的一切都有点儿不对，不对到恐怖的程度。人是生活于一个时代里的，可是这时代却在影子似的沉没下去，人觉得自己是被抛弃了。为要证实自己的存在，抓住一点真实的东西"才是对生命的慰藉。在她的小说中人生的底色被重重抹上短促的人生与生存的焦虑的感叹。

焦虑的产生不是来自对于短暂性的认识，甚至也不是来自对于他人命运的感悟，而是这些事件对于人们自身的终极命运这一潜在意识所产生的印象。焦虑被体验为人自己的有限，这也是远东大都市的上海人的真实生存境况。张爱玲以自己的小说给我们一个特殊时代的心理表征和情绪印象。20世纪上半叶的大上海正由于其特殊的境遇而处于意义、信仰和秩序

---

① 张爱玲：《我看苏青》，《张爱玲文集》第 4 卷，安徽文艺出版社 1992 年版，第 235 页。
② 张爱玲：《自己的文章》，《张爱玲文集》第 4 卷，安徽文艺出版社 1992 年版，第 172 页。
③ 张爱玲：《我看苏青》，《张爱玲文集》第 4 卷，安徽文艺出版社 1992 年版，第 231 页。

的惯常结构解体的时候，焦虑渐成人们普遍的情态。焦虑来源于威胁，而威胁的根底是虚无。面对虚无，鲁迅先生是"不顾"地担当起来纳入自身地去"走"。张爱玲则是通过书写她对乱世独特的感悟和抓住俗世生活中的小事来排遣无时不在的焦虑，这既是张爱玲小说的独特之处，也造成了她作品叙述的局限。

孟悦、戴锦华曾在其著作中论道，"张爱玲的小说……是《红楼梦》的话语与英国贵族文化的缝合；是古中国贵族世系的墓志铭与现代文明必毁的女祭司预言的缝合。"这种看法是有道理的。张爱玲那独特的个体命运的感悟，不异是"异族统治与现代战争的隐喻"。[①] 她以独特的细腻女性触角，把握住了个体在一个崩溃的大时代的内心体验，并融入时代悲凉音符，奏起了一曲"梵爱玲"上时光流逝的旋律。她的作品是极为个体的，也是特殊时代与民族的产物。

沦陷区女性作家写作的兴起，只不过是民族危亡时刻一出华丽的歌舞剧，它属于特殊时空里的乱世男女"私语"般的叹息。那种战火焚烧里的"惘惘的威胁"，不仅是"一片女人的荒原，而且是一片人的荒原"[②]，更是民族传统文化在烈火中涅槃前的挽歌。女性作家以特有的敏感，从日常生活的角度感受到虚无与焦虑的逼迫，她们抓住生活中一点真实的，最基本的东西，求得一丝眼下的安稳。这种安稳的渴望里，依然流露出对民族命运的关怀，那是女性式的关怀——怯怯的却切实的。列文森说："近代中国思想史的大部分时期，是一个使'天下'成为'国家'的过程。"[③] 而处于过渡之中的人们，既有着对即将逝去的文化的悲歌，也有为"乱世"中民族命运的悲叹。张爱玲的作品能受到读者的欢迎，当与她写出民族危亡背景下的人

---

① 孟悦、戴锦华：《浮出历史地表——现代妇女文学研究》，中国人民大学出版社 2004 年版，第 237 页。

② 同上书，第 233 页。

③ ［美］列文森：《儒教中国及其现代命运》，郑大华等译，中国社会科学出版社 2000 年版，第 87 页。

们对于现世的安稳，对家庭、民族的归依感以及人们心中无尽的漂泊感有关。同时，女性作家也意识到她们远离政治，在民族危亡之际只关注日常生活写作的狭隘与卑微，她们内心的感慨也说明，女性在战争、民族、时代等叙事面前的无助与无奈："时代的车轰轰地往前开。我们坐在车上，经过的也许不过是几条熟悉的街衢，可是光明正大的火光之中也自惊心动魄。就可惜我们只顾忙着在一瞥即逝的店铺的橱窗里找寻我们自己的影子——我们只看见自己的脸，苍白，渺小：我们的自私与空虚，我们恬不知耻的愚蠢——谁都像我们一样，然而我们每人都是孤独的。"① 然而，这一切，都不影响沦陷区女性作家具有对民族、对国家的热爱与认同。1946 年，张爱玲写下难得一见的"宏大叙事"主题的《中国的日夜》，落笔却仍是以她日常生活的笔触，描写在买菜途中琐细而纷杂的日常生活场景和心灵的舒张欢欣："我的路/走在我自己的国土。/乱纷纷都是自己人，/补了又补，连了又连的，/补钉的彩云的人民。"② 诗句中有着张爱玲特有的市民情结和族类认同情怀，诗中情感真挚自然，流露出一个中国人的真切心声！

第四节　在民族与个人之间
——沦陷时期周作人的民族意识

一　民族危机时的选择与作为

处于动荡年代，个体生命遭遇复杂的时代背景，多少有些难以把握。然而，作为时代精英的知识分子，无论是从伦理道义，还是历史责任来

---

① 张爱玲：《烬余录》，《张爱玲文集》，第 4 卷，安徽文艺出版社 1992 年版，第 53 页。
② 张爱玲：《中国的日夜》，《张爱玲文集》第 4 卷，安徽文艺出版社 1992 年版，第 246—247 页。

看，他们所面临的选择都远远不是纯粹个人意义上的事情。何况，处于现代民族国家的语境中，民族命运与个体生命更是有着天然的联系。作为个体的知识分子，命中注定面临着艰难的选择，并将接受历史对于人格与选择的严峻考验。周作人，就是这艰难时世中一个复杂的个体。

　　1937 年 7 月 29 日，北京沦陷。北京学者文人纷纷南下，举凡大学如北大、清华也宣布南迁。其时中华民族理应"人无分老幼，地无分南北，皆有抗战守土之责"，每一个中国人都应以自己的行为表明个体与民族应该同呼吸、共命运的立场。然而此时的苦雨斋主人周作人却按兵不动，自言系累甚重，不便南下。由于周作人自"五四"以来影响重大深远，不少文化界的人士都担心其被日寇所用，因而通过种种途径劝其离开沦陷之地。郭沫若以其敏锐的政治观察力察明其中的利害关系，并于1937 年 8 月 23 日撰文劝周作人离开是非之地。郭在文中首先道出周作人在文化界的影响非一般人能及，话虽有些夸饰，然而也确是真情，因为在国难之时，具有重大影响的知识分子的爱国行为能够产生强烈的民族凝聚力。郭沫若说："近年来能够在文化界树一风格，撑得起来，对于国际友人可以分庭抗礼，替我们民族争得几分人格的人，并没有好几个。而我们的知堂是这没有好几个中的特出一头地者，虽然年青一代的人不见得尽能了解。"郭也直截了当地指出周作人留在北京的后果："日本人信仰知堂的比较多，假使得到他飞回南边来，我想，再用不着他发表什么言论，那行为对于横暴的日本军部，对于失掉人性的自由而举因为军备狂奔的日本人，怕已就是无上的镇静剂吧……"① 此时的周作人当然也能够深谙其中玄机，他曾公开表态说："有同事将南行，曾嘱其向王教长蒋校长代为同人致一言，请勿视留北诸人为李陵，却当作苏武看为宜。此意亦可以奉告别位关心我们的人，至于有人如何怀疑或误解殊不能知，亦无从一一解释也。"应该

---

　　① 郭沫若：《国难声中怀知堂》（1937 年），孙郁、黄乔生主编《回望周作人·国难声中》，河南大学出版社 2004 年版，第 3—4 页。

说，无论周作人在其后如何对其行为做出解释，此时的他十分清楚"附逆"的大是大非问题。这层意思在他回答胡适的信中也是非常明确的。事情经过大致如下：

在沉默了一年左右之后，1938 年 2 月 9 日，周作人出席了日本大阪每日新闻社召开的"更生中国文化建设座谈会"。此会是为鼓吹"中日两国文化提携"，实现日本帝国主义的文化侵略而召开的。会后大阪《每日新闻》刊载了会议消息，并刊发了与会者的照片。由于这是周作人首次出席日本人所举办的会议，也是沦陷之后第一次公开亮相，事件造成的影响十分恶劣。于是，文艺界奋起讨伐意欲或已经"附逆"的周作人。1938 年 5 月 14 日《抗战文艺》第 1 卷第 4 号上，发表有茅盾、郁达夫、老舍等 18 位作家署名的《给周作人的一封公开信》，指出周作人"此举，实系背叛民族，屈膝事仇之恨事""年来对中华民族的轻视与悲观，实为弃此就彼、认敌为友的基本原因"。作者们深明大义，剀切陈词道"先生素日之所喜所恶，殊欠明允。民族生死关头，个人荣辱分际，有不可不详察熟虑"。①信中言语激越中有恳切，并再次力劝周作人南下。是年 8 月，胡适从伦敦寄给周作人的一封信，以朋友的身份规劝周作人南下，勿在民族大义上失足。信中写道："藏晖先生昨夜作一个梦，梦见苦雨斋中吃茶的老僧，忽然放下茶钟出门去，飘然一杖天南行。天南万里岂不太辛苦？只为智者识得重与轻。梦醒我自披衣开窗坐，有谁知我此时一点相思情"。胡适以婉转的语言，提醒朋友在大是大非的关头做出正确的选择。面对众多的舆论与告劝，周作人终于再次表白自己对是非的看法。他在《奉答藏晖居士》说，"老僧假装好吃苦茶，实在的情形还是苦雨，近来屋漏地上又浸水，结果只好改号苦住。晚间拼好蒲团想睡觉，忽然接到一封远方的信，海天万里八行诗，多谢藏晖居士的问讯。我谢谢你很厚的情意可惜我行脚却不

---

① 茅盾等：《给周作人的一封公开信》（1938 年），孙郁、黄乔生主编《回望周作人·国难声中》，河南大学出版社 2004 年版，第 5—6 页。

能做到。并不是出了家特地忙，因为庵里住的好些老小。我还只能关门敲木鱼念经，出门托钵募化些米面，——老僧始终是个老僧，希望将来见得居士的面。"① 周作人在诗中道出自己目前只是因为生活有些困难，之所以不能南下，还是因为一家老小行动不便，但老僧本色不会改变！周作人希望自己能够以"隐士"的方式退守知识分子的立场。

之所以再三引用周作人这些表白，是因为可以借其夫子自道，看出周作人在民族危亡之际，对个人应该何去何从的是非问题是有着十分明了的价值标准。然而，接下来周作人的选择却令人十分吃惊：1939 年 1 月 2 日接受伪北大图书馆长的聘书；1940 年 12 月 20 日接受汪伪国民政府的任命，出任华北教育总署督办一职；并先后充任汪伪国民政府委员、伪中日协会华北分会理事长、伪东亚文化协会会长、伪华北综合调查研究所副理事长、伪华北新报理事、伪报导协会理事等多达三十余项的伪职。担任了这么多伪职，自然也不能不做点事情，有关研究者统计其在沦陷时期所做所为后曾得出"周作人督办可说是宵衣旰食，勤于王事"②。如 1941 年 4 月率东亚文化协议会评议员代表团访问日本，参拜"靖国神社"，出席东亚文化协议会。此行中，周作人把侵略者在中国烧杀抢掠称作"维持人道与和平"，并到陆、海军医院慰问双手沾满中华民族鲜血的日军伤员，各赠 500 元。③ 1941 年 11 月，1942 年 4 月、11 月，周作人先后参加第三、第四、第五次治安强化运动视察活动。1942 年 5 月随从汪精卫庆贺伪满洲国"国庆"，并拜会了溥仪。1942 年 12 月为配合"新国民运动"，以伪"中华民国新民会青少年团中央统监部"副总监的身份，和冈村宁次等一起检阅青少年团分列式。此外，沦陷期间周作人发表有《关于华北教育》《日美英战争的意义与青年的责任》《东亚解放之证明》《汪精卫先生庚戌

---

① 钱理群：《周作人传》，北京十月文艺出版社 2001 年版，第 436 页。
② 楚庄：《诛心诗说苦茶庵》，《中华读书报》1999 年 2 月 24 日。
③ 参见钱理群《周作人传》，北京十月文艺出版社 2001 年版，第 448 页。

蒙难实录序》《汤尔和先生序》等歌颂文章，鼓吹治安强化运动是"和平建国的基础，是华北反共的最重要的工作，同时也是使民众安居乐业的唯一途径"①。在日寇殖民统治下，软弱如周作人的知识分子，并没有退路可循，这既因为其名声对于日本帝国主义者有利用之处，在枪口之下不得不屈服，其次也因为周作人无忍受清贫之心。在发完一阵"燕山柳色太凄迷，话到家园一泪垂"之亡国、思乡的"牢骚"后，周作人做出上述举动实乃意料之中。"当地方沦陷之秋，人民或死或亡，或隐或仕，不出斯四者。奋勇杀贼，上也；褰裳去之，次也；杜门用晦，亦其次也；腆颜事敌，是谓从逆"②。至此，周作人走上了自己的不归路。多年后，国民政府法院认定："被告在各大学多年，受其熏陶者不知凡几；又有相当学识，过去著作不少，我国人对其景慕者亦不知凡几；居领导民众之位，负最高学府教育之重任，宜如何具大无畏之精神，坚持到底、保全名节，以扶民族之正气。其意志薄弱，一经遇刺，即变节附逆，只图个人偷生苟安，不顾国家民族利益，不能不负刑事之责。"这确实点出了周作人附逆利害之关键之在。

二　道义事功与个人得失

民族要求个体对其忠诚，表现在道德规范上则是要求其成员坚守民族"气节"。周作人则认为事功比气节更重要。早在沦陷之前，周作人便对风行一时的史可法、文天祥的气节提出异议："我们对于他应当表示钦敬，但是这个我们不必去学他，也不能算是我们的模范。"他举出了几个理由："第一，要学他必须国先亡了，否则怎么死得像呢？我们要有气节，须得平时使用才好，若是必以亡国时为期，那未免牺牲得太大了。第二，这种

①　张菊香、张铁荣编：《周作人年谱（1885—1967）》，天津人民出版社 2000 年版，第618 页。

②　陈垣语，转引自李之谦《鲁迅、周作人及其他》，《文艺理论与批评》2001 年第 4 期。

死于国家社会别无益处。"周作人以"事功"的名义掩盖其民族道德情感的冷漠，宣称"徒有气节而无事功，有时亦足以误国殃民，不可不知也"①。事实上果真如周作人所说，其所作所为真是为国家"事功"吗？

对个人得失，周作人表现出惊人的在意。周作人在多年之后，对于出任伪职一事，有过这样的论述，"关于督办事，既非胁迫，亦非自动，当然是由日方发动，经过考虑就答应了"②"教育总督一职拟议及我，我考虑之后，终于接受了"③。可见，周作人出任伪职并不是草率行事，而是深思熟虑之后，在并无胁迫和勉强成分之下的自主选择。1943 年周作人受排挤失去督办职位后，内心怏怏然不已，于是在日记中一再出现诸如"思之不快良久""下午甚不快"一类语词。周作人对仕途的热衷，也并不是没有一点思想上的蛛丝马迹可寻。而对失去督办一事耿耿于怀，除了常人所说的对于"富贵"的留恋之外，人事上的不如意，以及"个人"尊严的伤害也是重要原因。

在沦陷期间，观其言行，周作人也始终把"个人"置于选择的首位。纵观整个"五四"一代，无不以"自由""民主"为旗，对于"个人自由"的渴望，在特殊的转型时期尤其显示其所具有历史的合理性。鲁迅在《文化偏至论》说道："是故将生存两间，角逐列国是务，其首在立人，人立而后凡事举；若其道术，乃必尊个性而张精神。"对于"人"的关注是"五四"以来中国知识分子基于"国弱"之势的必然选择，他们"立人"之意在"强国"。他们大多数人在"国家"与"个人"之间仍有着"家国同构"的思想，个人的选择仍与国家的命运共呼吸，这自然也有他们的历史合理性。而周作人对于"个人"有着更多的执着，也曾以其细腻的自由

————————

① 周作人：《关于英雄崇拜》（1935 年），《苦茶随笔》，河北教育出版社 2002 年版，第182 页。

② 周作人：《一九六四年七月十八日来信》，孙郁、黄乔生编《周作人与鲍耀明通信集》，河南大学出版社 2004 年版，第 341 页。

③ 周作人：《周作人的一封信》，《新文学史料》1987 年第 2 期。

知识分子的敏锐察觉到"国家""民族"这种宏大叙事对个体生命价值的湮没与伤害，遂提出重视个体生命价值、关注人的自然欲望"个人主义的人间本位主义"①，甚至喊出"中国所缺少的，是彻底的个人主义"②的口号。在"群体"与"个人"之间，周作人更多强调"个人优先"的思想。其早期割裂个人与国家、文学与民族的话语中已初露极端个人主义的端倪。早在《希腊之余光》里，周作人便以颂扬之词叙述了雅典大将都屈迭台斯惨败于敌手而不得不长期流亡国外的豁达。③这种夫子自道式引经据典，其实也流露出周作人在国难之时，个人所可能采取的态度——国家是国家，个人仍须寻得"自在"。周作人提出的"个人主义的人间本位主义"，其中心词语还是"人间本位"，而这个"人间本位"又是以"个人主义"为前提和基础的。在"五四"时期其历史合理性中就潜在地蕴含着集体（民族）与个人（个体）之间天然的矛盾。因而，在沦陷之后，当周作人说："现在又在乱世……人落在水里的时候第一是救出自己要紧，现在的中国人特别是青年最要紧的也是第一救出自己来"④时，相信读者就不会为周作人落水事敌之举感到惊讶了。周作人以个人"自救"为名，无视时代帷幕的更换，在貌似不变的"个人主义"主张下，把个人利益置于民族利益之上，终于上演了一场个人，同时也是时代的悲剧。

对利害过多的权衡，对物质生活的眷恋，使周作人难以坚持节操，最终置个人于民族之上，致使其大节有亏。周作人的弟子沈启无在其《自述》中提到当年没有出走的原因时说："当时周作人坚决不走，劝我也不要走，走了没有好处，我相信他的话，始终就没有走。"⑤按沈的话说，周作人觉得走不走取决于有没有好处，没有好处当然就不必走了。考虑到沈

---

① 周作人：《人的文学》，《艺术与生活》，河北教育出版社 2002 年版，第 11 页。
② 周作人：《潮州畲歌集序》，《谈龙集》，河北教育出版社 2002 年版，第 46 页。
③ 参见周作人《希腊之余光》，《苦口甘口》，河北教育出版社 2002 年版，第 50 页。
④ 周作人：《梦想之一》，《苦口甘口》，河北教育出版社 2002 年版，第 12 页。
⑤ 黄开发：《沈启无自述》，《新文学史料》2006 年第 1 期。

启无讲此话时已经身陷囹圄，加上沦陷后期的"破门事件"，所言未必全然可靠。那么沦陷区与周作人有过合作，后来也一直对周作人保持敬慕之心的张深切所言，则可信得多。张深切在周作人出任伪职（教育总署督办）后前往拜访时发现，"原来古色苍然的大门，已经涂了油漆，客厅里的沙发也都换成新的了。张故意问周：'周先生，以前的大门很好，为什么改？'周作人显得很不好意思，答道：'以前的太老了，开关都很不方便，所以改了。'"吞吐的言谈中显出了"失节"的尴尬之态。事实上，周作人对个人物质生活要求也从来没有显出知识分子应有的节操。在该时期的周氏日记里频繁出现设宴招饮、采购整修之类的事情，甚至有购置狐皮衣裘的豪举。比照同时的俞平伯因生活极端贫困，又不愿为伪政府做事，而不得不卖掉家里的藏书及珍贵的墨砚谋生，周作人实乃无品文人。对物质生活的依赖与享受心态，表明他逐渐融入日伪政权之中，对后者的依附也越来越深。[1] 他的人间本位的个人主义也成为现实本位的个人至上主义了。

因而，问题不在于周作人反对传统观念中盲目的肯定"气节"，而在于其个人至上的极端"自私"性。抗战时期，是一个既讲求"道义"，又讲求"事功"的特殊时期。周作人以其自由知识分子的幻想，企图超越民族来谈事功，事实上证明是不可能、不现实的。究其原因，还是周作人避免个人利益受民族大义束缚而讲求的一种策略。总体而言，周作人的所谓"事功"，是以丧失民族意识为前提的，是以葬送民族独立、国家领土主权为代价的。在民族危机面前，不讲气节、道义的"事功"，只能和民族利益南辕北辙，愈走愈远。

如果我们细心的话，乃会发现周作人在沦陷期间很少有论及"气节"的文章。此前，自"九一八"至"北京沦陷"这一时期，则有大量谈及

---

[1]　转引自陈言《沦陷时期张深切与周作人交往二三事》，《新文学史料》2004 年第 4 期。

"气节"的文章。迥异于一般知识分子有感于民族危亡而对历代亡国、遗民之事究于民族意识（如气节）。周作人大谈遗民、亡国之情状与生活琐事与对偏激气节论的流弊的批判与回避，也属于其一贯的主张——对个体生命的关注。此时的周作人对提倡气节的警惕，虽然没有根本否定气节，却多少道出"周作人试图在个人主义与民族主义中间寻一适当的路径——既不用过多牺牲个体也不失民族尊严"① 非现实的想法。周作人在沦陷之前对"气节"大量论述，显示出其在"个人"与"民族"之间最终以"个人"为主的价值取向。

过度看重个人权利和生命价值，以现代个人主义的名义对民族气节的否定，导致周作人所谓的"人间本位的个人主义"在侵略者的屠刀下，变成了活命哲学。事实上，周作人后来不止一次地说他苟全性命于乱世，也多少是道出了其内心真实的感受。这种以活命为最高目的的个性主义与重视生命价值的人文主义看似同出一源，实际有着天壤之别。一方面，周作人放弃了对社会、对民族的承诺，只把个性主义当作挡箭牌来推卸道义责任，逃避良心的谴责，丧失了知识分子的良知；另一方面，则置帝国主义的侵略与掠夺的严酷现实于不顾，放弃了对民族苦难的热切关注，丧失了作为民族个体的尊严。

三 文化维系与思想策略

如果说周作人的个人利益至上是导致其最终走上民族利益反面的主要原因，作为民族的一分子，其身上也体现出复杂的民族意识。

民族情感是"千百年来固定下来的对自己祖国的一种最深厚的感情"。周作人曾经对此有过一段这样的论述，"我们从理性上说应爱国，只是因为不把本国弄好我们个人也不得自由生存，所以这是利害上的不得不然，

---

① 万杰：《个人主义者眼中的遗民》，《江西教育学院学报》2004 年第 4 期。

并非真是从感情上来的离了利害关系的爱。"① 这种利益关系分明的论断导致周作人在民族命运的悲观预见下，放弃了一个知识分子应该担负的道义责任。苦难的中华民族在 20 世纪发生接二连三的社会事变以及反复的愚昧残暴行为，使得曾经投身社会的周作人渐渐意志消沉而转向隐逸一路。从"九一八"事变到"七七"事变之间，周作人更是隐身在明末清初遗民著作之中，并在这一期间写有大量关于遗民生活的文章。频繁关注遗民生活的行为本身意味着周作人内心潜存着亡国预测。1936 年，周作人就提出要用"国语、汉字、国语文这三样东西，把诚实的自己的意思写成普通的中国文，让他可以流传自西南至东北，自西北至东南，使中国语系统的人民可以阅读，使得中国民族的思想感情可以联络一点"，以此来强化中国民族意识，以民族语言文字、民族文化的一致来维护国家的统一，抵御外来文化的侵略。这种国未亡先出靡靡之音、为亡国出策的消极心态，无意间显示出其对民族前途深深的悲观失望情绪。丸川哲史先生对周作人此种态度也有陈述："在日本继续占领中国的情况中，不仅大多数的人，就连周作人，基本上也无法客观地从战争状态中分析战争究竟会有如何的完结。"② 对民族命运的悲观，使周作人在考虑个人与国家之间的关系时，有了更多的犹豫，如开头所述，周作人在北京将陷之际去留之间的矛盾心绪就是这种心态的反映。没有"命运共同体"就没有民族的存在，持悲观论调的周作人自然不会把自己的命运与一个自认为没有前途的民族紧紧捆绑在一起。可以说，对民族命运的悲观是周作人放弃道义责任的根本所在。

有论者注意到周作人在政治上出卖了民族的利益，同时在文化学术著作里却高谈民族主义，并分析这种心理的原因：虽然他强调当汉奸是自愿选择，但由于中华民族传统文化中对"失节"的谴责与批判对其造成巨大

---

① 周作人：《与友人论怀乡书》，《雨天的书》，河北教育出版社 2002 年版，第 109 页。

② ［日］丸川哲史：《日中战争的文化空间——周作人与竹内好》，纪旭峰译，《人大复印资料·中国现代、当代文学研究》2006 年第 5 期。

的压力，使得他必须对自己的行为作些解释，并作出自己并没有背叛自己民族的姿态，这也促使他在文章中不断强调民族主义。① 考虑到周作人身上所体现的传统文人的精神素质，当个人安危有所保证之后，其内心潜藏的民族意识重新泛起也是可以理解的。在避免与日本帝国主义殖民思想冲突的条件下，周作人在沦陷期间也写了大量关于民族维系所在的文章，主要体现在两个方面：民族文字语言、思想文化以及传统民俗生活。

周作人在沦陷时期延续了其早期的一些思考，而这些思考在特殊语境下又有了新的变化。早年周作人谈到思想受传统文化影响时曾说，"一个人的思想艺术无论怎样杰出，但是无形中总受着他的民族的总文化的影响——利益或限制。"② 此时的论述着重于摒弃传统思想中坏的东西，因而对民族传统文化似乎有着更多不满。"超越善恶而又无可排除的传统，却也未必少，如因了汉字而生的种种修辞方法，在我们用了汉字写东西的时候总摆脱不掉。"③ 而在沦陷时期，同样的话题——民族文化对其成员影响潜移默化的作用——周作人则有更多的褒扬。他在《汉文学的前途》中谈到中国民族历经战乱，犹如一盘散沙，而仍能有共同的民族认同感时说道："此是何物在时间空间小有如是维系之力，思想文字语言礼俗，如此而已。汉字汉语，其来已远，近更有语体文，以汉字写国语，义务教育未普及，只等刊物自然流通的结果，现今青年以汉字写文章者，无论地理上距离间隔如何，其感情思想却均相通，这一件小事实有很大的意义。"④ 一个民族的文学传统就像血液中的东西一样，不会轻易地因外来的影响而改变。这同他早年所述有着思想的一致性。那时他也非常自信地说过，"凡是受过教育的中国人，以不模仿什么人为惟一的条件，听凭他自发的

---

① 参见钱理群《周作人的传统文化观》，《浙江社会科学》1999 年第 1 期。
② 周作人：《在希腊诸岛》，《永日集》，河北教育出版社 2002 年版，第 43 页。
③ 周作人：《扬鞭集序》，《谈龙集》，河北教育出版社 2002 年版，第 40 页。
④ 周作人：《汉文学的前途》，《药堂杂文》，河北教育出版社 2002 年版，第 34 页。

用任何种的文字，写任何种的思想，他的结果仍是一篇中国的文艺作品"①。周作人认为中国尽管在"政治上有所变化"，在接受被异族统治的事实前提下，中华民族仍有着坚韧的维系力。虽然他不免在这种论述中加上"把握汉文学的统一性，对于民族与文学同样的有所尽力，必先能树立了国民文学的根基，乃可以大东亚文学之一员而参加活动"的论调，使其民族向心意识有些可疑，然而，也确实道出了中华民族能够历久不衰，具有绵长生命力之原因所在。

　　周作人鼓吹"文字统一论"同其"儒家思想中心论"是互为表里的。在一次公开演讲里，周作人曾说中国"政治上有所变化，在文化上却始终是整个不变，没有被打倒过"。周作人认为语言文字对民族的凝聚作用也保证了中国文化能够得以延续和发展。周作人告诉青年要"了解中国文学的传统"，因为"无论现在文学新到哪里去，总之还是用汉字写的，就这一点便逃不出传统的圈子"。他认为"中国人的人生观也还以儒家思想为主流，立起一条为人生的文学的统系，其间随时加上些道家思想的分子正好作为补偏救弊之用，使得调和渐近自然"②。此时的周作人一反沦陷前对传统文化的批判与拒绝，更多地力求继承与纯正之。这表现在周作人在沦陷期间始终以"寻找原始儒学"的姿态对儒家思想进行新的阐释上，即去除后世在流传中杂入法家思想的"酷儒"和接受佛教影响的"玄儒"。周作人对儒家思想的重视，一方面是他希望通过主张"仁"中之"恕"达到改善异民族统治的无视"民生"的政策；另一方面也不无以"忠"去迎合日本侵略者的统治需要。

　　在"儒家思想"的继承与寻找中，周作人提出了他的"儒家文化中心论"。他在一系列的文章中如《汉文学的前途》《中国文学上的两种思想》《中国思想问题》，提出"儒家思想统一东方""中国的根本思想本来是好

---

① 周作人：《国粹与欧化》，《自己的园地》，河北教育出版社 2002 年版，第 12 页。
② 周作人：《苦口甘口》，《苦口甘口》，河北教育出版社 2002 年版，第 9 页。

的"的主张。周作人认为，中国的儒家思想如果回到原始儒家，加上吸收世界的（在当时的语境下，应该是指日本的）科学知识，"原有的优点也可以发扬了"。① 在历史循环论的作用下，周作人的论述甚至有着这样的一种信心——"汉文化"面对异族的入侵，从来都以最终的同化而取得终极性的胜利。在此种论述之中，周作人语气之诚恳是不自觉的流露，其中不无一种对民族文化的维护之心。然而，我们必须认识到，周作人此种论述是一种盲目的乐观，或者是个人的耽想。其实不需要太高的政治视野就会发现，日本此次入侵迥异于历史上的民族冲突。以台湾、东北沦陷区为例，日本侵略者并不是单纯为了占领，而是要从文化上彻底消灭中国，其所实行的暴力镇压与语言殖民政策使中华民族的危亡完全成为一种可能。

周作人之所以敢在沦陷时期提出"儒家文化中心论"，并不是因为其胆敢违抗日本侵略者的殖民思想，而是当时日本帝国主义为了更好地统治中国，希望借助中国传统儒家思想，强化"愚忠"意识，并为"大东亚共荣圈"营造出同文同种的骗局。周作人自认为儒家思想中的"仁"符合日本侵略者"共存共荣"的利益，实际上也起到了粉饰侵略的作用。当然这种有意无意地对中华民族文化的"中心"地位的宣扬，也给周作人带来了麻烦，沦陷期间被片冈铁兵称为"反动老作家"，并引发与沈启无的"破门事件"。② 因而，究其本质，周作人"儒家思想"中心主义论，只不过是从中国文化角度来迎合当时日本侵略者所提出的"大东亚文化共荣圈"。周作人此种两面讨好的心态早在"附逆"初期就体现出来了。1938 年，日本入侵者组织成立了东亚文化协议会。身为会长的周作人在宣言中这样写道："顾我东亚既有数千年之历史，自成一独特之文化体系，亦常摄取他系之思想文化，融会消化以自益，乃近百年来，震于西学之深资于用，不

---

① 周作人：《中国的国民思想》（1941 年 9 月 1 日），止庵编《周作人讲演录》，河北人民出版社 2004 年版，第 178—191 页。

② 陈漱渝：《关于沦陷时期的周作人》，《纵横》2005 年第 6 期。

无盲从之失，不惜舍己从人，势将举精神物质而悉泯没于西方思想之下，驯致文化一系兄弟之邦，有兹阋墙之痛，夷考其故，不可谓非吸取文化未得其当为之厉阶焉。"① 在《树立中心思想》一文中，他这样写道："所谓中心思想，就是大东亚主义的思想""大东亚主义的思想的出发点还是在儒家的思想之内""大东亚战争的意义，也不外是"儒家的"仁"的思想的"实行"。② 因而，所谓"儒家文化中心论"至多是周作人在"战争失败"前提下试图恢复文化自尊与献策意识折中的一种表现，但其心底所显示出来的民族意识也是存在的。

　　周作人的民族意识也体现在对民俗的关注上。沦陷期间，周作人写有大量关于民俗的文章，这些文章既是民族"日常生活"历史绵延的生命力体现，也是周作人"苦住"之中内心深处苦涩的"乡愁"。周作人曾经解释过自己为什么如此喜好民俗题材的原因。他在《清嘉录》一文中说："我们对于岁时土俗为什么很感到兴趣，这原因很简单，就为的是我们这平凡生活里的小小变化，人民的历史本来是日用人事的连续，而天文地理与物候的推移影响到人事上，便生出种种花样来，在这上面再加上地方的关系，更是复杂多趣，异可资比较，同则别有亲近之感"③，是"混在我们的血脉里"的"趣味的遗传"④。漫不经心的谈风论俗中流露出深受民族文化影响之后文化眷恋之情。1940 年 6 月，深感落寞的周作人作《上坟船》"越俗扫墓"写起，自坐船鼓吹，写到祭品仪式，酒席菜肴直至具体的熏鹅，极尽琐屑之能事，细微之处也另有一番伤心情怀。此后他的"乡愁"一发不可收拾，故乡的夜糖、炙担糕、禹迹寺、东郭门直至杨梅、笋干、盐豆、荤粥，甚至琐屑如蚊虫药，均在追怀之中。周作人在谈民俗的文章中，往往由文化现象入手，最终却谈到民族整体维系力上去。如沦陷前

---

① 参见孙郁《苦雨斋旧痕》，《当代作家评论》2003 年第 1 期。
② 周作人：《树立中心思想》（1942 年），《教育时报》1942 年 9 月第 8 期。
③ 周作人：《清嘉录》，《夜读抄》，河北教育出版社 2002 年版，第 85 页。
④ 周作人：《地方与文艺》，《谈龙集》，河北教育出版社 2002 年版，第 13 页。

《汉文学的前途》一文中说，"反复一想，此是何物在时间空间有如是维系之力？思想文字语言礼俗，如此而已。"其中也有"血浓于水"的真情流露——"中国民情之可信托"①，并且觉得这些习俗的留遗似乎也很是有限，大有不足之感。

　　周作人对异民族的态度也是考察周作人民族意识体现的一个重要方面。周作人对域外文化的关心，始于留学时期，之后，一直没有间断。周氏认为，在一定程度上外来的影响是有益的，可以促成新的活力。他说："我们欢迎欧化是喜得有一种新空气，可以供我们的享用，造成新的活力，并不是注射到血管里去，就替代血液之用。"② 面对外来影响，要尽可能地融化，以遗传的国民性为素地。周作人也曾说他本性喜欢两种文化，一是日本的，一是希腊的。"因为西洋文明的主线来自希腊，要了解西方文明似乎不可不从希腊说起"。周氏精通希腊文，对希腊艺术特别是神话方面的研究颇有造诣。他在沦陷时期的文章也时有论述及引用希腊文化的例子。他指出希腊的文明，"其思想更有与中国很相接近的地方"。③ 此外，英国随笔对其影响也颇大。但更值得提出的是英国性心理学家蔼理斯对周作人思想的影响。周氏曾叙说他第一次阅读蔼理斯著作的感受："这是我的启蒙之书，使我读了之后眼上鳞片倏忽落下，对于人生与社会成立了一种见解。"④ 周作人十分关注外来文化融入中国文化之中，为我所用。他早在1921年说："我们可以看了外国的模范做法，但是须用自己的文句与思想，不可去模仿他们。"⑤

　　然而，对周作人影响更大的是日本文化，对日本民族，周作人有着甚为复杂的心态。1935年，他这样写道："日本与中国在文化的关系上本犹

---

① 周作人：《谈胡俗》，《过去的工作》，河北教育出版社2002年版，第10页。
② 周作人：《国粹与欧化》，《自己的园地》，河北教育出版社2002年版，第13页。
③ 周作人：《希腊之余光》，《苦口甘口》，河北教育出版社2002年版，第50页。
④ 周作人：《东京的书店》，《瓜豆集》，河北教育出版社2002年版，第72页。
⑤ 周作人：《美文》，《谈虎集》，河北教育出版社2002年版，第29—30页。

罗马之于希腊，及今乃成为东方之德法，在今日而谈日本的生活，不撒国难的香料，不知有何人要看否，我亦自己怀疑。但是，我仔细思量日本今昔的生活，现在日本非常时的行动，我仍明确地看明白日本与中国毕竟同是亚细亚人，兴衰祸福目前虽是不同，究竟的命运还是一致，亚细亚人岂终将沦于劣种乎，念之惘然。因谈衣食住而结论至此，实在乃真是漆黑的宿命论也。"① 这真实地流露出周作人对日本的矛盾心态。周作人对日本有着十分的眷恋与好感。他在《日本管窥》一文中说："日本是我所怀念的一个地方""我对于日本常感到故乡似的怀念，却比真正的故乡还要多有游行自在之趣"，甚至称东京为"第二故乡"。② 周作人对日本的亲和态度，当然与他在日本的经历有关。其个人气质与爱好，使他在"当时大部分中国留学生""都认为日本仅懂得模仿西洋，日本本身则始终不外是西洋的代用品的时代"，发现并关注日本文化属于自己的特殊性③——"倒是日本的特殊生活习惯，乃是他所有也是独有的，所以更值得去察看一下"④。周作人对日本特殊民俗风情、宗教信仰、国民性与民族文化精神持久的关注，使其对日本民族有着深刻的理解。在这种理解之中，其喜好之情也自然而然地形成了。如他在日本女子"在室内席上便白足行走"与"中国恶俗之一是女子的缠足"⑤ 鲜明的对比中，发现了日本民族崇尚自然、有礼、洒脱与人情美。总体而言，周作人对日本文化有着强烈的认同感。

问题在于周作人对日本帝国主义的野心以及其后的侵略战争有着清楚的认识。如"九一八"事变发生时，他还清醒地认识到"日本是真正的帝国主义帝国"，并号召中国人民起来进行"坚韧持久的排日运动"。⑥ 他虽

---

① 周作人：《日本的衣食住》，《苦竹杂记》，河北教育出版社2002年版，第158页。

② 同上。

③ 参见 [日] 岛村丰《关于周作人的若干摘录》，鲍耀明摘译，《鲁迅研究月刊》2005年第5期。

④ 周作人：《最初的印象》，《知堂回想录》，群众出版社1999年版，第156页。

⑤ 同上书，第159页。

⑥ 岂明（周作人）：《日中文化事业委员会为甚还不解散》，《京报副报》1926年1月14日。

然力图做到不偏不倚，超越狭隘的民族偏见，做到"一面礼赞他的精美的文化，一面对于它的强暴的言动加以反抗，可爱的就爱，可恨的就恨"①，然而随着时局向不利于中国的方向发展下去，周作人回避中国民族遭受的苦难，明知"中国的命运还是黑暗的"而妄谈超越民族的人类命运。脱离侵略现实、故作高调的姿态最终把他引向"大东亚文化"的"共荣圈"中。周作人在沦陷时期曾说，"东亚的文化是整个的，东亚的运命也是整个的""我想翻译介绍日本人民生活情形，希望读者从这中间感到东亚人共同的苦辛，发了爱与相怜之感情，以代替一般宣传与经验所养成的敬或畏"。② 至此，周作人已丧失了知识分子的良知，失去了一个民族成员最起码的责任。唐弢说，周作人"可以不必关心所谓时代，然而事实上，时代是决不会轻轻地放过他们的。每一个人，都是构成某一时代的一分子，这一分子对于时代或者社会，是跳不出，也离不开的。时代好像一面镜子，它照出了魑魅魍魉们的原形，一个也躲避不了"③。周作人曾说："我是爱日本的，我重复地说，但我也爱中国。因为这运命指定我住的地方"，而"真是爱中国者自然常诅咒中国，正如真爱日本的中国人也非做彻底的排日派不可"。④ 他以自己的言行最终证明自己没有很好地爱日本，更没有很好地爱中国。如果说周作人因个人生命至上而对日本侵略者的暴行保持沉默的话，那么日本文化情结为他走向附逆多少提供了一些心理准备和情感支持。

1942 年周作人在《〈汪精卫先生庚戌蒙难实录〉序》中为汪精卫辩护道："中国历史上此种志士仁人不少概见，或挺身犯难，或忍辱负重，不惜一身以利众生，为种种难行苦行，千百年后读其记录，犹能振顽起懦，

---

① 周作人：《日本浪人与〈顺天时报〉》，《谈虎集》，河北教育出版社 2002 年版，第 322 页。
② 周作人：《草囤与茅屋》，《苦口与甘口》，河北教育出版社 2002 年版，第 111 页。
③ 唐弢：《泛论个人主义》，《回望周作人·是非之间》，河南大学出版社 2004 年版，第 130 页。
④ 作人（周作人）：《〈神户通信〉附记》，《语丝》1925 年第 59 期。

况在当世，如汪先生此录，自更令人低回不置矣""此皆投身饲饿虎，所舍不只生命，且及名声，持此以观庚戌之役，益可知其伟大，称之菩萨行正无不可也。"① 他在此序中以禹稷精神喻汪之所为，也即汪的"事功"实乃"菩萨行"，自然也不失有为自己辩护之意。多年之后，周作人在给周恩来的信中曾为其在沦陷时期所为有过这样的辩护："在民国则应有别，国民对于国家民族自有其义分，唯以贞姬节妇相比之标准则已不应存在了。我相信民国的道德惟应代表人民的利益，那些旧标准的道德，我都不相信，虽然也并不想故意的破坏它。"实在也是认为自己属"忍辱负重"，似乎也有些"唯己饥己溺为常，而投身饲虎为变，其伟大之精神则一，即二与勇是也"。观本节开始时所述周作人不肯南下之理由，及其沦陷时期所作所为，不免令人为其辩护而惭愧。在事涉国家存亡民族生死的重大时刻，周作人不知轻重，既不能担负起知识分子对正义的责任，又不能忠诚于本民族的历史使命，他既无承担"大的牺牲"② 的勇气，也无坚守清贫的骨气，终于涉水至深，迷途不返。周作人在民族危亡时机，背离民众与国家，最终成为民族的罪人，令人对这位才华横溢，曾经为"个人自由"奔走呼号的启蒙者感慨嘘唏。

① 周作人：《〈汪精卫先生庚戌蒙难实录〉序》，《古今》1942 年第 4 期。
② ［德］康德：《实践理性批判》，蓝公武译，商务印书馆 1960 年版，第 158 页。

第二章　沦陷区文学期刊中的民族意识

文学期刊在现代生活，尤其是民族世界中的地位，可以借用本尼迪克特·安德森一句话来加以说明，他说"小说与报纸为'重现'民族这种想象共同体提供了技术的手段"。此言中的"小说"与"报纸"换成"文学"与"期刊"应该是没有歧义的。由此可以看出，文学期刊对于民族意识的传播起着十分重要的作用。安德森认为是资本主义、印刷科技和人类语言三者促成了"想象的共同体"——民族的诞生。人们通过印刷语言变得能够沟通，在同一时间、不同地点关注这种印刷语言带来的信息进而产生出一种心灵的联系。由于印刷语言具有"永恒的形态"的特点，因而能够持久地维系这种同胞之情。借助印刷语言，"民族"想象甚至能够"在人们心中召唤出一种强烈的历史宿命感"[1]，对民族产生认同感与归宿感。沦陷区文学期刊在民族危机之际对民族意识的传播发挥了重要作用。

---

① ［美］本尼迪克特·安德森：《想象的共同体——民族主义的起源与散布》，吴叡人译，上海世纪出版集团2003年版，第10—13页。

第一节　沦陷区文学期刊与民族意识

在现代文学场域中，"日常的文学生活是以期刊为中心开展的"①，文学期刊无疑处在一个非常重要的位置。无论是作品的产生、作品的传播，甚至作家的生存都与现代文学期刊有着重要、密切的联系。在现代文化语境中，文学期刊也是文学制度的重要一环，期刊受什么组织控制，经济来源何处，什么样的人来编辑都会影响期刊用稿标准与价值取向。因而要考察沦陷时期文学中的民族意识存在形态，就必须从民族意识在文学期刊中的具体形态入手：沦陷区文学期刊中民族意识的形成原因，沦陷区不同类型的文学期刊上民族意识表现程度有何不同，民族意识在沦陷区文学期刊中的作用。

一　期刊管制与意识突围

沦陷区文学期刊能够得以产生，首先是日伪当局出于统治的需要。对日本侵略者来说，他们需要在军事占领与经济掠夺的同时，能够得到文化、宣传上的有力配合，从根本上清洗被占领区域人们的反抗意识，植入"奴化"思想。"早在 1938 年，近卫声明已提出'新文化创造'问题""在讨论'大陆文化'时，日本最流行的论调是，'大陆文学应当属于报道文学'，而有的人甚至还提出，大陆文化'属于日本文化里的一新的部门'"②。应该说，日本侵略者对于创办沦陷区文学期刊的心理是出于直接

---

① ［德］本雅明：《发达资本主义时代的抒情诗人》，张旭东、魏文生译，生活·读书·新知三联书店 1989 年版，第 44 页。

② 张泉：《沦陷时期北京文学八年》，中国和平出版社 1994 年版，第 28 页。

的、强制性的"宣传"需要。与此同时，汪伪政府为了配合日本"主子"的意旨，也为了给伪政府造成繁荣的局面，以获得"民心"。因而他们无所顾忌地要求沦陷区文学定位于"报道文学"，一方面加紧对文学期刊的管制，如1941年1月25日公布的《出版法》，规定报刊书籍出版品须经伪宣传部发给的登记证后始可发行，并禁止刊载一切不利于敌伪的图文言论。① 另一方面也积极创办一些刊物，以实行他们在文化宣传政策上定下的基本方针："动员文化宣传之总力，担负大东亚战争中文化战思想战之任务，与友邦日本及东亚各国，尽其至善至大之协力，期一面促进大东亚战争之完遂，一面力谋中国文化之再建与发展及东亚文化之融合与创造，时而贡献于新秩序之世界文化。"② 由此可知，沦陷区期刊的产生主要是由于日伪出于自身利益的需要而允许创办，因而从总体上看，沦陷区的文学期刊必然受制于沦陷区当局的管制，也必须围绕着日伪所宣称的"中心思想"服务，是日伪所宣称的"东亚文化"链条上的一环。

　　然而，文学期刊中创作的自由追求与日伪管制制度的规定之间存在着相当大的矛盾。尽管沦陷区统治当局采用种种手段对文学期刊发展加以严格的检查以控制与规范文学期刊刊发的作品，甚至采用了不少文学奖励等激励机制来引导沦陷区作家的写作方向，但这一切都在"沦陷"这一特殊场域产生意想不到的结果，也因为它的特殊性而使文学期刊的面目显得非常丰富而复杂。事实上，日伪当局允许创办文学期刊就为一切具体形态提供了可能，包括文学期刊最终承载并传播"民族意识"的实现。

　　一些期刊的创办者以不涉政治的其他理由获得出版发行期刊的权力。如《大众》的编辑者在创刊之初说明办刊的理由是："世间一切动物，凡是有一张嘴的，总要饮要食，除此以外，更要说话。鸟嘲嘲而言，鸡喔喔而言，马萧萧而言，蛙阁阁而言，至于我们人类，就应该侃侃而言。只要

---

① 徐迺翔、黄万华：《中国抗战时期沦陷区文学史》，福建教育出版社1995年版，第455页。

② 转引自张泉《沦陷时期北京文学八年》，中国和平出版社1994年版，第30页。

有一日活着，我们便一日要饮食，也一日要说话。不论何时何地，我们总不能长期沉默，一语不发；我们每日对于任何样的天气，也不免要赞叹一声，或者埋怨一声。"① 以"说话"为创办刊物的理由也实在是沦陷区这一特殊语境下的无奈选择，事实上这也道出了沦陷区作家写作的困境，即有话不能说的压抑状态。这一类刊物基本以"不谈政治"为宗旨，撇清一切可能的麻烦，争取一个难得的说话空间。但这并不表明他们真的是为了说话而说话，正如《大众·发刊献辞》里说得好，"我们今日为什么不谈政治？因为政治是一种专门学问，自有专家来谈，以我们的浅陋，实觉无从谈起。我们也不谈风月，因为遍地烽烟，万方多难，以我们鲁钝，亦觉不忍再谈"。在言与不言之间，是痛苦的心理抉择，既不能谈政治，又不愿在国家蒙难、同胞受辱之时昧着良心谈"风月"，因而这些期刊的文章就特殊得耐人寻味了。这种"两难"心理也使得沦陷区期刊变为民族意识生存的"肥沃土壤"。

更多期刊的创办是以传承"文化"的姿态出现。"文化"在沦陷时期是一个非常宽泛而被常用的词汇。日本侵略者为了宣扬所谓的"民族协和"要提倡"文化"，汪伪政府为了获得所谓的现代民族政府的合法性，出于策略的需要也需要标榜文化的正统根源。因而，以"文化"的名义而创办刊物在沦陷区不失为一条非常恰当的理由。如《东方学报》创刊号上编辑人继圣就说："我们身处世界烽火的今日，能苟全余生于乱世，已属不幸中之大幸；但回顾事迹八年以来，国家危如累卵，人民水火日深，以至文化事业的衰落，国民道德的降低，影响于整个中华民族前途者至巨，若令长此以往，非仅文化国家的中国将无文化可言，并且数千年来整个国家的命运，将遭受到严重后果，言念及此，实不胜惶悚。但是，现实与理想虽形矛盾，我们却不能消极等待；战事虽烈，我们却不能因而不去创造

---

①　钱须弥：《发刊献辞》，《大众》1942 年创刊号。

文化；生活虽艰，我们却不能因而逃避我们所应负的责任；讥者虽众，我们却不能因'不识时务'之言而裹足不前。我们要打破一切困难，不顾一切时讥，做我们所应该做的事，力量虽微，若能对建设文化有所小小贡献，则我辈责任已尽，微力已达，虽万死犹无愧于我民族国家。这是我们编这本杂志的小小动机。"① 这段话把办刊只为传统文化的理由表现得淋漓尽致。沦陷后期，著名的《春秋》杂志也同样是以"提倡文艺为归，以介绍知识"② 理由行刊于世的。

沦陷区文学期刊之所以能够出现"民族意识"的印迹，显然与办刊人有关。办刊者的背景与主编者的意识形态也会对期刊的风格产生重要影响。如上海"孤岛"沦陷后复刊的《杂志》，成为隶属于袁殊任社长的《新中国报》系统的刊物。从第 9 卷第 5 期起，由袁殊、恽逸群、鲁风（罗烽）先后任社长，吴诚之任主编。《新中国报》与此刊表面上看是以日本驻沪领事馆为靠山，而实际上其负责人袁殊、恽逸群、鲁风、吴诚之都是中共地下党员，此刊第二次复刊及其负责人安排均得到中共上海地下党组织的同意，这是该刊能得以长期出刊，保持其"中立"姿态而又具有一定进步意义的关键所在。至于《天地》杂志更受其主编苏青身份的影响。作为一位女性作家，个人的身世遭遇及婚姻坎坷的创伤体验，使苏青十分关心女性群体的生存状况。在她主编的《天地》发刊词中就宣称"提倡女性写作"，并列举五大理由佐证。长达 21 期的《天地》也确实发表了不少女性作家的作品，并从整体上显示出女性作家注重"感情"抒写的"散文"特色。真实的情感自然不免有乱世人生的感叹、家园颓败的忧伤。而像《春秋》发行人冯宝善，同日本侵略者有血恨深仇，其兄冯梦云曾因抗日战争爆发后主办《抗战日报》被日本人关押并杀害。③ 就在其兄被害的

---

① 继圣：《卷头语》，《东方学报》1944 年创刊号。
② 陈蝶衣：《前置词》，《春秋》1943 年创刊号。
③ 沈寂：《抗战作家在受难中》，《抗战·文学·记忆》，《上海文学》2005 年第 8 期。

第二年，由冯宝善担任发行人、陈蝶衣出任编辑的《春秋》创刊，因而我们不难想象，为什么在《春秋》上会出现老舍、巴金、靳以等这些进步作家的文章。

当然，也有一些刊物，极力鼓吹日伪"国策""中心思想"，甚至提供大量版面刊登日伪文人消遣之作。这类刊物大多属于日伪官办，或者有浓厚日伪背景，编辑者又是逆流之辈，例如于1940年1月创办的《国艺》月刊，作为"中国文艺协会"的会刊，其背景决定该刊"野心勃勃要一统南方文坛""为全国文艺界的轴心"的政治使命，加上其编辑是"中国文艺协会编辑委员会"① 的身份，致使该刊刊载了不少汪伪政府官员的文章，如梁鸿志的《己卯上己西园禊集诗序》、汪精卫的《中秋之什》等。然而，汉奸文人的装庸附雅以及遗老暮气的熏染，并未使《国艺》在沦陷区文坛造成多大影响，倒是大量旧体诗词使其几乎成了汪伪政府文人应酬消遣之地。这类期刊的民族意识自然十分薄弱。

二 背景影响与复杂形态

沦陷区文学期刊的分类有很多种，我们可以根据其赖以生存的条件的不同，将这些期刊大致分为三种：依靠沦陷区日伪官办或者有着浓厚官方背景的期刊，依靠民间团体或者学术机构支持且主要不以营利为目的的期刊，以及依靠市场化运作谋取生存的期刊。在这三种不同类型的期刊中，民族意识的具体形态也各不相同。

依靠沦陷区当局支持，有日伪官方背景的期刊一个最明显的标志，就是它们的编辑一般是日伪组织中的成员，刊物大都刊发过有日伪政府背景

① 实际上《国艺》由伪南京国民政府行政院简任秘书陈廖士主编，陈也是"中国文艺协会"的常务理事。《国艺》的其他编辑如朱重绿、陈彦通和屠焕衡等也是该协会的成员。"中国文艺协会"是1940年1月由南京日伪当局通过陈寥士发起，聘请不少日本人作为顾问，纠合南京地区的封建遗老、官僚等汉奸文结成的文艺组织。

文人的作品，同时为了配合"国策"需要刊发了不少"时局"性的作品与消息。受惠于日伪严格的出版管制制度，此类刊物在沦陷区为数不少。如属于华北沦陷区的此类刊物有：1939 年 9 月创刊的《中国文艺》有着日本北支军报道部操纵的武德报社背景，刊物中设有"专载""特载"等栏目，经常刊登一些反动的政治论文甚至一些政治性文学作品，以配合时局政策需要；1944 年 1 月创刊的《中国文学》是伪华北作家协会会刊；《中国公论》实际上成了新民会的宣传刊物；《东亚联盟》则是"中国东亚联盟协会"的会刊，该会社长缪斌更是伪政权要员。属于华东沦陷区的此类刊物有：前面提到过的《国艺》有着伪南京政府的背景自不待言，其他如《同声》的主编龙榆生受汪精卫之邀先后出任其幕僚和伪中央大学文学院院长，《同声》周刊也获得了汪伪政府要人的支持；《古今》① 创办人朱朴属汪伪党政要员，并受到汪伪政府如周佛海等人的帮助。属于东北沦陷区的此类刊物有：满洲图书株式会社创办的《新满洲》、由日本人大内隆雄担任总编辑的《麒麟》以及作为伪满政府的"满洲文艺家协会"中文机关杂志的《艺文志》等。

　　然而，具有沦陷区当局官方背景的刊物的具体表现也十分复杂，其中影响因素涉及编辑人员的民族身份、刊物作家的写作倾向以及"文学"期刊所体现出的艺术追求。如《中国文艺》作为一个专门的文艺刊物，编辑尽量利用有限的权限发表了不少优秀作品，这些作品"没有歌颂大东亚精神"，表明"作家或者有意对敌伪的纲领加以客观条件允许的抵制，或者对于奴化宣传不感兴趣"。②《新满洲》虽然在"异态的时空下，根本没有可能在这种准官办的杂志中发表不符'时局'的言论"③，但由中国知识分

---

　　① 《古今》虽然曾声明系朱朴私人出资创办，但由于朱朴本人为汪伪政府官员，又刊发大量汪伪文化要人的作品，故列为"有官办背景的刊物"类。这种背景的复杂性也反映了沦陷区的期刊有着复杂的具体表现。

　　② 张泉：《沦陷时期北京文学八年》，中国和平出版社 1994 年版，第 75 页。

　　③ 刘晓丽：《幽暗时空中的文学一角——关于〈新满洲〉杂志》，《海南师范学院学报》2005 年第 5 期。

子编辑的《新满洲》杂志，在编辑中实现自己的反抗意志，以刊发大量纯文学性的作品这种"消极"的反抗方式来抵制日伪的政治宣传。此外，如华东沦陷区的《古今》虽然也刊发了不少汪伪文化要员如汪精卫、陈公博、周佛海、江亢虎等人的作品，但总体而言，又存在大量刊发文史掌故以及人物纪事类作品以冲淡政治色彩的倾向。编辑者朱朴在"休刊辞"中也尽力避谈该刊的官方背景，宣称"古今出版的动机不过为我个人遗愁寄痛之托""检讨过去古今上所发表的文字，大都是属于怀古伤今之作"[1]。虽然不免有些与日伪政治撇清的嫌疑，然也反映出编辑者对于官方背景的顾忌，其所说所刊大都是怀古伤今之作也属大体事实，其中甚至不乏借"史"宣扬民族意识之作。如朴之在《漫谈古今》中誓言《古今》在"这个空谷足音的时代，尤应坚守素志，决不迁就时俗[2]"。众异在《爱居阁脞谈》的《纲巾》[3] 一节中写"明社既屋，清帝入主中原"之时，遗民之不愿薙发者，宁愿保持明朝"纲巾之制"亦不忍背弃，甚至不惜以身相殉的忠烈之事，读者不难感受作者对民族危难之际"民族气节"的呼吁与颂扬。

相对于有着"官方背景"的文学期刊，依靠独立的民间力量或学术机构资助而创办的期刊，相对而言显得更为超脱。由于沦陷区严密的文化控制，此类刊物的创办与发展受到诸多约束，因而数量也并不太多。如东北沦陷区有[4]南满营口王痕青主编的《余霞》，北满齐齐哈尔的黑龙江第一师范学校漪澜读书会的会刊《漪澜》，陈凝秋主编的哈尔滨寒流社的社刊《寒流》，赵梦园主编的奉天白光社的《白光》，新京胜利艺术社所出的《艺海》，奉天文艺画报社的《文艺画报》，花喜露等人创办的油印《星

---

① 朱朴：《小休辞》，《古今》1944 年第 57 期。
② 朴之：《漫谈古今》，《古今》1942 年第 2 期。
③ 众异：《纲巾》，《古今》1742 年第 1 期。
④ 参见钱理群主编，封世辉编著《中国沦陷区文学大系·史料卷》，第 549—571 页。

火》月刊，由小松任著作人（编辑）、城岛舟礼任发行人的《艺文志》季刊①，由王秋莹任编辑的《文选》等。华北沦陷区此类刊物有：1938年11月由北京私营的东方书店于星垣任发行者，方纪生、陆离主编的《朔风》月刊；1939年由燕京大学吴兴华等人创办的小型文艺刊物《篱树》，由燕京大学师生合办的小型文艺刊物《燕京文学》；1939年4月先由燕京大学与辅仁大学两校文学青年创办的《文苑》（第二期起由辅仁大学独自支持并改名为《辅仁文苑》）；1939年由北京教会中学汇文中学神父创办的《荣耀》；1939年10月由李戏鱼主编的《覆瓿》；1940年1月由北京大学文学院创办的《文艺杂志》，"北大文学会"创办的《北大文学》等。华东沦陷区此类刊物有：1943年8月由当时社会上和学校中的一些文学青年创办，郑兆年主编，兆年书屋发行的《碧流》半月刊；1944年1月，郑兆年任社长、马博良任总编辑的《文潮》月刊；1944年署名华东文学会编刊发行、实际是华东大学文学系师生创办的《华东文学会丛刊》等。一般来看，这类文学刊物依靠的资源单一，力量薄弱，因而维持的时间都不太长久，长的如《辅仁学刊》也只出了11期，一般的大都在几期之内，一些刊物甚至创办一期就停办，如王秋莹于1933年10月创办的《飘零》，1943年6月，由徐祖正等人以"北大文学会"名义创办的《北大文学丛刊》，1944年1月由文艺生活社编辑的《文艺生活》半月刊等都因种种原因只出一期即终刊。总而言之，依靠民间团体或独立学术机构创办的刊物在沦陷区可谓是难得地拥有相对独立的言说空间，虽然它们不能直接发表反对侵略行径的作品，但它们以"文学"的名义拒绝了日伪"政治"的玷污，难能可贵地保持了刊物清白品格。这些刊物也存在脱离现实、注重文学艺术本身的倾向，但它们在严肃的艺术追求中为民族文化的延续做出了贡献。以《辅仁文苑》为例，该刊前身为《文苑》，"是辅仁和燕京的几

① 此处指1939年10月18日在新京创办的《艺文志》，属民间同人刊物。不是1943年11月由"满洲文艺家协会"创办的同名机关刊物。

个爱好文艺的朋友所刊的'友谊的纯文艺集刊'"，自第 2 辑起由具有教会背景的辅仁大学单独支持，目的是使同学们有个"练习写作的技能，发表研究的心得"①的园地，该刊刊发了大量的文艺作品。再如前面提到的《华东文学会丛刊》也是面向该校"爱好文学的同学"的刊物，其中胡山源在创刊卷首刊发的《请你回答你自己》就嘱咐文学青年不要"因环境的变迁而改变其素志"②，鼓励学生在民族危难之中，既要维持文学的艺术立场，更要坚守个体的高洁情操。

沦陷区文学期刊中以依靠市场谋取生存的刊物则不同于以上两类刊物。此类刊物基本是以私人或者社会资金维持运作，既没有被纳入日伪政治宣传的轨道以获得财政支援，也没有像教会大学那样的学术机构支持的背景，它们必须靠刊物的广告与销量的收入而维持期刊的生存。此类刊物相对其他几种类型的期刊而言，在各个沦陷区显得并不均衡。东北沦陷区由于日本侵略者策划成立了相对独立的"伪满洲国"，文化管制十分严格，"国策"文化色彩浓郁，加上文化市场并没有自由开放，因而依靠市场运作生存的期刊微乎其微，有的也只是介于官办与市场运作之间而已。如1943 年 8 月先后由张风墀、李寿顺编辑的《青年文化》月刊，是由数人组成的民间团体——"满洲青少年文化社"，他们自己投资，并依靠杂志生存，因而该刊体现了明显的商业意识，杂志的开篇和结尾处时常刊登多达十几页各种产品的广告。但是"满洲青少年文化社"还不能完全像其他民营出版社那样运作，它要依托"协和会青少年团"，必须为其服务。大量刊登有益于"协和精神""青少年运动"的文章，变成杂志必须完成的"政治任务"。然而东北沦陷区中此类刊物也并不是完全成为"政治"的附庸，正如有的研究者指出"在伪满洲国当局对文艺的控制越来越严密的状态下，作家如果不想被规范到'建国''圣战'方面，就要开拓'无害'

① 《编辑后记》，《辅仁文苑》1939 年第 2 辑。
② 参见钱理群主编、封世辉编著《中国沦陷区文学大系·史料卷》，第 704 页。

的其他题材"①。事实也证明，《青年文化》广拓题材，刊发大量纯文学类作品。其中有些作品不乏"危险性"，如小说《混血儿》中就渲染了"民族意识"，借汉族与俄罗斯民族之间的不平等关系隐约指向处在日本民族侵略与奴役下的汉民族。此外，华北沦陷区文学期刊一方面秉承京派余韵，不屑言"商"；另一方面由于文化市场并不活跃，期刊的市场运作手段并不明显。

真正依靠市场化运作维持生存的刊物主要集中在华东沦陷区。此类刊物有 1940 年 10 月创刊的《小说月报》，1941 年 7 月创刊的《万象》，1942 年 5 月创刊的《万象十日刊》，1942 年 11 月创刊的《大众》，1943 年 1 月创刊的《万岁》，1943 年 4 月创刊的《紫罗兰》，1943 年 8 月创刊的《春秋》，1943 年 10 月创刊的《天地》，1944 年 10 月创刊的《光化》月刊等。总体而言，此类刊物尽量不涉政治，偶尔在报道新闻中涉及现实政治，也多用旁敲侧击的手法。它们往往以客观暴露社会黑暗面自诩，但这种暴露又以不涉及时局、政治为限。由于此类刊物与日伪官方无涉，即有私人牵连，也不似官办刊物那样在编辑使用稿件时直接受到掣肘，因而内容上较少有时局宣传类作品出现。更甚者，一些爱国人士更是以此为依托，进行文化抵抗活动。如《万象》和沦陷后期的《春秋》文艺丛刊，就聚合了包括王统照、许广平、傅雷、李健吾、唐弢、师陀、孔另境、柯灵等在内的进步作家，一些党员作家如关露、王元化、丁景唐、束纫秋、恽逸群也隐身于此类刊物编辑、作者群之中。虽然从大体上看，此类刊物以商业利益为重，但以含蓄曲折的形式表达深沉的民族忧患意识的作品也比比皆是，一些刊物如后期的《万象》，更是在深沉的现实感与高品位的艺术格调中显示出沦陷区文学的实绩。

---

① 参见刘晓丽《伪满洲时期〈青年文化〉杂志考述》，《上海师范大学学报》2006 年第 4 期。

第二节　沦陷迷境中的双重图景

——对《中国文艺》民族意识的考察

如果要考察华北沦陷区的期刊内容，《中国文艺》作为当时最为重要的文学杂志之一，显然具有很强的代表性。《中国文艺》首期出版于 1939 年 9 月 1 日，是 16 开本、每期 100 多页的大型文艺刊物①。其首创者张深切在堂胁光雄、浦野寿一郎等日本人的支持下，借助隶属于日本华北驻屯军报道部的武德报社，创办这个刊行时间长达四年之久，共出版 9 卷 51 期。由于它创办的支持力量——武德报社②——具有日伪当局的背景，可谓是较为正式的"官办"刊物。然而就是这样一个具有日伪背景的文学杂志，却表现出较为斑驳复杂的"意识"色彩图景，其中"民族意识"的表露与"时局意识"的强制宣传形成鲜明的对比。

一　编辑者对刊物的影响

作为有着"日伪"背景的杂志，《中国文艺》能够显示出"民族意识"的色彩首先与其几任主编有关。《中国文艺》的首任编辑张深切（1904—1965），字南翔，笔名楚女，者也等，台湾省南投人，是台湾省日

---

① 《中国文艺》第 8 卷第 1 期开始改为每期 64 页。该期曾刊"本刊启事"如下：兹为协助参战，节省纸张起见，本刊自三月号起，所有篇幅降至 64 页，容量方面，仍维持原状。事实上这是日本战事日益颓败，物资吃紧的症候之一。

② 武德报社，成立于 1938 年 9 月。早期隶属于日本华北驻屯军报导别动班，目的是为了对沦陷区的中国民众进行舆论宣传，主要创办人为管翼贤和山加少佐。1940 年年底，该社名义上不再是日军的直属机关，而号称"华北唯一自主经营的独立文化事业团体"，但实际上仍为日军报导部所控制，龟谷利一先后担任报社顾问、社长等职，柳龙光任编辑部长。该社名下掌有众多报刊，如《武德报》《妇女杂志》《国民杂志》《儿童世界》，《中国文艺》也是其中之一。

据时期活跃的政治运动家。1924 年在上海参加"台湾自治协会"，1927 年在广州组织"广东台湾革命青年团"，从事抗日运动。后来转向文化运动，1934 年担任"台湾文艺联盟"委员长，发行《台湾文艺》。1938 年 3 月，前往北平。1939 年在北平沦陷区创办《中国文艺》，担任发行人兼主编。从张深切创办《中国文艺》以前的活动可以得知他其实为"危险分子"。"在他看来，家乡台湾的命运是与大陆息息相关的：'我想我们如果救不了祖国，台湾便会真正灭亡，我们的希望只系在祖国的复兴，祖国一亡，我们不但阻遏不了皇民化，连我们自己也会被新皇民消灭的！'"① 在张深切担任主编期间——1939 年 9 月至 1940 年 8 月②，《中国文艺》几乎成为一个与"日伪"无关的杂志。在《中国文艺·发刊词》中，没有一丝语词能够说明这个刊物是为了"日伪当局"需要而诞生的。发刊词从"过去的历史无论经过何等的波澜曲折，其轨道依然走着进步的路线"来叙述对"进步"与"退步"之间应有一个远景的态度。认为在目前的情景下，文化的延续与发展依然是重要的，而处于此时代的人应该居于"合抱之木生于毫末，百层之楼起于穴居"的姿态，着手于文化的建设。为了更好地说明创刊词所表达的立场，笔者摘其一段如下：

> 中国的文化已经在过去曾创造了一个很灿烂的时代，这浩如烟海的文化，为了时潮的於塞与壅闭，已像黄河长江的泛滥，沉积整个的民族，使整个的民族都沦溺于其狂流之间，迷濛而不能离脱了，对此泛滥的文化，应该施以像治水的方法；审其水势，筑其防堤，造其水路，缺之疏之通之流之然后方有出路。换言之：即研究，整理，批评，淘汰，拔萃并将其系统接合于新文化，夫如是中国的旧文化才能

---

① 转引自张泉《沦陷时期北京文学八年》，中国和平出版社 1994 年版，第 281 页。
② 《中国文艺》第 1 卷第 3 期由张我军代编。张我军在该期卷首《代庖者语》中说"中文主编深切兄奔丧南旋，临走时，托我代庖一期"。但内容与体例排上，并无显著变化。张我军（1902—1955），台湾板桥人。原名张清荣，笔名一郎，迷生、以斋等。时与张深切同为旅京台湾作家。

展开其新生面，同时也才能保持其绵远的生命。①

　　创刊词体现了该刊注重"中国文化"延续与发展的编辑思路，这也为编辑堵塞"时局意识"的作品留下了最好的推托之词。编辑者强调"整理旧文化和创造新文化的确是目前的急务"，并认为"吾人创办本刊的意义与目的也只在此而已"。事实上，编者在创刊号的编后记中更加鲜明地表达他的民族立场与文化抱负。他针对当时沦陷区的颓废倾向，发出"吾人不怕国家的变革，只怕人心的死灭，苟人心不死，何愁国家的命脉会至于危险，民族会至于沦亡？"② 的呐喊。并以"文化是国家的命脉，是人类的精神食粮"，重申对"民族文化"的使命感。

　　一个刊物的创刊号往往有着重大意义，在一定程度上反映出该刊的用稿特色与方针。《中国文艺》创号号上的作品目录如下：

戏曲底本质论	张鸣琦
现代日本文学的思潮	刘敏光
三国故事与元明清三代之杂剧	傅惜华

散文：

俞理初的诙谐	知堂
秋在古都	张我军
西郊杂记	澜沧子
记梦	木活
偷书	芸苏
女人	贺穆
明季释乘传记题跋	谢刚主

---

① 《创刊词》，《中国文艺》1939 年第 1 卷第 1 期。
② 《编后记》，《中国文艺》1939 年第 1 卷第 1 期。

相国历史——历史相国　　　　　　徐凌霄

书评：

评天壤阁甲骨文存　　　　　　　　孙海波

艺术：

伟大艺术批评家——罗斯金传　　　锷译

壁画偶谈——商周历史画之萌芽　　予向

现代绘画——介绍现代立体派画家　佚名

随笔：

京戏偶谈　　　　　　　　　　　　小生

忆六丐斋　　　　　　　　　　　　王代昌

北海的角落里　　　　　　　　　　龙影

诗歌：

爱美之梦　　　　　　　　　　　　蒹葭

失去了的××　　　　　　　　　　野花

夏之恋歌　　　　　　　　　　　　程心芬

电影：

翡翠城　　　　　　　　　　　　　象超

泰山的生活　　　　　　　　　　　忆罗

有名的初会　　　　　　　　　　　超译

巴黎的夜生活　　　　　　　　　　木易

阿美利加妇女关于"美"的消费　　宏诏译

轶闻趣事：

似实而虚

怪闻、发明

笑林集萃

漫画：

漫画之页

漫画的技巧与倾向

创作：

残羽	王石子
凤姑娘	务诚
老人的悲剧	魏嘉
程老伯	汪家祉
小姐们	林凤
七天	侯少君
关于中国文艺的出现及其他	迷生
编后记	

从以上篇目中我们可以看出，《中国文艺》的栏目设置较为丰富，从小说、诗歌、戏曲、散文到电影甚至绘画艺术等几乎无所不包，然而，无论哪类文体都没有与时局宣传有关的作品。像《戏曲底本质论》《三国故事与元明清三代之杂剧》《评天壤阁甲骨文存》等作品具有很强的学术专业性，而绝大多数作品如散文类的《秋在古都》《西郊杂记》《偷书》，随笔类的《京戏偶谈》《忆六丐斋》，以及诗歌《爱美的梦》《夏之恋歌》等都属于纯文学类作品，甚至像电影类的作品也都选自欧美国家，这些都体现了编者有意回避"时局"色彩的特别用心。在"创刊号"中，唯一涉及当时侵略国家的是《现代日本文学的思潮》，然而也仅是一篇纯学术文章。

倒是创作类的作品体现出编者关注苦难现实的另一面。如《老人悲剧》写一位渡船老人承受岁月苦难，无缘无故死于非命，令人感慨世道险恶与命运无常。

《中国文艺》的创刊为中国北方文坛带来一丝生气，也冲淡了些日益浓厚的日伪宣传氛围。正如创刊号中迷生在《关于中国文艺的出现以及其他》一文中所道出的："号称文化荟萃之区的北京，近十年来便已有暮气沉沉之象，这两年来更是一蹶不振，整个文坛竟落到一片荒芜之地！""而若千万的文化人，如饥似渴地在需求文艺的刊物，也是不含糊的事实。"①作者尽力回避政治话语，而仅就文化层面强调时间的延续——"从十年来"到"近两年来"——这样既回避了为日伪当局呐喊的嫌疑，又尽量道出沦陷区人们对文化内在的需求。这种心理其实也是当时一般作家的普遍心理。也因为当时中国民众心里普遍存在的民族意识，致使沦陷区的作家认识到"《中国文艺》这家粮食店""不得不为粮食的来源的缺乏"②担起杞忧。

从读者的要求来看，《中国文艺》也尽量避免沦为日伪官方宣传工具。《中国文艺》第一卷第二期登载了四篇读者呼声与两篇读者通讯，均是对《中国文艺》创刊的反应以及对"创刊号"内容的回应。这六篇文章的内容无一篇呼吁刊物要体现"时局精神"，有的文章偏于赞颂《中国文艺》的诞生，虽无新意，有吹捧之嫌，但更多的文章是认真地提出有关编辑与排版上的意见，显示出对刊物的真心关切。也有读者希望文字稿件方面"注重切实的人生，民间深刻的痛苦"③。反映出华北沦陷区读者对苦难现实和民族命运的关注。

据有关研究专家考证，张深切在入主《中国文艺》之初，利用日方急

---

① 迷生：《关于中国文艺的出现及其他》，《中国文艺》1939 年第 1 卷第 1 期。
② 同上。
③ 格尔：《读〈中国文艺〉创刊号后》，《中国文艺》1939 年第 1 卷第 2 期。

于制造北京升平景象的心理，曾明确提出"四项办刊要求：编辑方针和内容不受任何干涉；杂志里绝对不刊登任何宣传标语；保持纯文艺杂志的形态，不作主义思想的宣传；不加入其他新闻杂志社结成的团体做政治活动"①。张深切的这些努力为《中国文艺》的初期发展开拓了较为自由的言说空间。在张深切主编的两卷（六期为一卷）中，《中国文艺》确实维持了较为独立的"文化"编辑方针，给沦陷区作家发表作品提供了一个心理上较能接受的平台。从张深切的编辑方针与刊物实际发表的作品也可以看出，主编者的"民族意识"为杜绝"时局宣传"、发表中国作家真实的感受提供了最基本的保证。张深切甚至撰文表达了他对"时局"的看法。如在《随便谈谈》中以"者也"的笔名有过这样的自问自答："或问曰：中国有政治家乎。余曰：政者正也；如有正治，国家何至于斯乎。故曰：无，虽有之，吾未之见也。"② 随便谈谈却流露出作家对日伪当政者"不正"之判断，实属冒险之言。整篇杂谈之中，没有媚伪之言，却时有疯语，略带冷嘲之味。

张深切的"文化的""独立的"编辑思路与其显露的民族意识表达自然给他带了许多麻烦。《中国文艺》历时一年、出满两卷后，张深切自己宣布："我要离开'中国文艺'，并没有什么特别的理由，如果一言以蔽之，即曰思无邪而已……我没有私心，只感觉力量不足，就把这个事业让给人家了。"③ 他在其主编的最后一期《中国文艺·编后记》中流露出在殖民地做自己想做而不能的无奈心情，对于自己以往在编辑之中说过要重整民族文化以及一系列的计划"现在无心辩解，只愿率真地说一句——我已

---

　　① 张泉：《张深切移居北京的背景及其"文化救国"实践》，《台湾研究集刊》2006年第2期。

　　② 者也：《随便谈谈》，《中国文艺》1940年第1卷第6期。

　　③ 者也：《废言废语》，《中国文艺》1940年第2卷第6期。

无力维持下去了"①。可以说，首任主编张深切强烈的"民族意识"在《中国文艺》的头两卷印下深深的烙印。这种个人式的影响与中国民众的民族意识内在要求也影响了后继主编者的编辑思路。

　　自 1940 年 9 月《中国文艺》第 3 卷第 1 期，即总第 13 期开始，张铁笙接续主编这个在华北沦陷区已具有广泛影响力的文学刊物。后又有王石子、林榕等参与编辑。② 张铁笙在接编后的第一次"卷头语"以"几点小小的希望"阐明了自己的编辑方针，并对内容的编排进行删减与调整。首先，使《中国文艺》"限定于'文艺的'这个范围之内，一切取材概以这个标准为限"，删去漫画、时装、电影等栏目。其次，针对"在事变之后，所谓文化古都的北京，说来真是凄凉万分，所有从事文艺的作家们，大都离此南下，残留的一些前辈们，也多半闭门读书，不再写什么东西，所以不但连文艺的前进光大谈不到，就连维持事变前那种景象都不可得"的局面，"希望今后本刊不再妄想代表什么'中国''世界'之类的'文艺'"而以"代表'古都'的文艺和文艺界"③ 为目标。这是编辑者从现实考虑的切实想法。或许编辑者感觉到沦陷时期的"古都"文艺根本就不能代表"中国"的文艺。而从其后的编辑内容看，在沦陷区域内办刊物，不以"国家"为任，反倒容易与"政治"划分界限，避免过多的政治性干扰。最后，最重要的一点，接任的主编还是继承了前任编辑者办"文艺的"编辑思路。他在卷头语中说：

----

　　① 《编后记》，《中国文艺》第 2 卷第 6 期。张深切离开《中国文艺》后，他在编辑时体现出的"民族意识"多次在其后言行中得到反复印证。如太平洋战争爆发后，他利用自己在华北的中国台湾同乡会会长一职，阻止日方征用华北的台湾地区人员参战，在与日本人的抗争中最大限度地表现出了中国人应有的韬略和勇气。1945 年 4 月，张深切因涉嫌反日活动遭逮捕，并以颠覆罪被判处死刑，后因日本战败得以幸免。参见张泉《张深切移居北京的背景及其"文化救国"实践》，《台湾研究集刊》2006 年第 2 期。

　　② 《中国文艺》更换主编后，在相当长的时期内没有标明主编与编辑者的名字，而以"中国文艺社"代之。直至第 7 卷第 1 期才署名张铁笙。其中王石子、林榕等的更换仅从《编后记》等说明中体现出来。

　　③ 《卷头语——关于今后本刊》，《中国文艺》1940 年第 3 卷第 1 期。

希望大家完全采自由发展的方向，不必限定于什么一种主义，只要在此时此地能够讲出写出的话，希望大家尽量讲，尽量写，本刊采完全公开的态度来欢迎各种思潮的作品。不过，我们不能忘记，中国的文艺思潮，是已经经过一个热烈的文艺革命阶段，达到自由反悔和具有新形态的时期了，所以在思想上，泥古的，迷古的，或者说自认为仿古的或复古的作品，请自动不必送来，本刊不负责这个返古的任务。我们觉着我们即使不能前进，也不必后退，至低限度停留在已经达到的那个阶段而徘徊不前，也比向后转开步走有意义得多。同样，含有某种宣传作用的东西，也请不必投寄，本刊是文艺刊物，编者当以最大可能，维护这个刊物的坦白性和纯洁性。别人给它预先加上去的什么侮辱，自有事实来给它廓清。①

张铁笙写此卷首语时，华北沦陷区正是日伪忙于"发扬新民主义，培育民众，矫正思想，训练民众，使民众安居乐业，与新政权相符而行"②宣传策略的高潮时期，各种附逆分子的宣传式文章也盛行一时，为了避免直接拒用这些文章，张铁笙在接编之初写下以上如"本刊是文艺刊物，编者当以最大可能，维护这个刊物的坦白性和纯洁性"③的话，也有利于自己办好"文学"刊物。这与首任主编张深切写创刊语的用意相一致。此外，由于当时不少作者，甚至不少汪伪政客附庸风雅专写旧体诗，这些人的来稿很难拒用，但有言在先，毕竟压力会小些。也因为这个原因，张铁笙接编的"卷头语"中强调"本刊不担负'返古'的任务"，而自觉以新文化的复兴为己任，尽力做到"即使不能前进，也不必后退，至低限度停留在已经达到的那个阶段而徘徊不前，也比向后转开步走有意义得多"④，

---

① 《卷头语——关于今后本刊》，《中国文艺》1940年第3卷第1期。
② 转引自张泉《沦陷时期北京文学八年》，中国和平出版社1994年版，第29页。
③ 《卷头语——关于今后本刊》，《中国文艺》1940年第3卷第1期。
④ 同上。

这也是难能可贵的。当然主编者由于自己的身份，也由于个人力量有限，在时局的压力下，大致也估计刊物难以像自己设想的那样"独立"而专"文艺"，因而面对可能的"侮辱"，也只能说"自有事实来给它廓清"。这同样显示出在沦陷区办"文艺刊物"者身不由己的自我安慰与无奈。

从更换主编后《中国文艺》第一期的用稿内容来看，张铁笙确实做到了办"文艺"刊物的承诺。该期共用文章 50 篇[①]，无一篇文章附逆宣传之嫌。如"论文"栏的文章有《毛里哀的喜剧》（孟玫）、《评判的态度》（胡适）、《少年时代的莎士比亚》（萧宪广）、《西洋近代文化的三个基本观念》《黄遵宪及其诗》（铃木虎雄）、《宋代词人的享乐》以及《诗的表现和灵感》（徐志摩）等七篇，都是取材于历史与文学类别，而所论述的内容也是中性的学术类文章。而"小说"栏里的作品，却有着针砭时弊、关注下层百姓生活的现实精神。如李道静的《舅老爷》，写县长的舅老爷，越收税之职替人打官司，昧着良心受贿，干涉民事，逼死无辜的宋家姑娘。芦沙的《节下》则写尽世态炎凉，二顺嫂在丧夫失子的巨大痛苦中，只身远走他乡，不知归处。此外，"文坛消息"栏介绍了国内各地文坛的消息，这对被日伪强行把内地与沦陷区割裂开来的人们来说，是一种精神的安慰。该期"消息"内容涉及的作家有艾青、邹荻帆、臧克家、碧野、刘白羽、丘东平、奚如、李辉英、胡风等众多内地作家。"消息"甚至不避政治"风险"，还介绍了骆宾基的《边陲线上》、姚雪垠的《战地书简》。文艺刊物的动态的信息则有茅盾主编的《文艺阵地》半月刊、胡风主编的《七月》、黑丁主编的《文学月报》、周扬主编的《文艺战线》的简单介绍。创作类作品介绍有齐同的《新生代》、萧军的《八月的乡村》、端木蕻良的《大地的海》以及杨朔的《帕米尔高原的流脉》等。一个"日伪"准官办的刊物能够大胆介绍这些内地的文坛动态，编辑者实在是

---

① 笔者统计时包括"文坛消息"，该栏算一篇，统计在内的原因是据于这些消息内容能够体现编辑者对信息的取舍，从而反映编辑者的思想倾向。

要有点勇气。可以说，《中国文艺》的该期用稿内容显示出它仍是一本"中国"刊物，还没有沾染上明显"污迹"。

　　然而，《中国文艺》自第4卷第1期开始发生了重要变化。自本期开始该刊兼有"华北文艺协会会刊"的性质，连续四期刊载"会刊"内容。"华北文艺协会"成立于民国三十年，即1941年1月19日，张铁笙任干事长。这是一个组织松散、没有进行过实质性活动的团体。这四期"会刊"内容大致都是为复兴华北文艺、沟通中日满文艺摇唇鼓舌的宣传文章，这显然对《中国文艺》一贯的"文艺"特色是一个粗暴冲击，色调也显得格外突兀。也正是自此开始，《中国文艺》一直延续到最后都无法摆脱日伪"政治"的纠缠。

　　显然，主张办"文艺"刊物的张铁笙，并不愿意刊物出现这种不伦不类的命运，却又无可奈何。他在作为"会刊"的创刊号时说，"这次因为我主持中国文艺的关系，提倡组织这个以'文人'为细胞的团体竟得成功，不欢喜是情绪上不允许的"①。言语之中也不无无奈之感。作为"文艺协会"的干事长，他确实是在"名实"方面有着不可逃避的责任，这也反映出沦陷区文人的矛盾心理——在作为文人对"文"的追求、作为"中国"人对"民族意识"认可与作为日伪官僚遵从甚至从事附逆活动的矛盾。为了避免政治性宣传内容过多干扰刊物的形象与特色，主编者也确实动了不少心思，做了一些尽可能维持原有刊物"纯文艺"特色的处理。这些努力体现在以下几点：第一，在承担"华北文艺协会会刊"第一期的《中国文艺》的目录里，编者竟然没有列出作为第一期"会刊"的目录，而仅仅是以"本文前"三字作为代理；第二，会刊的页码采用阿拉伯数字，而《中国文艺》的页码仍用汉字，并且从"一"开始。显然编者也有意把这种界限凸显出来；第三，到了"会刊"第三期，会刊排版移至《中

---

　　①　张铁笙：《一点希望》，《中国文艺》1941年第4卷第1期。

国文艺》后半部,至第四期才在后半部列出会刊内容目录。编辑者的这种努力,读者是不难体会到编辑对"日伪"色彩的内心反感,如果他们没有"民族意识"的情感激励,很难想象官方组织的会刊会处于如此空泛而又被忽视的版面位置。

不可否认,《中国文艺》本身对"日伪当局"具有附属性质,当局出于政治宣传上的考虑,强制刊载相关内容时,在战时的管理体制下,是无法拒绝的。事实上,自此之后,《中国文艺》陆续发表了配合政治宣传的文章,至后期甚至出现"治安强化运动专辑",直接配合战时动态宣传。同样,编者也采用与处理"会刊"相似的方式来编排这些"非文艺"的文章。它们往往以"特载""专载"的形式出现,同文艺性的作品隔离开来,起到"同"一刊物内"不和"的效果。关于这一编排上的用心,不少研究者都注意到了。如徐迺翔、黄万华就认为编者的这种用法,使日伪政治宣传内容"并未同文学创作有机配合,因此,其文学作品大体上还是避免着卷入汉奸文学的泥潭"①。张泉认为编者的这种努力,使"宣传"内容成为"一种装点,而当时的一些编者和读者,确实也是这样认为的"②。

《中国文艺》主要编辑者张深切、张铁笙以及参与编辑的张我军、王石子和林榕,无论他们在沦陷区处于什么样的地位,拥有什么样的身份,从刊物的内容来看,他们还是尽了一个中国人的良知,他们以事实为语言,阐明了自己在逆境中坚守民族文化的立场。他们以清醒的"民族文化"延续为己任,"在这一切摇动不定的时代",据于沦陷区的现实,呼吁"国可破,党可灭,恶可除,文化不可灭亡也。我们可以一日无国家,不可一日无文化,因为文化是国家的命脉,是人类的精神食粮"③。也因为他们有坚守"民族文化"的意识才能使长达 51 期、发表了千余篇作品的

① 徐迺翔、黄万华:《中国抗战时期沦陷区文学史》,福建教育出版社 1995 年版,第184 页。
② 张泉:《沦陷时期北京文学八年》,中国和平出版社 1994 年版,第 76 页。
③ 《编后记》,《中国文艺》1939 年第 1 卷第 1 期。

《中国文艺》在"政治宣传"的纠缠中，始终维持"中国"和"文艺"的本色。

二　日伪政治干扰与文化中国坚守

《中国文艺》的第9卷第3期，也即最后一期，曾登载了日本"文化使者"林房雄对沦陷区"中国新文化运动"的考察与感受。据他的考察，日本当局"欲制中国"，然而在"先制知识阶级"的问题上做得很是不够。自事变至最近，"中国的知识阶级，仍然顽强地反对着日本的政策，继续着沉默地抵抗"。林房雄说："抗战地区的知识阶级固然不用说了，就是和平地区的知识阶级，也是对于日本方面的文化工作不屑一顾，正执拗地保持着沉默，以期待分裂的祖国完成消极的义务。"[1] 对在高压下中国的附逆文人，林房雄也认为他们中大多数都是极为"暧昧"的"文化人"，只是为了领取"文化津贴"而参与各种打着"招牌主义"与"废物利用主义"旗号的团体活动，并认为这些行为"对于日本有害无益"。应该说，林房雄的观察是敏锐的，他对沦陷区文人作家内心根深蒂固的"抗日意识"的判断也可以说是大体符合实际情况。从《中国文艺》上发表的作品来看，沦陷区作家的确尽可能地表现出了他们对"文化"中国的责任与自觉。

《中国文艺》刊载的一千余篇文艺作品中，只有极少数是图解日伪政治宣传的"帮闲"作品。以小说为例，在共9卷51期的《中国文艺》中，笔者只发现曹堃的《迷途》（第1卷第5期），李平的《雨后》（第7卷第2期）以及以"本刊记者"为名发表的《春珍的遭遇》（第7卷第4期）等极少数几篇明显配合日伪宣传的政治小说，其中后两篇也只是出现在以特载形式出现的"治运专辑"栏中，无异于告诉读者这是"政治宣传"的小说。《中国文艺》中的大多数作品都是文学性的，不少作家在他们的作

---

① [日] 林房雄：《中国新文化运动偶感》，张铭三译，《中国文艺》1943年第9卷第3期。

品中表达了一个中国作家的良知，流露出对民族命运的关注。从内容上看，这些作品大致可分为以下几种类型。

有相当一部分作品是对中国传统文化进行整理与研究。如戏曲研究类的作品有方言的《国剧"板眼"之研究》、啸仓的《昆曲盛衰史略》、卡澄的《郑元和故事与蹦蹦戏的渊源》；书画类有谛听的《唐宋两朝之"人物画"》、佰精《六法论研究》；传统文化遗产的作品有金受申的《清代诗人论诗之主张及其总成绩》、孙海波的《评天壤阁甲骨文存》。这些文章在日伪加强民族文化的统制、淡化民族意识的语境下，实际上也起到了保存民族文化遗产的作用。在国破家亡的时代里，沦陷区作家更容易在民族文化失落中产生伤感之情。如百药的《茶的杞忧》① 写作者在发现新诗中传统的"茶"的阙如中，产生了一种为民族传统文化失落的忧伤情绪。

如果说对传统文化进行整理与研究的文章中，浓烈的学术气息淡化了"民族"情感气息，那么《中国文艺》中那些借古论今的作品则是比较张扬"民族意识"了。芸苏的《辫发茶话》② 借谈剪辫蓄发之事谈骨气，谈强制统治与个体生存，也实在是包含着作者的良苦用心。作者通过对战国时期赵武灵王"胡服胡骑"与清朝"蓄辫留头"两个典故对比，认为前者由于动机只是为了强国强民，不损害民族国家的利益，因而人民没有反对；而后者"留辫，情形却是两样。因为辫子是汉人屈服于满人的标志"，因而导致反抗。作者认为中国人并不反对变革，如果反抗是因为变革中而含有政治色彩，才会令人感到痛苦至于反抗。最后作者借"清朝如果不厉行辫发之令，我总觉得他们的国祚，或者可以多延长些年，也未可知；盖人与人之间，多了一道痕迹，就要多生一层隔膜，就要多惹一番冲突"对沦陷区日伪苛政暴行发出抗争的警告。事实上就有作者对这种侵略者的野蛮行径做出了更明晰的警示。1943 年 2 月，《中国文艺》第 8 卷第 1 期刊

①　百药：《茶的杞忧》，《中国文艺》1940 年第 3 卷第 1 期。
②　芸苏：《辫发茶话》，《中国文艺》1940 年第 2 卷第 4 期。

登了小卒的《高渐离》，诗人在长句诗的繁复中喷发出一种意志绵长的情感冲击力。

秦王到了酒酣耳熟的时候就常常会想起这燕国的艺人，强邀他在宴席间奏演平生的绝技，/无非是想从那悲壮凄厉的音节中发泄他酒后的豪兴，从别人故国哀思里，替自己狂鸣得意。这种耻辱感对沦陷区的人们来说并不陌生。面对骄奢淫逸的侵略者，沦陷区人们的沉默中有着什么样的力量呢？诗人写道："高渐离却永远地警醒着，整个心紧张得像支箭/在拉满了的弓弦上等待最后的放射，只要等秦王/挨近了他身边，/他就立刻会揭露出那付狰狞的脸，/举起筑，用平生的力量朝他底仇敌扑过去，一雪他/多少年的耻辱，然后含笑地到黄泉下与故人相见。"①

这种视死如归、忍辱负重的"复仇"之怒火不能不说是来自诗人内心的感染与强化，也只有那种有着深深的耻辱体验的人才能知道诗的指归何在。在此类作品中，要特别一提的是朱华的《费宫人故事》，这是一个记明史中费宫人事迹的历史杂感。作者"思其事甚壮，察其心甚哀，其死则甚烈，其行又甚忠。我久有意为文以张之"。从此可以看出，《中国文艺》乃至沦陷区类似的此类作品，并不是偶尔为之，大多是出于有感借史咏志。这篇杂感写费宫人被捕后，在可以死也可以不死的情况下②，却作出了"先杀贼帅两人而后死之"的壮烈之举。作者大量引用历代文人对费宫人一事的赞叹，表达内心对坚守"气节"行为的赞叹，并直接呼吁国人不应对作为民族脊梁的"义烈"忠士遗忘，全文弥漫着强烈的民族意识。此外如知堂的《初潭集》（第 1 卷第 5 期），澜沧子的《古物识微》（第 2 卷

---

① 小卒：《高渐离》，《中国文艺》1943 年第 8 卷第 1 期。
② 作者认为费宫人虽为明人，但以身份之低微，无关天下之重轻，故可不必强为"气节"而死，或许也代表沦陷区普遍民众于生活在日伪统治之下对"气节"的一种理解或者是自慰吧。

第 3 期），白林的《成吉思汗》（《中国文艺》第 7 卷第 4 期至第 8 卷第 3 期断续连载）等都是借古喻今、阐幽发微的佳作。

在《中国文艺》众多个体抒情之作中，也有不少借个人情绪抒发来寄寓对民族苦难的感伤、对精神家园的哀思之作。刘郎的《乡愁》①　就低回地唱出：

> 回去吧这里终不是自己的家乡。／为憧憬而活下来的人是如此的，／厌倦了这无踪迹的追寻。／我想回去啊！虽然自己的家里，／满涂抹着灰尘和蛛网；／更发着阴湿的恶臭。但那里有妈妈的泪滴和爸爸的笑痕，／那里有真纯的温存和轻轻地唠叨。／纵然在异地人家给我多少沉醉和舒适，／在一杯红茶里不是藏下人家的篾笑。／连一片面包上会抹上自己的血腥和卖笑脸。

诗人情绪低沉，对回归自己的家园有着执着的心理向往，而这种情绪在沦陷区也是一种普遍的情绪。对生活在日伪统治下的"耻辱"体验，对"故乡"家园的渴望，表现出人们对不能保家卫国的愧疚和民族之子对"母爱"的感恩与思念。同类作品中比较优秀的还有丁冬的《别问起我底家乡》、前人的《旅歌》以及陈芜的《我的记忆》。《别问起我底家乡》以一个在战火中失去家园、被幸福遗忘的卖唱姑娘之口，悲叹"我已经尝遍了无家的痛苦，／我已经受尽了人世底风霜！／于今我还得勉强活着呵，／先生，别问起我底家乡"②！这种被迫远离故土的割裂之痛在《旅歌》的"泪痕深印着故里的乡田，／谁肯抛下，／那古老的家园／故乡的风光与故乡的亲双，／在何时何地都在思恋"③　中得到了回应与强化。而陈芜的《我的记忆》既有"民族哀伤"之情——"我曾看过华表柱上有鹤为故土落

---

① 刘郎：《乡愁》，《中国文艺》，1940 年第 2 卷第 4 期。
② 丁冬：《别问起我底家乡》，《中国文艺》1940 年第 3 卷第 4 期。
③ 前人：《旅歌》，《中国文艺》1942 年第 5 卷第 6 期。

泪，/我也曾看过祖先的宗祠前有人系战马"，更有民族之子坚强不屈的身影——"十年风，十年雨，/于风雨飘摇里；遂有人坚强的成长了""如手持三尺剑而叱咤风云的豪侠子，/如满腔藏有家园仇恨的佯狂人"。① 从乡愁悲伤到思乡悲壮，沦陷区作家在沉痛中时有彻悟的惊醒。

除此之外，《中国文艺》也刊发了大量的世界文学作品，甚至设立"海外文学"专辑以供集中刊载。这类作品累计达 140 余篇次，其中绝大多数是非日本文学作品，日本文学的翻译只有 30 余篇次，而且极少有与政治宣传有关的内容。② 以《中国文艺》第 2 卷第 2 期为例，该期共发表译文 13 篇：①（日）桑木严翼作，云将译《没有意思》；②（英）密尔诺作，先夏译《密尔诺随笔》两则；③（德）里尔克作，丙子译《布里格随笔》；④（英）蓝姆作，DD 译《梦幻的孩童》；⑤伊开译《写给孩子们》三则；⑥禾草译《祖父的信》三则；⑦庄杰译《短札三则》；⑧（德）席勒尔·歌德作，谨铭译《席勒尔与哥德书札》；⑨（美）伊尔文作，成伯华译《雨天的小店》；⑩（法）曼达作，朱利译《失去的星星》；⑪剑锷译《莎士比亚传》；⑫H. T. 米勒作，洛迪译《第三十一个》；⑬爱密黎·勃朗特作，林栖译《咆哮山庄》等。以上 13 篇文章中仅一篇日本文学的译作③，可以看出这是沦陷区作家选题有意对日本题材的规避，也是编者有意对日本题材采取抑制手段的结果。在"交通的不便，因而海外书籍不能大量来京"④ 的背景下，仍大量采用非日本文学的国外文学作品，此一现象的背后显然存在对与入侵略者民族相关事物拒绝的心理原

---

① 陈芜：《我的记忆》，《中国文艺》1942 年第 7 卷第 3 期。

② 其中有一些欧美等国的翻译作品是由日文版本翻译成中文的，统计时也列入"非日本文学"类。由于统计的目的是考察日本文学作品与非日本文学作品所占期刊的篇幅比重，因而长篇连载类作品以发表的期数计。如爱密黎·勃朗特作，林栖译的《咆哮山庄》，曾连载 15 期，笔者以 15 篇次统计。

③ 这种现象并不是偶然单一的。《中国文艺》的木刻作品刊载了大量的国外文学大家画像，如大仲马、都德、果戈里、易卜生、迭朗士、拉彼涉、拜伦等，而日本仅有芥川龙之介的画像入选。

④ 陈异：《近年来中国的文艺翻译界》，《中国文艺》1941 年第 5 卷第 1 期。

因。当然，大量采用国外文学作品，使《中国文艺》有着更为开阔的文化视野，这也为沦陷区闭塞的文化空间带来新鲜空气。

《中国文艺》也经常通过"艺人动态""文坛特报""南国最近动静""文坛报导""文坛拾零"等方式大量介绍内地作家的信息。也有不少沦陷区的作家，通过对非沦陷区的作家作品进行批评，而起到加强沦陷区作家的"中国文学整体"印象。如止足的《谈老舍作风的由来和作品的美点》、孔彦培的《论王鲁彦的小说》等作品。此外，《中国文艺》也就有关中国文学现代建设的理论问题进行讨论，如曾展开关于民族化、大众化以及"乡土文学"等问题的争鸣与探讨，加上以"满洲作家特辑"①等方式沟通与东北沦陷区文坛的交流等举措，一本《中国文艺》几乎形成了与内地文坛呼应的"文学中国"整体图像。可以说，《中国文艺》的努力使整个华北沦陷区的文学活动在因战争造成的相对隔绝状态下，同整个中国的现代文学获得了某种内在联系，客观上实现了战时中国在民族文化血脉上的融会贯通。

总体而言，一方面，《中国文艺》由于出版的语境不得不因其刊载过日伪宣传作品而蒙羞；另一方面，《中国文艺》在有着"民族意识"的中国作家的编辑下，以大量充斥着"民族意识"的作品而应当获得中国现代文学的认同与接受。事实上很多沦陷区的作家，内心对异族入侵充满着反感。钟绿曾在其《一年来之〈中国公论〉》②综评文章中说，优秀文化的民族能"坚韧的忍耐挫钝了灾厄的锋芒"，批评"今日的文化人失掉了灵魂"，并敢于在沦陷区的语境中大胆批评靠"媚日""提携"起家的作家。如果没有强烈的民族意识和明确的是非观念，是很难说出这样危及生命的言论。最令笔者惊奇的是，钟绿在该文中竟称日占区为"沦陷区"，他的原文是："和平而能求救国则虽抗日阵营中的人士，亦必反对战争；和平

---

① 《中国文艺》第6卷第4期、第5期连续刊载两期"满洲作家特辑"，共刊发了八位作家的小说，其中不乏佳作，如爵青的《赌博》、疑迟的《不归鸟》、吴瑛的《墟园》等。

② 钟绿：《一年来之〈中国公论〉》，《中国文艺》1940年第2卷第6期。

而不能救国，则虽沦陷区域内的民众，亦不敢望和平。"无论作家采取什么立场，在当时北平的恐怖语境下，用"沦陷区"指称日军占据区，如果不是有意为之的话，那么至少说明沦陷区作家内心对于"侵略"行径是有着清楚的认识的。1938 年北平的"文化界已陷于极端纷乱，满目尽是淫书，桃色新闻，和颓唐悲观的论调；所有言论若不是谄媚日本，便是赞扬新民主义的八股文章"①。《中国文艺》在创作上基本体现了坚持五四新文学传统以倡导文艺振兴的创作倾向，坚守了一种较为严肃的文学观念，这对于中国文学在特殊语境得以正常发展的贡献，自有它特别值得一提的地方。而其编者在编辑中坚守民族文化的立场，以及刊发作品所体现出的民族意识，使"中国文艺"在沦陷语境中现出耀目光彩。

第三节　风雨绽放"紫罗兰"

——对《紫罗兰》民族意识的考察

在众多的沦陷区刊物中，《紫罗兰》是比较有特色的一个刊物。《紫罗兰》创刊于 1943 年 4 月，每月 1 期，出至 1945 年 3 月的第 18 期时终刊，36 开本，每期近 200 页，主编周瘦鹃，出版商林振俊，紫罗兰社发行。不少研究者认为它也是沦陷时期某一类型刊物的代表。如徐迺翔、黄万华认为，上海沦陷区文学在经过某种复苏之后，"各派文学力量也在文学刊物纷至沓来中重新聚合"，其中一种类型就是以《紫罗兰》为代表②。也有研究者把 20 世纪 40 年代上海期刊文学的价值取向分为三种，即在"小花

---

① 转引自陈言《沦陷时期张深切与周作人交往二三事》，《新文学史料》2004 年第 4 期。

② 徐迺翔、黄万华认为上海沦陷时期各种文学刊物可以分为四个类型：《万象》型、《紫罗兰》型、《杂志》型、《古今》型等。参见徐迺翔、黄万华《中国抗战时期沦陷区文学史》，福建教育出版社 1995 年版，第 464 页。

草"中"忠于现实"、永久的人性和唯美主义，并认为《紫罗兰》是代表着"唯美主义"一类的典型期刊。① 无论他们的类型划分是否完全合理，但《紫罗兰》具有鲜明的办刊特色及广泛的读者影响，得到了研究者的认可。

《紫罗兰》的创刊经过颇能说明该刊性质。1943 年的某月，上海银都广告公司总经理林振俊，因为爱好文艺，对十多年以前出版的《紫罗兰》半月刊有很深的印象，在孙芹阶先生的介绍下，特地出资创办并委托原《紫罗兰》半月刊编者周瘦鹃来主编一个以通俗小说为主的刊物。这种没有任何政治纠葛、私人出资办通俗刊物是《紫罗兰》办刊背景中的最大特色。与当时其他沦陷区刊物普遍与沦陷当局有着或明或暗的联系，从而影响选稿意图不同，《紫罗兰》纯属独立自由用稿。纵观 18 期的《紫罗兰》，没有一丝日伪政治宣传的痕迹，这在沦陷区是相当难得的，能够有此"佳绩"自然与《紫罗兰》的这种办刊背景是分不开的。

毋庸置疑，太平洋战争爆发后日军占领整个上海，致使早期还有着"租界"空间依托的上海市民，彻底成为被"禁声"的亡国难民。在侵略的刺刀下，中国民众承受着沉重的心理压力，但直接的反抗斗争几乎难以组织开展。在这样的语境下，能够在现实空间存在，并可以给生活在国难家恨中的人们些许精神寄托的文化刊物就有产生的必要了。《紫罗兰》实际也是在这种内在需要的背景中催生出来的。

一　鸳派传统与战时新意——主编周瘦鹃的民族意识

周瘦鹃，原名周祖福，字国贤，笔名瘦鹃、泣红、紫兰主人等，江苏吴县（今苏州人），1895 年生于上海，1912 年曾加入南社，担任过《紫花兰片》《礼拜六》《紫罗兰》（1925—1930 年）、《申报·自由谈》《春秋》

---

① 汤哲声：《现代报刊与现代文学——论四十年代上海"方型刊物"》，《中国现代文学研究丛刊》2001 年第 2 期。

副刊等报刊主编或编辑。1943 年应上海银星广告社之托创办月刊《紫罗兰》，主编至 1945 年上半年该刊结束。周瘦鹃是早期"鸳鸯蝴蝶派"的代表作家。但正如杨义所说，"在民族危机的关头，旧派作家也不同程度地改变了文学游戏心态，他们撰写的'国难小说'多少带有使命感，不少人向新文学或外来文学借鉴新技巧，对旧技巧进行了不同程度的改良"。杨义此言指出，在国难之前，旧派作家同样也有可能融入民族书写的群体之中。如 1936 年秋，巴金、茅盾、郭沫若、鲁迅等人和旧派作家包天笑、周瘦鹃一道列名的《文艺界同人为团结御侮与言论自由宣言》，他们共同宣布："我们是文学者，因此亦主张全国文学界同人应不分新旧派别，为抗日救国而联合。文学是生活的反映，而生活是复杂多方面的，各阶层的；其在作家个人或集团，平时对文学之见解，趣味与作风，新派与旧派不同，左派与右派亦各异，然而无论新旧左右，其为中国人则一，其不愿为亡国奴则一""为民族利益计，我们又甚盼民族解放的文学或爱国文学在全国各处风起云涌以鼓励民气，我们固甚盼全国从事文学者能急当前之所应急，但救亡之道初非一端，其在作家亦然。故在文学上我们宁主张各人各派之自由发展，与自由创作"①。这表明周瘦鹃等人虽然在文学观念与当时左翼新潮人物所持迥然，然而民族危难之际同样愿意担起个人的责任，希望能协力应"救亡之道"的急需，进而"鼓励民气"。

　　《紫罗兰》中有一事例很能说明"鸳鸯蝴蝶派"夹杂在"通俗"之中的"民族意识"。同为"鸳鸯蝴蝶派"的顾明道，曾五次出现在《紫罗兰》期刊上，从作品到其个人生活，形成一个战时鸳派作家的缩略图。其中第 1 期发表其小说《昆仑奴》，第 3 期发表其作品《不倒翁》，两篇小说都与中国传统"侠"相关。前者讲述崔生在"昆仑奴"的帮助下，得到心慕的宰相宠姬红绡女的故事。小说塑造了一个为主排忧，遇难无悔的"义

---

① 参见杨义《中国现代小说史》（下），人民出版社 1998 年版，第 716 页。

侠"形象；后者叙述明末清初一位奇侠"周老人"的故事，"周老人"面对平时的争斗，从不施于重手，遇盗则义无反顾。两篇小说都在"通俗"之中隐寓着危难时代人们对"侠"的向往。周瘦鹃也曾在《写在紫罗兰前头》提到，之所以约顾明道写稿，因为不论"侠之有无，只要有人能锄强扶弱，发泄一下不平之气，总是大快人心的"①。这种"侠"的描写并不似早期专以"奇"取胜，在沦陷区的语境中，更反映了人们在"民族"忧患之中对"正义"与"力量"的寄托和向往。而《紫罗兰》第14期刊载的顾明道的遗著《焦琏》②，更是充溢着强烈的民族意识。文章以精简的笔墨叙写明代亡国时忠臣瞿式耜手下总兵焦琏勇猛杀敌的事迹。从作者的叙述中，可以得知焦琏勇武善战，能以少胜多，皆因其能与同人一起视死如归，精诚团结。短文中对反抗侵略的昂扬斗志、斗争的坚忍不拔以及精诚团结的力量宣扬，无疑容易引起沦陷区人们的精神共鸣。

　　然而此时顾明道的生活深陷于困厄之中。是时，"有白发苍苍的老母，井臼操作的妻子，男孩子在中学里，女孩子在小学里，家无恒产，全靠他的一支笔和一张嘴去换钱来仰事俯蓄"③。在此等困境中，顾明道却又身患重病！生活已经不能在"写、教、教、写"的繁重工作中维持下去。一些老朋友伸出援手，但由于力量的单薄，不得不向社会发出呼吁。因而有了《紫罗兰》第10期刊登顾明道得到"常州的读者朱忠德自捐和募捐二千零五元"④的消息。至第14期时，顾明道在贫病中逝去的消息出现在徐碧波的《哀顾明道兄》中，令人不胜嘘唏。之所以在这里讲述顾明道日常琐事，是因为这既说明当时的鸳派作家并没有在穷困潦倒中投身于日伪，也说明在沦陷区的苦难时期，国人之间还有救助同胞之情，读起来特别温暖

---

① 周瘦鹃：《写在紫罗兰前头》，《紫罗兰》1943年第3期。
② 顾明道：《焦琏》，《紫罗兰》1944年第14期。
③ 范烟桥：《感逝》，《紫罗兰》1943年第9期。
④ 周瘦鹃：《写在紫罗兰前头》1944年第10期。

人心。回顾顾明道在孤岛因语多激昂，被日军勒令腰斩的《血雨琼葩》等事①，《紫罗兰》此番接二连三地刊载顾明道的文章与困顿之事，难道不是别有深意吗？顾明道的身世遭遇与文章言说可以说是沦陷区中国作家的一个缩影。《紫罗兰》一系列相关文章中隐含的中华民族传统知识分子的坚守与愤激寄托，也是作为主编的周瘦鹃在民族危难中的一种姿态展示。

　　当然，《紫罗兰》的用稿内容远非"民族意识"鲜明的稿件，总体而言，《紫罗兰》已经烙上非常明显的周瘦鹃个人色彩。作为贯彻办刊始终的主编，周瘦鹃在这块种植"紫罗兰的文艺园地"里得心应手。个人对情感旧事的痴迷以及文体风格的喜好也明显地在刊物用稿上得以反映。《紫罗兰》创刊伊始，周瘦鹃不像别的刊物主编发表一通明确的办刊宣言，而是以"娟娟紫罗兰，幽居万木阴，岭上梅花好，同此岁寒心"儿女情长式之叹，将个人的情绪直接在具有创刊宣言式的《写在紫罗兰前头》中发泄："紫罗兰斋主人独坐长廊之下，遥望着这一盆紫罗兰，不断地发着遐想。他的一颗心好像游丝般飘啊飘的，飘过了长江万里，直飘到蜀道巫峡之间；因为有一位象征这紫罗兰的人儿，正离乡背井，托迹在那里勇敢地和生活奋斗着，不知何年何月，方可重见故乡云树？更不知何年何月，方可重和自己握手言欢？"②而《紫罗兰》创刊也"可借此再度奉献于象征紫罗兰的伊人"，万里投荒，久疏音问的"伊人""要是听得了紫罗兰重放的消息，藉悉故人别来无恙，尚知振作，也许能使她凄凉的心坎上，得到一些暖意吧"③。从这些创刊伊始的个人情绪浓厚的文字中，可以看出《紫罗兰》仍有着较鲜明的鸳派文人印记。事实上，周瘦鹃身上也仍有旧式文人对名利的淡泊与清高。他在《紫兰小筑九日记·跋》④也表达了自己对

---

　　①　孤岛时期，顾明道曾在《申报·春秋》副刊上连载此文，后被日军勒令腰斩。参见杨义《中国现代小说史》，人民出版社1998年版，第732页。

　　②　周瘦鹃：《写在紫罗兰前头》，《紫罗兰》1943年第1期。

　　③　同上。

　　④　周瘦鹃：《紫兰小筑九日记·跋》，《紫罗兰》1943年第4期。

"居在万绿中，看花笑，听鸟歌"，抽身人海，物外逍遥生活的向往，展示传统文人的情趣所好。当他准备将自己那段刻骨铭心的痴恋刊出公之于世时，有人认为现时是非常时期，发表这些靡靡之音未免不合适，周瘦鹃的回答再次表明他作为一个远离政治的文人的心态。他说："我只知恋爱至上，不知道甚么叫做清议！嘲笑谩骂，一切唯命。"他以为自己没有做出有损于民族国家的事情，而且自己并无"食两庑肉"①，即没有拿国家的报酬，抒发个人的情感是天经地义，也是合情合理的。这段话既显示出海派文人所具有的依赖市场营生的自由作风，同时也反映出他们在写文卖字时的行为底线。

周瘦鹃既有文人的闲适与风雅之癖，也颇具中国人的骨气与正直；既有对性情淡雅式文章的追求，于国难之中又不乏作为民族一分子的热血与愤慨。仅从《紫罗兰》上其发表的文章中，对民族危亡的忧患之心，也常见其笔端。从中见出其热血沸腾、正义凛然的一面。1943 年 5 月，周瘦鹃发表《深春》一诗，写道，"黄河流恨鼓声死，故国春深夕照殷，鸟自无言花自落，悲风吹泪满江山"②。诗人借黄河之恨，江山悲风抒发个人伤国之情。春回大地，然而于诗人眼里了无生气，花失颜色，鸟无鸣声，"故国"二字更点明山河破碎，强虏侵占的惨淡现实，诗人内心悲凉之意油然而生，全诗弥漫着一片国殇之情。《紫罗兰》第 5 期的《写在紫罗兰前头》记叙了一件很有趣的事。作者周瘦鹃首先说明自己参加申报招待日本出版界代表茶会的原因，是因为请柬送到紫罗兰斋了，柬上附条说是务须出席。把自己不情愿出席会议的心理公之于众。周瘦鹃在茶会席中质问日本人为何常称中国为"支那"，因为"老是用'支那'二字，是含有轻蔑我国的意义的"，并义正词严地说"总之我国是中华民国，那就应当以中华民国相称。希望两先生回国后，向出版界转达此意，愿'支那'二字，从

①　周瘦鹃：《爱的供状》，《紫罗兰》1944 年第 13 期。
②　周瘦鹃：《深春》，《紫罗兰》1943 年第 2 期。

此不再见于日本的出版物中"。而这些意见，并不是周瘦鹃一时意气用事，而是"怀之已久，正如骨鲠在喉，一吐为快"。①从此事本身来说，发问者是需要极大勇气的，表现出一个热爱民族国家的中国文人的热血心肠，也体现出个人与民族、与国家之间的荣辱与共的内心体验。而把此事诉诸文字，刊在杂志上，形成人人能阅读的文本，对于国人来说，是一种精神上的表态；对侵略者来说，则是对其无耻与不义的抗议。

周瘦鹃曾自嘲是"生于忧患，长于忧患，不知怎的；却不曾忧伤憔悴而死"②，流露出个人生存于乱世的无奈。在沦陷时期，在暴力成为现实中直接的压力，国人不能自由表达心声的语境中，周瘦鹃能够保持《紫罗兰》18期贯彻始终的洁身自好，与其内心的民族情怀、爱国深情是分不开的。从周瘦鹃早期受刺激于国耻，翻译高尔基的小说③，希望中国能多出几个像高尔基笔下的爱国母亲的翻译动机里，从"紫罗兰"丛中，透过文网密隙之中发出沉痛的"呐喊"声里，我们依稀在现代中华民族不幸命运的背景里，看到一个悲愤的知识分子的身影。

二　散点透视《紫罗兰》中的民族意识

在沦陷区文化场域里，富于良知的中国作家的写作空间自然比较逼仄。周瘦鹃在创刊之始，对此刊的内容倾向作了一个简短的申明，宣称该刊"是一个综合性的刊物，文学与科学合流，小说与散文并重，趣味与意义兼顾，语体与文言齐收"④。作为一个宣称是"文学与科学合流"的综合刊物，其实主要是文学作品，少许的科学知识大都只见于类似于"万宝全书"这样的栏目里。读者可以看到，《紫罗兰》的栏目设置并不繁复，每

---

① 周瘦鹃：《写在紫罗兰前头》，《紫罗兰》1943年第5期。
② 周瘦鹃：《写在紫罗兰前头》，《紫罗兰》1943年第13期。
③ 参见蒋芬、王伟《论译者的意识形态对翻译的影响》，《琼州大学学报》2005年第6期。
④ 周瘦鹃：《写在紫罗兰前头（二）》，《紫罗兰》1943年第1期。

期大体相同，即短篇小说、散文随笔、科学知识以及长篇连载，并且每期都设一个主题专页。① 总体而言，每期刊物虽然长达百页之多，然而由于栏目的相对稳定，以及内容的连续性，《紫罗兰》的目录显然简洁而略显单调。值得注意的是，编者对一些固定栏目内容显然有着长期的规划，联系起来看，也别有深意。如《紫罗兰》第 1 年 12 期，每期都设有一个主题的"专页"，分别是春、儿童（小天使）、母亲、夏、南岛风光、社会群像、秋、恋、美与健、冬、游于艺、夫妇之道专页等主题。在这些看似纷杂的主题下，编者却有一以贯之的精神融入其中。如《紫罗兰》第 9 期编辑"美与健"专页时，编者就说"当这万方多难的时代，妇女们所负责任的重大，正不在男子之下，似乎不应当再提倡美容。然而爱美是人类的天性，以妇女为尤甚；在这可能范围内，我们正不必滥唱高调，作没天性的举动。不过美容不可忘健身，这倒必须大声疾呼，引起妇女们注意的"②。这些话说明作者在编稿时已经考虑了一些时代因素，而不是一味地迎合消费者的需求，作单纯的娱乐文字。编者也强调在这样一个民族动荡不安的时代里，国民"身体的健全与否，有关民族前途，所以妇女们非加意研究健身之道不可"。由此，读者也不难理解编辑的良苦用心。而其他主题看似是闲情逸致的日常琐谈，实际上也是编者精心组织的。从关心儿童成长到歌颂母爱深厚，其中既有对民族未来的期望，也有对民族传统美德的继承；"社会群像"专页是对沦陷时期的社会百态进行简笔刻画，"夫妇之道"专页是为创造家庭内部和谐而设，两者都显示出编者关注现实的热忱；"游于艺"内容从谈湖广音到陕西的皮影戏再到申曲改良之必要，则是对民族传统文化的关注。加上编者按季节应时而出的"春""夏""秋""冬"等主题作品，整个"专页"栏目在沉闷的沦陷文化语境中散发出一种鼓励国人热爱生活、积极向上的活泼之气。

---

① 《紫罗兰》自第 12 期后，以"紫兰花片"取代"专页"栏目。
② 周瘦鹃：《写在紫罗兰前头》，《紫罗兰》1943 年第 9 期。

　　《紫罗兰》的作家主要由两部分组成。一是主要写通俗小说的老作家，计有徐卓呆、顾明道、范烟桥、郑逸梅、程小青、徐碧波、周瘦鹃、胡山源、吕伯攸等，他们写的多是通俗小说；二是写新文艺作品的年轻作家，其中女性作家占绝大多数，计有张爱玲、施济美、汤雪华、程育真、周玲、练元秀、俞绍明等。在《紫罗兰》18 期中，没有像当时其他刊物一样，出现那些身为汪伪政府"政客"却客串为作家的作品。应该说，《紫罗兰》的作家队伍是一个非常"干净"的群体，他们大多是以笔谋生的大学教师、学生、报刊编辑、自由撰稿人，甚至是家庭主妇，他们的作品也鲜有涉及时局政治。

　　《紫罗兰》作家群中一个最大的特色就是推出了一批新兴的女性作家，计有张爱玲①、周令玉、孙薇青、施济英、王冰持、王纹黛、汤小珞、蔡炎炎、陈福慧、薛所正、吴频子、戴容、陈元宁、施济美、汤雪华、练元秀、程育真等。《紫罗兰》在推出女性作家方面，可谓是不遗余力，尽心竭力，差不多每期都有不少女性作家的作品。这种着意用力推荐甚至使第5 期《紫罗兰》几乎成了女性作家的专号。主编周瘦鹃更是时常特意在"写在紫罗兰前头"对她们的作品进行大力推介。这些新兴的女性作家大多是年轻女学生，或是刚走出校门不久的家庭主妇或职业女性。她们的作品整体上显得轻灵而浓情，如薛所正女士写女校同学间友爱的《银宝》。在情感的渲染上，这些女性作家更多地有着一种拒绝世俗的姿态，她们对纯洁情感的追求，对传统美德的坚守，在沦陷区文坛上别具一格。如程育真的作品强调以"爱"来对抗黑暗，保有内心的纯洁，并以"爱"来对待世人，抑恶扬善。《紫罗兰》女性作家作品也并不都是仅聚集于"唯情"，其中不少作品关注社会人生的现实问题，有着警醒世人的责任感。如汤小珞的《紫藤花下》，写一个浪漫女子要玩弄人世，却被人世所玩弄的悲惨

---

　　① 张爱玲正式登上上海小说坛的两篇小说《沉香屑：第一炉香》《沉香屑：第二炉香》，就是发表在"鸳鸯蝴蝶派"的刊物《紫罗兰》上的。

故事。作者借"我要结出一颗有毒的子来报复,结果却是毒死了我自己"①的教训,给上海那些贪欢寻乐的女孩子们作一当头棒喝。而吴苹子女士的《海恋者》,则写一个犹豫于三角恋爱取舍中的女主人公,在老教授规劝下,同时抛下了两位恋人,毅然决然地踏上了征程。小说也希望以此对当时沉迷于恋爱圈而忘却社会的女性一个说教,希望她们走出"小我",追求"最崇高、最神圣、最有价值的爱"。整体观之,这些女性作家们大都有着对社会现实的热忱,对美好情感的追求,她们甚至有着民族危难之际敢于直面社会、改造社会的责任感。但从作品表现来看,社会经验的缺乏,造成她们的作品反映现实的力度不足。

《紫罗兰》中也有反映社会现实较为严肃而深刻的作品。如汤雪华就有不少作品在揭露社会黑暗、贫民悲惨生活方面取得引人注目的成绩。第5期刊载的其作品《罪的工价》,以沉痛的笔调写老实的李贵,因为寒冬无衣无粮,债主又紧迫,继而在"饿死不如犯法"的念头下铤而走险,最后丢了性命,留下孤苦无依的母子五个人,小说弥漫着对下层贫民的悲悯之情。编者刊发时有感而发地说,"当此粮食日贵民生日困的年头,希望当局者注意及之,不要多多塑造出与《罪的工价》中那个可怜虫一型的人物来"②。此类作品既有针砭时弊的勇气,更体现出女性作家人道精神的光芒。值得注意的是,女性作家并不仅仅在作品中揭露现实黑暗,寓意反抗侵略战争所带来的民族灾难与人们生活的苦难,她们也以行动见证自己对民族的忠诚。施济美在一面教书、一面写作的同时,还默默地从事抗日爱国工作。1944年日军在败象已露、战场失利之际,侦悉施济美是抗日分子,要逮捕她,幸好施济美得知消息较早,得以逃脱,幸免于难。③

相对而言,老作家队伍的创作风格与传统道德、价值观念有着更为密

---

① 汤小珞:《紫藤花下》,《紫罗兰》1944年第14期。
② 周瘦鹃:《写在紫罗兰前头》,《紫罗兰》1943年第5期。
③ 参见李伟《东吴才女施济美》,《民国春秋》1996年第5期。

切的联系。《紫罗兰》的第 18 期甚至登出了这样一则短文："宛平韩孝梅女士，孝而能诗，其父见背，竟以身殉，诗稿尽焚，知者绝少。襄于友人伯期处，获读数首，吉光片羽，弥可珍也……"① 此文虽短，然而叙述者对传统道德"孝"的赞美是溢于言表，甚至达到了"尽孝"的境地。如果考虑此时上海并不是如此保守的城市，而读者也不怀疑编者及作者有着比此更为开明的思想的话，这则短文似乎也可以解读为国家危难动荡的年代，世事变幻，人心涣散，带有鸳派色彩的老作家，在伤感而惶恐中，对传统道德难免有着内心追慕。这也是一种渴望安定，有着精神寄托的心理象征。因而，在《紫罗兰》以及相同类型的刊物上，对传统美德赞美的作品有之，如顾明道小说《昆仑奴》对"忠诚"的欣赏，"母亲之页"中的数篇作品对母爱的歌颂等；对民族传统文化自觉继承的作品有张爱玲对传统小说笔法的继承，范烟桥在《马将篇》中对所谓国粹"马将"的详尽介绍，吴赞唐在《陕西的皮影戏》中对传统戏曲的精简说明等。也有不少作品对纯洁爱情、坚贞节操予以积极的赞美，对人世间的丑陋与不平则予以强烈谴责。这些作品都表明《紫罗兰》依然有着浓厚的鸳派色彩，然而我们应当明白，相似的姿态在不同时代有着迥异的意义。在沦陷的时空里，对传统道德与文化的坚守，尽管有时失之偏颇，但他们正视现实，在传统价值观中寻找坚实立足点的努力是值得后人尊重与关注的。

在老作家的通俗作品中，胡山源的《龙女》② 与周瘦鹃的《新秋海棠》是比较成功的两部小说。前者情节简单，主要写美丽善良、活泼可爱的渔家少女阿龙深深吸引了家境富裕的大学生赵芳泉，两人内心互相倾慕。然而阿龙因为自己低下的渔家出身，始终不能摆脱自卑心理，在她内心始终存在着不可逾越的贫富鸿沟。也因为这一点，最终导致她与赵芳泉

---

① 啸尘执笔的补白一则，《紫罗兰》1945 年第 18 期。

② 胡山源的《龙女》，从《紫罗兰》的第 1 期连载到第 18 期终刊时还未结尾，后延至 1982 年完成，并于 1986 年由北方文艺出版社出版。本书只论其在《紫罗兰》中刊载部分。

的爱情成为悲剧。整个作品的时代气息不明显，主要聚集于情感叙事。作者自称小说"情节完全出于虚构，既无此人，也就无此事。只是背景却是现实的，大都是我老家六十年前的景色，现在大都已泯灭无踪了"①。作者借助虚构来超越现实的羁绊，演绎了一出令人凄婉伤感的爱情故事。小说体现出一种自觉淡漠功利的唯美追求：作者对女主人公执着热烈追求爱情模式的拒绝，阿龙对爱情的低调与赵芳泉对爱情的执着，都体现出作者的古典文化情结。后者的产生，据周瘦鹃夫子自道，是据于早期其曾于民国二十九年秋刊发的《秋海棠》哀感太过，更觉自己年轻时期写哀情作品太多，虽"赚了人家不少的眼泪，作孽得太大了。人到中年，应当修心补相，转变一下，救活了秋海棠，使有情人得一个美满的结果，让那些流过眼泪的读者与观众一齐破涕为笑，倒也是功德无量的事"。于是，周瘦鹃创作《新秋海棠》在《紫罗兰》上连载 12 期，最后一章以"皆大欢喜"结束——一个中国传统言情小说"大团圆"的结局。小说以传统叙事笔调写梅宝与罗少华因战乱几经离合，终于团圆的爱情故事。小说中的人物在困境中不懈努力与追求，体现出作者坚持对人生、对生命不轻言放弃的信念。小说中所刻画的对爱情的坚守与对幸福的渴望以及大团圆的结局，给予了沦陷区人们精神的鼓励与安慰。此外，作者常在小说中一语双关地表达对时局的感想。如他借梅宝之口说出时代的压抑——"我们在黑暗中快要窒息死了，正在需要着光明，期待着光明"！期待着在沦陷区挣扎的人们"打起精神，走向光明中去"！这两篇小说以另一种方式展现出《紫罗兰》通俗作家对民族文化、传统美德的认同态度。

综观《紫罗兰》在作品的选择上，多倾向于"通俗""娱乐""至情"的标准。主要有以下几个原因：一是由于沦陷之前的上海，通俗文学得到较大的发展，也有着较广的通俗文学接受群。其次，沦陷之后，日伪当局对涉

---

① 胡山源：《龙女》，北方文艺出版社 1986 年版，第 303 页。

及时事政治、民族意识以及爱国进步的作品监管异常严格，而通俗文学作品由于娱乐消遣性强，政治色彩较为淡化，容易被多方接受。当然，主编周瘦鹃对"通俗性"作品的一贯爱好也是一个重要因素。正因为以上这些因素，《紫罗兰》形成了以"通俗性"为主的最大特色。而作家对民族身份的认同，对民族苦难的忧虑，使这些"通俗"作品呈现更为厚重的品格。

　　"鹤唳声中初度过，关山遥瞻自由花"① 可以说是《紫罗兰》作家群体的普遍愿望。在侵略者还未赶出国土之前，在民族还未安定之时，在身仍陷于敌伪枪刺之下，《紫罗兰》以其不涉政治，却散落在字里行间的民族意识表述赢得了自己清白的声誉。在民族文化凋零的"寒潮"之际，《紫罗兰》对后起之秀有意识的扶持，对于保存民族文化，延续民族文化创作的生命力做出了贡献。沦陷时期的上海，在时空上都被日伪强行切断与外界联系的情况下，一时间汉奸文化异常猖獗，而《紫罗兰》等期刊以其纯正强大的通俗文学感染力，吸引了读者，并为人们言说欲望、渴求文化提供了可能空间。尽管《紫罗兰》以其消遣的"通俗"特色行"名"于世，然其裹挟着的民族意识的声音仍响彻于充满苦难的 20 世纪中国文学史。

第四节　坚守民族价值立场的"堡垒掩体"
——对《万象》民族意识的考察

　　由于受到沦陷前上海经济文化以及"租界"存在的影响，相对于其他沦陷区，上海沦陷时期的文艺期刊发展呈现出较为"繁荣"的景象。然而这种表面繁荣的现象，其实质正如研究者们所指出的那样："孤岛"沦陷前，"主要是软性的、迎合小市民庸俗趣味、苟安心理与粉饰日伪'升平'

---

①　方正：《三十有感》，《紫罗兰》1944 年第 14 期。

景象的刊物和鸳鸯蝴蝶派刊物"①。"孤岛"沦陷后，上海沦陷区仅新创办的文艺刊物就比前四年的总数还多。纵观上海全面沦陷时期的文艺刊物，虽然仍有一些影剧画刊及"软性"的刊物存在，但其实"整个上海文坛出现以新文学为主的局面"了。《万象》杂志就是在这一语境下创办的。

《万象》创刊于"孤岛"沦陷前的 1941 年 7 月，至 1945 年 6 月出版第 4 年第 7 期②后结束，时间长达 5 年之久。刊物由平襟亚主办，万象书屋出版，中央书店发行，主要编辑人先后有陈蝶衣和柯灵。《万象》自 1941 年7 月创办之始至 1942 年 12 月（即 1943 年第 6 期），陈蝶衣为主要编辑人。其中《万象》1943 年 1 月号至 4 月号由编辑委员会编辑。1943 年 5 月号和 6月号，则由平襟亚以编辑兼发行人署名。但从刊物用稿情况来看，并无明显变化，具有连贯性，加之不少长篇小说连载，可以说在前期《万象》中，陈蝶衣的影响是主导性的。自 1943 年 7 月始，柯灵接任主要编辑人并一直至1944 年 12 月号止，其后《万象》虽在 1945 年 6 月出第 4 年第 7 期，署名为"万象月刊社"，但此后再无出刊了。《万象》横跨上海"孤岛"沦陷前后两个时期，与"海派"的软性文化也有着千丝万缕的联系，并因其自身典型的商业运作方式，在上海期刊中具有很强的代表性。

一　趣味与责任——陈蝶衣与前期《万象》

《万象》的诞生由于其商业背景，编辑者相对其他附属于汪伪政府的刊物有着更多办刊、用稿自由。纵观长达 5 年之久的《万象》，竟无一篇有关汪伪政治宣传的文章，实在令人感到惊讶。同样，也因为其"商业化"杂志的身份，使编辑者不得不考虑其销量问题，因而创刊伊始，刊物就特别注重趣味性以吸引读者。初任编辑人陈蝶衣，原名陈哲勋，出生于江苏武进，是"鸳鸯蝴蝶派"代表人物之一，主编《万象》前，陈蝶衣已

---

① 参见钱理群主编，封世辉编著《中国沦陷区文学大系·史料卷》，第 662 页。
② 《万象》另出过一期号外。笔者找到号外，惜无从查出出版日期。

是著名报人和编辑。就任《万象》主编之始，陈蝶衣就把该刊定位于"时事、科学、文艺、小说的综合刊物"，并提出自己的编辑方针："第一，我们要想使读者看到一点'言之有物'的东西，因此将特别侧重于新科学知识的介绍，以及有时间性的各种记述。第二，我们将竭力使内容趋向广泛化、趣味化，避免单纯和沉闷，例如有价值的电影与戏剧，以及家庭间或者宴会间的小规模游戏方法，我们将陆续采集材料，推荐或贡献于读者之前。此外，关于学术上的研究（问题讨论之类）与隽永有味的短篇小说，当然也是我们的主要材料之一。"[①] 从编辑方针说明来看，前期《万象》确实是较为注重稿件的实用性与趣味性，无怪乎读者认为"有人说《万象》是有闲阶级的消遣物"[②]。事实上，从发稿的作家队伍来看，前期《万象》也有着浓厚的"鸳派"色彩。常发稿的作家有周瘦鹃、顾明道、包天笑、范烟桥、郑逸梅、张恨水、程小青、徐卓呆等，这些作家都以通俗文学见长。加上刊载的还有不少有关名人生平逸事、世界各地风物、科学趣闻、游戏方法、饮食盘飨等栏目文章，更是使前期《万象》具有鲜明的"趣味"色彩。以《万象》第一期为例，该期共发表文章 39 篇，其中非"新文艺"作品达 29 篇，而"长篇小说"栏中的 6 篇小说，即程小青的《希腊棺材》、徐卓呆的《李阿毛外传》、王小逸的《石榴红》、张恨水的《胭脂泪》、冯蘅的《大学皇后》以及林俊千的《美人掌》（梅逊探案）等皆为具有"鸳派"色彩的通俗小说。《万象》前期有如此浓厚的"趣味性"，并成为一种主导色彩，似乎远离了"政治""民族"这些日伪和租界当局的敏感领域，这大概是《万象》能在"孤岛"沦陷后能够继续刊行的一个原因吧。

然而，前期《万象》绝非一个纯粹消遣式的"鸳派"刊物。在民族危机时期，陈蝶衣还是显示出一个中国文人的民族情怀，并对文艺所应承担

---

① 陈蝶衣:《编辑室》,《万象》1941 年第 1 期。
② 陈蝶衣:《通俗文学运动》,《万象》1942 年第 4 期。

的"责任"也有着自觉的时代使命感。在注重"趣味性"的同时，陈蝶衣也十分重视稿件的"现实性"。如前所述，陈蝶衣在创刊号上就声明为了让"读者看到一点'言之有物'的东西"，将特别侧重于新科学知识的介绍，以及"有时间性的各种记述"。什么是"有时间性的各种记述"呢？按陈蝶衣在1942年1月号的《编辑室》所提，即是"不背离时代意识"①的作品。前期《万象》"现实性""时代意识"主要体现在以下几个方面：第一，强调作品的题材忠于现实。不少作品是直接反映沦陷区生活的困难，针砭时弊，表达对沦陷当局的不满。如秋翁的《孔夫子的苦闷》既反映从事教育者的窘迫，也对商业化的教育进行了嘲讽；而《新白蛇传》《沈万三充军》则是对国难中大肆囤积居奇的不良商贾进行无情鞭挞。陈蝶衣对这类作品曾经作过这样的要求："不要空洞的声音，不要无病之呻吟，而应走向有病之呻吟，呻吟得更痛苦一些，才是真正的作品"。第二，较为关注时事与战争类信息。《万象》能在一个开阔视野中关注着战争和时局，如傅松鹤《欧洲沦陷区写真》、白巩《二次世界大战中的空袭和防护》、李百功《第二次世界大战中的海军》等，对裹胁整个世界沉沦的战争有持续关注。在1941年12号的《万象》上，陈蝶衣还公开征集"大后方的游记一类的文字"，其后也有胡丹流《旅渝杂诗》、低眉人《征途杂记》、吴观蠡《西行心印录》等少量游记文字刊载，其中一些文章的刊发更是需要编辑者具备过人勇气与爱国热忱，如《万象》第1年第2期至第5期连载陶秦的《宋氏三姊妹》，甚至在第3期刊发时附上"宋氏三姊妹慰问难童"的摄影图画，并以"宋氏三姊妹在重庆"作为副标题。这些显示出编辑者对中华民族抗战的明确认同与支持的情感倾向。第三，关注市民日常生活。民族意识很大程度体现在对同胞命运的认同与关切之中，《万象》既有不少表现贫民生活的作品，更有启智发蒙，讲究"科学"，改善

---

① 陈蝶衣：《编辑室》，《万象》1942年第1期。

生活的文章。从 1942 年 6 月号起，《万象》接连 4 期介绍了一些简易小工艺的制造法，包括皮鞋油、补蝇纸、洗涤肥皂和除垢粉等。这种寓"科学精神"与"日常生活"于一体的实用题材，既是刊物贴近读者的一种方式，也体现出编辑对沦陷困境中民众生活的关心，别有一种"对战争中人的个体生命困境的关注蕴涵其中"①。

在陈蝶衣主编的前期《万象》中也刊载了为数不少蕴含民族意识的作品，其中，秋翁与胡山源这两位作者的作品值得特别关注。《万象》主办人平襟亚以"秋翁""网蛛生"等笔名发表许多"古调今弹"的文章，都是以借古喻今的方式表达深层的民族意识。如《义姑姊片言退齐兵》弘扬舍亲取义的美德；《郭秀才诛妖》激励青年人应该具有"豪迈""奋发"、弃懦趋勇的精神；《张巡杀妾飨将士》更是宣扬"大义"为先、生命在后的"烈女子"与"奇丈夫"的人格楷模。对此，陈蝶衣在 1941 年 11 月号的《编辑室》里称："秋翁先生的一枝笔，就妙在能抓住现实，予以有力的讽刺。"而胡山源的"明季义民别传"系列则更是笔锋犀利，褒贬毕露于字里行间。在《邵一梓》中，作者既痛心邵一梓统率义军的松懈大意，又高度赞扬其临死不屈的精神。《画纲巾》更是沉郁深蕴之作，作者对"画纲巾"先生因坚持明人体制服饰而不辞一死的气节，以冷静的笔调给予了更高的敬仰。通过"画纲巾"先生与降将王尔纲的对话，作者试图申明民族气节的意义。文中写到王尔纲劝降所言："你也要想想，究竟这样坚持下去，有没有用场？我本来也不是贪图富贵而归顺大清的，实在大势已去的时候，不归顺又可以做些什么呢？""画纲巾"以"作大明最后的百姓，为天地间留一些正气，这就很有用场。我想每一个人正该如此"作答，并鲜明地表达在危难之际民族与个人之间密不可分的关系，他说"大明是我们自己人；大清是异族人！我不愿意奉异族人为君，正像你或任何

---

① 张厉冰：《关于前期〈万象〉的考察》，《中国现代文学研究丛刊》2005 年第 4 期。

一个人不愿意奉别人为父一样。不愿意而受到勉强，就只有反抗；反抗不能成功，就只有死。现在我只有死"。① 文中借明季民族抗争之事，寓民族气节于笔端。1942 年 5 月号的《万象·编辑室》里说，"我们愿意做人家不愿做的傻子，我们要尽我们的力量打破这出版界的没寂空气，为上海文坛保留元气的一脉；我们相信，我们的努力是会获得同情的报偿的"。这"元气"应当是指这些作品所延续的民族文化与民族精神吧？这是沦陷区民众的阅读需求，更是沦陷区中国人的精神食粮。

陈蝶衣在编辑《万象》期间，由于过于注重读者的趣味性，作品类别过于宽泛，加上编辑对作品类别没有严格的甄别，从而使整个刊物显得有些庞杂。他自己也夫子自道地说，"放映于正片之前的新闻片、风景片、卡通片之类，它能够告诉我们许多不知道的事，增加我们许多知识与阅历；有时候副片也许比较正片更为有意义，有价值。现在，我在编辑《万象》时也是采取此方针。每出版一期就像电影院放映一部新片，在这里，同样可以使读者看到许多新闻片、风景片、与卡通片，而最后的长篇小说则等于正片。"② 如果不拘泥于编辑者的字面意义，以趣味性题材为"副片"，以蕴含"民族意识"为"正片"，编辑在趣味中蕴含"严肃性"，在杂乱的无意中悄然释放对现实问题的有意指归，既保证了刊物吸收读者的魅力，又能在肃杀的文化语境中"润"读者中于"无声"之中。

二　自觉与转型——柯灵与后期《万象》

前期《万象》有意无意以"趣味性"行名于世，然而，它所刊载作品中蕴含的"反抗"意识已经引起日伪当局的注意，发行人平襟亚因此被日本宪兵关了 28 天。③ 如果说前期的《万象》以趣味性奠定了《万象》广

---

① 胡山源：《画纲巾》，《万象》1941 年第 2 期。
② 陈蝶衣：《编辑室》，《万象》1941 年第 3 期。
③ 参见张厉冰《关于前期〈万象〉的考察》，《中国现代文学丛刊》2005 年第 4 期。

大的读者群，并在"趣味"中不失"现实"意义，那么后期《万象》主要编辑人柯灵接手后则体现出编辑更高的文化自觉性和更浓郁的民族意识。

柯灵，原名高季林，1909 年出生于广州，原籍浙江绍兴，早年投身报界，积累了丰富的编辑经验。柯灵接编后的第一期，即《万象》第 3 年第 1 期即令读者耳目一新。首先，编者对目录作了一些调整，使之显得更为简洁。编者在每篇作品下方注明其类别，既方便读者按类索文，也便于读者对刊物内容的整体了解。并把原来杂乱插入文艺作品之中的"补白"集中在目录之末，刊物中统筹各类作品的主次意识更加清晰。其次，文艺类作品比重大幅增加。该期作品共 45 篇①，其中文艺类作品达 35 篇左右（不计风俗猎奇类作品）。最后，作者群有较大变动。前期作者群如前所述，通俗文学作家居多。而柯灵接编后，在过渡的几期内（即未署名编辑人为柯灵，但实际参与编辑的 1942 年最后两期）把前任编辑留下的几个长篇连载刊载完毕，然后按自己的编辑思想重新选登新的长篇小说，可谓是重开锣鼓重唱戏，《万象》呈现出新的气象。在后期《万象》出场的新文学作者有魏如晦（阿英）、幽素（陈叙一）、傅雷、吴伯箫、师陀（芦焚）、楼适夷、孔另境、端木蕻良、鸿蒙（王统照）、匡沙、唐弢、缪人、沈从文、施蛰存、沈尹默、田汉、夏丏尊、施济美、张爱玲、郑定文、沈寂、丁玲、范泉、郭绍虞、黄裳、柯灵、黄佐临等，可以看出后期的《万象》与前期有着不同的作者群。对照前期"通俗文学作者群"与后期"新文学作家群"，可见编辑人身份对刊物的影响之大。柯灵自己也多次对这些作者朋友的赐稿表示感谢——"感谢热心赐助的朋友们。我将永远忘不了这可贵的友谊"，并为自己能得到一些好的稿件不无得意地说"鸿蒙先生的《双清》和师陀先生的《荒野》，这两部都是极有分量的作品，值得

---

① 按目录计篇数，凡列出篇名者计 1 篇。

低徊吟味的，我们很庆幸有发表的光荣，请读者注意。师陀先生是《大马戏团》的作者，他的长篇仅仅是这一部，而且除了这一部，绝不再另外发表任何作品"。① 众多的新文学作者的支持，使后期《万象》更显出万千气象，有着更鲜明的"文艺"色彩，更自觉的"民族"意识。事实上，沦陷区的期刊很少有如此之多新文学作家集中于一个刊物之中。

如此之多的新文学作家在后期《万象》上登场，显然与编辑者柯灵有着直接的关系。早在"孤岛"沦陷前的 1938 年，柯灵曾任《文汇报》文艺副刊《世纪风》的主编，他不畏敌伪的恐吓与威胁，以战斗的姿态刊登了诸如《中国红军行进》之类的作品，并写有《暴力的背后》等杂文对敌人残暴与虚弱的本质进行揭露。② 柯灵在民族危难之中所显示出的战斗精神以及其在编辑中对新文学的选稿倾向，使其在接编《万象》后，能够获得众多新文学作家的支持。甚至有不少作家从大后方寄稿以示支持，如《万象》第 4 年第 5 期上端木蕻良的《我的创作经验》和沈从文的《寄自滇池》。柯灵在出满第 3 年《万象》时就非常感叹，"今日之下，办一个刊物也真不易，出版者有种种苦处，编辑人和写稿人也各有种种苦闷，而刊物送到读者面前时，还深恐不易饕足读者的欲望。尤其编辑的工作，其中甘苦，更不易为读者细说""应该感谢的是前辈和朋友们的热忱，如果一年来的本刊还有值得一提的地方，那都是因为这些可尊敬的作者的帮助。他们大都是落笔谨严，轻易不肯发表，能把他们的作品提供给读者，不仅仅是本刊的荣幸"。③ 这确实是中肯之言，一个纯商业化的综合性杂志，能持久地被读者认同，而又不违背编辑者办刊的初衷，没有这些作者的支持是难以想象的。由于沦陷区的恐怖氛围，不少作家都蛰居封笔，更不愿在沦陷区的刊物上发表文章，《万象》能够在此种环境中收到如此之多的新

---

① 柯灵：《编辑室》，《万象》1943 年第 1 期。
② 参见李伟《柯灵在抗战前后》，《民国春秋》2000 年第 6 期。
③ 柯灵：《编辑室》，《万象》1944 年第 12 期，封三。

文学作家的稿件，如果没有柯灵的号召力，在"作家四散，邮程阻塞"①的情况下，没有这些作家对《万象》爱国倾向的认同都是不可能的。

后期《万象》也体现了编辑者有意增强民族意识的自觉性。首先，编辑者有意识延续了"五四"以来关注现实，注重批判的精神，重视刊发现实题材的作品。如师陀的长篇小说《荒野》，真实地反映时代背景下，农民无以为生，逼上梁山的心路历程。同时，《万象》刊发的大量"通讯"类作品，也体现出编辑密切关注现实的态度。柯灵主编的后期《万象》共发表"通讯"类作品达 29 篇次。这类作品内容涉及很宽泛，如季黄的《风沙寄语》描写故都的人物风情；王小竹、王万育的《沪杭线上》则写平湖、硖石这样的小地方生活。有些通讯作品如季黄、柯灵的《关于小黄姑娘的通讯》中小黄姑娘的不幸遭遇引起广大读者关心，不少读者汇款援助。大量刊发通讯作品，既开阔了沦陷区读者的视野，也增强了读者的民族认同意识，对小黄姑娘的同情也算是一例吧。其次，后期《万象》通过刊发大量的抗战地区的文化信息，满足了沦陷区读者对于抗战地区信息的渴望，激发了他们坚持抗战的信心与决心。如柯灵接编后新开的"艺文短讯"栏里，仅第 3 年第 1 期就包含夏衍、巴金、靳以、曹禺、靳以、安娥、张骏祥（袁俊）、葛琴、骆宾基、胡愈之、沈兹九、王纪源、郁达夫、邵宗汉、林林、冯雪峰、郭沫若、茅盾、鲁彦、荃麟、司马文森、聂绀弩等作家的信息。这些信息虽短，大都是如"夏衍在重庆编某报副刊，写作甚勤""巴金留桂，埋头写作""郭沫若年来发表剧作甚多，闻茅盾亦将试写戏剧"之类，有的甚至只是用只言片语来介绍作家情况，如"鲁彦、荃麟、司马文森、聂绀弩等，仍在桂林"②字样。在柯灵主编的后期《万象》里，涉及内地文化名人之广，刊载内容之大胆真是令人赞叹并为之担心。这些信息对困于沦陷区的人们来说，是非常重要的，能让他们知道在抗战

① 柯灵：《编辑室》，《万象》1944 年第 6 期。封三。
② 参见朔《艺文短讯》，《万象》1943 年第 1 期。

的那一边，有着如此之多的名作家在奋斗、在写作，足以激起沦陷区人们生活的信心，增强同仇敌忾、同胞同心之情。最后，后期《万象》也十分注重不同作家的团结，注重对不同读者群体的吸引。柯灵接任主编后，对前任陈蝶衣的努力也十分肯定，认为"陈蝶衣先生是一位好编辑，《万象》这点基础正是他辛苦经营的成绩，单说争取读者的魄力，就值得向他虚心学习"①。而对于陈蝶衣重视作家群体的培养，柯灵认为更是"值得追随"的。事实上，对于前期许多通俗文学作家，柯灵也确实予以了最大的团结。后期《万象》虽然以新文艺为主，但也刊发了不少通俗作品，如连载张恨水的《胭脂泪》、郑逸梅的小品文等。在通俗作品与新文艺作品之间，柯灵力求取得平衡，并对读者的不同品味给予理解。如在《万象》第3年第9期上，柯灵就认为"本期的内容似乎比过去更其'多样化'一点，读者诸君也许看得出来。小说只刊了四篇，从内容到形式都是比较倾向通俗性的。过去我们所刊的小说，颇得爱好文艺的读者的赞许，但少数读者似乎感到较为重实，所以我们想试为调剂，算是一种读者兴味的测验"②。在人心不定、各行其是的乱世岁月，柯灵主编的《万象》起到了团结作家、吸引读者的作用，并使他们有着更积极的追求与爱好。

《万象》前后两任主要编辑人陈蝶衣与柯灵，以其各自不同的编辑方式，表达了同样的编辑思想，那就是吸引战乱年代的读者，满足人们的文化需求。他们都有意识地在编辑中体现出对民族文化延续的自觉性，并不同程度地宣扬人们的反抗精神与民族意识。柯灵更是以其"战斗"的精神，亲自执笔写有《可纪念之一日》等充满对侵略者嘲讽、宣扬"中国是中国人的中国，中国的土地，主权当然属诸中国"③ 这样鲜明的民族意识的作品，他也因而三番两次地被日本宪兵关于监狱，受尽酷刑。可以说，

① 柯灵：《编辑室》，《万象》1943年第1期。

② 柯灵：《编辑室》，《万象》1944年第9期，版权页。

③ 柯灵：《可纪念之一日》，《万象》1943年第2期。

《万象》的民族文化品格直接来源于编辑者这种对民族文化的自觉坚持和坚强不屈的意志。

三　融通与坚守——《万象》作品中的民族意识

虽然从编辑风格与用稿倾向可以把《万象》分为前后期，但整体来看，《万象》前后期有其风格的内在一致性。从表面上看，这种风格的一致性体现在前后期的《万象》都很注重商业化的市场效应，重视协调不同读者的阅读喜好，尽量做到同期内不同类型文章的存在。像陈蝶衣主编的前期《万象》，每期内容不仅刊载大量通俗文学作品，也刊载不少学术、新文艺等严肃类作品，配以名人轶事、风俗民情、医学常识、饮食人生等，名副其实是"包罗万象"。而后期《万象》虽然倾向刊载更多的新文学作品，但也留下足够的版面给通俗类作品，甚至也像前期一样设置了诸如鸟兽虫鱼、海外情调、史乘纪异、历险纪实等深受市民喜欢的杂俎栏目。如果说这种前后一致性体现了《万象》作为一种商业化的杂志受制于市场规律的必然要求。那么，另一些一致性则体现了《万象》在民族危亡时机的内在要求。

这种内在的一致性首先体现在《万象》无论是前期还是后期，都在有意识地弘扬民族文化。

《万象》十分重视刊载有关民族文化题材的作品。从"孔夫子"到"明季义民"，从"画纲巾"的明代服饰到"举案齐眉"的传统美德，从"牛郎织女"的神话到民间故事的前人记述，加上秦始皇、花蕊夫人、孟尝君、郑和等历史人物，众多历史人物与典故构成了激发读者民族历史记忆的支点，在乱世读来不由思潮起伏；而编辑有意识组织"三十年前上海滩"特辑、"庋天楼名人传记"系列等作品，对中国近代历史进行有意回顾，也不可不称为别有用心。编辑自己就认为"历述他们耳闻目睹和身经的旧事，娓娓道来，饶有兴味，以昔鉴今，前后比照来看，对于上海的读者，一定更有意思"①。编辑并为缺乏对当时"一般社会的生活和风尚"的回忆而感到遗憾。如果我们深知"风俗即民族"的谚语，更可知编辑的良苦用心了。事实上，《万象》对民族文化题材的重视并不仅是历史人物与典故，对于神州之内的各地风景风俗也刊登了不少。像"盘餐隽谈"与"巴山寄语"这类作品就刊发了不少。如吴娜的《闽赣边陲线上》②既写了因为战争带来的旅途艰辛，又真实记下了从江西到福建的旅途见闻，叙写"活在苦难里的老表们，老乡们"的风俗习惯、生与死、贫与穷，流露出对同胞命运的关切之情。

《万象》对民族文化的关注也体现在它有意识地组织有关民族文化专题式的学术讨论。如第1年第1期举办的关于"哪一种戏剧是我们的国剧？"的讨论，第3年第4期的"平剧与话剧的交流"的讨论。以第一次为例，参与讨论的有赵景深、沙蕾、周贻白、郑过宜等作家。这次讨论凸现出作家对"民族文化"的重视。讨论以"一个国家应该有一种代表的戏剧"③，强调戏剧应以"民族性"为开篇。赵景深在比较了"平剧""昆剧""话剧"的优劣后，强调了"所谓国剧，该是指'我国固有的戏剧'"的观点，认为昆剧源远流长，为国剧无疑。他认为平剧与话剧比较通俗，"也许都不易灭亡，要一直并存下去"，而昆剧"曲高和寡，将来也决不会怎样兴旺。能够一丝不绝如缕地维持到现在，已经不容易了"。④言语中不自觉地流露出一种对民族文化式微的慨叹。其他参与讨论的作家，无论是举"皮黄"，还是举"京戏"为"国剧"，无不透出对维护民族文化源远流长的关切之心。正如之后方君逸所言"好剧本是作者生命的寄托"，要必须创造"中国的话剧"，应描写"中国的生活"和"中国的人"⑤，有关

---

① 柯灵：《三十年前上海滩》，《万象》1944年第3期，版权页。
② 吴娜：《闽赣边陲线上》，《万象》1944年第10期。
③ 陈蝶衣：《那一种戏剧是我们的国剧？》，《万象》1941年第1期。
④ 赵景深：《那一种戏剧是我们的国剧？》，《万象》1941年第1期。
⑤ 方君逸：《编剧琐谈》，《万象》1943年第7期。

民族戏剧的讨论，指归实际还是在激发民族文化的生命力，甚至是激发民众在民族危难之际的民族意识。郑过宜在这次讨论中就坦言，"我反对改良京戏，是为那唱改良京戏和编改良京戏的，他们都不曾向京戏里下过一番深造的工夫，立意无非要拿改良京戏来做个幌子，掩盖他自己的浅陋，怎能要得？假使真有魏良辅那等的人物，他便把京戏的面目都改尽了，我还是崇仰他的，何区区格格律之足云呢"①？可见维持民族文化，并不是无条件地继承，最终还是希望国人能够从中激发民族生命的元素。这段话也透出沦陷区作家讨论民族文化与关心民族命运之间的隐秘关联。

《万象》弘扬民族文化还体现在它为传播民族文化所作的努力上——特别是它对"通俗文学"的倡导方面。除在编辑方针事实上的提倡"通俗""趣味"，注重每一期作品的可读性外，《万象》在第2年第4期、第5期上举办过"通俗文学运动"的讨论。参与讨论的有陈蝶衣、丁谛、危月燕、胡山源、予且、文宗山等人。参与讨论的作家既辩明通俗文学的品格，更强调在现阶段提倡通俗文学的必要性与紧迫性。丁谛认为"通俗文学乃是有意或无意撷取一种为一般人所易于接受、欣赏，而又具有提高、指导或匡正一般人错误的思想和趣味，以单纯化的艺术描写、以个人与特殊的才能与生活通过社会、而以新内容新观念组织新的通俗观念的一种文学类型"②。他的这种观点同胡山源所说"通俗文学能在形式和内容上注重其教育性的，就是遵守自然法则并充满时代精神的，那它就是理想上的正统文学，也是思想上的纯文艺"③，都是对"通俗文学"的品格与教育作用的肯定。参与讨论的作家认为，在"在这言路窄狭的今天"④"面临着当前这样的大时代，眼看着一般大众急切地要求着知识的供给，急切地要求着

---

① 郑过宜：《那一种戏剧是我们的国剧？》，《万象》1941 年第 1 期。
② 丁谛：《通俗文学的定义》，《万象》1942 年第 4 期。
③ 胡山源：《通俗文学的教育性》，《万象》1942 年第 4 期。
④ 文宗山：《提倡通俗文艺与通俗戏剧》，《万象》1942 年第 4 期。

文学作品来安慰和鼓舞他们被日常忙迫的工作弄成了疲倦而枯燥的生活"①，因而可知，在日伪高压政策下，提倡通俗文学对于丰富民众的精神生活是十分必要的。普通民众因为"不能接受那些陈义高深的古文和旧诗词，也不能接受那些体裁欧化辞藻典丽的新文学作品，因此我们要起来倡导通俗文学运动"②。以上这段话概括地阐明了《万象》提倡"通俗文学"的原因。利用通俗文艺中的"民族性"和"地方性"③，《万象》的作家们"在长篇的章回小说中，尽可以灌输一些民族思想，社会意识"④，要将"人世本来面目"，或者自己对于人生的见解，"宣示给一般人"⑤。这些观点都表明，《万象》提倡"通俗文学"运动，并不单单是为了吸引读者，更要传播"民族文化"，并以此去充实每个民族同胞的思想，强化民族文化的认同感。如郑过宜提倡"京戏"，实在是希望"假京戏的力量，来激励人心，振奋士气，要编任何新戏的脚本，都比昆曲致力少而收效宏"⑥。考证刊发的作品，《万象》作家确实大都能够深晓民族大义，采用各种方式，如运用"故事新编""万象闲谈"等形式，寓"民族意识"于通俗之中。

其次，这种《万象》内在的一致性也体现在沦陷区的作家无论何种身份，都尽力在作品中传递对日伪当局的抗争意识，以激发读者的民族情感。

《万象》的抗争意识体现在作家对沦陷区生活现实的批判上。由于战争的摧毁与侵略者肆意的掠夺，沦陷区的生活日显困苦，特别是民众的日常基本生活都无从保障，《万象》作家对此有着深度的揭露与批判。女性作家如汤雪华，虽然以描写细腻感情而著称，笔下却也描绘了不少悲惨图

---

①　陈蝶衣：《通俗文学运动》，《万象》1942 年第 4 期，第 130 页。
②　同上。
③　文宗山：《通俗文艺与通俗戏剧》，《万象》1942 年第 4 期。
④　胡山源：《通俗文学的教育性》，《万象》1942 年第 4 期。
⑤　予且：《通俗文学的写作》，《万象》1942 年第 5 期。
⑥　郑过宜：《那一种戏剧是我们的国剧？》，《万象》1941 年第 1 期。

景，如《饥》① 描写穷人被压迫得无以为食，乃至全家死亡，冷静的笔调中隐藏着作者巨大的悲愤之情。而佐行的《轧》，则对那些趁战争囤积居奇、危害人们生活的无耻商人发出诅咒，他说，"为了自己的生存而挣扎，以辛劳去获得生活之资的，比坐享其成，囤货暴发，垄断致富的强得多。因为就是蝼蚁也强于蠹鱼。前者能自力更生，而后者在那破烂的凭借物腐蚀完掉的时候，只有跟着一同死亡"②。作者对挣扎在苦难中人们坚韧的生命力予以充分的肯定，谴责那些不去开辟生活，而榨取同胞血汗的奸商。其他作品如金爪的《米》③，写"饥荒"迫使人们冒着生命危险抢米，等待他们的将是一群穿着制服的人；芦焚的《华寨村的来信》④ 也发出"我看够了，瘟疫，饥饿，两脚兽，教人忍受够了"的愤懑声音；晓歌《死囚》⑤ 则写监狱里惨无人道的生活，诸如此类，不一而足。这些对现实悲惨生活的描写，加上如《万象》发行人不断地向读者解释"物价飞涨"的客观事实⑥，《万象》在整体上给沦陷区描摹出一个"绝望的荒天"⑦ 悲惨图景，对侵略者的统治给予了深度控诉。一些沦陷区作家也因写沦陷区人民的苦难生活而带来牢狱之灾，如沈寂曾因此而被关押了四十多天。⑧

　　《万象》作家也运用各种艺术手段对沦陷当局统治进行讽刺与鞭挞，对沦陷区的丑陋行为进行谴责，对坚守民族文化与传统美德的行为进行褒扬，从而建构了一个善恶美丑的对照空间。前面提及的秋翁所作"故事新编"系列短篇小说就有许多含讽带刺之作，如《潘金莲的出走》⑨ 写潘金莲背夫偷情，终被西门庆所侮的经历，暗示卖国求荣之流终将自取其辱的

---

① 汤雪华：《饥》，《万象》1942 年第 5 期。
② 佐行：《轧》，《万象》1943 年第 1 期。
③ 金爪：《米》，《万象》1942 年第 2 期。
④ 芦焚：《华寨村的来信》，《万象》1943 年第 1 期。
⑤ 晓歌：《死囚》，《万象》1944 年第 4 期。
⑥ 秋翁：《二年来的回顾——出版者的话》，《万象》1943 年第 1 期。
⑦ 沈寂：《大荒天》，《万象》1944 年第 11 期。
⑧ 参见沈寂《抗战·文学·记忆》，《上海文学》2005 年第 8 期。
⑨ 秋翁：《潘金莲的出走》，《万象》1941 年第 3 期。

下场；《秦始皇入海求仙记》① 则写"扶桑女神"要求秦始皇贡献"中华民族"以换长生不死之草，使侵略者的野心昭然若揭；吕伯攸的《张刺史元旦释囚》则以调侃的风格，挖苦沦陷区当局统治下的经济萧条以及"户口米"等政策。特别是师陀的《荒野》刻画出"顾二顺"这个想做安分的农民而不得，被逼上梁山、亡命江湖的人物形象，小说比较全景式地勾勒出沦陷区下层人们的生活场景，并由此对造成"民不聊生"的日伪统治进行鞭挞。综观《万象》，此类暗寓讽刺、反抗之作不在少数。徐文滢的《水浒传中的政治哲学》② 以学术探讨的方式宣扬对"不良政治""恶势力"进行反抗的正当性，作者微言大义地在古今对比中，暗示反抗既要有策略，更需要行动。品品的《新年之忆》③ 以散文的方式写童年充满温馨的新年趣事，而今却是"一九四四年我要过最寂寥的新年了"，对侵略战争的不满之情溢于言表。可以说，《万象》作家在建构善恶对比的文本中，自觉不自觉地表明了在民族危机之中的价值取向。

此外，《万象》前后期编辑都运用编辑手段表达了他们对日伪当局政策的排斥。如前后期都曾以"游记""通讯"等形式，报道日伪统治下的悲剧生活，都持续以不配合日伪宣传政策的标准选稿用稿，甚至连电影戏剧的介绍、翻译，都以欧美为主。如果考虑第二次世界大战时两大阵营的关系，读者自然能够感受与理解到编辑"抵制"日伪当局宣传的意图。综上所述，可以说，《万象》在反抗的姿态上前后期的表现有着内在一致性。

在侵略者与附逆者共谋文化垄断的沦陷区，《万象》以其严肃的编辑态度与灵活的编辑方式，在日伪严密文网中撕开一个相对自由的呼吸空间。它所承载与传播的民族文化与宣扬的民族意识，更使其受到读者的欢迎。《万象》蕴含的"民族意识"与沦陷区读者内心所坚持的民族价值取

---

① 秋翁：《秦始皇入海求仙记》，《万象》1941 年第 4 期。
② 徐文滢：《水浒传中的政治哲学》，《万象》1942 年第 8 期。
③ 品品：《新年之忆》，《万象》1944 年第 7 期。

向是有着共鸣的，这个共鸣超越文学形式，不拘新旧体裁，在华夏儿女心中互为呼应。如有人甚至用古诗体裁的作品来表达对故土家园的思恋："望中霖雨苍生泪，梦里河山故国春；吹豂有声疑绝越，归耕无地供逃秦。"①《万象》给沦陷区读者一个释放压抑之情的园地，也给他们以困境的坚守与奋进的勇气。周楞伽在《三十二年度的上海小说》一文中曾感谢《万象》"贡献了我们不少宝贵的精神食粮"，《万象》以其比较鲜明的民族意识色彩，甚至被誉为上海沦陷时期爱国进步作家"堡垒掩体"。② 这种评价应该是适当的。

----

① 龚翁：《元旦试笔》，《万象》1943 年第 7 期。

② 参见徐逎翔、黄万华《中国抗战时期沦陷文学史》，福建教育出版社 1995 年版，第 465 页。

第三章　沦陷区文学中的民族集体记忆

民族集体记忆本身是民族意识的组成部分，同时又是维系和发展民族意识、民族精神的重要基础。抗日战争期间，中华民族面临着前所未有的危机，甚至到了民族灭亡的边缘。然而，即使是在中华民族最为危机的关头，中华儿女也没有丧失对本民族的认同之心与维护之责，显示出深沉的民族意识。中华民族漫长的历史、丰富的文化与广袤的土地所承载的集体记忆给予了人们一种世俗的信仰，这是对本民族力量的信心，更是关乎民族命运的启示。在民族集体记忆中，民族作为一个集体"被赋予了生命的群体的足迹"，并能够"唤起对这个个体，以及那些与之有关的人们的回忆"。① 沦陷区文学中的民族集体记忆对于困境中的人们无疑起到了心灵慰藉与精神寄托的作用，并激发他们的民族意识与斗争意志，因而，其对民族意识的强化与传承也起到了重要的作用。

第一节　沦陷的土地与乡土文学

关于土地与人类之间的关系，伯克曾这样描述："人类所拥有的、仅次于父母对孩子的爱、仅次于这个最强烈的本能，就是对自己国土的热

---

① ［法］莫里斯·哈布瓦斯：《论集体记忆》，毕然等译，上海世纪出版集团2002年版，第408页。

爱，它既是天生的，也是道德的。"① 此言道出了土地与人类之间血肉相连的情感牵连。中国自古以来就是以农业立本，农民的土地情结和对于土地的精神依恋，在中华民族文化中占有非常重要的位置。"土地"在中国文化中是如此重要，以至于许多学者甚至称传统文化影响下的中国为"乡土中国"。人们的生活与土地息息相关，而其中又以农民与土地的紧密联系为甚，这种关系往往表现出一种人对于土地的精神归附感。土地可以说是人们现实生活的"图腾"，负载了人们太多的情感和希望。学者赵园曾说，"谁不了解土地在中华民族历史中的意义，谁就无法了解这个民族；而谁若对中国知识分子与土地的联系一无所知，他就永远不可能真正了解中国的知识分子"②。土地，给了炎黄子孙们一种生命的固执，是生的象征，也是死的归宿。人们从大地中获取生命的意义，而现代作家则从中寻找到了写作生命的源泉，沦陷区作家更是从失去的土地上感受到撕裂的疼痛与想念的深沉，他们更能理解"土地"对于生命的意义。

一　沦陷厄运与乡土情结

土地对于人们的生存和发展，在很长的历史时期内起着非常重要的核心作用。在民族的形成中，"共同地域"被认为是必不可少的四大要素之一。各民族的人们生活在一定地域的土地上，从土地取得各种生活养料。不同的自然环境和不同的生产活动，形成了各民族不同的生活方式、风俗习惯以至不同的文化传统；不同生活的地域也影响到民族性格的形成。由此也可以看出，地域、自然环境对民族发展的重要性。可以说在农业国度里，土地是一切之"根"。因为生活中的一切都必须仰仗土地的奉献，"土

---

① ［美］约瑟夫·拉彼德等主编：《文化和认同》，金烨译，浙江人民出版社 2003 年版，第 183 页。

② 赵园：《来自大野的雄风——端木蕻良小说读后》，《大地诗篇——端木蕻良作品评论集》，北方文艺出版社 1997 年版，第 66 页。

地在人民心目中变得无比的重要"①。对于直接靠农业生产养家糊口的人们来说，土地就是命根子，就是他们生命的全部意义。正是因为"土地"对人们个体生活、民族命运有着如此重要的作用，我们才能更深刻地理解华夏大地惨遭蹂躏时的伤痛，才能明了异族侵略的阴险丑陋的面孔。

　　1931 年 10 月 21 日，关东军在本庄繁指示下，制定了《满蒙共和国统治大纲草案》，提出了建立"新政权"的三条根本原则：一是使满蒙完全脱离中国本土；二是一手统一满蒙；三是表面上由中国人统治，但实质上要掌握在我方手里。② 并于 11 月 17 日炮制出一个《满蒙自由国建设方案大纲》。该方案大纲认为："将满蒙作为我国领土的一部分是为上策，但鉴于以往的情况，目前突然采取这一步骤恐将徒然引起国际上的议论。作为中策，建设满蒙独立国，使完全脱离中国的行政统治。"③ 为了达到遮羞的目的，1931 年 11 月 3 日夜，日本特务土肥原贤二会见溥仪时曾欺骗地说："关东军对满洲绝无领土野心，只是诚心诚意地，要帮助满洲人民，建立自己的新国家。"④ 其实日本对中国领土的野心由来已久，早在明治年间，日本军国主义就制定了以征服中国为主要目标的大陆政策。1894—1895年，日本发动甲午中日战争，打败了腐朽的清政府，订立了《马关条约》，霸占了中国的台湾和澎湖列岛，攫取了 2 亿多两白银，正式走上了武力侵略中国的道路。1904—1905 年，日本同沙皇俄国在中国东北进行了一场争夺远东霸权的战争，打败了沙俄，夺取了中国东北南部的大片领土。正如毛泽东所指出的："日本帝国主义利用其和中国接近的关系，时刻都在迫害着中国各民族的生存，迫害着中国人民的革命。"⑤ 1914 年爆发了第一次世界大战，日本悍然出兵，侵占了原德国在山东的权益。1927 年 6 月 27

---

① 侯杰、范丽珠：《中国民众意识》，山西教育出版社 1999 年版，第 25 页。
② 转引自王承礼主编《中国东北沦陷十四年史纲要》，中国大百科全书出版社 1991 年版，第 78 页。
③ 同上。
④ 同上书，第 87 页。
⑤ 转引自胡德坤《中日战争史（1931—1945）》，武汉大学出版社 2005 年版，第 2 页。

日至 7 月 7 日，日本首相田中义一在东京亲自主持召开了"东方会议"。会议制定的《对华政策纲要》认为中国"满蒙"，特别是东三省，对日本有着重大的利益关系，必要时日本将"不失时机地采取适当措施"。①"东方会议"还有一个秘密文件，那就是臭名昭著的《田中奏折》。《田中奏折》赤裸裸地指出："惟欲征服支那，必先征服满蒙。如欲征服世界，必先征服支那。倘支那完全可被我国征服，其他如小中亚细亚及印度、南洋等异服之民族，必畏我敬我而降于我。"② 日本自 1931 年发动"九一八"事变，尤其是 1937 年"七七"事变以后，对中国领土的侵占已是肆无忌惮，华夏大地上到处留下他们残暴的身影和野蛮的脚印。

　　日本侵略者在沦陷区一方面残暴镇压反抗的人们，另一方面肆意地榨取这片土地。以日伪统治时期的东北地区为例，日本帝国主义搞"开拓团"经营农业，强行霸占了大片田地，又实行"粮谷出荷制度"，"出荷粮"之后，实行"配给制"，有限的配给粮由于日伪官吏和地主层层克扣，到农民手中所剩无几。侵略者还无耻地说"在满洲的日本人绝不是客人，是地地道道的满洲的主人。谁不承认这一点，就可以请他自便，另投地方，不能容许这种人存在于满洲的土地上"③。这种鸠占鹊巢的强盗行径致使中华大地满目疮痍，神州之内遍地饿殍——沦陷区的土地成了一片"荒原"地带。

　　失去土地的人们是最痛苦的，他们失去了安身之所，失去了精神家园，生于此地却又被迫割裂远离，作为普通民众的他们，面对被异族野蛮肆虐的土地，"渴求幸福，承受痛苦和畏惧死亡"④。无家可归的人们在本属自己的土地上无处安顿。国破山河虽在，但江山易色、任人踩躏。大地

---

① 转引自胡德坤《中日战争史（1931—1945）》，武汉大学出版社 2005 年版，第 3 页。
② 魏宏远主编：《中国现代史资料选编》第 3 册，黑龙江人民出版社 1981 年版，第 536 页。
③ 万嘉熙：《伪满军的内幕》，《吉林文史资料》第 26 辑，第 29 页。
④ ［法］阿尔贝特·史怀泽：《敬畏生命》，陈泽环译，上海社会科学院出版社 1996 年版，第 88 页。

不再是安静的归宿，不再给予人们以家的安全，土地对于生命不再是宁静的皈依，承载的已是恐惧。《绿色的谷》中作家借小莲和林小彪说出土地对于生存的意义："你还有无边无沿的土地，山谷，你还有院落，还有钱！在狼沟一带，有谁比得了你，少东家，你知道吗？我们离开了土地便不能活！""土地就是我们的生命，勿论谁，离开土地就等于自杀，勿论谁，就是我在内，什么都得靠自己，不靠自己是不行的！"① 异族侵略者对土地的侵占与蹂躏，无异于是对生活在这片土地上的生命的侮辱与戮害。自土地被侵占的那一刻起，被迫远离故土的人们就开始了他们的悲歌与反抗。

沦陷区作家对笔下的土地充满着依恋和温情。他们也许会为休养生息的这片土地上的陈规陋习感到深沉的哀痛，但他们无不对生养他们的这片土地充满着深情。沦陷区作家笔下的土地予人一种特别的亲近感。失去的土地更衬出一草一木的亲切，以至于一触摸土地就能感到这片土地上曾承载过的童真快乐。这些回忆中有欢快："一个快乐的夏季，我已跑遍了清原的地方，我寻尽了它的纯情了，所以我在爱恋着它"② "想到童年就想到故乡。童年和故乡永恒在我的记忆里生存着。我希望永持着一颗童稚之心。在故乡的河里洗澡，在野地上捉蟋蟀，在枣树上摘枣子吃。黄昏后，偷偷的提着灯笼掀开郊野间的草捆，擒住几只肥硕的螃蟹。"③ 然而在今昔对比中，尽管"回忆是最美丽的/我时常就在回忆里浸润着的/那塔影，那古城之伟迹/"，然而，在异族统治下"古城的确是值得忆恋的吗/可惜它只是一年比一年衰老了/你看它那巍然而立的身躯/岂不是已经布满了皱纹？/倦殆和病弱的记号已经藏在那里"④，作家心中充满回忆的甜蜜和现实中无尽的忧伤。

---

① 梁山丁：《绿色的谷》，新京文化社 1943 年版，第 76、120 页。
② 乙卡：《纯情之乡的清原》（1943 年），张毓茂主编《东北现代文学大系·散文卷》，第 161 页。
③ 李蟠：《无忧草》（1944 年），张毓茂主编《东北现代文学大系·散文卷》，第 482 页。
④ 冷歌：《忆》（1941 年），张毓茂主编《东北现代文学大系·诗歌卷》，第 532 页。

面对土地承受的蹂躏，看似隐忍的表面下却不乏刚强与激愤之情绪。他们或许在低吟出这样的伤感之歌，"归是在每人的心上都挂着欢欣／或更能感到深情的忆惘吧／可怪我这颗破碎的心哪／一提到归我就落下酸心的泪／我那因牢样的故乡／蛮力屈服了多少英雄／冰酷气侵蚀了几许征心的刚烈"①，然而情深之处，土地像有血性的神灵，激励诗人喊出对土地的渴望和对抗争的勇气："你流在这塞外大地的心脏，／仿佛人体中的脉搏，／流冲在胸膛。／你呀！／你是塞外一切生命的灵浆。""因为只有你咆哮，／方能把征途荡起平坦；／因为只有你咆哮，／后来的步子方能勇壮。"② 生长在这片土地上的人们甚至成为它广博的身体上的"一粒土泥"，为了这片土地的荣光而青春永逝，但"将来全世界的土地开满了花的时候，／那时候，／我们全要记起，／亡友剑啸，／就是这开花的一粒土泥"③。从伤感到刚强，从写土地到写土地上的英雄，沦陷区作家并没有因为失去土地而丧失夺回土地的希望。

远离家园的流浪者和困守在家园的亡国奴无法摆脱那与之俱来的乡愁。乡愁是失落的现实生存导致的作家生存观照有意识地表达出来的一种心灵生活的理想状态，乡愁中的愁绪，是作家的一种精神寄托。在沦陷区文学中，乡愁是在危机的年代里一代人的悲歌。"昨夜我在梦中走过／梦向我说些什么／一段幽幽细声／天知道那是一种流亡的歌"④。乡愁是流浪者心绪的自然流露，它也许会因触动了一段往事而感怀，也许会因为睹旧物而动情，也许不为什么，乡愁就从心中升腾而起。失去土地的沦陷区作家哪怕看到那默不作声的"古城"，也会哀从中来。如林火的《沈阳诗草》这样写着他感触到的沈阳城："前代多少人挥汗筑此城，／拆城人是筑城人遗

---

① 杲杏：《归愁》（1939 年），张毓茂主编《东北现代文学大系·诗歌卷》，第 593 页。

② 冰旅：《静静的辽河》（1942 年），张毓茂主编《东北现代文学大系·诗歌卷》，第 434 页。

③ 萧红：《一粒土泥》（1937 年），张毓茂主编《东北现代文学大系·诗歌卷》，第 702 页。

④ 小松：《乡愁》（1940 年），钱理群主编《中国沦陷区文学大系·诗歌卷》，第 302 页。

种。/镐锹抓尽了沙土……/——几度炮火创痍，/忘了当年巍立！——/古城封紧了人们的心，/前门挖出来八蝎蛇，/西园掘露了前人碑碣。/可不要拆毁了仙人洞啊！/——保佑一方生灵"。而"浑河给沈阳城带来了地气，/于是，前代创业主奠定了龙基。/——长臂拢南北，/几度旱涨也未曾迁移过河位！/白练扫过了龙寝处，/独挡黄沙风回……"不知何时浑河才能又独挡"黄沙风回啊！"沦陷区作家甚至在作品中发出如此强烈的质问，"谁填平了沙漠的绿洲/使羊群觅不到水草而悲鸣/谁践踏了河山/使农民丢失了耕作的田园"，并对这片土地的未来和这片土地的子孙寄予信心，"我预约下一纸空白的祭文/我含泪将它密密封藏/只要我的子孙不是聋盲/迟早他总会把这纸空白填上"。① 乡愁是由失去的"耕作的田园"与风沙掠过的"沈阳城"所引起，而后又激发诗人的民族情绪——诗人想起英雄的祖辈，想到无依靠的农民，并最终许下要把土地要回来的铮铮誓言。沦陷区作家笔下的"乡愁"比比皆是，无处不在。之所以如此，那是因为在这片土地上有着他们太多的记忆，有着他们未来的希望。

　　沦陷区的大地承载着太多的记忆：民族文化、民族历史、古老的战场、祖先的故居、童年的回忆等，这一切都暗示着大地具有坚韧的生命力。有过英雄业绩的土地依然鼓舞着受苦的子孙后代，在凭吊之中，也有自我认同的民族意识流露。如杨絮《忆起昭陵》："昭陵是怎样的陶醉人的所在呢，那里有遮天的苍松翠柏，有古老的建筑房宫，有山，有水，有古代的皇帝的坟墓""昭陵虽然年代久远了一点，然而当年所修的建筑却仍然安静地立在那里，岁月与风雨的摧残，它不曾改变了多少丰艳。那绿树红墙，那五光十色的琉璃宫瓦，那石级，那砖路，每一个角落都会使人有一种'昔人已乘黄鹤去'"② 的惆怅。诗人的思乡之情与思古之叹融为一体，把故土家园与民族历史叠加在一起，形成一种深沉而伤感的情感意

---

① 　林火：《沈阳诗草》（1943 年），张毓茂主编《东北现代文学大系·诗歌卷》，第 573 页。
② 　宪之（杨絮）：《忆起昭陵》，《麒麟》1942 卷第 10 期。

境。从中我们可以体会到对乡土的爱，也即是对祖国的爱，诗人的个人记忆自然而然就纳入了一种民族的集体记忆之中。沦陷区作家对土地的抒写，既是个体失去家园的哀歌，也是民族集体遭受创伤时的悲鸣。在民族与个人命运同构的语境中，个人的乡愁也有了集体记忆的意义。

二　沦陷区文学的"乡土"写实与想象

大多数现代知识分子"集体逃亡"之后的中国乡村社会，开始呈现一片荒瘠无声的景象。然而那些无从逃亡、无力逃亡的人们却依然生活在已经不属于自己的土地上。面对如此巨大的民族灾难，大多数滞留在沦陷区的知识分子，血脉中流动的依然是中华民族的热血，他们同"五四"乡土文学前辈一样，带着清醒的反思意识来看待中国乡土上的一切，以自觉的价值选择取向在特殊的时空表达了对中国乡土生存的思考。

"五四"时期乡土作家在东方古老民族落后挨打的大背景下，侨居在都市之中发现现代文学与传统文明之间巨大的落差时，心中产生极大的震撼。他们以一种觉醒的现代知识者的眼光来审视曾经生活过的乡村社会，作品中自然不免充满着焦灼而又峻急的心态。相对于"五四"时期乡土作家更多地以文明对照的方式来剖析乡民生存状态，提出一个民族现代化的命题，沦陷区乡土文学面对的是另一个历史时空：此时的中华民族已经面临着分裂的危险，沦陷区的土地惨遭侵占与蹂躏。在这种新的时空背景下，民族生存的问题叩问每个有良知的中国作家的心灵，沦陷区的乡土文学也因之产生了新的质素。

许多沦陷区文学作品也力图揭露出传统乡土社会中愚昧落后的一面，然而这种描写中饱含着仇恨的心理，这是一种对异族残酷统治的不满，是民族自尊心受到伤害的本能反应。在沦陷区文学作品中，我们可以看到，处于弱小地位的人物如农民、矿工、苦力等普遍遭受欺凌、剥削的命运。如小松的《铁槛》中的邱二嫂，秋萤的《矿坑》中的张斌，高深的《兼差》中的白宗礼，在他们身上，作家赋予了深深的同情，对比于"五四"时期的乡土文学，也少了一些"怒其不争"的愤懑。我们发现，造成这些低层人们贫苦生活的背后，总晃动着不甚明晰的异族狰狞的身影。如小松《铁槛》中一个小小的村政助理员，也敢于借助"通敌"的诬陷而整顿对手和农民，其肆无忌惮的行径不难令人联想到背后邪恶的力量。其实不仅是下层的中国人的贫苦生活有着这种异族的魅影，甚至处于较好地位的中国人的生活也深深受到异族入侵的影响。如梅娘小说《蟹》，小说先描写一家人担心日本占据者追究二伯曾经为俄国人做事的经历而人心惶惶，后来三叔因为认识日本人而身价大涨，继而做事竟至于肆无忌惮、为非作歹。

　　沦陷区作家写下了在乡土上生活的人们在日伪的统治下动辄得咎的悲惨命运。田兵《T村的年暮》里，老赵头一年到头累断了脖子筋打的那点粮，已经被各色杂捐税收弄光；大年三十，他却因为砍了张三爷山林的树和所杀的猪没盖紫印，被抓走关进监狱里过年了。陈堤的《生之风景线》则展示了沦陷区贫民生存的另一幅惨状。阿凤哥因矿伤丧失了劳动力，阿凤嫂在极其饥饿的情况下，不得不顶着怀孕的肚子去领活命的米，却被饥饿的人群挤倒在地，一下子丢失了两条生命。在这些作品中，人们没日没夜的劳作，却仍然无法避免饥饿和死亡的威胁。同"五四"时期乡土文学的批判视角一样，生活在低层的人们对自己的生活缺乏反思，他们无法理解为什么生活永远这样贫困，为什么他们的生命如此一钱不值。然而在沦陷区乡土文学中，穷苦人身上更少了些自私冷漠，他们有更多的同情心。像蒋三哥们对阿凤哥一家的照顾，佟老四对周庆家的帮助，都令人感慨不已。在共同的民族命运下的这种相互扶持的"血浓于水"的情谊显得尤为可贵，同命运、共患难的生活也让他们对自己的群体产生了身份认同的心理。

　　与其他区域文学不同的是，沦陷区文学不仅写出了在封建专制者控制和传统习惯势力压制下民众的困苦生活，而且更进一步暗示了异族统治者是造成民众困苦生活的重要原因。这是一种极端的贫困，是一种无视人的起码生存的贫困。然而沦陷当局对这种贫困生活熟视无睹，常常雪上加霜，苛以重罚。这种对生命的漠视深深震撼着沦陷区的读者。如但娣在《砍柴妇》中描写婆媳两个在树林里偷砍山柴，胆战心惊中，不料无人照看的小带弟因饥饿而掉入深深的悬崖底下的悲剧。山丁的《猪》中，作者借助说话沉重又吃力来点破主任的身份（异族人对中国话的不熟练），小说中写道（主任）"开心地笑了。——楞头青是一头野猪，你是一头母猪"，而无力为生的张大嫂只能"抚摸着孩子的头发，真的象一头沉入无底的泥沼的猪"[①]。当然，受害最深的是处于社会最底层、基本上丧失了做人资格的女性。"要了人格，顾了耻辱便吃不着饭，想吃饭便顾不了人格和耻辱，这成了穷人的哲学"。[②] 沦陷区文学所刻画出"耻辱笼罩着穷人，生命受到了践踏"的苦难生活，强烈地反映出沦陷区作家们对异族统治的极度不满和对沦陷区人们悲惨生活的无恨同情。

沦陷区乡土文学作者深刻地展示了作品的时代背景，暗示出一切悲剧的根源所在。农民的生活日渐陷入困境，已经到了不能活下去的境地，他们已无法保护自己的老婆孩子，面对赤裸裸的凌辱，求告无门，欲哭无泪，继而彻底失望，只有死才是唯一的归途！死是他们对这个日伪统治社会最后的抗议（如《生之风景线》中的阿凤哥之死）。苦难和生命，是沦陷区中"乡土"作家们思考的起点，也是他们痛苦的写作源泉，他们在深重的苦难现实中，开始不断地在想象中建构一个"应该有"的乡土社会。

受激于民族的落后、人格的侮辱甚至是生命的恐惧，沦陷区的作家在看似冷静的乡土写实笔调下，想象地建构了一个"用生命兑换生命"，有

---

① 梁山丁：《猪》（1941 年），《伸到天边去的大地》，沈阳出版社 1991 年版，第 157 页。

② 高深：《兼差》（1942 年），钱理群主编《中国沦陷区文学大系·新文艺小说卷》，第 503 页。

着民族的尊严、有着人的尊严的社会。他们感叹于华夏民族昔日的辉煌和今日的颓朽，他们不相信一个伟大民族从此寂然无声。"自从祖宗的殿堂，被狸鼠/啮断了祭祀的香火以后，/子孙们，披着玄色的丧衣，/乃有望于天狗星吞噬去世纪的尘埃""我相信，而今的苦难纵甚于炼狱的磔刑，/决不会风化了求生的意志，如/风化了一架僵尸，请不要忘记/有人启示我们的箴言：'用生命兑取生命'"①，这是陈芜写于1940年的诗。诗人回望祖国大好河山，四分五裂，悲愤难抑，于是借助诗的朦胧意象，把祖国蒙羞的尘埃一层层褪去，发出"复仇"的警告。这首诗是沦陷区文学"血性中国"的象征，发出对华夏民族强劲生命力的呼唤。积贫成弱的中国，受苦受难的人们，都在渴望一个充满生命力的中国出现。诗人在另一首诗里直接发出呼喊："翻阅祖宗的历史，我嗅到血腥的语言：/子孙如不是颓废的，/斗争永在继续，血液永在流动""以白骨做肥料，/我们来播种于这沃土；/冬天死去的时候：我相信/血会开花，血会结果，/而累代的子孙也会有幸福的殿堂。"②诗人相信只有精神不灭，斗争不止，终有一天"血债当有血债还"的时候，中华民族仍有复兴的一天。在诗性的想象里，民族的命运与个人的命运是同一的，为了民族的复兴，为了这片沃土的生机，个人不惜以生命为承诺，有斗争的梦想决不会只是诗中的梦想。

对于血性中国人的呼唤，是沦陷区文学想象中国的主要内容。《雪岭之祭》是以奋斗于深山密林的狩猎者为主题，讲述丛林中人们内心充满紧张情绪的生活故事。同其他大部分乡土文学中的主人公一样，他们处于生活底层，饱受着贫困生活的折磨。但围绕在主人公周庆身边的人物，如洗手绿林的于老头和其子于亮、友人张富及佟老四，都是有血性、有骨气的汉子。作者在对乡土生活精细的观察中，对于他们都甘心受凌辱于车福臣这样的人物，表示深沉的叹息。皮商车福臣控制着以打猎为生的山里人，

---

①　陈芜：《茵》（1940年），张毓茂主编《东北现代文学大系·诗歌卷》，第558页。
②　陈芜：《血的故事》（1940年），张毓茂主编：《东北现代文学大系·诗歌卷》，第556页。

成为他们命运的主宰者。但在广袤、荒凉的大地间，在连绵的山脉中，在凄厉的风雪里，他们彰显出粗野的性格，充溢着生命的活力。他们的野性在忍无可忍的时候，能够爆发出原始的生命力。这种野性的气息以及遁入绿林的结局对于走投无路的中国人来说，是一个极大的鼓舞和暗示。沦陷区文学中此类充满自由想象、以"反抗"结局的作品非常之多。如孙陵的《宝祥哥的胜利》[①] 写的是宝祥哥的儿子被错当胡匪遭官府关押，但官府以错捉不能错放的荒谬理由想施以敲诈，被逼无奈之下，宝祥哥借助胡匪入侵，胡巡官逃跑的机会，砸开了牢门，放火烧掉胡巡官的院子，最后走上了反抗的道路。吴郎在《屠场里》一诗也展开了"反抗"的想象："命运罩了铁网/走进了死之玄门/看见了伙伴们倒毙/我们该当不驯顺的走来""不甘心被拖在屠夫的鞭下/场内躺满了尸体，我的同伴/总哀鸣无惜于残生/我们该当咆哮的走出"[②]，历史证明"哪里有压迫，哪里就有反抗"。王秋莹的《血债》结尾写到黄金生、康国亮杀死了作恶多端的李把头，在"太阳刚刚升起的时候""进山"去了，这恰恰是给"苦难的沦陷区人们"指引了一条光明之路。从以上论及的作品可以得知，沦陷区乡土文学对"血性中国"的想象是建立在悲惨乡土的写实之上的，是对现实生活的反叛，是对没有尊严生活的抗争。

在乡土中国，关于乡土的想象永远有着中国色彩。那种对自然和谐、平等相处生活的向往，对于生活在华夏大地上人们来说，永远有着非凡的吸引力。蓝苓的《科尔沁草原的牧者》就生动地以"诗"的语言，把这种渴望平凡和谐生活的追求表现出来："掘掉那一切荒唐的妄念，/牛一般的辛勤，/铁一般的坚贞，/娶一房能干泼辣的媳妇，/帮母亲，挽回那颓败家庭，/重筑起祖宗的基业吧！/让壮硕的牛马，/充实了广大的院庭，/让

---

① 孙陵：《宝祥哥的胜利》（1935 年），张毓茂主编《东北现代文学大系·短篇小说集》，第690—700 页。

② 吴郎：《屠场里》（1940 年），张毓茂主编《东北现代文学大系·诗歌卷》，第503 页。

青青的草原上，/散满了雪白的羊群，/在家乡——在可爱的科尔沁。"诗人写得非常动情，诗中一片和谐静穆，个人生命融入一个没有战争的大地之中，重建起古老祖业，过上踏实的生活。这是一种典型的中国文化意味的乡土田园诗，是爱好和平的理想之梦。在诗人笔下，乡村已经不仅仅是居住的环境，而是抚慰精神的家园。

《绿色的谷》展现了建构和谐乡土的努力。小说中虽然有着"东家"与"佃户"的矛盾，但更有邻里之间的亲情。作家不自觉地保持了乡村社会生活固有的复杂性和鲜活性，阶级关系同血缘关系、姻亲关系等彼此交错、相互渗透，结成了生动而立体的乡村社会生活图景。至于那些不太富裕的地主"居住在故乡的土地上，他们通过亲戚关系或强烈的'亲情'维持着和佃户的关系，至少透过佃户们对他们怀有的忠诚和敬重可以看到这种情缘联系"①。林小彪被小白龙队伍绑架，经由"大熊掌"的帮助逃回家后，在他的脑海中，"大熊掌"就像眼前"这山谷、这密林，以及这大地的缩体"。他终究意识到了农民才是自己脚下这片土地的真正主人，毅然把土地分给了佃户。小说最后写到林小彪把自己的家产全部分给乡亲们，既是作家对"耕者有其田"的憧憬，也是对在异族压迫下的"同仇敌忾"的真实写照。当小说写到买办资本家钱如龙——一个日本经理的代理人，对狼沟土地的贪婪之心时，写到"铁丝网在街的尽头扩张着嘴，高压电流威胁着每个住民的呼吸"时，沦陷区乡土文学中对和谐乡土的想象与异族侵略事实之间的内在紧张关系，便得到了比较形象的展现。

陈继会曾撰文②提出近代文人对怀乡的描写，大都是因为社会的动荡，自觉或者被迫的文化开放，将一大批知识分子挤出惯常的生活轨道，开始踏上现代漂泊之途。而熟悉的、强固的乡土文化心理使得这些文人一次次

---

① ［美］R. 罗德里克·麦克法夸尔、［美］费正清编：《剑桥中华人民共和国史（1966—1982）》，中国社会科学出版社 1992 年版，第 410 页。

② 陈继会：《"五四"乡土小说的文化精神（下）》，《郑州轻工业学院学报》2000 年第 2 期。

"精神还乡"。他们对于乡村生活的描写，实际上是在寻找另外一种生活方式，一种文化存在状态，借以抗拒城市生活经验。然而沦陷区文学中的这种乡土想象却有着更为丰富的意义。其中当然也有许多作品是基于对城市文明的拒绝而产生的"精神还乡"式的乡土想象。如师陀写于沦陷时期的《果园城记》，古朴自然的田园环境散发出来的乡野气息，对这个"文明过火了的世间"的失望、厌倦，更唤起他对于人的原初状态的怀念。但更多的沦陷区乡土文学作品是在异族统治下对失去的土地的思念，对生活过的故土的怀恋。在侵略战争的背景下，平凡得不能再平凡的生活也成了一种奢望。人们只能在想象的天空下，为失去的土地低吟、欢唱和悲歌。如青榆所述，离开家园的时候是苦难的黑夜，然而在"流浪的日子，几许悠长的黑夜里"，又"会忆想醇酒般的往事，会忆想那依恋的古城，虽然我正负荷着生的愁苦，跋涉着辽远的路。吹遍家乡的风雨，正流溢着我的悲哀，虽然，风雨的消息让苦难着我灵魂的人的青春又绿了"。[①] 沦陷区乡土文学中这种对故土单纯的思恋，在想象中形成一种具有韧性的思绪，所有故乡的破败、陋俗全都退到记忆之后，维系的是母与子之间的血脉之情。

在历史文化浸染中长大的中国作家，无不在其精神生活方式上显示出他们对乡土中国的温情、期望。他们的想象，在沦陷的特殊语境中，是那么令人感到慰藉，在想象中，失去的土地重新获得了青春的生命，像母亲的手，虽然苍老却仍然温暖。然而对于那些乡村的风俗习惯、人情观念，由于民族的苦难和个人的境遇，沦陷区作家也都保有高度谨慎的审慎心态。沦陷区文学关于乡土的写实与想象，在异族暴虐的背景下，展示了它独特的含义，表达了人们与"乡土"之间血肉相连的情感，这也是深沉的爱国情感。王一川曾说"中国想象在整个 20 世纪中国文学中都具有空前

---

① 青榆：《黑夜草》（1943 年），张毓茂主编《东北现代文学大系·散文卷》，第 614 页。

的重要性，作家和诗人们总是从不同角度去想象中国"①。沦陷区文学关于中国的想象给予人们从另一个角度想象中国的方式。

三　沦陷区"乡土文学"及其意义

"乡土"在沦陷背景中的凸显并不是偶然，对于失去家园的人来说，这是一种本能的反应。大量乡土题材作品的出现，催生了"乡土文学"运动的形成与理论的探讨。"乡土文学"是沦陷区文学中为数不多在理论上有影响、创作上有实绩的文学运动之一。"乡土文学"运动的开展与理论探讨对于沦陷区乡土文学的写作有着积极的作用。

沦陷区"乡土文学"运动发轫于东北沦陷区，最先提出"乡土文学"口号的作家是山丁。早在1933年，山丁就在他的一篇文章中说："文学家的态度要和炭坑里与生死奋斗的工人一样，自然能产生好作品"②。山丁这种强调直面的文学态度、重视实践对文学家的影响的主张显示出其艺术的敏感性。1937年，山丁先在吴郎主编的《斯民》半月刊上发表《乡土与乡土文学》一文，明确提出"乡土文学"口号。同年《明明》月刊第3期刊发了疑迟的小说《山丁花》。小说以冰冷和热力交织的血流，点染了一幅垦林群像。小说中张德禄和赵永顺在外面经年辛苦，却一无所获，无奈中，只得回到他们灰色的故乡去。小说在常有的乡土气息中展现出乡间的生活真相。这篇作品激活了山丁的乡土情结，于是在该刊的第5期上发表了他的《乡土文学与〈山丁花〉》。山丁在该文中认为"不论在时间和空间上，文艺作品表现的意识与写作的技巧，好像都应当侧重现实"，而《山丁花》所描写的正是"我们一部分人的实际生活，我们这块乡土"，《山丁花》"是一篇代表乡土文艺的作品"。作者认为"满洲需要的是乡土

---

①　王一川：《中国人想象之中国——20世纪文学中的中国形象》，《东方丛刊》1997年第1、2辑，第1页。

②　山丁：《小茜随感——中国文学的穷与死》，《大同报》1933年8月2日。

文学，乡土文艺是现实的"①。1940 年，山丁出版的短篇小说集《山风》收入其小说 9 篇，都是描写呻吟、挣扎在日伪铁蹄下的东北人们的痛苦生活。山丁首倡"乡土文学"的旗帜，并以创作的实绩响应自己的主张，东北沦陷区文坛由此拉开了"乡土文学"运动的大幕。

1942 年，东北沦陷区与华北沦陷区有过一次文艺交流活动。华北沦陷区文坛看到东北作家的作品之后，大受刺激。随后《中国文艺》第 8 卷第 1 期和第 2 期的"文艺谈"刊载了谭凯的两篇文章——《报告文学和乡土文学》《再谈乡土文学》。谭凯认为，"乡土文学"的提倡"是为了小说内容的贫乏而发的"，提倡具有地方色彩的"乡土文学"是非常有必要的。可以说，华北沦陷区对"乡土文学"自接触始就有比较积极的理解和实践。谭凯还认为"因为作者自己最熟悉自己的乡土，所以写出的故事一定较为生动有色"，并谓提倡"乡土文学"的"主要的原因还是对于颓废和贫穷的创作反抗"。② 这是华北沦陷区对"乡土文学"的明确回应。其后，包括《中国文艺》在内的诸多杂志都陆续刊载有关讨论"乡土文学"的文章。如《中国文艺》刊载了上官筝的《乡土文学的问题》《关于乡土文学诸问题》，《中国公论》刊载了林榕的《新文学传统与将来——兼论乡土文学问题》。其中以上官筝的讨论文章较为理论化，其文对"乡土文学"在华北文坛的影响较大。袁啸星甚至提出希望民国三十二年是"乡土文学创作年"③。

"乡土文学"作为一种文学主张，在沦陷区的正式提出是 1939 年。但它的酝酿过程，显然并非一朝一夕的事。"九一八"事变后，虽然由于军事和政治的原因，中国相当多的区域沦为敌占区，在疆域上与大后方和解放区被强行割裂开来，然而共同经受的中华民族传统文化的影响和五四文

---

① 山丁：《乡土文艺与〈山丁花〉》，《明明》1937 年第 1 卷第 5 期。
② 谭凯：《报告文学和乡土文学》，《中国文艺》1943 年第 8 卷第 1 期。
③ 袁啸星（袁笑星）：《由"呐喊"谈到"乡土文学之兴起"》，《艺术与生活》1943 年第 22 期。

化的熏陶，使沦陷区文学与祖国其他区域依然血脉相连、声息相通。

早在"五四"时期，中国知识界就非常注重引进和译介弱小民族的反抗文学作品，而"在十九世纪资本帝国主义所侵凌的各弱小民族的土地上，一切抵抗的文学，莫不有各别民族的特点，而且由于反映了这些农业的殖民地之社会现实条件，也莫不以农村中的经济的、人底问题作为关切和抵抗的焦点"①。因而可以说，乡土文学在东北沦陷区的提倡，其实也是被压迫民族对抗殖民文化专制的一种曲折的、必然的文化现象。

沦陷前后，东北沦陷区一方面遭受异族残酷的镇压，另一方面遭受经济恐慌的袭扰。当时的农村已是满目萧条，人们生活处于极端的困苦之中。农村经济的破产和人们生活的贫困深深刺激了沦陷区的作家。早期的一些作家，就以东北农村的贫苦为题材写过小说，但还处于简单的事实叙述层面，技巧还不熟练，影响也不是很大。综合当时作家的意识形态，"从表面上看是非常复杂的，但仔细分析起来，也不外乎两种流派：一派是想更进一步地向新兴文学方向努力，另一派是小市民的保守派。后者或发泄不满，或追求他们认为是光明的东西，但所谓的光明，却给他们以幻灭、悲伤"②。当时的农村给予人们的刺激是如此之大，而作品表现的内容则"多数都很空虚，并未掌握任何东西"。这当然既是由于作家笔力的稚嫩，也是政治高压下谨慎写作的抑制所造成的。

事变后的东北文坛经历一段沉寂之后，报纸副刊上开始出现一些带有苦闷压抑的情绪来表现农村题材的作品，但内容仍过于直白，笔法也不够娴熟。而此时活跃在哈尔滨的萧军、萧红则借助《国际协报》副刊《文艺周刊》登载过数量不少的优秀作品，造成了较大的影响。他们的创作大都敢于"暴露现实"，敢于描写苦难，并在苦难的描写中抒发反抗和愤慨的精神。虽然萧军与萧红此时期出版的《跋涉》显示了 20 世纪 30 年代东北

---

① 陈映真：《乡土文学的盲点》，《台湾文艺》1977 年革新第 52 期。
② 转引自黑龙江省社会科学院文学研究所《东北现代文学史料》第 1 辑，第 87—88 页。

文学向左翼文学靠拢、发展的趋势，但日伪当局文网日益严酷，实际上中断了这种发展的可能，迫使作家去做另一种探索。这种探索直接受鲁迅乡土题材小说的润泽，却又跟20年代乡土文学作家的起步有所不同。当时山丁、秋莹、袁犀等一批青年作家走上乡土文学道路几乎出自同一个创作动机，即在日伪统治的特殊环境里，面对反现实主义的粉饰文学做出的一种反抗。①

沦陷时期的华北文坛，也笼罩着一片颓废之气。上官筝曾总结认为，文人普遍地感到自身没落的悲哀，文学作品中充斥着感伤主义和虚无的思想，并造成了色情文学的泛滥。② 当时的华北文坛，还因为"色情文学"引起较大的争论。针对这种现象，不少作家认为，提倡"乡土文学"，借助"乡土文学"的写实主义手法，有助于把当时作家的视线转移到健康的层面上来的。应该说，"乡土文学"对现实的暴露，对乡土景物的发掘，对农民灵魂的写实，都是有助于沦陷区作家认识社会状况，正视社会现实。

"乡土文学"作为一种文学观，是与沦陷区统治当局所要求的歌舞升平的瞒和骗的文艺相对峙的。在东北沦陷区，日本侵略者把满洲看成是自己的附属地。在连日语都被要求称为"国语"的情况下，东北沦陷区的文学自然也没有自己的独立性。城小碎的《满洲文学精神》很能说明日伪对满洲文学的定位，该文认为，"满洲国"是"奉戴满族皇帝，日、鲜、汉、蒙团结一致而形成的国家"，其中日本居于"领导地位"，因此，满洲文学"要以日本文学为主轴""以日文为主体来创造满洲文学，这不仅是应该的，而且是必须的"。至于世界文学的要意，则是"以建国精神为基调，体现'世界一家'的伟大精神，并且以移植于这一国土的日本文艺为经，

---

① 参见徐迺翔、黄万华《中国抗战时期沦陷区文学史》，福建教育出版社1995年版，第116页。

② 参见上官筝《读满洲作家特辑兼论华北文坛》，《中国文艺》1942年第7卷第2期。

以原住各民族固有的文艺为纬，吸取世界文艺精华，组成浑然独立的文艺"。① 为了使沦陷区文学成为日伪政治的传声筒，直接为侵略战争服务，成为奴化文学，沦陷区统治当局推出了各种形式的口号，其中"国民文学"较为突出。许多期刊都刊登了有关"国民文学"的文章。总括而言，日伪所谓的"国民文学"就是主张在"大东亚是一家"的原则下，"中国的政治已为大东亚政治的一环，中国的战争亦为大东亚战争的一翼，同样地中国的文学该是大东亚文学的一门，中国文学人自然也该是大东亚文学人的一部分"②。这是赤裸裸的把中国文学拖上"侵略战争"的战车的文学主张。他们甚至直接说，既然现时的政治是统制的、经济是统制的，那么文学自然也应该团结一致，接受统制。在此情境下，许多有良知的中国作家纷纷对"国民文学"的主张进行或显或隐的抵制。而"乡土文学"则是非常有力的、可以与之对抗的主张之一。抵制移植文学，一直都是沦陷区具有民族意识的作家的主张。提倡乡土文学，即写农民生活，就是"描写真实""暴露现实"，实质是向移植文学的挑战。上官筝在《关于乡土文学诸问题》一文中，曾经很大胆地反问"为什么人人都蒙上忧郁、苦闷、消极的外衣，在今日明朗的天地里残喘着呢？在什么情形之下，人民必得要抢夺诡诈哄骗，而致社会不安定呢？"作者甚至引用"小不平可以酒消之，大不平则以剑消之"以示对异族压迫的愤恨，他认为"在今日（狭的笼）内撑起'乡土文学'之旗，使作家正视生活，能够收到'釜底抽薪'之效"。③山丁在《山风·后记》也如此说道："如今正是粉饰堆砌的氛围笼罩文坛的季节。堆砌几只小故事，则自命为长篇，粉饰几块小风景，则誉扬为写实。"这一切都说明东北沦陷区作家提倡"乡土文学"是别有深意的。

---

① ［日］满洲国史编纂刊行会编：《满洲国史·分论》（上），东北沦陷十四年史吉林编写组译，吉林省内部资料准印证第 90098 号，1990 年版，第 110 页。

② 邱一凡：《大东亚战争与中国文学》，《中国文学》1944 第 3 号。

③ 上官筝：《关于乡土文学诸问题》（1944 年），钱理群主编《中国沦陷区文学大系·评论卷》，第 249 页。

　　"乡土文学"的主张之所以在当时能被沦陷区当局允许，是有着多方面原因的。其中一个重要原因在于，沦陷区统治当局意欲借助"乡土文学"之名，扯起"满洲独立文学"的旗号。然而，他们的目的显然不在"乡土文学"，而是在"独立"之上。他们企图在舆论上加强"满洲"乡土独立于祖国版图的宣传。一些报刊也为之摇唇鼓舌，"儿童书籍，仍多翻刻上海读物，风俗习惯，都不大相宜，第二代小国民，正如一张白纸，应该使他脑里，印些独立满洲乡土之彩色"①。从中不难看出，日伪当局的最终目的显然不是为了东北沦陷区文学的繁荣，更不是为了让乡土文学自由生长。以 1937 年《满洲文艺年鉴》中刊载的大谷健夫《地区和文学》为例，我们就可以看出当局推行"乡土文学"的险恶用心。大谷认为，乡土文学"只是以维持比较低级的艺术创作阶段为原则"，这种文学"很难摆脱那种朴素、幼稚而笨拙的艺术构思"，因此乡土文学应向"国民文学"推进，并进而使国民文学"逐步走向世界文学的阶段"。他们所谓的"国民文学"即弘扬当时"大东亚"共荣精神的文学，而所谓世界文学则是充满"人类爱"的文学，是"和平"的文学，反对被压迫者反抗和呻吟的文学。显然这种"乡土文学"的主张其实就是"奴化"意识的宣扬。然而，正是在这种"共名"的掩护下，沦陷区乡土文学在众多作家的努力下终于形成了影响较大的文学运动。

　　"乡土文学"立足于中国本乡本土，力求挖掘中国乡土中的人文特色。乡土文学的主张在原则上不同于"异国情调"。这一主张，使得沦陷区作家能够真正"深入"生活底层，了解农民，了解生活中的民众，也使得当时大部分乡土文学作家能够主动贴近沦陷区百姓生活，了解真实状况。这对于沦陷区统治当局为了粉饰而提倡文学的初衷是一个极大的嘲讽。由于对被压迫者生活的真正了解，乡土文学作品中到处都是对苦难的描写，并

---

　　①　原载《华文大阪每日》，1944 年 1 月，转引自吕钦文《东北沦陷时期的乡土文学》，《梁山丁研究资料》，辽宁人民出版社 1998 年版，第 378 页。

形成了所谓暴露"暗"的写作倾向。与此同时，主张乡土文学的作家们也有意识地避免把"乡土"这一概念过于狭隘化。在主张关心农民、关注农村的同时，他们并没有把乡土文学的题材局限于这两点，在他们的理论论争和创作中，大都有意识地规避乡土文学走进地域主义的陷阱。

"乡土文学"的提出，对沦陷区文学的发展有着重要的意义。

首先，乡土文学作品中充溢着浓郁的乡土深情和民族情结。作品中有关风土民俗的描写，对民族性格的开掘，对于企图泯灭东北人民的民族意识的殖民文学是一种有力的反抗。乡土文学的提倡既能使民族意识得以传递，又能使人们清楚地认识在日伪统治下的沦陷区人们生活的真相，并展示了中华民族顽强的生命力和自信心。在不少"乡土文学"作品中，我们都能发现潜伏在民间的草莽英雄形象，如山丁《绿色的谷》中的大熊掌、师陀《荒野》中的顾二顺等。这些被迫走上"异路"的、有着强悍生命力的人物，在沦陷的大背景下，为乡土文学增加了厚长的底气和生命的活力。

其次，"乡土文学"的提倡，对于沦陷区日伪当局倡导的"国策文学""官制文学"是一种有力抵制，它使沦陷区的文学维系着健康向上、直面人生的品格。当时的"国民文学"的主张者认为，所谓国民文学，即与国家处于母与子的关系，因而文学应该隶属于国家战时的需要。其实，从长远看，"国民文学"的主张者是对中华民族的民族性的排斥，企图通过玩弄词汇，以"大东亚"来涵盖"中华民族"。他们甚至毫无羞耻地认为，《满江红》是偏狭的文学样式，并认为"假若此类文学占领了中国文坛，那么中国的文学，不但不会有广大的发展，并且不免要退缩成固陋的贫弱的存在"。这种论断暴露了日伪文学主张的真实面目，他们既害怕文学作品中出现具有反抗精神的民族英雄形象，又企图通过拙劣的宣传说教，使沦陷区文学同侵略战争的步伐保持一致。针对这种助纣为虐、认贼作父的汉奸文学主张，沦陷区许多作家通过各种方式对其进行批判。其中，大多数作家都以支持"乡土文学"的方式来表达自己对文学的认识，并在论争中流露出深沉的民族情感。针对"国民文学"对"民族性"的排斥，林榕认为，"国民文学"的主张者并不理解中国文学，也不理解国民性。他认为，国民性是由一个国家传统风俗习惯而来，民族性是由各族历史的进展而获得。言下之意，国民性与民族性是蕴含在中国乡土之中，是从长期共同生活和历史积淀而来的。这和有意做作的"国民文学"及"民族文学"中所提出的国民性和民族性有很大不同。林榕还认为，"乡土文学"的提出，代表的是文学运动进展到目前的一个阶段的意义。①

最后，"乡土文学"的作品给予沦陷区人们许多揭露侵略行径、反抗殖民压迫的暗示。乡土文学作品以写实的方式描写了在异族统治下人们的艰辛生活，展示了血淋淋的事实，并在深沉的苦难中暗示人们无路可走的悲惨命运。"出走"甚至成了沦陷区"乡土文学"的一个母题。这一"出走"模式很多时候并不像非沦陷区域乡土文学中所叙述的"出走—回归—出走"的模式，而是一种决裂式、义无反顾的离开，是对沦陷区日伪统治的憎恨，是民不聊生的无奈。沦陷区乡土文学中的"出走"形式是多种多样的。如《矿坑》中小二母子远离令她充满创伤的矿坑，这是苦难的民众的普遍写照；《雪岭之祭》中周庆的出走，则是绿林好汉式的反抗。然而，大多数"出走"并没有说出出走的前途何在、目的何在，但读者是很容易加以联想的，如《风网船》写到那兵、陈升和大狗的出走时，就在小说结尾点题道：那是自由的鸟。

沦陷区乡土文学以自己丰富的作品，扩大了五四以来中国乡土文学影响，而特殊的环境造就了沦陷区乡土文学的特别意蕴，沦陷区乡土文学是中国现代文学史不可分割的一部分。

---

① 参见林榕《新文学的传统与将来——兼论乡土文学问题》（1943 年），钱理群主编《中国沦陷区文学大系·评论卷》，第 240—247 页。

第二节　沦陷区文学中的民族历史意识

影响一个民族稳定与否的因素很多，其中民族历史给人们留下什么样的记忆，人们如何看待本民族的历史，如人们对本民族的历史是否充满自豪感、认同感是十分重要的因素。可以说人们对本民族历史的了解、认同与否直接影响着该民族的稳定与持久。意识是人所特有的一种对客观现实的高级心理反映形式，它是能为个体所觉察的心理活动，是心理发展的高级阶段。历史意识则是指主体从某一立场出发来观照历史时所获得的总体看法，是人们对过去的诠释，对现在的理解和对未来的展望的相互联系。意识是人的意识，考察沦陷区文学中有什么样的民族历史意识，有利于了解我们民族在危机时期所拥有的凝聚力和自信心。

对过去的诠释，是人类对自己从哪里来的一种寻根式的心理慰藉。人需要知道自己是什么，到哪里去，首先就要知道自己从哪里来。民族历史记忆能够记住什么，既是民族凝聚力之所在，也能说明整个民族当下需要什么，可能的发展何在。在 20 世纪三四十年代，中华民族处于危急存亡之际，共同的民族历史记忆有利于增强民族凝聚力、自信心，因而危机时期往往会兴起书写民族历史记忆的思潮。不同于"五四"时期对民族劣根性的批判，这一时期的文学作品不断重塑中华民族的优良传统，如国统区郭沫若的《屈原》等。而沦陷区文学由于处于异族统治之下，民族历史记忆受到日伪统治当局对中华民族意识的压制，因而流露出来的民族历史意识显得隐晦与复杂。

一　民族传承与记忆延续

民族历史记忆最直接的来源便是个人对祖先的景仰之情。不少沦陷区文学作品都是通过回忆祖先创业之艰辛来引起人们对本民族的认同之感。如马加的《我们的祖先》①就是通过老年人讲述祖先的光荣历史，表达祖先与这片土地的深厚感情，激发对土地的眷恋与珍爱，也表达出对占据者的仇恨。文章借助"老年人"的谆谆教导说出"在那白山黑水之间，埋葬着先人的坟墓。……他们拼着血汗造成关东这块广阔土地的兴繁""我们祖先的灵魂是不会死的，永远不会死的，那不死的灵魂正如太阳一般的长久，他的光芒照耀于人间"。作者甚至点明了外来民族占据了我们祖先的产业，把生活在这片黑土地上的人们的生存权利都剥夺了。然而"土堆里安葬着我们祖先的尸体，安然长眠在那黑暗地层下面的我们的祖先"，他的后人不应该如此静息地流浪下去。他的后人们应该懂得先人创业的艰难，不应该苟安！而"我们要做人必须像我们祖先一样的辛苦、勤勉、奋勇，一刻不停的搏斗下去。不然，我们祖先的产业必定丢掉""那些出卖祖国土地的人的罪孽是不可饶恕的。为什么要把我们祖先的产业丢掉呢？他失掉了我们祖先的灵魂，丧失了那伟大的、倔强的性格"。诗作通过描述祖先创业的艰辛，来激发后代感悟民族生存的不易，进而通过"我们的祖先"来升华民族集体情感的共鸣，而民族的认同感也因此得以强化。再如诗《年代》②中所写，"祖宗遗留下的筋骨/被儿孙相互的啮蚀/年代的齿轮/咬掉了红色的锈粉/筋骨是苍白了/都没有半点血色/田苗给虫子嗑断了/（就连那土里的车轮菜）/乞儿依着门框/大地的风吹着泪眼/他想起祖宗时代的富贵/可是没理解祖宗的心田"，也是在对祖业的兴衰、儿孙的不屑的叹息中抒发民族遭受苦难的悲痛。兴亡更替、世事无常的遭遇既加深了沦陷区人们的民族历史记忆，又让他们铭记共同的伤痕，产生共同的心声。

---

① 马加：《我们的祖先》（1936年），张毓茂主编《东北现代文学大系·短篇小说卷》，第278页。

② 噩疋：《年代》（1940年），张毓茂主编《东北现代文学大系·诗歌卷》，第890页。

　　借助民族历史上的辉煌来激发民族自豪感也是沦陷区作品常有的题义。如高嵩的《科尔沁的六月》写道，"牛车队，过原野，山谷/天地直是睡了一样呵/成吉思汗锅的火焰开始烧着北地的感情/迎夕阳/展开旅人的襟怀/七百年前的征歌冲破索伦山的沉寂"①，沦陷生活的压抑在民族历史英雄豪迈的气概中、在华夏广袤的大地上得以释放和喷发。民族历史记忆能够重塑现实苦难中人们的胸襟，振奋人心。外文的诗《铸剑》②则更是借干将觉醒的过程，呼吁沦陷区人们，只有成为中华血性儿女才是唯一出路。作者借干将对残暴者的反抗，写出沦陷区人们对异族血腥统治者的仇恨，暗示沦陷区的人们应该认清敌人的真面目，并起而反抗才能掌握自己的命运。

　　与祖先血脉相通的族类意识具有强大的文化心理凝聚作用，在异族统治之下，沦陷区文学对祖先创业的描写、对后代无以为继的命运的刻画，能够引起强烈的民族认同意识，而与祖先生活密切相关并代代相传的传统文化与风俗的描写也具有同样的作用。风俗是一定的人群在一定的地理环境中生存、发展所形成的生活习惯，是集许多个主体无意识经验而形成的群体性生活方式。风俗是历史形成的，它本身就是历史的一部分。异族统治下民族意识的高涨，必然在那些民族性和地方性统一的民风民俗中得到突出表现。沦陷区文学有关风俗民情描写因而也在特殊语境中获得多重意义。

　　沦陷区文学中风俗描写能够给苦难深重的沦陷区人们带来对以往生活的怀旧情结，从旧日风情中获得心理慰藉。如纪果庵的《林渊杂记》③，文章开头引用"羁鸟恋旧林，池鱼思故渊"，以深情怀想故乡风景、节日喜庆记忆来表达对故土的深爱，抒发对时局的不满——"满目悲生事"。同时，作者把年岁承平时的年节活动写得非常细致，如回忆节庆时写出中国传统喜庆语句"新年多吉庆，合家乐安然"，通过对中国传统节日喜庆的

<hr>

①　高嵩：《科尔沁的六月》（1943 年），张毓茂主编《东北现代文学大系·诗歌卷》，第771 页。

②　外文：《铸剑》（1938 年），张毓茂主编《东北现代文学大系·诗歌卷》，第 351 页。

③　纪果庵：《林渊杂记》，钱理群主编《中国沦陷区文学大系·散文集》，第 55 页。

细致描写，表达了人们对生活的挚爱，对民族历史的记忆，也反衬日本入侵给中国人带来的深重苦难。读者身处乱世，读来一定会感慨万分。作者在文中引用"孟子所说的七十者衣帛食肉，黎民不饥寒，幼时觉得真乃稀松平常，但现在思想，实在已是很不容易实现的境界"，更是明确表达其对沦陷区生活的不满。

风俗是民族精神文化的创造和情感积淀，也是民族感情的重要组成部分。风俗对维系民族感情、增强民族集体意识有着重要的作用。风俗所承载的本民族共同的价值准则，共同的心理素质，对于维系民族团结和民族认同有着十分重要的作用。沦陷区文学中有关风俗的描写，常夹杂着人事的描写。这些人事描写显示出中华民族一些共同的心理素质、传统情感。师陀的《说书人》中就传达出传统说书人那种淡淡的伤感，表现对传统艺人的怀旧之情。说书人给平静的传统世界吹进一股生气，"创造了一个世人永不可企及的，一个侠义勇敢的天地"[1]，这是一种对久远历史的追忆，虽然仍有对现实的种种失望。

没有记忆就没有身份的确认性，民族历史记忆可以说是民族国家认同的前提，民族历史记忆的重要性也由此日益彰显出来，因为只有通过历史，一个民族才能完全意识到自己。当然，民族历史记忆并不简单地等同于对传统的怀旧式情感，它更多的是指向当下乃至未来的各种潜在要求。爱尔兰著名学者詹姆斯·康诺利就曾指出，民族国家的认同话语必须建立在重拾传统的基础上，包括对本土语言、风俗习惯共同的历史记忆，而这种历史记忆可以是对已有的辉煌历史的自豪之情，或是对于共同的屈辱的历史体验。[2] 同五四时期对传统文化的反思相同，沦陷区文学由于民族的弱势地位，而对愚昧落后的文化有着更深的切肤之痛。他们在对落后风俗

---

[1]　师陀：《说书人》，《万象》1943 年第 3 期，第 21 页。

[2]　转引自王琼《民族主义的话语形式与民族认同的重构》，《世界民族》2005 年第 1 期，第 1 页。

的批判中，既流露出对风俗时代民族历史的怀念，又表现出对陋习残害国人的痛心疾首。他们以身陷异族统治之下的切身体验，渴望民族祛除陋习，显现了他们对民众生存的关切。芦沙短篇小说《离婚》中的维嫂守着传统"嫁鸡随鸡"的伦理道德，对心思歹毒的丈夫维毫无戒备，也无从抗争，最后只得一死了之。维嫂式的悲剧反映出沦陷区作家对传统文化中女性命运的关注，以及对这种文化氛围中民族命运的担忧与反思。

对祖先创业与生活的记忆加强了沦陷区人们的族类血缘观念，对风俗民情的描写则成了沟通古今、传承民族文化的精神纽带，而共同的语言则给予民族文化传承一个坚实的基石。血缘、风俗、语言在共同的沦陷苦难中形成一种极为坚固的文化结构和强大的心理力量，有利于在民族危机时期人们对本民族的认同和对异族的抗争。为了抹杀沦陷区人们的民族历史记忆，日本侵略者甚至主张，在日伪的学校里，不容许讲授中国历史、地理。其目的就是要使中国学生忘记自己的祖国和历史。① 对民族历史的记忆，沦陷区的作家看似是回顾过去，实际上其指向却是现在和未来。由于对民族现实处境的忧虑和未来命运的担忧，沦陷区作家笔下有关民族历史记忆等方面的创作，也是一个沟通民族历史与个人记忆的精神过程。当沦陷区作家的记忆书写超越了个体生活，转向对一个民族的历史记忆时，民族认同的力量就得到加强。西方民族主义研究专家安德森就说过，身份，无法被回忆，它必须叙述出来。可以说，沦陷区文学民族历史记忆的叙事为沦陷区人们营造了一个"身份"认同的想象空间。

二　情感倾向与意识分化

日本侵华战争使得沦陷区的文化形态变得错综复杂，在特定区域内，强势暴力支持下的异族文化对中华文化的侵害，使得沦陷区作家处于十分

---

① 参见史桂芳《"同文同种"的骗局——日伪东亚联盟运动的兴亡》，社会科学文献出版社2002年版，第127页。

被动的地位。他们被迫接受殖民文化体制，被迫接受殖民教育，并不得不在日伪统治下的报刊上卖文求生。这些都对沦陷区作家事变前稳定的身份认同感产生或大或小的影响。面对民族危机和异族统治，沦陷区作家如何看待自己民族的历史和现实的遭遇，如何看待中华民族的文化，甚至如何看待自己的身份都成为一个与生命相关的问题，他们的看法也因而显得意味深长。而在这些问题之中，最重要，最能说明沦陷区作家的政治抉择的，是他们对于中华民族的情感倾向以及对待民族历史与现实的态度。

情感是稳定而持久的，具有深沉体验的感情意识状态。历史情感是基于个体社会经验和文化影响而产生的社会性情感。它回答的问题简单说来，就是对历史喜欢还是不喜欢。沦陷区作家对自己民族的历史情感在他们的作品中都有着或隐或显的表露。其中民族自卑感与民族自豪感是形成沦陷区作家历史情感倾向的两个主要方面。

"五四"时期的文化斗士周作人在沦陷时期的转变，很能说明历史情感倾向对个人选择的影响。沦陷初期的周作人从心里来说，还是试图能够坚守民族大义，保持一个中国文人的节操。他曾经在给陶亢德的信中写道："请勿视留北诸人为李陵，却当作苏武看为宜"（周作人致陶亢德书1937年4月26日）。然而，如果我们追溯周作人早前对中华民族历史的判断和情感倾向，就能发现他沦陷后变节的细微征兆。1935年3月，周作人曾在《再谈油炸鬼》①一文为秦桧作翻案文章。他在文章中对"和战"进行了颇有深意的辩解："中国往往大家都知道非和不可，等到和了，大家从避难归来，都热烈地崇拜主战者，称岳飞而骂秦桧"，结论是"和比战难。战败仍不失为民族英雄，和成则是万世罪人，故主和实在更需要有政治的定见与道德的毅力也"。在民族危亡之机，不去宣扬民族历史上的英雄壮举，而去细微辩护汉奸国贼的行径，实在是对民族历史的歪曲和背

---

① 周作人：《再谈油炸鬼》，《瓜豆集》，河北教育出版社2002年版，第188页。

弃。周作人这种对民族历史的反常解读，也能从其作品中觅得蛛丝马迹。周作人在《关于英雄崇拜》一文中有分析秦桧心理的描写，结合沦陷时期的国势，我们不难觉察其心所思。文中写道"恢复无望殆系事实""当日之势岌乎，不能不和，战则人但不能抵黄龙府，并偏安之局亦不可得"①，字里行间弥漫着浓重的悲观主义情绪。周作人在沦陷时期的变节，正是他对于民族前途丧失信心，对民族历史产生自卑感的恶性发展所致。

对中华民族前途充满悲观，对民族文化缺乏信心是汉奸文人附逆投敌的重要心理原因。如陈公博就曾这样劝汪精卫："在中国军阀的军队占据的地方，尚且不能实行我们的理想，何况外国军队占领的地方！"② 其中不难窥见汉奸文人对民族国家前途的绝望。汉奸报人管翼贤也是因为中日战争局势发生变化、中国军事战场上的失利后，开始转向鼓吹与日亲善的汉奸理论的。③ 再如胡兰成之所以事敌，除了他自己作媚态所说，是为报"一朵春云自天而降"的汪逆知遇之恩，内心还是因为"目前国内形势仍然大局不明，很难说中日战争往哪个方向发展"④，对民族抗战没有信心，转而投靠日伪，落得一个可耻的"汉奸文人"的下场。汉奸文人张资平事敌，虽然也有被日伪威逼利诱的原因⑤，但其对民族文化的偏颇认识，对民族正气的漠视也是一个重要的原因，他在沦陷时期曾经这样说过："人们是否有固定的主张，固定的思想或主义，确是极大的疑问，尤其是中国人""现代真的为主义而死的义士，实在是凤毛麟角""中国的无救，中国民族的不得上进，大部分是这种弱点在作祟""欲提倡什么主义，什么思想去领导民众，在中国是毫无可能了"⑥。从以上这些话中不难看出张资平

①　周作人：《关于英雄崇拜》，《苦茶随笔》，河北教育出版社 2002 年版，第 181 页。
②　刘心皇：《抗战时期沦陷区文学史》，成文出版社有限公司 1980 年版，第 54 页。
③　参见杨建宇《汉奸报人管翼贤的人生悲剧》，《青年记者》2005 年第 7 期。
④　杨海成编：《飞扬与落寞——胡兰成的今生今世》，团结出版社 2006 年版，第 112 页。"一朵春云"指汪精卫于 1939 年派陈春圃送亲笔联系胡兰成一事。
⑤　参阅颜敏《张资平评传》，百花洲文艺出版社 1999 年版，第 287—288 页。
⑥　张资平：《民族的烦闷》，《文贴》1945 年第 4 期。

对政治文化的失望，对国家民族前途绝望的心理。

与此对照的是那些在民族危难之中却仍然为身为中华民族一分子而骄傲，为民族文化血脉延续而努力的知识分子。虽然在沦陷区受到日伪严密审查，并时刻有生命危险，沦陷区作家对民族历史的认同，对民族文化的骄傲，对民族命运的关注仍溢于言表。

一些作家通过描写异族统治下生活的苦难和对时局宣传的冷漠，来表达对日伪当局的不满，间接表达对中华民族认同的情感取向。如靳宜《事变后的北京文坛与我们当前的责任》①开头就写"我们居住着的这个大城，自从事变以后，到了如何可悲的境地，我说的是我们文坛的冷落"。作者着重提出事变后"可悲的境地"，而后加上一句"我说的是我们的文坛的冷落"，以避免不必要的麻烦。而事实上，人们是能够感受到作者对沦陷区现实处境的不满情绪。再如陶晶荪在参加第三次大东亚文学者大会所作"不疼不痒"的发言："很高兴能见到许多我所熟悉的文人，更高兴的是能聆听到久违的武者小路氏文章的朗读""连这样的大会我们也能够成功地筹备，完全可以相信我们今后也会有所贡献"②。在这平和中性的发言中，我们也不难明白作者所持有的民族情感立场。

沦陷区作家还通过对中华文化的弘扬和赞赏，对殖民文化的反感和蔑视来表达自己的民族情感倾向。日本发动侵略战争的理论依据之一，是日本文化优越论。日本在中国沦陷区推行殖民文化统治的目的，就是强力灌输日本文化，灭绝中华文化，以期从文化上彻底瓦解和征服中国。中国台湾省作家张深切把日本鼓吹的"东方唯一的高文化"——"大和民族"文化归入"低劣"之列，并对殖民语境中中华文化的现状及其更生的方式做出明确的分析和定位③，显现出其对中华民族文化认同的取向，这是明显

---

①　靳宜：《事变后的北京文坛与我们当前的责任》，《中国文艺》1942年第5卷第5期。

②　转引自［日］冈田英树《伪满洲国文学》，靳丛林译，吉林大学出版社2001年版，第195页。

③　参见张深切任主编时的《中国文艺》中的《编后记》《创刊词》，1939年9月至1940年9月。

的对殖民现状的疏离和反抗。中国台湾省教授洪炎秋借古语"汉儿学得胡儿语，高踞城头骂汉儿"，讽刺某些学会讲日语的中国台湾省人，投靠日本人，狐假虎威，忘记了自己中国人的身份，进而褒扬抵制语言殖民、坚持民族气节、固守中国传统文化的读史诵经。① 关永吉的杂文《所望于日本文学代表者》② 与殖民者的祸心针锋相对：一是日本对中国沦陷区实施分而治之的策略，以期最后达到吞噬中国全境的目的，而关永吉则强调统一的中国；二是日伪试图割断沦陷区文学与中国新文学传统的关联，而关永吉则突出历史的延续性；三是日本不断强化对沦陷区文学的法西斯控制，而关永吉则坚持中国文学活动的独立自主性。此外，文章嘲讽所谓各类"八股"官样文章，无疑指的就是令人生厌的"亲日媚日"宣传；至于把一些文坛头面人物称作"职业亲日家"，更是对日本殖民文化机制的藐视嘲讽。

也有不少沦陷区作家在关注民族前途命运的忧患意识中表露自己的民族历史情感倾向。在这类作品中，作家的忧患意识往往在历史与现实的观照中清晰地显露出来。对于历史的关注源于对现实对人生的困惑与深刻思考，作家对现实的感悟使得笔下的历史具有了现实意义。黄觉寺在《怀罗马》中，把北平同罗马放在一起进行互文式的抒情，既避免了过于直白的单调，也能曲折地流露自己的情感倾向。作者一方面认为罗马有的是古拙、伟大、瑰丽和奢侈；另一方面则认为北平更具含蓄的古意。作者在结尾所说"罗马要是受到炮火的洗礼，这世界的文化便完了"则点出了其对北平的爱意，也道出了对中国正在遭遇的战火和沦陷苦难的深沉担忧。而陈芜的《寻梦记》③ 则通过类比的方式，表达了对民族遭受入侵，国土被

---

① 芸苏：《我父与我》，《中国文艺》第 2 卷第 1 期，第 7 页。作者写道："公然学习日语，却又和我父的家教，大相背驰"，"住在紧邻的族兄，是日本师范学校的毕业生，……每晚偷偷跟他学日文和算术"。

② 关永吉：《所望于日本文学代表者》，《中国公论》1943 年第 10 卷第 3 期。

③ 陈芜：《寻梦记》（1941 年），钱理群主编《中国沦陷区文学大系·散文集》，第 549 页。

迫分裂的愤慨，并对侵略战争进行谴责。作者对日本野蛮的入侵进行影射，"历史从来就是由饕餮纵欲，贪婪死亡，血与肉堆积而成的"。借用"王嫱怀抱琵琶远嫁于蒙古酋长，离汉土过滔滔黑水头，南望家山，空自饮恨而吞声"，发出"我们是遭天谴而被放逐的依色列十族么?"的追问。热血的中国人并不因此而退却，作者发出振奋人心的呼喊："我必须有着吉伯沐所说的'千人中之一人，和你同退到绞首台边，也许还要往前'的觉悟，而高举起火炬，走过废墟，走过墓地，去寻找理想的殿堂的。"陈芜还在他的另一篇文章《兽骨灰和红泥炉》里直接表达了其赤子之心和献身精神。他在文章中说道："历史的行进，总是根据着人类共通的合理意志的。假若有了轨外和豹变，关心它的人是不会没有的"，作者设想如果人类借着梦的权利，点燃希望的火把后，是不会允许它熄灭的，"假若那混沌的风吹荡来，怕还要使它归于毁灭的"的时候，会有人用"自己的汗渍浸透了的泥土，做一只炉子，来保藏着已经燃烧了的兽骨"。这充分表达了作家对民族文化流传的责任感与使命感。也只有心中对民族历史的敬慕，对民族文化生命力的自信，作者才会说出"我们工作完成的日子，就是兽骨的炬火，烧却了这森林，这荒原的时候"① 这样充满希望的诗性语言。

　　由于文化影响的深远和持久，生于斯、长于斯，共同生活在一起的体验和强大的爱国主义、民族主义传统不能不影响到生活在沦陷区的人们。即使那些卖国求荣、变节事敌的汉奸也或多或少受到影响，从而经受强大的心理压力。以周作人为例，事敌后，为了求内心的安宁，周作人一再以传统知识分子的面目出现，他打着"道义事功化"的招牌，来掩盖其变节的事实行径。他以自己窥知"国家治乱之原，生民根本之计"② 作民族文化的拯救者之状。实际上，周作人在事敌期间对日本侵略所造成的民族危难与社会动荡熟视无睹，这一切仅唤起其内心由来已久的对个人命运的忧惧感。

---

　　① 陈芜：《病·海·寂寥——东北十二作家散文集》，光华书店 1946 年版，第 17 页。
　　② 周作人：《苦口甘口·序》，河北教育出版社 2002 年版，第 1 页。

一个人只有具备了民族认同感和民族自豪感，才有可能将自己深深地植根于民族群体之中，才能不避艰难险阻，坚持尊严，忠贞不渝。民族认同感的强弱是因人而异的，由于个人所持立场的不同，特别是在生死攸关的时机，人们对民族、对国家、对荣誉的情感或态度也是人如其面，各各相异。如果一个人对自己的民族，无论是在繁荣昌盛时期，还是在存亡危机年代，都有自豪感，都有民族自尊心，那么其更易对本民族产生身份认同之感；与此相反，如果一个人为自己的民族文化感到自卑，就容易产生民族虚无情绪，这又往往更易引起对本民族的离心心理。在民族积贫积弱的年代，如果每个人都能对自己的民族产生强烈认同感，则其民族的凝聚力也会更加强大。强烈的民族认同感能够激发民族奋发图强的信心，那么危机时期的民族也能更顺利地度过其艰难时期。

三　沦陷区文学中的历史题材作品

20 世纪 40 年代，国统区和解放区都有过历史题材创作的热潮，其中包括历史小说、历史剧、历史题材的诗歌等创作。这是与当时高涨的民族意识紧密相连的。历史题材的盛行，其实是作者对当时民众的民族情感倾向有着深入把握的表现，是在创作时"假定观众中存在着民族意识，在民族感情强烈时期盛行"① 的期待视域中进行的。国统区和解放区的历史题材作品高扬民族意识，宣扬抗战意识，以达到同仇敌忾的精神鼓舞作用。与此同时期的沦陷区也有不少的历史题材作品，如有的期刊设有专以历史为题材的栏目，《万岁》杂志就曾设有"古今·人物"专栏和"历史小说特辑"（第 6 期）等。比较能够说明历史题材受沦陷区作家欢迎的例子还有《古今》杂志。《古今》于 1942 年 3 月创刊，此刊带有"汪伪"色彩。统观全刊主要内容为两大类：一是作者经历见闻自述，一是文史掌故与笔

---

① 《简明不列颠百科全书》，中国大百科全书出版社 1986 年版，第 243 页。

记。该刊创刊初始曾一度出现连续五期基本以"历史"话题为主的局面，致使编辑不得不检讨："本刊定名《古今》，顾名思义，当是古今兼收，中外并列。照本期及过去数期的内容，似是专于古而忽于今，详于中而忽于外，且于人物一门有特殊注重之嫌。此后当力矫此弊。"① 可见连汪伪色彩的刊物都致力于"历史"题材，而不以现实鼓吹"政治"为旨。历史题材如此受欢迎是有着多重原因的。究其主因，自然是沦陷区作家迫于环境的压力不能直接明显地宣扬抗战意识，甚至连民族意识的流露也不得不采用十分隐晦的方式。也正因为写作的环境不同，沦陷区作家采用历史题材作品所体现的内容和旨趣也与其他区域的创作有着方方面面的不同。

　　无论哪种题材的应用，都离不开作家的主观选择。这就是说，历史题材的大量采用，同作家的创作动机是分不开的。创作动机是指"作家从事创作活动或创造一部特定作品的内在需要或驱动力，它是与一定的主观愿望或目的相联系的"②。创作动机的触发是主客体相互作用的结果，它对客观刺激因素有积极的选择和反应。沦陷区作家之所以采用历史题材进行创作，很大程度上是出于语境的考虑。沦陷区历史题材作品的创作，既是同当时全国民族意识高涨、抵御外敌的氛围相呼应，更是作家们对现实环境的应变。例如沦陷之后，作家创作就很少采用民族英雄为题材，更没有国统区历史剧中那种高度政治化的大胆呐喊。但"借着古人的口，来说自己的话"仍是沦陷区历史题材作品创作的灵魂，只不过在借古喻今上更为含蓄潜在。历史是曾经发生的现实，现实是即将成为的历史，因而，在很大程度上，沦陷区历史题材作品所表现出的对历史的观照也是对现实的观照。借助历史题材与现实语境的相似性，"古为今用"，沦陷区作家在不自由的情况下选择历史题材进行创作，以期达到干预现实的目的，也即在于借历史的题材，对现实有所启发。险恶的政治态势，不允许作品涉及抗日

---

① 《后记》，《古今》1942 年第 4 期。

② 童庆炳主编：《文学理论要略》，人民文学出版社 1995 年版，第 113 页。

的内容，作家就不得不托名写古，以达到借古喻今的目的。借用历史题材的作用主要体现在以下几个方面。

首先借抒写古人悲剧中潜行民族情感，在开掘古人性格中的悲剧力量时寄托现实怨愤。如孔另境收入《剧本丛刊》中的五幕史剧《李太白》，剧作借李太白"万里无主人，一身独为客""但愿长醉不复醒，古来圣贤皆寂寞，惟有饮者留其名"的孤傲性格，突出强调其不妥协的悲壮情感。作者在结尾安排李白拒不接旨，纵身跳入大河，刻画出一个与强权政治决绝的悲愤形象。孔另境另一部剧作《沉箱记》则是取材于家喻户晓的民间故事《杜十娘怒沉百宝箱》，含蓄地表达出沦陷时期压抑的民族情感状态。作者在该剧中把杜十娘刻画成一个"代表着中国被侮辱女性中的特殊的人格"的"最高贵的女神"。同《李太白》相似的是，全剧也着重渲染杜十娘决绝性格。剧中宣称"一个人如果不能延续他的高傲的生命，他就应该高傲地死"，寄托着沦陷区人们对日伪抗争的不屈斗志与坚强决心。其他如姚克的《楚霸王》写"兵败自刎乌江"的楚霸王，渲染"宁为玉碎"的精神；魏于潜的《钗头凤》写"王师北定中原日，家祭无忘告乃翁"的陆游，寄悲愤于"死不瞑目"的细节之中。[①] 这些作品都体现了沦陷区作家希望借历史人物的性格、精神力量来表达自己内心的悲愤与抗争的意志。

其次体现在借感叹民族的历史命运，映射出民族现实遭遇的不幸。如金人《北陵》[②] 在描述古老的王朝的衰落场景中表达历史变幻的沧桑感，流露出对民族兴衰的一声叹息。诗人慨叹："三百年来，/长成的苍苍松柏，/往古的雄心消灭了！/别看它高耸云霄，/如今却剩下临风的悲咽了。""三百年长长的日月，/使石马并未凋落多少斑毛，/它黯然垂首，/它眼底似吸进一代的兴亡。"诗人的抒情充满着耐人咀嚼的艺术况味和历

---

① 参见徐遒翔、黄万华《中国抗战时期沦陷区文学史》，福建教育出版社1995年版，第576—580页。

② 金人：《北陵》（1940年），张毓茂主编《东北现代文学大系·诗歌卷》，第612页

史沉思。《千秋》杂志曾在其第 1 卷第 2 号设过《端午节特辑》，计有作品《不忘端午》《想起了屈大夫》《粽子与桃源》《白蛇传永远在开演》等，这些作品大都是历史题材的作品。其中有言"我是很怀疑：我国过去几千年的历史已被人这样在忘记中过去了，以后可以不可以清醒一点，不要这样善忘呢"①? 既表现出对民族命运的关注，也有对历史的反思。

再次也体现在借用隐含着中华民族传统美德的人物与事件的历史题材，来传承民族精神、延续民族智慧。黄穆的《屈原将死》②将屈原为国忧心不已，忘却个人命运的形象刻画出来，作者指出在"屈原内心的痛恨是没有比他痛恨那些谗诈者之痛恨更深了"，点明作者对深明民族大义的历史人物的景仰，同时也表达了对误事忘国的国君和群小的憎恨。百灵的电影剧本《铁木真》③描写铁木真在父亲被暗算之后，在艰难困苦中，兄弟团结、朋友相帮，既保护了自己的牧场和马羊，又报了杀父之仇，最终征服了世界，成为一代英雄。而与铁木真对比的是泰亦赤兀惕，他背叛了整个族群的利益，残酷而无义，最终死于非命。外文诗歌《铸剑》④则宣扬着这样一个主题：嗜好战争、喜欢杀戮的人最终会引起人们的觉醒反抗而不得善终！

最后还体现在借用具有悲惨命运的历史人物，挖掘历史教训、警醒国人。如纪果庵的散文《亡国之君》⑤、吕伯攸的历史小说《破镜》⑥等。《徽钦二帝被掳的故事》讲述的是徽钦二帝被掳后倍受羞辱的故事，作者也极力勾画出当时的历史背景，还原历史真相。同时，作者不时突出族际之间的矛盾，强调民族不团结、不强大、因循守旧，以及寄希望于幻想，一味求饶、讲和的态度造成当时徽钦二帝的悲惨命运，实际上是借历史语

---

① 《千秋》1944 年第 1 卷第 2 号。
② 黄穆：《屈原将死》，《人间》1943 年第 1 卷第 4 期。
③ 百灵：《铁木真》(1939 年)，张毓茂主编《东北现代文学大系·戏剧卷》，第 177 页。
④ 外文：《铸剑》(1938 年)，张毓茂主编《东北现代文学大系·诗歌卷》，第 351 页。
⑤ 纪果庵：《亡国之君》，钱理群主编《沦陷区文学大系·散文卷》，第 47 页。
⑥ 《万岁》第 6 期设有"历史小说特辑"，有吕伯攸的《破镜》等多篇作品。

境来点破沦陷时期中华民族所存在的不利于抗战的思想，并以这些思想的严重后果敲响历史的警钟。文中详细描写徽钦二帝及郑后、周后被辱的细节，并发出民族被辱的感叹，对于沦陷时期的国人应该会产生极大的心灵震撼。

此外，关注历史人物日常生活是沦陷区历史题材作品的一大特色。它是乱世时代人们珍爱与向往平凡生活的内心反映。谭正璧的《金圣叹论》①以常人之凡理解金圣叹，似贬实褒。作者既挖掘出金圣叹在批注中的深义，又用反语对统治者的残暴进行冷讽。尤其是对金圣叹近乎迷信的理解，既夹杂着对天才的同情，又有对离乱时代文人命运的悲叹。再如安犀的《朱买臣》②写朱买臣在贫困时不顾生活的艰难，菲薄妻子，而在发迹后，肆意报复妻子的故事。作者把朱买臣放在日常生活之中，通过朱买臣贫困时狂妄、得意时畸形心态的刻画，反衬出平凡百姓如朱买臣前妻等朴实、真诚的一面。挖掘历史人物事件中日常生活的题材，便于沦陷区作家在特定语境中发现人性的复杂方面。作家把他们对个人与国家、现实与历史之间的思考用文学的方式表露出来，在"大我"时代显得特别显眼，然而却由于反映出普泛的人性而令人深思。

大部分沦陷区历史题材的创作，会有意无意地对英雄、历史人物进行凡俗化描写，表露出对生存意义的深刻理解。如文载道在《谈关公》③中对关公"神圣"形象进行世俗还原，作家通过对关公"刚愎自用"的性格指责的同时，又肯定关公的"忠诚"品质，塑造了一个世俗的人物形象。吕伯攸的《破镜》④既写陈后主荒淫误国，又写落难后荣昌公主与陈德言的夫妻真情。当杨素允让他们破镜重圆时，荣昌公主所作之诗："今日何迁次，新官对旧官。笑啼俱不敢，方验作人难"，表达了新情旧情的心酸

---

① 谭正璧：《金圣叹论》，《万岁》1943 年第 3 期。
② 安犀：《朱买臣》（1939 年），张毓茂主编《东北现代文学大系·戏剧卷》，第 199 页。
③ 文载道：《谈关公》，《万岁》1943 年第 1 期。
④ 吕伯攸：《破镜》，《万岁》1943 年第 6 期。

和日常生活处世的不易。其他如谭正璧的《滕王阁》、曼倩的《宋徽宗与李师师》，都努力挖掘人性中的真实情态，表达人世的精彩与险恶，处处充满关注现实人生的人道情怀。

中华民族具有几千年的道德文明，长期的传统文化熏陶之下的文人大都具有"公而忘私""国而忘家"的精神。然而在残酷的战争面前，人毕竟不是神，特别是那些普通百姓，他们对日常生活有着更切实际的理解和想法。因而，在沦陷区生活的人们不得不面临着在异族统治之下生活的道德重负。反映在文学创作之中，借历史题材来表明对沦陷区人们生活的理解和道德的支持，正是沦陷区历史题材创作不同于其他区域同类作品之处。

当然，借用历史题材的作家并不都是为了隐含民族深义的，也有一些是出于历史题材较远离现实，能够避免不必要的麻烦，他们有关历史题材的创作，并无抗争或暴露现实的深义。柳雨生在《序四幕剧〈余生〉》一文中曾说，"写保守和改造的冲突，压迫者和反抗者的斗争，矛盾冲突复杂"，但"剧本在内容方面，绝无任何描写现实环境的企图"。1942年8月，冰独在《杂志》发表《上海剧坛漫步》一文时，一方面指出"较之'七七'以前，上海活跃的剧运更见蓬勃泼辣"；另一方面也认为剧本创作缺乏"向现实的社会去提炼，为广大无告的人群作诉说和指导的工具"。不少剧作虚幻地歌颂爱情至上主义，如5幕7场话剧《倾国倾城》名为"历史悲剧"，但全剧却只是描述一个"惊才绝艳"，却只会吟风弄月、送情卖俏的青楼女子吴卿怜的生活，同国家兴亡、朝政盛衰都不曾发生什么关系。全剧给人以渲染恋情取悦观众的感觉。

正是出于对现实语境不同的反应，沦陷区作家采用的历史题材也各不相同。"一切历史都是当代史"，史料选择本身就蕴含着作家的历史意识。历史题材的选择，不仅是作者和历史对话的过程，也是和文本中"缺席的在场"的现实对话过程。作者创作的"宗旨决不是简单地再现过去，而是从对过去的追忆、阐释中揭示它对现在的影响和历史的内在意义"①。国统区历史的作品常常取材于民族英雄人物，挖掘人物坚贞不屈、勇敢抗敌的品质，这些人物是民族国家统一的象征，是抗御外敌时期民族的中流砥柱。而沦陷区同类作品的取材则包含更为复杂的历史人物形象。既有坚贞不屈的人物形象，如《竹林》中的嵇康、阮籍；也有以异族身份入侵汉族，具有复杂民族情感的《成吉思汗》中的成吉思汗；还有因失败而受羞辱的《徽钦二帝被掳的故事》中的徽钦二帝。沦陷区作者借助这些复杂的历史人物来表达自己难以言明的苦衷。一般来说，作家选取不同的历史题材，既是出于试图理解历史事件在它发生的时代里意味着什么，更是希望理解其对于当下生活所具有的意义。

　　构成历史和现实主体的是人，在历史题材的作品中，历史人物占有非常重要的地位。由于人性的共通性，历史的人与现实的人在人性方面存在同构关系。因为借助历史人物来"浇自己心中的块垒"的目的是一样的，所以以历史题材进行创作的作家和现实受众之间，能够在理解和接受历史人物上达到某种程度的共鸣。然而"历史是由不同的层面构成的，如政治、经济、文化、伦理、道德等，这些不同的层面之间往往产生复杂的矛盾，不仅如此，历史人物不同的性格侧面也构成了一个复杂的矛盾体。这些矛盾构成一种内在的张力，从不同的层面、不同的侧面、不同的角度阐发和理解，就会使历史文本具有多种对话关系，也有多种含义"②。由此，解读历史人物的方式也会产生差异。沦陷区作家由于求生存于异族统治的地域，他们所面临的写作环境和所感受到的内心体验迥异于抗战地区作家的心态，这造成他们对历史人物的解读也有着很大的不同。对历史题材的重新解读，作家们能够从不同的现实和心理状况出发，发现历史题材所存在的诸多不同的"真意"。他们不仅发现历史和现实之间类比的关系，而且通过自己独特的体验，在当时生存语境中赋予历史题材以全新的生命。

---

① 吴玉杰：《新历史主义与历史剧的艺术建构》，中国社会科学出版社2005年版，第39页。
② 同上书，第35页。

借用历史题材时，沦陷区作家无意寻找历史真相，他们言说历史的冲动比任何时候都显得迫切，因为他们所面临的生存语境和道德困境的制约，迫使他们从历史中挖掘出更利于"他们"生存的"历史"。

在个人生存与国家大义之间挣扎，一些作家表现得较为谨慎，却十分切合沦陷语境下人们对生存与道德的思考。上官筝曾说："一个人吃不上饭的时候，还有什么要讲的呢？"① 李季疯的《在牧场上》② 描述苏武牧羊时的心理活动。小说一反历史上苏武坚贞不屈，视死如归的形象，把苏武写成一个平凡的汉人。他一方面坚守自己的使命；另一方面又不时为自己苟活于有异族妻子的流放生活而痛苦万分。短篇小说《滕王阁》则借助"武则天幽禁中宗，老作家们都反对她，不愿受她的笼络而销声匿迹，那么尽管一辈子写他们的文章，也决不会个个都有出头的日子，可是现在却好了，文坛上决不能因为老作家们都销声匿迹而让他永远的'空空如也'下去"，来辩解作家在沦陷区写作的举止言行。作者借王勃之口说出沦陷区作家的创作心理："那也不是事实，既为文人，那有不作文章的道理？不过作了不发表了罢""这里离京都很远，而且除了你外，也没有一个认识我的人，偶一发表，也没有什么妨碍。为了穷，就是将来同道们知道了，未见得会责备我。"③ 在这一番言论中，我们不难窥见沦陷区作家在承受道德压力下苟且生活的困窘心态。

"贝克尔把失去历史记忆的人称之为失去心灵的人"④。沦陷区作家笔下的历史题材显示出我们这个民族在危难之际，还有着深厚的历史记忆。尽管他们不能在作品中过于直白地表达自己的真实思想，但可以说指向现实的意旨大都是很明显的。在当时的环境下，即使他们有时并没有明显的

---

① 上官筝：《论满洲作家特辑并论华北文坛》，1942 年《中国文艺》第 7 卷第 2 期。

② 李季疯：《在牧场上》（1942 年），张毓茂主编《东北现代文学大系·短篇小说卷》，第593 页。

③ 谭正璧：《滕王阁》，《万岁》1943 年第 6 期。

④ 张耕华：《历史哲学引论》，复旦大学出版社 2004 年版，第 153 页。

比附动机，使作品成为一个寓意的文本，阅读者也会有意无意地进行比附、联想。沦陷区历史题材的创作最能说明第三世界的文学是充满寓言式的。沦陷区作家在他们的作品中，描述了历史与现实之间某种内在的相连血脉，为沦陷区人们提供了一个民族想象的空间。通过不断的历史回忆，沦陷区作品也提供了民族认同在时间上的延续，并且不断地深化、强化民族认同意识。

第三节　沦陷区文学中的语言殖民与抵抗

卡西尔曾说"神话、语言和艺术起初是一个具体的未分化的同一体，只是逐渐地才分解为三重独立的精神创造活动方式"①，这句话道出了历史、语言与文学之间的内在关联。语言是民族文化的载体，同时也是民族文化的组成部分，蕴藏着民族深厚的文化历史。中华民族能够血脉相承、历经千百年的沧桑而依然屹立，共同的语言起着十分重要的纽带作用。汉语已经像"长城"一样成了整个民族而非某个王朝的象征。② 其实，语言的重要性是很容易理解的，因为语言是文化中最为稳定的要素之一。一种语言能定义一个世界，影响一个民族的思维方式，而且毫不费力就能保留住传统。可以说，语言是民族文化、民族意识存在最实在的根基之一，是形成民族认同的基础。肯尼亚作家西昂戈认为，语言不仅是用来描绘世界的，还是人们用来理解他们自己的文化的，失去自己的语言就等于失去文化。回顾沦陷时期，日本侵略者在中国强制推行"语言殖民"教育，鼓励

---

① ［德］恩斯特·卡西尔：《语言与神话》，于晓等译，生活·读书·新知三联书店1988年版，第113页。

② ［法］吉尔·德拉诺瓦：《民族与民族主义》，郑文彬、洪晖译，生活·读书·新知三联书店2005年版，第87页。

甚至强制作家用日语写作的行为，实在是别有用心。日本语作为日本殖民者文化价值观的载体，它可以从根部腐蚀并彻底摧毁汉语文化，使一个民族因为失语而失去民族文化的载体，从而导致这种文化在历史舞台上的隐没或淡出。尤其是书面语的运用，它通过不同的修辞、语法和文字，不仅从外观上改变一种文化，而且，当书面语被用于记载历史时，它所承载的内涵不可避免地蕴含着这种语言本身所携带的文化价值观。民族的精神体现在民族的语言之中，民族的语言即是民族的精神，民族语言文化更是一个民族价值观的载体，而价值观是一个民族自我确认的基础。"如果你摧毁了一个民族的语言，那么，你就摧毁了这个民族文化遗产的一个重要组成部分，摧毁了这个民族的集体记忆"。正是基于对"语言"特性的理解，日本侵略者认识到，如要削弱中国人民强烈的民族意识，采用"语言殖民"这种方式才是釜底抽薪的方法。

一　沦陷区语言问题的提出

1980 年，耿德华在其关于沦陷区文学的专著中认为"没有任何迹象表明日本人要把'语言殖民化'政策强加给中国，像他们在朝鲜和中国台湾推行过的那样。似乎没有训练用日语写作的中国作家的企图"①。然而，史料记载及研究资料显示了日本对中国的侵略，并非一时之虞，而是出于长期侵占中国之计。其策略之一，就是在日占区推广日语教育，压制汉语的运用；宣扬日本民族精神，灭绝中华民族意识。由于沦陷区域众多，日军的控制能力强弱不同，台湾省、伪满洲国、华北沦陷区以及汪伪政府名义统治下的华东、华中等沦陷区的语言"殖民"深浅不一。然而，正是这种强弱有序的语言殖民教育深深反映出日本侵略者对长期侵略的"深谋远虑"。

早在 1911 年，日"关东都督府"的都督大岛义昌就说："应特别注重

---

① ［美］耿德华：《被冷落的缪斯——中国沦陷区文学史（1937—1945）》，张泉译，新星出版社 2006 年版，第 57 页。

于日本语的教授，以开导一般土人（指中国人）。使之浴被我国德泽，信赖我国施政。"大连公学堂（小学）日籍堂长强调指出，日本当局要把日语教学"作为同化的桥梁"，使中国人"对日本更加亲善，根本不会激起他们的排日情绪"。①"九一八"事变后，东北沦陷区最早遭受语言殖民教育。特别是伪满洲国成立以后，日本帝国主义不但千方百计地破坏东北原有文化，制止东北新文化的发展，而且企图使东北新文化置换成日本占领下的殖民地文化。一方面，日军侵略者禁绝和限制一切具有民族意识的文化传播。根据伪文教部记载，1932 年 3—7 月，仅 5 个月的时间就焚书 650多万册。另一方面，大量输入各种日本文化作品。特别是在伪满洲国出笼后，立即发出"通令"，命令东北不得悬挂中国地图，不得使用"中华"字样，不得使用中国教材。与此同时，日本开始强制推行"日本语"殖民教育。

综观 1937 年抗日抗争全面爆发后沦陷区的"语言"教育概况，我们会看到下面一些事实。日本侵略者占领华东、华中各地后，在沦陷区教育上采取了一系列的严厉措施，包括立即下令在其统治区内的中小学及广大民众中实施日语教育。"1939 年 5 月 7 日，伪维新政府最高顾问原田熊吉给维新政府的照会中就提出：鉴于建设东亚新秩序，两国国民均属东亚协同体之构成分子，为促进强化双方之协同团结起见，对于彼此国语互相通晓，至关紧要，所有中小学亟应以日语教育。"②伪政府当局为讨好日本帝国主义，均以沟通中日文化为当前唯一任务。1939 年 8 月，维新政府教育部公布了《中学暂行规程》，将日语列为各中等学校之必修科，课时等同甚至超过国语课程。可见，维新政府将日语以大课时量写入中小学规程中，对日语的重视程度甚至超过汉语，尤其是商业学校中对学生的日语要

---

① 参阅经盛鸿《南京沦陷八年史》，社会科学文献出版社 2005 年版，第 886—887 页。
② 中国第二历史档案馆编：《中华民国史档案资料汇编·第五辑第二编附录（上）》，江苏古籍出版社 1997 年版，第 592 页。

求更为严格，目的就是要在今后的商业活动中形成以日语为主的状况，从而使日语逐渐渗入广大沦陷区人们生活的方方面面。以湖北省当阳县日伪占领期间为例。"课本全系日文，其宣抚班翻译官等每周亲往各校教授日语。到1942年时，该地儿童多能操简单之日语"①。日本侵略者强迫沦陷区儿童学习日语，其目的非常明确，"因为初进小学之儿童，他父母对他是特别喜欢，感到自己孩子读日语，因此对日本发生亲密之感觉"。不同于汪伪辖区下的沦陷区的情况，华北政务委员会名义上归汪伪国民政府管辖，但实际上，相较于华东、华中、华南等地，日本人对华北有更强的控制权。日军建立的新民会把持着华北的教育宣传大权，在新民会的控制下，华北的奴化教育实行得更深入，华北各级学校都将日语列为必修课，天津市还规定日语为高中以上中学入学必考科目。

　　比较而言，伪满洲国的情况则几乎是中国台湾"语言殖民"教育的翻版，只不过程度略为轻微一些。中日战争爆发后，日本大大加强了对我国台湾的殖民统治。1937年，日本制定《普及日语十年计划》，在中国台湾加紧推行殖民主义的"皇民化"政策，禁止使用汉语和上演中国戏剧。1937年，台湾日语普及率已达37%，而至1944年则高达71%。② 在中国台湾，日语已等同于母语，日伪当局强迫中国儿童从小学习日本语，日本语甚至成为"官方语言"，并在社会生活中广为应用。再来看看伪满洲国的"语言殖民"情况。德富正敬在他1940年出版的《满洲建国读本》中提到，满洲的教育应"以大和民族的优秀的国民性和它的文化作为中心，结合土著民族固有的文化，建设新的大陆文化"。田村敏雄在他1940年出版的《满洲建国在文化史上的意义》一书中更为露骨地说道："新满洲国的文化的真髓，实际是日本的文化。换句话说，是大陆版的日本文化建

---

　　①　中国第二历史档案馆编：《中华民国史档案资料汇编·第五辑第二编附录（上）》，江苏古籍出版社1997年版，第610页。
　　②　胡德坤：《中日战争史（1931—1945）》，武汉大学出版社2005年版，第321页。

设。"1940 年成立的伪"满洲国语研究会"，就是日本企图用日语同化汉语的专门机构，该机构声称"满洲国语"不是汉语，力主将大量日语掺到汉语中，妄图取代中华民族传统文化在东北的地位，建立日本思想和文化的统治。① 在伪满洲国的学校里，日语是国语教学的主要内容，其课时是汉语的一倍，许多教材用日文写成，并用日语讲授。日伪当局把学生学习日语作为理解日本精神的重要环节。东亚联盟组织甚至认为，不仅学校要把日语作为国语来讲授，各个机关、公司、协会也应把日语当作公共语言来对待。"日本人在各界任职，日系官吏的数量还要多，因此在公共用语方面，日语已经超过了汉语，政府发布的命令、布告、规则等官方用语明显地日语化了……这是满洲一大社会革命"②，显而易见，入侵者主张把日语作为整个东北社会的通用语言。

日伪在其统治区推行日语教育，其目的是在中国人中培养亲日分子与亲日情愫，为日本更好地奴役中国人服务。民族语言是一个民族思维的工具与基本元素，是一个民族赖以生存与发展的最重要的基础与标志之一。日伪当局在沦陷区学校中广泛而长期地开设日语课，就是企图让广大中国学生从小开始，逐步淡化甚至消融本民族的语言与思维的习惯，接受日本的文化观念与价值观念，接受"日本精神"，逐步在心理上与日本接近、融合，逐渐日本化，成为日本的"皇民"与"顺民"，归顺"大日本帝国"。③ 沦陷区作家就是在上述的语言环境中坚持汉语写作，保存民族意识，传承中华民族文化的血脉。

二　"语言殖民"下作家的情感体验

日伪当局对沦陷区人们有意识推行"语言殖民"统治，自然会引起沦

---

① 转引自王承礼主编《中国东北沦陷十四年史纲要》，中国大百科全书出版社 1991 年版，第 440 页。

② ［日］松浦嘉郎：《满洲国经营的体验》，《东亚联盟》1942 年第 2 期。

③ 参见经盛鸿《南京沦陷八年史》，社会科学文献出版社 2005 年版，第 886—887 页。

陷区作家深层次情感反应。"语言是一种表达，人要把情绪表达出来，这是自然赋予人类的天然禀赋。"① 一个中国人在自己的国土上竟然不能自由地说自己的语言，其内心的痛苦是可想而知的。就中国大陆沦陷区来说，东北沦陷区所经受的语言殖民体验最强烈。艺文志作家的主要成员古丁曾这样描述自己所处的语言环境："上班不说汉语，下班不读汉语""总觉得是一点点离开了我的口和眼"。② 不能自由使用本民族的语言，沦陷区作家首先感到是内心的不适应，生活的不自然。一般来说，沦陷区作家学习日语都是暴力强制的结果，他们使用日语大都不是自愿的。王世浚（石军）说："不用说，满人学习日语，不是纯然地为了与日本人的融和，而是为了修得知识并在就职方面获得优先地位。"学习日语，主要是因为生活在日伪统治之下，谋生方式直接受控于日伪当局。石军其实也委婉地表达了希望日中平等的幻想，并从中寻找一丝中国人的尊严。他说"（日本人）每天要接触很多中国人，而且和大量的中国人在一起工作，却说不了汉语，着实令人遗憾"③，这委实是作家的一厢情愿。

日伪当局这种强制性的语言殖民统治，深深烙上了民族不平等的印记，表现出对中华民族语言的蔑视，这必然会激起沦陷区作家内心强烈的抵制和反抗。日本精心组织过几次"大东亚文学者大会"，所挑选的与会作家应该说是被日伪当局"认可"的作家。然而，作为中国人，我们还是可以看到他们对自己民族语言的认同。1942 年 11 月在东京召开第一次大东亚文学者大会，会前公告虽然以"讨论四国文艺界为完成大东亚战争和创造具有东亚特点的文学艺术进行合作的具体途径和方法"为宗旨，然而，参加会议的作家发现，会上所有的日语都不加翻译，而其他语言都翻译成了日语。虽然中国台湾和朝鲜的代表作出的反应是赞扬日本的语言和

---

① 叶秀山：《思·史·诗》，人民出版社 1988 年版，第 25 页。
② 古丁：《作家和母语》，《谭》，艺文书房 1942 年版，第 11 页。
③ 王世浚：《日本人的满语——对日满人融和的希望·感想》（1939 年），转引自［日］冈田英树《伪满洲国文学》，靳丛林译，吉林大学出版社 2001 年版，第 172 页。

文化，而中国代表钱稻孙则暗示持保留态度。他认为这里存在着某种优越感，并致使感情难以融洽。① 作家周越然曾对自己参加"大东亚文学者第二次大会"的表现说过以下的话："人而不哑，总能说话，何以难呢？我答道，因为内容和工具两件事，不哑的人，有时也难于讲话，有时竟不开口。我非哑者，但是此次到东京去参加第二回文学者大会，十多天中，我当众所讲的话，恐怕不到五十句罢。这就是因为我一面不明环境，不敢'瞎三话四'，另一方面不通日语，不能直达我意。"② 作家的话里实在是隐含着复杂的心态。一方面作家认为自己"不哑"，不说不行，十多天中，当众说了五十来句；另一方面，作家又点明，由于不明环境，什么样的环境呢？恐怕还是既不想说出违心的话，又不敢说出心里的话。故而引出"不通日语，不能直达我意"这样的话，来表达自己内心的不畅。

沦陷区作家在"语言"歧视下的情感体验还表现在对"媚日"者的讥讽和蔑视上。小松就曾公开发文对流行的夹杂着半"日"不"中"的语言进行批评。他说："前几天，我接到一封信，他虽然用了各种新的语汇把许多语汇极不适当的联在一起，使我读了好几遍，几疑是一篇下等翻译的译文。不通的文语，是充斥了各处，不仅是私人的书信，就是街头的标语，商店的广告，看起来有许多似是满洲人对日本人说的满洲话。"作者连讽带批地指出这种现象是由于当局者的提倡，而这些写作者并没有真正懂得他们连母语都没学好，写出来的东西就会不知所云。小松还指出"不但这些，就是每天读的政治新闻，有些记事中的语汇，只罗列了一些文字，使读者猜谜似的读了尚未尽晓其中意义"③。作者连带着把"政治新闻"也捎上，实在是不能说没有其含义的。古丁也在自己的一篇小说中对

———

① 转引自［美］耿德华《被冷落的缪斯——中国沦陷区文学史（1937—1945）》，张泉译，新星出版社2006年版，第38页。

② 周越然：《说话难》，《中国文学》1944年创刊号。

③ 小松：《满系小说人的当前问题》（1942年），张毓茂主编《东北现代文学大系·评论卷》，第216页。

当时媚日者滥用"日本语"的浅薄相进行了嘲弄。"筷子也'封建',银箸又算了什么呢,多么'卫生'?总赶不上一劈两半的'割箸'。便所也'封建',他就蹲不惯这便所,臭烘烘的'封建'!他小便的时候就找个墙根,大便的时候,就坐上马车,换乘公共汽车到车站的唯一的水洗便所去。"① 语言代表着一种社会形态,反映着一种独特的文化品位。如果一个社会出现大量的群体,尤其是作为知识分子的作家开始模仿另一种文化的语言,那么就会出现整个社会面临被另一种文化来界定身份的危险。沦陷区作家对夹杂日语的"满洲话"的敏感正反映出他们内心对民族语言危机的担心。

　　沦陷区作家面临民族语言的危机,除了以上直接的情感体验之外,他们还有着更多的精神诉求。胡塞尔曾说过,语言不是符号,而是一种引向内心深处的"引得"。语言是"引得",它引向的是"思"。"汉语"作为"母语"对于沦陷区作家来说,那种直接的情感体验很容易引发他们对内心精神"原乡"的追寻和思考。战时人们对自己的母语体验特别深切,从都德的《最后一课》到郁达夫所说的"我们平时虽则并不会觉得祖国语言,与祖国文字的可贵,但当受到最后一课的时候,就能感觉到这一种语言,这一种文字,对我们是如何地可宝贵的东西了"②,都印证着每个民族都有自己的"母语情结"。战争的残酷与沦陷的苦难令沦陷区作家更强烈地体会到语言——民族的语言是精神的原乡。

　　"原乡"是一个人类学概念,指远离故土后移民族群的原始故乡。在文学研究中,"原乡"指超越了特定地理位置的一种对原始故乡的亲情、血缘,以及习俗、文化的认同与回归,是建立在民族文化心理基础之上的民族故土、文化故乡、精神家园。黄万华曾撰文认为语言是原乡

---

① 古丁:《原野》,《明明》1938 年第 3 卷第 1 期。
② 郁达夫:《语言与文字》,《星洲日报·晨星》1939 年 12 月 5 日。

的一种。① "原乡"意味着对一种习俗、精神与文化的继承，并由此成为多元文化差异中的一种隐喻、一种象征。无可置疑，面对异族入侵、国土沦陷，特别是当本民族语言受到排挤、蔑视的时候，沦陷区人们肯定感受到一种民族归属的失落感。1940 年 7 月在新京会见过艺文志派成员的日本文人浅见渊在其《满洲作家会见记》中这样写道："我向古丁问道'古丁先生，您不想用日文写小说吗？'古丁表现出严肃的神情，回答说：'要想写，当然不是不能够的。但是日文总不具有中文的神韵。如果写感想、随笔一类的文章，有时还是可以写的。只是小说，我是绝对不想用日文写。'"② 日文写不出中文的神韵，那是因为在民族语言环境中成长的作家，内心里与日文有着感情的隔膜。东北沦陷后期，"用日语去写作"的呼声日益泛滥，古丁反问"作家是语言的技师，倘他连自己的母语都不曾创造（倘使不能创造，至少也要传承），他究竟创造了其余的什么吧"？同时，他几乎是一往情深地说："汉语里有我的诗""我是离开汉语后一无所有的文学者"③，深沉地表达了一个作家对母语的精神依恋之情。

只要一个民族的人们共处在自己的民族群体之中，那么语言就始终是他们同一民族的标志。人们依靠共同的民族语言来指明他们的身份，并从中形成一种集体认同感，它虽然不能为人们提供所有的精神原乡，但能够从语言的深邃意蕴之中寻找到灵魂的归宿，并从中看到自己古老民族的历史。这是一种集体的延续，也是人类对根性的普遍追求。因为"民族精神有时像一个神话故事一样充满神秘的色彩，但常常是虚构的，人们更有可能认为民族精神不会得到全部表现，而是暂时凝结在事物、景物、习俗、

---

① 黄万华将具有现代文化特征的原乡形象分为四种：第一类是在现实苦难、人性沉沦中力图在内心深处保留一方人类童年的净土；第二类"原乡"形象则似乎与第一类"原乡"形象完全相反，带有沉闷、荒凉，乃至荒诞的色彩；第三类是在叙述者几度离开母土的漂泊中，写实与想象交织中构建的"原乡"形象；第四类是精神—语言"原乡"。参见黄万华《文化转换中的世界华人文学》，中国社会科学出版社 1999 年版，第 76—85 页。

② ［日］浅见渊：《满洲作家会见记》，《新潮》1941 年第 7 期。

③ 古丁：《作家和母语》，《谭》，艺文书房 1942 年版。

惯例，尤其是话语、符号、文字、作品中"。① 可以说，坚持汉语写作，就是坚持了最基本的民族精神。古丁曾说，"文学要离开语言，当然不能说什么也不存在了。但是无可争议的是，文学本是语言的创作者。既然用外国语文表达不了本国人的生活感情和思想，那么使用本国的语言去描写自己的事物，恐怕是一种常识吧！"② 中国作家坚持用汉语创作，不仅有着维系民族文化血脉的操守，还有着作家身份认同的寻求。这种语言的存在形态作为作家自身存在方式的情况，在战时中国文学史上留下了中国作家痛苦而执着的心灵历程。例如，在日据时的中国台湾，坚持使用民族语言几乎成为作家坚持民族文化身份的底线。

三 "国语"的文学与文学的"国语"

沦陷区"语言殖民"直接引发了沦陷区作家对汉语的思考。他们在进行语言抗争的同时，也不可避免地开始反思自己民族的语言，重新审视自己民族的语言面临着什么样的生存环境，存在着什么样的问题，作为中国的作家，应该做些什么。

受战争影响，沦陷区文学语言一方面受语言殖民的侵入，不断受到新的外来语，主要是日本语的影响，作品中开始出现一些新的词汇，有些作品甚至滥用外来词汇，严重影响到汉语使用的纯洁性；另一方面异族统治的高压造成沦陷区文学与内地文学的隔绝，致使沦陷区文学的语言环境进一步恶化，并以东北沦陷区文学为甚。③ 古丁曾不无感慨地说："'国语的文学'这句话，我们在学生时代就很熟稔，不过因为距现在年代太久远

---

① ［法］吉尔·德拉诺瓦：《民族与民族主义》，郑文彬、洪晖译，生活·读书·新知三联书店 2005 年版，第 197 页。

② 古丁：《满洲文学通讯》，《文学界》1940 年第 1 期。

③ 东北新文学创作起步较晚，大概在 1928 年东北"易帜"后，东北本土的新文学创作才得以展开。在随后不久，"九一八"事变就使东北全境陷入敌手。时间如此仓促，使得东北新文学还未来得及积累自己的语言形态，就进入了抵抗异族的阶段。

了，有些人已经忘了这句话，现在提出来，有些人也会觉得陌生的。"① 当时的沦陷区存在一种比较普遍的现象，那就是文学作品中的"新文艺腔"泛滥。所谓"新文艺腔"，即是在内容上空洞，情感上夸张，而形式则是追求新奇，借用当时评论家的话则"这类令人恶心的新文艺，毛病出在内容极是平常之事，外表却装得'了而不得'，美丽就写得五色缤纷，重要就写得'要死要活'，腔势尽使在外边，不从实际情势的需要上表现，而在词句上发泄完结"②。"新文艺腔"不仅引发文章内容空虚的倾向，读来令人肉麻；更令文风趋于浮夸，造成作家漠视现实的惨状。针对以上两种情况，不少沦陷区作家都曾撰文表达自己的看法，发出了不同的声音。

一些作家如古丁认为，接受外来语的影响是应该的，因为"我们的言语却确是贫乏的了不起，譬如说起话来就'这个那个'好久好久也表达不出来自己的意思。但是，又不肯吸收外来语，只是死抱着经呀书呀的自以为斯斯文文，冠于全球的了"。古丁认为："为着使爱恋的汉话更加丰富，更加精细，更加美丽，倒很愿意开开大门，尽而宽宏地迎接汉话以外的话的。"③ 古丁的看法并没有获得更多中国作家的响应，倒是日本翻译家大内隆雄以鼓励中国作家"学习日本的文章，吸收其文体"以丰富作家的表现力的建议，来呼应古丁们所提出的"吸纳外来语"的主张。古丁主张的被冷落与支持者的异族身份，似乎暗示着在沦陷的语境中是否"吸纳外来语"并不是一个简单的语言学上的问题。

鉴于当时的语境，明确反对外来语的作家应该并不多。作家们要表达自己真正的意思，多是采用比较含蓄的方式。作家小松就借用这种方式表达了不同的意见。他说："移植新语汇与创造新语汇我是百分之百赞成，

① 小松：《满系小说人的当前问题》（1942 年），张毓茂主编《东北现代文学大系·评论卷》，第 216 页
② 李默：《论"新文艺"笔法》，《杂志》1943 年第 10 卷第 5 期。
③ 古丁：《"话"的话》（1940 年），转引自〔日〕冈田英树《伪满洲国文学》，靳丛林译，吉林大学出版社 2001 年版，第 187 页。

但是杜撰新语汇与滥用新语汇，无疑的我是百分之百的反对，理由不必说。"他含蓄地说："真正的语言，在我们之间，因为生活改变的关系已经是日益衰弱，而趋于病态，保存语言的文字，像街头标语与商店广告，早已变质。"这是小松根据当时文学作品中已有的普遍现象，提出"国语"已经受到侵害并开始变质的警语。他还提出自己对"语言与技巧"之间关系的看法。"小说如没有运用语汇最高的技巧，小说如没有鉴赏语汇最高的能力，该是要被读者耻笑的吧，既然采用了有重量的题材，若是不能精于使用表现的工具文字，小说读本第一课，便很难及格，至于小说技巧，都还是小说读本的第二课。"① 字里行间，已经流露出了小说家捍卫"国语的文学"的心声。虽然"词的借用是极为珍贵的证据，但是它所证明的不是语言来源的共同性，而只是使用这些语言的民族之间的关系"②。然而，毋庸置疑的是，沦陷区文学中词汇接受日本语的影响，是有着更深层的原因的，即此时沦陷区所讨论汉语接受的外来语主要是指接受日本语，这种接受并不是在平等自愿的基础进行，而是迫于来自侵略者军事、政治、经济以及文化侵略上的压力而进行的。因而，汉语吸纳日本语意味着一种屈辱的无奈，是民族耻辱的象征，也是涉及一个民族语言纯洁性和民族尊严的问题。在这一点上，沦陷区作家的理解表现出了惊人的一致性。从本质上讲，对民族语言的态度反映出沦陷区作家对民族文化与民族国家的情感倾向，是借语言问题探讨表明民族意识的外在表征。

与纯洁、明快的"国语"相对的是，一部分沦陷区文学作品中还存在着比较明显的"新文艺腔"。这是沦陷区文学除"外来语"之外关注得比较多的"语言"问题，许多作家都卷入这一问题的讨论之中。上海的《杂志》还专门组稿刊载系列讨论文章，其中有影响的文章有李默的《论"新

---

① 小松：《满系小说人的当前问题》（1942 年），张毓茂主编《东北现代文学大系·评论卷》，第 217 页。

② ［英］爱德华·泰勒：《人类学——人及其文化研究》，连树声译，上海文艺出版社 1993年版，第 124 页。

文艺"笔法》《〈论"新文艺"笔法〉书后》、哲非的《新文艺的内容问题》、石木的《新文艺的怪腔问题》《新文艺的形式与内容》、予且的《文与质》、丁三的《文艺的表现艺术》、冯三昧的《新文艺的内容与形式》、南容的《文腔与语言》等。这些文章集中探讨了"新文艺腔"的特征、弊端以及解决的方法等问题，表现出中国作家对文学的"国语"极大的关注和维护。当时就有作家借用过这样的名言——"世界上的痛苦，没有比语言的痛苦更大的了"①，来表达一个中国作家对待本民族语言应该有严肃的态度，并认为作家应该从生活的周围去学习、吸收和锻新文艺所需要的艺术语口语，从而获得简洁、明快的语言。作家韩护在《我们的文学的实体与方向》中指出了东北沦陷区文学存在的比较明显的两个问题，文中写道："现阶段满洲文学的用语，有两种疏忽的地方。一种是把不大注意加工的俚言俗语放在作品内，一种是加工太过度把一种言语放在不能说那种话的人的身上。结果前者用语太杂乱，后者用语太公式化，两者都是文学用语的病态。"值得注意的是，韩护在文中认为，满洲文学的弱点有很大一部分原因是因为"忽视了文学的时间性、地方性与民族性"。② 综观之，东北沦陷区文学在当时面临着一个普遍的不足，就是有相当一部分文学作品的笔法较为稚嫩，这自然与日伪当局的文学干扰有关；另外，对于语言技巧的要求，对于语言流畅的要求，也反映了沦陷区作家爱护并维护本民族语言的自觉。

　　沦陷区作家对"国语"的讨论并不止于"语言"，在如何丰富"国语"以及创造更好的国语的文学上，沦陷区作家也提过很多有益的见解。一些作家试图从"乡土"中寻求"国语"的活力。前面提到过上官筝所提倡的乡土文学，也多出于丰富"国语"、创造更好的"国语的文学"的目

---

　　① 参见石木《新文艺的怪腔问题》，《杂志》1943 年第 11 卷第 1 期。

　　② 韩护：《我们文学实体与方向》（1941 年），张毓茂主编《东北现代文学大系·评论卷》，第 459 页。

的。他说，"所谓'乡土文学'，既是强调了'我乡我土'，当然更应当注意于方言的汲取和吸收，如此便第一，它尽了在语言的统一上的历史的使命。第二，因为汲取和吸收了方言俗语的缘故，它本身的文学价值，也提高了，它更能确切的提炼出并把握住中国的'乡土'性格了"①。其实早在20世纪30年代，中国台湾新文学界就倡导"用台湾话做文，用台湾语做诗，用台湾话做歌谣，描写台湾的事物"②，希望国语吸收"乡土"中国，获得更鲜活的生命力。

在沦陷区文学中，通过吸收大众语来丰富国语，抵抗外来语也得到较多关注。田贲曾以山川草草的笔名发表文章，主张"未来的大众语的基础是今日活用着的通用语。把这通用语暂叫作大众语虽为时嫌早，但由它担当这未来的命名，仍未为过分"，表现出对现实生活中大众语的极大认同。他还说"限制大众语的运用是文化层的第三种人。敢把大众语写进作品里的是真正的勇敢的文化工作者"③，这令他的言语有着更明显的语言抗争姿态。总体看来，不同于五四时期对"国语的"文学与"文学的"国语的双重要求，相对而言，沦陷区作家更重视"国语"的要求。"我们要重新开始，用中国现代普通话来写作，不论欧化的或东化的名词，地方炼语，古文中少数可以用的、合于白话的、容易懂的字眼都可以采用过来，但决不能离开我们现代中国人的语腔。否则，作品必然脱空，站脚不住，而早晚要遭到扫除和死灭。"④

在异族残酷统治之下，在任何物质抵抗都难以进行之时，精神上的抵抗显得尤为重要。通过维护自己民族的语言，同"语言殖民"进行抗争，正是民族意识的彰显。在殖民过程中，殖民者的语言和武器一样，也是摧

---

① 参阅上官筝《乡土文学的问题》，《中国文艺》1943年第8卷第4期。

② 黄石辉：《怎样不提倡乡土文学》（1930年），转引自黄万华《史述和史论：战时中国文学研究》，山东大学出版社2005年，第449页。

③ 山川草草：《大众语与文艺》（1942年），张毓茂主编《东北现代文学大系·评论卷》，第267页。

④ 南容：《文腔与语言》，《杂志》1944年第14卷第3期。

毁民族文化的强有力的工具。而且从长远影响来看，语言在瓦解殖民地的传统文化方面常常显示出更强有力的渗透作用。语言承载着文化，语言与文化是不可分割的，失去语言，就等于失去文化。1939 年，郁达夫所说"祖国的语言文字，就是祖国的灵魂，我们在拥护祖国，就不得不先拥护我们的语言和文字"① 这样深情的话，形象地指出民族语言与民族国家的内在关系。语言携带着文化，尤其是文学语言，既是传承着民族文化的重要载体，也是本民族的人们一个集体认同的标志。因而，维护了民族语言的纯洁性也就是维护了民族国家的尊严，维持了民族文化代代传承的血脉。

　　子弹是征服物质的武器，语言是征服精神的武器。日本侵略者正是认识这一点，也出于长期侵占中国的野心，他们在中国沦陷区进行了有意识的"语言殖民"活动。在结束本节之际，我认为有两点值得特别关注。冈田英树在其专著中曾引用过一组数据，说明当时伪满洲学习日语的情况。"1936 年开始实施外语检定考试。1936 年第一次考试时参加日本语考试的人数 3607 人，而到了 1940 年第五次日本语考试时则有 29223 人。"② 再结合中国台湾沦陷区人们已经开始普遍使用日语的情况，我们从中可以看出，日本的语言殖民政策还是取得了一定效果。这一现象也让我们意识到，语言作为一个民族认同的原则，虽然是内在的，但也很开放。语言带来的是明确与灵活的身份认同，是可以改变。虽然改变需要付出巨大的努力，也需要足够的时间，但总是可能影响变化，甚至发生彻底改变的。从这一点来看，关注日本帝国主义（尤其是在"同文同种"的幌子下）的语言殖民，维护民族语言的传承与纯洁显得尤为重要。此外，史料显示，日本语言殖民者并不是从文化沟通的立场出发的，而是从殖民地基层行政和

---

① 郁达夫：《语言与文字》，《星洲日报·晨星》1939 年 12 月 5 日。
② 《语学检定考试第一次考试及格者》（满洲语部分），转引自［日］冈田英树《伪满洲国文学》，靳丛林译，吉林大学出版社 2001 年版，第 174 页。

经济榨取的角度出发，侧重于训练一批既可资利用又不会妨碍殖民统治安定的中下层人才。日本人主张："将来台湾人士教育之至当措置为，以产业上之技能教育为主，低度之普通教育为从，尽可能不施高度之普通教育。"① 语言是民族的印记，语言殖民也充满民族歧视。正是在文化优势感中，日本帝国主义宣称，"东亚诸民族注视着日本的方向，期待日本创造出团结整个东亚民族的宏大的新文化"②。语言的统一是一个国家、一个民族最牢固的纽带，当这种纽带开始有意识地被剪断时，民族危机也显得尤为紧迫。在这种语境下，沦陷区文学坚持汉语写作，关注"国语"的弊病，纯洁、丰富国语，无疑有着重要意义。

---

① 参见吴密察《从日本殖民地教育制度发展看台北帝国大学的设立》，《台湾近代史研究》，稻乡出版社 1990 年版，第 160 页。

② 原载石原莞尔《昭和维新论》，转引自史桂芳《"同文同种"的骗局》，第 112 页。

第四章　殖民统治下的叙事症候[*]

20 世纪的日本侵略者不顾正义，野蛮地发动侵略战争，对中国沦陷地区实行殖民统治，并对中华民族文化进行疯狂的破坏与压制。他们站在殖民者的立场，借助"殖民话语"——官制文化政策对沦陷区文学发展进行约束与导向，企图达到粉饰侵略战争和离散被占领国家的民族意识的目的。侵略者的暴行给沦陷区人们带来深深的痛苦，"对于许多人来说，帝国主义就意味着家破人亡，意味着被剥夺和贫困艰难的生活状况"[①]。然而，除造成沦陷区人们的悲惨生活之外，侵略者对于沦陷区的影响更深至文化与精神层面。沦陷区文学正是在殖民统治影响下，自觉与不自觉地呈现迥异于其他区域文学的叙事症候。

---

* "症候"原是医学用语，是指若干症状的综合构成，即症状的复合，相当于西医中的"syndrome"。"症候式"批评，最初属于精神分析方法的一种，该方法"是以作品的各种反常的、疑难的现象作为突破口，在寻找原因的过程中"探讨这些现象的意义。蓝棣之曾在其专著《现代文学经典：症候式分析》中系统运用此批评方法。参见蓝棣之《现代文学经典：症候式分析》，清华大学出版社 1998 年版，第 207 页。本书借用"症候"意指殖民统治引发的文学叙事上各种症状。

① ［英］艾勒克·博埃默：《殖民与后殖民文学》，盛宁、韩敏中译，辽宁教育出版社、牛津大学出版社 1998 年版，第 21 页。

第一节　民族危机下的道德言说与伦理叙事

伦理关系是人与人之间的一种最为本质、最为稳定、最具传统色彩和规范意义的社会关系之一，民族伦理道德是民族文化的重要组成部分。中华民族的伦理道德对中华民族的延绵数千年的发展，对中国人的价值观念和行为方式的确立，对民族心理和民族性格的形成，起着巨大而深远的影响。文学是对人的生存状态的关怀和观照，它以审美话语来表达对生存真相的体认，其中包含着对生存方式的道德机制的把握。这是因为，道德作为调节人与人、人与社会之间相互关系的行为规范，渗透于人的生存方式中。文学作为人类意识形态的诗性表达，必然承担着与历史进化相对应的沉重的道德义务。作为实践理性的道德，必然制约着文学创作审美构成的诸要素，使其对人类生存状态、人生境界的审美感悟充满道德感。实际上，倘若一个时代和社会的道德观念发生了变化，文学作品道德风貌也必然随之变化。而文学作品道德风貌的高下，又是衡量一个社会和时代文明程度的重要标志。

"文变染乎世情"，沦陷区文学由于受异族统治的影响，其中所蕴含的作者对沦陷区生活的理解，对沦陷区人们行为的审视，都与其他区域有所不同。罗森邦说："最可能影响一国的政治文化的事件，如战争、经济萧条和其他危机，这些事件彰显了政府的能力，引起人民深深地卷入政治生活中，而且常常测验和检验他们对政治生活的基本感情、信仰和假定。"20世纪异族入侵战争影响是如此之大，可以这样说：抗日战争不仅深刻地改变了中国的政治面貌和人们的日常生活，也改变了社会的文化和道德精神。这种变化，鲜明地体现在这个时期的文学当中。① 社会道德秩序是社会稳定的保障，人们无法想象没有秩序的社会到底是个什么样的社会。然而，当日本帝国主义侵略中国之后，中国人有序的生活，抑或有序变化的生活被迫中断，人们开始处于民不聊生的生活处境之中。在这一背景之下，人们的道德观念、道德行为发生了深刻变化，这些变化在沦陷区文学中都有所反映。

一　民族气节与道德底线

天下兴亡，匹夫有责。一个有生命力的民族是有着强大凝聚力的民族。中华民族在抗争时期，处于异族入侵的苦难之中，民族处于危亡之际，每个中国人都应该感到"如果我不把我自己的个体生活的条理化叙述理解这牢牢嵌于我的国家的历史中，那么我将会毁灭或失去一种道德生活的基本准度"②。在异族入侵的沦陷时期，道德生活最基本的要求，就是民族个体必须坚守民族气节，民族大义不被污染。所谓民族气节，是指一个人在事关民族利益的紧要关头，抛弃个人得失安危，忠诚于祖国、民族，自觉维护祖国的荣誉和民族的尊严，用实际行动去捍卫国格，决不允许其他民族或国家侵犯、歧视和侮辱本民族的尊严的爱国精神。中华民族自古以来，十分重视气节品行，这也是关乎个人安身立命的根本问题。

沦陷区文学曲折地表达了坚守民族气节的立场。国土破碎，民族遭受蹂躏，人们的道德情感在作品中得以流露。如韦长明的《江山》抒发"铁打的江山"被暴风雨所粉碎的伤感情怀，作家在文中流露出华夏民族不幸遭遇的悲叹，表达出对民族的热爱之情。正是在这种对民族国家的认同

---

① 参见李泽厚《启蒙与救亡的双重变奏》，《中国现代思想史论》，天津社会科学出版社2003年版。

② ［美］阿拉斯戴尔·麦金太尔：《道德与爱国主义》，傅娉译，《开放时代》1995年第6期。

上，沦陷区作品显示出人们在民族国家有难时应该坚守的道德尺度。澄浮写有《"爱之国"与"爱之魂"》[①] 一诗，诗中认为"世界有'爱之国'，世界有'爱之魂'"，这是一个真善的国度，然而"爱之国"的门紧闭；同时，世界有似"'爱之国'而非'爱之国'的'淫国'"，从诗中可以得知，"淫国"是一个不自由的国度。诗中写道"世界也有'淫者'，而'淫国'的门畅开。//于是都走进'淫国'去了——那无数的'淫者'/和一些'爱之魂'"。中国读者不难看出，诗中"淫国"同"瀛国"谐音。如果不是故意谐音，读者也不难理解当时语境下，何谓"淫国的门畅开"的意义所指。诗人借助词汇的感情倾向表达人们应有的道德选择。

　　沦陷区作家借助历史题材来隐晦地表达对民族气节坚守的理解。谭正璧的《琵琶弦》[②] 是一篇历史小说。小说试图"反映某一个时代人民的痛苦"。主人公秦努才，原为梁武帝朝中的中庶子，侯景叛乱时，逃出围城，渡江北上，入北齐朝当了小官。作者细腻地描写了秦努才失去道德操守的痛苦和屈服于环境时的无奈心情。小说写道："他一到邺城，便起了一种深浓的反感，因为在邺城以内，差不多全是鲜卑人的世界，本来居住在那里的汉人，不是做了他们的教徒，便是成了他们的走卒，生杀予夺之权，完全操在他们手里"。当秦努才看到原来城中最繁华的街道变得荆棘遍地时，心中悲愤难抑，恨不得立刻弃官离去。"可是一念到故乡正被陷在金风铁雨中，更不如这里有着暂时的平安，那忿恨又不由地渐渐松弛下来了"。秦努才在痛苦中选择了背叛与附逆，并且开始为儿子的前程做精心打算。这时，他做了两件事，一是因为北齐是鲜卑人的王朝，秦努才希望儿子能被鲜卑上层认同，于是请了亨里先生来教鲜卑语外；二是受当时上层风气影响，秦努才又请了高乐师来教儿子弹琵琶。亨里尽管地位低，却

---

　　① 澄浮：《"爱之国"与"爱之魂"》（1933 年），张毓茂主编《东北现代文学大系·诗歌卷》，第 882 页。

　　② 谭正璧：《琵琶弦》，《春秋》创刊号，1943 年 8 月。

因为是鲜卑人，虽然态度凶狠，秦努才却不敢得罪他，心里充满了亡国奴才的悲愤与猥琐。如此一味讨好鲜卑人，秦努才父子并没有获得鲜卑人的好感与认同。秦小努因为过鲜卑人的佳节，代父亲进宫祝贺。"许多鲜卑人他们只管和自己同族人谈话；中国人却都不愿意和自己同族人谈话，拼命命向鲜卑人搭讪"。作者在这里很刻意地用了"中国人"来对应"鲜卑人"——"异族"。故事结局时，秦小努因为弹断了琵琶的弦，而最终命丧筵席。秦努才听到这样的噩耗后，晕厥了过去，断断续续地说"这……这都是……向人……谄媚……的结果"！小说以亡国奴才的悲惨遭遇，既写明他们基于生存无奈的选择，也清醒地点出做亡国奴才，无论多么好，多么卖力，他们最终所能得到的只有屈辱、惊恐甚至死亡。从小说中秦努才的遭遇，我们也不难看出，作家旨在讽刺那些国家有难、民族危亡之际变节做官的国人，抒发自己由民族气节而发的激愤之情，也暗示出民族有难，逃避与背叛终将得到可耻的下场。

如果说《琵琶弦》所阐明的是背叛的惩罚来自异族——"做奴隶而不得"的尴尬和悲惨下场，那么毕基初的《青龙剑》则在生与死之间鲜明地张扬了民族大义。旅店老板赵四秃子家藏祖传青龙剑，他将这代表着"大义"的宝剑视为生命。侄子赵宝泉是一个"为了一百两银子，就卖了八条弟兄的命"的官府头目。旅店主人为有这样的子孙而感到痛心，希望赵宝泉能够改邪归正。"你从小在我手里长大，这一回有我在中间，绝不能难为着你，从此后，你离开盍山下六县，卖了赵家店这条道，你以后愿意怎样就怎样好了，我管不了。你在外边混好了，是赵家的子孙，在外边披麻袋瞅门缝打花棍，别提姓赵；可是话又说回来，血盆里的富贵，你也别给姓赵的显祖耀宗。"然而，这个"赵家的子孙"受到利欲的引诱和威力的压迫，他忘掉了那关于青龙剑的一切，"我只有我自己，杀人放火穿红袍，卖了这个赵字，捞得钱到手"，于是他成了"青龙剑"真正的敌人，旅店主人不得不用毒药把他毒死，以完成那青龙剑所代表的"大义"——"赵家祖传的五步断肠散使赵家绝后了""祖宗有灵，姓赵的有了这样的后代，死在青龙剑下的冤鬼听着，赵江泉也要拿他的血来赎他的罪，我要替祖宗洗羞。"小说以鲜明的道德倾向，表明对待可憎的叛徒的立场。这是一幅强烈的涂着血腥和散布着正义气氛的图画——"血淌着，滴落在黑色的泥土里"。

在日本军国主义者的屠刀下，生存的现实问题是如此的逼人，没有更多的选择，活下去也许是一种无奈的选择，承受着传统道德的重负，内心还夹杂着对异族的仇恨。孔子有言："岁寒，然后知松柏之后凋也。"在恐怖与饥饿的沦陷区，作为中华民族的一分子，只有真正热爱自己的民族，只有真正热爱自己的名誉的人才能面对苦难，甚至在面对死亡时不会背叛自己的国家与民族。沦陷区文学以隐晦的方式，传达出对沦陷区人们民族气节的期望。文载道曾宣称，尽管侯方域、郑贞慧以及其他一些逸民类型的人拒绝像阮大铖之流的奴才那样与清政权勾结，但他们还是很愿意"附庸风雅"的，不应该像铭记史可法式的烈士那样来铭记他们。① 毫无疑问，在中国几千年的历史当中，民族气节是所有文人雅士们衡量个体最基本的道德底线。

二　暴力叙述与社会失范

道德是调节人们之间利益关系的价值取向和价值态度，它表明"应该"如何处理人们之间的利益关系，这个"应该"就是人们在秩序社会中所认定的合理性、正义感以及公平原则，道德广泛地规范与调节人们之间的权利与义务关系，维持着社会的基本秩序。能够按照"应该"标准做人做事的人，被认为是有正义感和道德感的人，能够贯彻和体现合理、正义、公平等道德价值标准的社会，就被认为是公平的社会、正义的社会。

---

① 转引自［美］耿德华《被冷落的缪斯——中国沦陷区文学史（1937—1945）》，张泉译，新星出版社 2006 年版，第 206 页。

与此相反，日本侵略者从入侵中国开始到沦陷时期，到处烧杀搜刮，民不聊生。"从社会角度看，最高的道德理想是公正"①，一个极端不公正的社会，昭示了人们生活在一个以暴制暴的世界：人们面对暴力的威胁和挑战，尽管一忍再忍，但最终都会以暴力抗争邪恶，最终铲除邪恶。以血还血，以命抵命。沦陷区文学尽管很少有直接书写日伪当局暴行的作品，但对暴力的书写却比比皆是，中国作家巧妙地通过各种手段，显示出沦陷时期社会的不公平和人们生活的不安稳。

沦陷区文学作品大都真实地描述了充斥暴力的生活环境——沦陷区人们生活极端苦难的生活，社会分配的极度不公，邪恶势力（往往晃动着日伪当局的魅影）的飞扬跋扈。马骊的《生死路》②勾画出一幅天灾人祸、民不聊生的逃难图。小说中尤天顺带着天顺嫂和女儿桂子迫于天灾而逃难，途中受尽镇长的儿子镶金牙（李五爷）、村长的儿子胖脸（何大爷）的欺凌。尤天顺为避免桂子被侮辱而惨遭毒打，逃回家中后不久病发身亡，女儿在一个黑夜被不明身份的人劫走不知去处，剩下天顺嫂一个人在家中与黄狗相依为命。结尾时，天顺嫂因为无力交沉重的苛捐杂税，在极度伤心与惊恐中出现癫疯。小说以惨不忍睹的画面，揭示出沦陷区人们走投无路的悲惨生活——"他们是侥幸逃出一层或双层死亡的网罗的罪人"③，暴力摧毁了他们生活最后一丝希望。再如高深的《兼差》④中的主人公"白宗礼"，作为一个小职员，微薄的薪水迫使他下班后兼做人力车夫，生活的贫困已经令他放弃了职员的尊严；然而却在拉车的途中不意遇见被诱骗做妓女的女儿，更让他失去做人的尊严。小说全篇充满饥饿与欺

---

① ［美］莱茵霍尔德·尼布尔：《道德的人与不道德的社会》，蒋庆等译，贵州人民出版社1998年版，第201页
② 马骊：《生死路》（1941年），钱理群主编《中国沦陷区文学大系·新文艺小说卷（下）》，第379—451页。
③ 同上书，第379页。
④ 高深：《兼差》（1942年），钱理群主编《中国沦陷区文学大系·新文艺小说卷（下）》，第452页。

凌的无序社会的表征，这是一个人将不"人"的黑暗地狱！

　　"公正是同等的利害相交换的善的行为，是等利（害）交换的善行。公正的根本问题是权利与义务的交换"①，然而，沦陷区文学却展示出一个极为不公的社会图景。在那里，恶人可以肆无忌惮、草菅人命、欺男霸女，种种恶行像毒瘤一样不断地扩大，并侵占善良人们的财产甚至生命。马骊的《太平愿》②就是此种图景的缩略图。小说讲述在一个小村庄里，不知勾结到了什么势力的范二虎有了枪，并且负责维持治安，然而枪是用来耍威风的，治安队倒成了靠绑架敲诈的"官办"土匪，小说最后以二虎大发淫威，并枪杀村民结尾，令人震惊。作者成功地展示出沦陷区恶势力嚣张的行为与恐怖的氛围。再如吴品芳的《山野的火焰》③写出有钱的黄三爷霸占云子、无理地拆散相爱的恋人的蛮横，也是对沦陷区不公正的环境的控诉。邪恶势力能够肆意横行，却并无当局制度的制约，也就意味着统治的不合理性，这也为沦陷区文学大量描写暴力反抗提供了"合法性"依据。

　　"时日曷丧，予与汝偕亡"，显示出中国自古以来对暴力与道德关系的辩证理解，这也是一个暴力经由道德而获合法化的例子。沦陷区的作品中许多作品都通过道德的修辞，显示出反抗暴力、以暴制暴的正义性。毕基初的《岚中青草》就是一个非常典型的例子。小说中万九爷和他的孙女玲子安定地住在山里，养着他们的羊。玲子有着自己的情人"那个年青的小伙子大虎，草原上割草的人，背着'葛藤'拿着镰刀，一副微笑的面孔，嵌着两粒比她的头发还黑的眼睛。他们都很愉快的在这山里住着，天上燃烧着火一样的云，鲜艳得像胭脂的彩霞笼罩着青郁的山岚""山岚里到处都是丰盛的青草"。一片平静和睦、与世无争的景象，然而好景不长，接

---

　　①　王海明：《伦理学原理》，北京大学出版社 2001 年版，第 159 页。

　　②　黄万华编：《抗日战争时期沦陷区小说选·新秋海棠》，广西人民出版社 1988 年版，第 181 页。

　　③　吴品芳：《山野的火焰》，《紫罗兰》1944 年第 14 期。

连发生的几件事，打破了这个世外桃源般的世界。一是"戚五村董周副官要放火烧山"以防青草中窝藏"胡子"；二是治安义务捐、太平捐等层层加码；最重要的是，负责"剿匪"的周副官——"见了大闺女小媳妇比蝇子见了血还厉害"——看上了玲子。小说最后悲惨的结局发生在玲子一家临行的夜里，周副官用手枪杀害了万九爷，并对玲子进行了强暴，邪恶暴力到达了顶点。小说结尾写道，"玲子把手合拢抱住那压在她身上的人，攥在手里的刀，噗的一声就扎进那个人的后心，那个人突然跳起来，又重重的倒在地下，蹬了蹬腿就无声息了。"同样是暴力，却承担着沦陷区文学的两种道德诉求，一面是邪恶的横行，另一面是正义的伸张。这种正义的伸张来源于中华民族传统道德的力量，是"恶有恶报"的实现。

当沦陷区的统治阶层都肆无忌惮地进行贪婪的抢掠，无所顾虑地漠视公道，轻蔑最简单必要的生活秩序，注定这样的统治阶层将遭遇暴力的报复，这样的社会必然以解体而告终。如小松的《铁槛》① 中的邱青就因为不堪忍受虐待，携带"军粮"投奔土匪了；关永吉的《风网船》② 的大狗最后砍死雷国权，和陈升、珠子一起出走寻找新的生活；艾乡的《杏花村》③ 中蔡五老汉则是刀刃"小黑胡子"，与之同归于尽。这些作品都以人物或强或弱的反抗，表达对沦陷社会的不满，并大都以逃离的方式来表明对这个社会的态度。有时作者还会以比较明确的语气对这个充满"邪恶"的社会提出警告，警告那些仗势欺人的统治阶层当心暴力的反抗。如芦沙的《旅伴》就是通过旅伴讲述一个"亲身"不幸的遭遇：石少爷仗着势力强大，强抢其未婚妻，被逼无奈之下，"旅伴"只得投奔匪帮。小说是这样写复仇的场面："据枫镇来人谈，某月某日，有股匪近千，攻陷该镇，

---

① 小松：《铁槛》（1940 年），钱理群主编《中国沦陷区文学大系·新文艺小说卷（下）》，第 678 页。

② 关永吉：《风网船》（1945 年），钱理群主编《中国沦陷区文学大系·新文艺小说卷（下）》，第 345 页。

③ 艾乡：《杏花村》，《作家》1942 年第 2 卷第 5 期。

秋毫无犯，鸡犬不惊，金银财宝，一无所取，数小时后，即行引去，只挟一石姓少爷以行，斯亦一奇闻也。"① 这是一个令人回味的复仇场面，反抗沦陷当局的土匪数量之多，恩怨分明的匪行复仇足以令受压迫的百姓心向往之。

疑迟的《乡仇》② 以其独特的复仇方式，给沦陷区文学的暴力叙述带来更深层的意味。小说写刘斌升为父复仇的故事，小说开头讲述刘斌升的父亲被马启泰毒打，并被霸占了一头帮别人放养的牛，无奈自杀。多年之后外逃的刘斌升回家复仇，不料马启泰早已身亡，却遇到他的儿子——此时正在落难中的马家少爷马老二。最后因看到放印子钱的于大爷对弱势的马老二肆意逼迫与刁难，激起刘斌升的气愤，终于打死于大爷，带着马老二和他的妹妹再度外逃。小说过人之处在于点出了沦陷区普遍民众复仇不局限于个人恩怨，而是体现出对正义的追求、对社会不公的反抗，这无疑提高了以"复仇"为主要特征的"反抗"行为的合理性。

当然，过度的暴力不仅会使叙事结构负担过重，更可能使暴力成为叙事的焦点，从而弱化、削弱叙事目标，影响文学的美学趣味。沦陷区的"暴力叙述"作品，由于急功近利的意图，一部分小说艺术显得有些粗糙。如前面提到的《山野的火焰》，叙述直白，结构简单，作家的创作意图过于直接地暴露了出来。

沦陷区文学中所表现的道德言说其实非常复杂。在很多时候，还是流露出传统道德绵长的生命力。不少作品表达出中国传统的儒家道德价值尺度，如关永吉的《牛》等作品表现出谦和有礼，甚至显得过于软弱，抑或卑怯的行为，也是传统重"礼"的表现。而《塞上行》③ 写老客王振海色迷心窍，借机勾引贾奎的老婆，弄得家破人亡。路见不平的刘进带上手枪

---

① 芦沙：《旅伴》，《中国文艺》1940 年第 1 卷第 6 期。
② 疑迟：《乡仇》（1941 年），张毓茂主编《东北现代文学大系·短篇小说卷》，第 1419 页。
③ 疑迟：《塞上行》（1941 年），张毓茂主编《东北现代文学大系·短篇小说卷》，第 1434 页。

去主张正义的行为，则表现出中国民族行侠仗义的美德。其他如"忍""恕"等道德在沦陷小说中的表现就更多。然而这些传统道德，在"暴力"如此醒目的张扬之下，显得黯然无色。沦陷区文学中最醒目的道德言说方式无疑是"暴力"的飞扬姿态，尽管过于血腥，但也表达了沦陷区作家心中的仇恨与呼声，显示出沦陷区民众道德评判的倾向所在。

三 乱伦叙事与道德失序

以上论述了沦陷区文学中的道德言说的两个独特表征。其实提及道德，就必然会涉及伦理。道德与伦理在西方的词源含义相同，都是指外在的风俗、习惯以及内在的品性、品德，说到底都是指人们应当如何做的行为规范。在中国语境中，"道"的本义为道路，引申为规律和规则；"德"本义为得。道德，指行为应该如何的规范。而"伦"的本义为"辈"，引申为人际关系；"理"，是指玉的纹理，引申为规律和规则。所谓伦理，便是人际关系事实如何的规律及其应该如何的规范。① 可见两者有一定的差别。道德是指个体品性，是个人的主观修养与操守，是主观法。伦理是指客观的伦理关系，是客观法。伦理一旦化为个人的自觉行为，变为一个人的内在操守，即为道德。费孝通曾说人伦"就是从自己推出去的和自己发生社会关系的那一群人里所发生的一轮轮波纹的差序"②，伦理本身就充注着厚实的道德基因，伦理行为本身就负载着人们善恶与否的价值判断。

社会生活的伦理秩序是任何一个社会或国家的基本生活得以正常维持和发展的基本维度之一。与社会或国家的基本政治结构或制度、法制秩序、经济体制和一般文化生活秩序相比，社会伦理秩序是一种较为隐性、较具稳定性的内在精神秩序。伦理秩序的变动深刻反映出社会生活的变革趋势和内在本质，本节关于沦陷区文学的乱伦叙事正是从这个意义上进行

---

① 参见王海明《伦理学原理》，北京大学出版社 2001 年版，第 66 页
② 费孝通：《乡土中国生育制度》，北京大学出版社 1998 年版，第 27 页

论述的。乱伦是伦理秩序一种极端的失序与断裂，其伦理行为本身充满着悖谬的道德含义，也是其生成环境的一种道德状况的写照。如雾珠的《幸福的障碍》① 写希大夫为了得到银小姐，不惜以霍乱病菌害死原配妻子，并造成妻子所居住的小城镇发生霍乱，随后希大夫的家人也都相继死去，最后剩下希大夫与银小姐"幸福甜蜜"地生活在一起。再如平远的《继承法》② 写张福儿为了夺取寡婶的家产，不惜勾结歹人害死堂弟，并同官府衙役设计诬陷无辜婶子受刑入狱，小说中昏县长、徇私舞弊的衙役与歹毒的小人构成了一个黑暗的世界，在这个世界里，只有好人悲惨的冤屈。沦陷区此类小说暴露出缺乏道德伦理约束的沦陷区伦理环境。

　　沦陷区文学的乱伦叙事首先表露出个人生存空间的破碎，并造成家园感的丧失。爵青的长篇小说《麦》③ 讲述的就是一个年轻人陈穆由于"乱伦"而无以回"家"的故事。小说中陈穆早年未出走前，同后来成为自己继婶的朱婉贞发生过乱伦关系。多年后，他回到自己熟悉的叔父家，希望能够在这"辽阔的院庭，恳昵的亲人"家里享受天伦之情。然而"乱伦"像个魔祟注定困扰他脆弱的神经，当陈穆得知朱婉贞如影随形生活在他生活的每一个角落时，他感觉"一个人迫近悲剧前所必有的恐怖，由恐怖到愤恨，由愤恨到嫌恶，激动，狂痴，哀愁，……充满了他的躯干和四肢，如烈火焚炼他，又如冰块震慑他，在几分钟的内心撞击中，他竟像个新尸似的坍倒在椅子靠背上了"④。陈穆在这里没有感到丝毫的温暖，他看到的只是引诱、恐吓、无聊的话题以及喧嚣的欲望。而迷醉于情欲满足的朱婉贞也只能被乱伦产生的"类似踟蹰的幸福感"摧残着。她不放过陈穆，以卑劣手段破坏了陈穆与兰珍之间纯洁的爱情，然而自己最终也不过是被情人高挚每背叛而去。这是一个"无家"的故事，乱伦与纵欲像劣卑的葛

---

① 雾珠：《雾珠的障碍》，《中国文艺》1941 年第 4 卷第 6 期。
② 平远：《继承法》，《中国文艺》1941 年第 5 卷第 3 期。
③ 爵青：《麦》（1939 年），张毓茂主编《东北现代文学大系·长篇小说卷》，第 979 页。
④ 同上书，第 996 页。

藤缠绕每个人的心，令人窒息。

血缘关系一直是一种最基础、最普遍的社会关系。所以，家庭作为社会生活的基本单位一直充当着社会基本的伦理实体。血缘人伦直接可以构成社会伦理的范型。乱伦，人们一般将其视为伤风败俗之事。费孝通认为"血缘，严格说来，只指生育所发生的亲子关系"，但在更宽泛的意义上来理解，"血缘的意思是人和人的权利和义务根据亲属关系来决定"。小说也借陈穆自己的话表明与朱婉贞的亲属关系，他在一封信中这样说道，"这女性（朱婉贞）在我的生活上既有着母亲的地位，她能苦恼叔父，当然会苦恼我的"①。正是乱伦行为对传统伦理的破坏，才造成个人对于家庭的漂泊感。小说中，陈穆感到自己的灵魂像只穷困在巨海中的孤舟，势必无可挽救地向无尽的渊底里沉落起来——空虚与悲痛、罪恶与软弱——直至他出走。陈穆出走昭示着沦陷区文学乱伦叙事中家园感丧失成为真正意指所在。

在沦陷的背景下，家园感的丧失更加突显出个人无所归依的精神无着状态。文学作为一种精神存在方式，本身就含有对人的生存状态的关怀。沦陷区文学中的乱伦叙事也在对个体生命的无意义感刻画上显示出其深刻的道德关注甚至终极关怀。沦陷区文学中的乱伦叙事刻画出个体生命的惨淡、生存的绝望和人生的虚无真实相。如《麦》中的陈穆，他不仅看到他人心灵的丑恶，也看到了自己心灵的黑暗所在。当朱婉贞引诱陈穆时，陈穆内心在不断地挣扎。"他怕时间来到，是去呢？不去呢？引诱与恐怖在胸膛之中恶斗。他怕引诱，他也怕恐怖，这使他陷于极大的痛苦中。"② 在引诱战胜恐怖，欲望操纵心灵时，陈穆内心片刻的安宁之后是更大的空虚、恐怖与痛苦。

这种在乱伦中体现的精神空虚、生命无意义的道德无序感在另一篇长

---

① 爵青：《麦》（1939 年），张毓茂主编《东北现代文学大系·长篇小说卷》，第 991 页。
② 同上书，第 1031 页。

篇小说——古丁的《平沙》——中体现得更加深刻。《平沙》讲述的是主人公白今虚回乡后的种种事迹。乱伦事件贯彻小说的始终，主要有白今虚的妻子马其姝、父亲的姨太太同与理发匠通奸；马姨太太诱逼从马九爷家过继的蟪蛉之子马承家与她苟合，并百般折磨新入门的媳妇。这些事件使本来无所依靠的白今虚陷入人生的大昏迷、大疑惑之中。小说借白今虚劝解马承家之口表达其内心所思，"生是宿命，是天的命令，人应该像河水一样，只消向前流去"。小说最后写到白今虚读《沙宁》中的一段话来表明个体生命由于虚无走向死亡般的无意义之境："人在消灭欲求的时候，那人生也便消灭。人在杀自己的欲求的时候，那人也同样自杀。"欲求不能消灭，因而乱伦的叙事似乎还将继续；然而中止乱伦，生命是唯一的代价吗？

小说《北归》中的大光提供了一个答案。备受乱伦困扰的大光，内心无法忍受乱伦产生的罪恶感的折磨，最终选择了自杀。他在自杀前给父母写的信或许能找到乱伦对个体生命的深层的扰乱与强大的摧毁力量。"我不知为什么常常想到过去，虽然我还有更值得纪念的将来。最近对于人生更黯然了，回忆过去，这是追求死亡的表现，推想将来，那也只是对于不可知的人生，发现了怀疑。"[1] 生命的中止似乎为醒悟者提供一种解脱，但到底也是生命力枯萎的最后表演。当然，这并不是沦陷区文学乱伦叙事提供的唯一答案。同一篇小说的另一位乱伦者莎丽，虽然也陷入极度绝望之中，尽管"她不承认自己与这世界有什么关系，她不承认是生活在这世界上。但是她凝视着怀里的孩子，灵犀的目光，向她注意的时候，她也想到：今后将怎样的活下去呢"[2]？哀莫大于心死，莎丽对世界的绝望是无以复加的，然而，她还有一点希望，尽管这点希望并不是自己生命本身，但也足够给她的生命以支撑。小说的结尾却仍然流露出作者对未来命运的担

---

① 小松：《北归》（1941 年），张毓茂主编《东北现代文学大系·长篇小说卷》，第 733 页。
② 同上书，第 819 页。

心，作者担心在新的一代人身上将重复这种罪恶。"他们两个（指莎丽的女儿与收养的男孩）背负着罪恶的家庭的暗影，来到了人间。好像是有一个新的罪恶，又从这两个青年人身上开始。"① 乱伦像梦魇一样，挥之不去；乱伦像死神一样，收割着生命的意义！

　　沦陷区乱伦叙事中，《麦》的结尾是最具亮色的一篇。当无法再忍受继婶那肆虐的丑行，无以解脱自己内心的罪恶感时，陈穆厌恶眼前"使世间一切事物的秩序都要迟缓起来的悠然"，以及永远被"诗词，战争秩闻，风流韵事，性病及其疗法，麻雀和美食，官场与鸦片，甚至于书画鉴定"等话题包围的生活，他最后选择了出走。他以出走的方式告别那灰败的旧宅，那丑陋的历史，他对自己的生命有了一种新的爱怜，并且有了新生的勇气。出走是现代文学中一个常用的话题，然而，很少有像陈穆这样乐观的结局。小说写道："他居然天真起来，像幼儿一样想着：'真被派到远处的僻村去，那些孩子们能聪明得和城里底孩子一样，听懂我这口由大学教室里练来的一套话吗？'"② 陈穆这种蜕变式的新生，这种从远离世俗的山村小学中寻找新的生命意义的行为，正是小说开头那句圣经名言的诠释——"我实实在在的告诉你们，一粒麦子，不落在地里死了，仍旧是一粒。若是死了，就结出许多子粒来"③。

　　论述中国家庭伦理，不能不叙及中国独特的"家国同构"的文化心理结构。"家国同构"作为一种中国传统主流文化认同和接受的思想观念，直接催生于儒家伦理学说。儒家主张以己推人，由近及远，将处理血缘关系的原则推广到社会关系之中，即家是国的基础，国是家的扩大。《礼记·大学》中说，"古之欲明明德于天下者，先治其国，欲治其国者，先齐其家"。在中国文化语境中，中国传统的伦理实体——家、国、天

---

① 小松：《北归》（1941 年），张毓茂主编《东北现代文学大系·长篇小说卷》，第 831 页。
② 同上书，第 1083 页。
③ 同上书，第 979 页。

下——具有内在"血缘"意义上的密切关系。也正是在这个意义上，五四以来，启蒙知识分子从批判家庭旧思想、旧礼教的角度切入革新国家的理想。结构功能主义者认为，社会要保持一个稳定的秩序，不出现失范状态，就要使社会道德渗透到每个个人的意识之中，成为个人人格的一部分，让社会拥有共同的价值规范。沦陷区文学如此多的乱伦叙事有意无意地反映出整个社会道德的失序和沦陷当局统治的黑暗与无能。

沦陷区文学的乱伦叙事产生于日伪统治的黑暗。《北归》借助路上旅人的歌声，"月光亮/夜茫茫/儿随娘/流落他乡/家园荒/晚风凉/苦难尝/父在何方"①，反映出沦陷区人们生活无家可归、内心彷徨的心态。乱伦行为制造了一种阴霾密布的空间，弥漫着沉重压抑的精神诅咒，它是对世道衰败、历史衰变的无奈中的悲怆，展示出灰色天幕中人世的惶恐不安和生命的末日命运。乱伦故事中隐隐约约地布满了人生罪恶感和生存的耻辱感。沦陷区文学中的乱伦叙事也象征着日伪当局统治的内在不合理性，一个允许乱伦的社会不仅家庭无从存在，而且意味着社会秩序的瓦解，并昭示着其必然全面崩溃的历史命运。

军事的入侵挟着经济掠夺，沦为殖民地的沦陷区也面临着"道德生活的殖民化"。沦陷区文学作品所反映出道德上的变化正是这种全面殖民化的一个侧影。日伪当局的黑暗统治使得整个社会人与人之间的关系变得日益冷漠疏远。人们的道德情感逐渐淡化、消失，甚至走向反面。人们对原来道德价值系统的崇敬感、神圣感没有了，精神麻木、恃强凌弱、自私自利、情感冷漠、趋炎附势，对弱者缺少应有的同情。"正义感应来自于社会的正义原则及制度，正义是社会制度的首要价值，就像真理是思想体系的首要价值一样"②，人情世态是社会的体温表和测试剂。马克思说过："那些没有精神生产资料的人的思想，一般地是受统治阶级支配的。"道德

---

① 小松：《北归》（1941 年），张毓茂主编《东北现代文学大系·长篇小说卷》，第 557 页。
② ［美］约翰·罗尔斯：《正义论》，何怀宏等译，中国社会科学出版社 1988 年版，第 1 页。

具有政治的制约性，道德在一定程度上是政治性的道德，特别是代表统治阶级的道德。沦陷当局政治上的失德，一方面使社会失去安宁；另一方面也对社会大众心理和社会道德风尚产生极为严重的破坏作用。社会的不公、恶行的张扬、道德的败坏以及伦理的失序，其最终根源是指向沦陷统治当局的。其时，日伪当局根本无心、也无力对这种道德生活失序的局面进行整顿与调整。沦陷区文学的道德言说与"乱伦"叙事真实反映了沦陷区当局统治的不合理性，也表达了沦陷区人们对日伪统治的不满。

第二节　颓废叙事与悲观体验

无论是作为一种现代美学思想的自然扩张，或者是作为中国现代文学进化的需求，西方"颓废"艺术引入中国后，有了相当的影响，并与中国文化语境相融发生了变异。由于日伪的高压统治，沦陷区处于一种非常动荡的状态。生活在一个"难以言说"的空间，沦陷区人们在压抑状态下普遍存在对历史延续、生存境况、身份认同、民族前景甚至文化皈依有着深刻的悲观体验，这种体验反映在沦陷区文学中显示出浓厚的颓废色彩。

一　时间体验与乡土叙事

沦陷区文学中有关乡土的作品众多，这既有因异族侵略带来的生存威胁，唤起沦陷区人们对自身传统，尤其是对故土的深切回忆和对故人的强烈感情的原因；也有通过民族风俗民情的真实描写抵制异族文化殖民，表现了对民族命运的深深忧虑。然而，并不是所有的这类作品都充满着抵抗的力量和精神归属感，如纪果庵在《林渊杂记》就说自己"近来写乡愁的文字渐渐多了，大约也应属于清淡一类，至少是没有前进思想的，说得更不好听一点，就是颓废"①。

首先，这种颓废表现在沦陷区文学中乡土的废墟题材方面。沦陷区文学中关于荒村、古城、废园、老宅等题材的作品特别多，故乡犹如故国，怀旧即是寻根，人们希望通过记忆寻求惨淡生命的温暖慰藉。然而，在绝望的人们看来，或者废墟更能恰当表达出内心的悲伤和他们对流逝时间的无奈。"漫天的胡沙遮着千古大梦，/倦懒的时光凝着了/你这梦的化石，北京啊！/你这让时代掩埋了的/化石的苍龙。//槐花开了又落了，/牡丹开了又落了，/多么长的梦，/多么寂寞的梦的啊，/正阳门垂首无言；/空怅望/一年一度的东风"②。这是成弦笔下的北京，是一个梦不能醒来，没有力量、没有生命力的北京，这里面沉淀着诗人对民族颓败命运的感伤。悲伤之情几乎成了沦陷区一部分乡土作品的情感特征，如吴瑛《墟园》、袁犀《废园》、沙里的《土》、师陀的《果园城记》等，它们或是哀悼故园的日渐荒芜颓败的悲凉景象；或是勾勒"'活在昨天'的宗法制小城"充满"没落感和悲剧感"的命运③。故国家园衰败的痛切中寄寓了无家之人的深切落寞之感，流露出世纪末情绪。

其次，这种颓废表现在人们对时间断裂的感受方面。马泰·卡林内斯库将颓废看作是"时间的破坏性和没落的宿命"④，这样的时间体验对于沦陷区人们来说是非常贴切的。日本的侵略战争割裂了沦陷区人们以往生活的自然流水线，从前那连续的、不可重复的时间观被强行中止。小松的《年》就以"历史上航行年的联队/一九三七的号志/彩虹的绳索/拉开这艳丽的一幕"开篇，抒写特殊年份发生的事件造成时间的断裂——记叙传统历史的时间中止，诗的结尾写道"在时间上/那样的缓慢/寄来了一片衰老

① 纪果庵：《林渊杂记》，钱理群主编《中国沦陷区文学大系·散文卷》，第55页。
② 成弦：《北京（二）》，钱理群主编《中国沦陷区文学大系·诗歌卷》，第292页。
③ 杨义：《中国现代小说史·下》，人民出版社1998年版，第444页。
④ ［美］马泰·卡林内斯库：《现代性的五副面孔：现代主义、先锋派、颓废、媚俗艺术、后现代主义》，顾爱彬等译，商务印书馆2002年版，第161页。

的安眠"①，诗人借"安眠"来表达他对"新的开始"的理解，那就是时间是静止的，接下来的历史是沉睡的，也是无意义的。吴兴华的《暂短》一诗则借"埋葬的西施"的意境来表达历史被改写、时光不再的感伤："闭上眼，我像看见往古哀艳的故事/麋鹿跂足在廊下，苔藓绿遍了阶石/宫门前森然立着越国锦衣的战士/——一夜凄凉的风雨，吴宫埋葬了西施"②。在沦陷区作家看来，新的时间并不是过去时间的延续："为了让日子留给我一点安慰，我无力撕下日历页，但别人壁上的日历不肯等待我的留恋呢。"③此外，像毕基初《无弦琴》中所吟："有弦琴免不掉断弦的悲哀和遭受遗弃。弹琴的人死了，谁又会去摸抚这死人的遗物""它虽是亘古的沉默，也是亘古的安息。"以及他的散文《无弦琴》《骑马去的人》等，都蕴含着关于历史的改变造成个体心理时间停滞的黑色体验。沦陷语境中的时间像恶魔的利爪攫取了人们曾经拥有的一切，只剩下记忆，而这记忆也只是一个动荡不安的、令人惶惑的世界，要么是"黑色的蝙蝠在檐下超舞，招夜的魂，却招不回我的魂。我失去了一切，只抱着一块莓苔的记忆"，要么是"我不问窗外花月的零落残缺，怕的是夜色太深，不免有人迷失路，还更失去我的一章古老的传奇。……然而没有蜡烛的灯笼点不亮，因我独喜爱阴沉忧悒。这样我空有怀念之思，不会有不速之客的叩门，给我以意外的情绪和情节动人的故事"。④沦陷区文学把人们对时间的感受同人的存在境遇联系起来，通过其切身的体验，更加深入地表达了沦陷区人们生存自我确证的困惑以及不可预知的缥缈的期待。

再次，这种颓废表现在对时间意义的情绪体验上。在沦陷区高度严密的管制下，人们在绝望中挣扎，内心就会产生关于对时间意义理解的特殊

---

① 小松：《年》，钱理群主编《中国沦陷区文学大系·诗歌卷》，第301页。

② 吴兴华：《暂短》，钱理群主编《中国沦陷区文学大系·诗歌卷》，第166页。

③ 毕基初：《骑马去的人》，钱理群主编《中国沦陷区文学大系·散文卷》，第484页。

④ 毕基初：《远方辑》，《中国新文学大系1937—1949散文（卷一）》，上海文艺出版社1990年版，第453页。

情绪体验。有的表现为生命存在的短暂感和局促感，伤时不再来，如歌青春的《雁》，"寥廓的长空有雁阵/从漠北带来秋风，/却不带来北国的音讯。/嘹唳声声，/江岸的芦荻/连头颅也愁得斑白的了"①。短诗以物喻人，诗序中引用杜甫诗句"故国霜前白雁来"更点破时间体验来自故国忧思难忘，诗中个体的生命与触目之物消长融为一体，自有一番国破人何以堪的忧愤。纪果庵笔下这样的文字"可惜这次事变，只剩下些烧毁的残骸，在晚照中孤立着。尤其是自下关进城，首先看到交通部原址，那美仑美奂的彩色梁栋，与炸药的黑烟同时入目增愁，不禁令人生'无常'之感。"② 与黄雨《越鸟》"越鸟早自巢南枝/有多少行人/过这荒凉的古屋/星斗抹着泪眼/陨石叫风雨染得更衰老/走吧，君不闻/先生门前的枯柳时有鬼哭"③ 也莫不是表达作家对历史事件的情感倾向和对时间流逝的历史哀思。而袁犀的《时间》中所说"我们常常喜好说的'历史'，原不过是时间的堆积。我这一本小书，是我的生命的记录，生命也只是时间的延续，而我们都在受时间的试炼，想要超越了它是不可能的。然则，时间是苦恼而已。苦恼的自觉便是时间赋予生命的意义"④，则意味着时间仅是记忆的堆积，未来的时间有如炼狱，隐约可见对命运的恐惧。

　　从本质上来讲，沦陷区乡土文学中颓废叙事的形成根源，在于时间的断裂引起的心理变化。无论如何，对乡土的书写往往伴随着对昔日时光的追寻，从一个较为深层的心理层面上维持了沦陷区人们在时间维度上的连续感，给予人们文化认同上的历史连续感。"怎样从蓬勃、快乐，又带着一点忧郁的歌唱变成彷徨在'荒地里的绝望的姿势，绝望的叫喊'，又怎样企图遁入纯粹的幻想国土地而终于在那里找到了一片空虚，一片沉

---

① 歌青春：《雁》，钱理群主编《中国沦陷区文学大系·诗歌卷》，第32页
② 纪果庵：《两都赋》，钱理群主编《中国沦陷区文学大系·新文艺小说卷》，第33页。
③ 黄雨：《越鸟》，《中国文艺》1943年第8卷第2期。
④ 袁犀：《时间》，钱理群主编《中国沦陷区文学大系·新文艺小说卷》，第12页。

默。"① 由于沦陷区特殊的空间割裂已经引起人们的历史断裂感,那种千百年来年复一年、日复一日的生活被强迫中止,与世无争的人们直接感受到生命的威胁。因而,总体来说,沦陷区文学中的乡土叙事是一种时间上的怀旧,是对故土"失去"的历史凭吊,然而,面对殖民统治的残酷这样的叙事,却难以弥合时间断裂引起的创伤。

二　生存困境与个体沉沦

沦陷区当局的残酷管制使得沦陷区人们的生存空间异常的逼仄,而基于殖民统治的警觉性,日伪当局更是对沦陷区作家进行了严密的监视和残酷的镇压,如1936年6月13日,日本宪兵队就一手制造了"黑龙江民报事件",90多人被捕入狱,5人遇难。面对民族存亡危机,个体生存困境,甚至生命危险的威胁,沦陷区作家不断地调整自己的心态,重新认识周边的生活世界,运用隐喻的方式进行文化抵抗,然而也不免会产生恐惧心理。百灵的《黑衣人》"黑/罪恶的颜色/忏悔的颜色/虚无　绝望　死灭//黑衣人/(像一朵十二月里的花)/在黑色的夜里走/在黑色的我的记忆里走//黑衣人/(像一朵墓地里的花)/在黑色的雾里走/在黑色的我的恐怖里走//是一个无限体/黑衣人/无时不使我惊悸"②,可谓是沦陷区人们心理体验的真实反映,其中无时无处不在的"黑色人"就是人们恐惧心理的具象,是真切的沦陷区生存底色。在恐惧心理和生存困境背景下的沦陷区文学有着不同的颓废内涵。

首先,表现在浓郁的现实疏离感上。异族的殖民统治客观上使沦陷区人们成为"时间意义上的移民",并在对现实的畏惧中产生一种与身外世界不相干的感觉。其一,这种现实疏离感体现在日常生活中。如张我军《初闻哭声——病房杂记之一》全文从孤儿的哭声写出人世的悲哀,继而

---

① 林榕:《寄居草》,钱理群主编《中国沦陷区文学大系·散文卷》,第447页。
② 百灵:《黑衣人》,钱理群主编《中国沦陷区文学大系·诗歌卷》,第282—283页。

产生绝望的愤懑，"一个人而无人希望他活下去，而活下去又没有什么意思的时候，实在是生不如死""到了'阴间'还有他的亲爹亲娘可以看顾他，不会再叫他弄到一身是病"①，作家从现实中的病痛与冷漠的人间，得出"生不如死"的结论，虽有愤慨，但已无热度。其二，这种现实疏离感也体现在孤独心境上。失去家园的人们是无根的一群，没有归宿、没有慰藉，囿于环境的压力，他们经常在屈从与不甘之间，难免会苦闷彷徨，如《在夜店中》中的宋玉华、《吉生》中的吉生等，都在令人窒息的黑暗社会中咀嚼着失望与孤独，或沉沦，或逃避，终难奋起，这些无不是沦陷区作家孤独无助的心灵缩影。② 其三，这种现实疏离感还体现在故纸堆里消磨时光上。翻开沦陷区文学期刊，随处可见的是谈古说今，吟风颂雅，或如纪果庵迷恋"夜读"，希冀"于苍凉中得潇洒之味"，而周作人在《〈文载道文抄〉序》则将其概括为"惆怅"中"别是一样淡淡的喜悦"，并称之为"忧患时的闲适"③，不少作家在中国古典文化中寻找精神的安慰，在淡淡的寂寞之感中渐渐少了现实的关照。沦陷区大量出现"文抄"作品和闲话文章，正是这种现实疏离感的内心写照。

其次，表现在焦虑苦闷的情绪体验上。弗洛伊德指出，任何给定情境中所感受的焦虑的程度，在很大程度上依赖于个人的"对于外界知识和势力的感觉"。在焦虑状态中，一个存在者能意识到他自己可能有的"非存在"。沦陷区个人的生存危机凸显在民族危机和生存危机的背景上时，对命运的焦虑就成了一种惘惘的对存在的威胁。张爱玲对这个大时代的破坏的焦虑叙述道出了同时代沦陷区作家的共同体验，她说："时代是仓促的，

---

① 张我军：《初闻哭声——病房杂记之一》，钱理群主编《中国沦陷区文学大系·散文卷》，第 383 页。

② 参见孟庆超等《东北流亡文学与沦陷区文学比较研究（1931—1945 年)》，《信阳师范学院学报》2014 年第 9 期。

③ 周作人：《〈文载道文抄〉序》，《周作人散文全集（9）》，广西师范大学出版社 2009 年版，第 253 页。

已经在破坏中，还有更大的破坏要来。"① P. 蒂希利曾说："焦虑是从存在的角度对非存在的认识。"② 正是这种从存在的角度去看非存在，总觉得有种对逝去的焦虑心理，也正是这种视角使张爱玲能在浮华处见尽苍凉。这里逼真地写出了沦陷区人们面对社会文化发生巨大变动而生出的虚无和恐慌，有一种大限来临之感。是的，没有最终的威胁——死亡伫立其后，命运就不会产生不可逃避的焦虑。

再次，表现在及时行乐的虚无主义上。"沦陷期与辛亥革命后都是社会政治热情消沉，没有新的政治兴奋点出现，人们畸形地寻求消遣娱乐。"③ 在恐惧心理与乱世中的沦陷区的人们，不乏沉沦于世俗情欲和物质欲求的饮食男女。张爱玲在《烬余录》对这样的心态有着深刻的描绘："可是那到底不像这里的无牵无挂的虚空与绝望。人们受不了这个，急于攀住一点踏实的东西，因而结婚了""我记得香港陷落后我们怎样满街的找寻冰淇淋和嘴唇膏。……香港重新发现了'吃'的喜悦。真奇怪，一件最自然，最基本的功能，突然得到了过分的注意……"正如《倾城之恋》中一座城的毁灭成就了一对卑微人物的爱情，吴兴华的《暂短》也形象地表明传统价值在"吴宫埋葬了西施"中崩坍，然而"生命里并没有所谓的明天"，人们的生活失去了方向，也找不到意义，"极力想要抓住一样东西，倘或抓不住，全世界将掉下去，而他将疯狂"④。在对战争的畏惧、对未来的恐惧和物质的极度贫乏中，人们感到自身的渺小与精神的空虚，自然也不免有一刹那的刺激、颓废的纵欲来补偿精神的压抑、心灵的空虚以及本能的欲望，生命的价值缺失也就不可避免。

社会发生急剧变化的时候，个体就会突破或者失落于社会集体意识所

---

① 张爱玲：《〈传奇〉再版序》，《张爱玲文集（第四卷）》，安徽文艺出版社 1992 年版，第135 页。
② ［美］P. 蒂利希：《存在的勇气》，成穷等译，贵州人民出版社 1988 年版，第 33 页。
③ 朱伟华：《导言》，钱理群主编《中国沦陷区文学大系·戏剧卷》，第 26 页。
④ 胡兰成：《新秋试笔》，钱理群主编《中国沦陷区文学大系·散文卷》，第 113 页。

束约、规范的界限，个人欲望会超越社会道德意识的范围而"使社会控制系统陷入瘫痪"，这种现象就是"失范"。从沦陷区的价值观念来看，一方面受到异族统治，人们精神上不同程度的在强制性的价值灌输中，产生道德上的自卑和价值观念上的迷失；另一方面由于传统道德的约束，在异族统治和现代都市物欲法则下，日渐受到严重挑战，人们愈来愈容易受到放纵的诱惑，堕落颓唐，沉迷淫荡，欣赏病态。如爵青的长篇小说《麦》，通过多位主人公乱伦的行为来讲述一个"无家"的故事，弥漫其中的乱伦与纵欲像劣卑的葛藤缠绕着每个人的心，令人窒息。张爱玲的《花凋》则写出在金钱面前，父母与女儿的伦理关系变得如此脆弱、如此残忍，"生命自顾自走过去了"，具有了一种宿命般的悲凉虚空。沦陷区当局的统治使正常的伦理关系面对生硬的割裂，使沦陷区社会思想与文化生活产生深刻变化，陷入了无所适从、心灵无所皈依的境地，从信仰的动摇到对生命的疑惑，因疑惑而忧郁苦闷，又因苦闷而厌世悲观，真正反映出"颓废"是对现实丑恶的一种极端绝望、恐怖的内心体验的含义。

三 恐惧心理与文化焦虑

傅雷曾称隐晦地称上海沦陷时期为"一个低气压的时代"，事实上，沦陷区的生存环境极其恶劣，人们零距离地感受到了生命的脆弱与死亡的暴虐，对死亡的恐惧和生存的焦虑长时间弥漫在空气中，以至于沦陷区文学中与死亡相关的意象经常出现，如南星描述坟墓的场景："沿着池塘边的小道，我走到一个低平的土丘上，对面是一片花格的砖墙，围着一块长方形的土地。墙内充满了树木，松杨夹杂着扁柏，比墙头略高出，那是一座坟园。它使我想起曾见过的和渡过的许多坟园的景象。那死者在叶丛的沉默中似乎对后来者低声致语。"[①] 颓废作为一种艺术化的精神形态，不同

---

① 南星：《晓行》，《辅仁文苑》1939 年第 2 期。

于一般的感伤、悲凉情绪，在感受到绝望、空虚之后再也不能唤起真诚、严肃的人生态度，而是以消极地放纵感官本能的方式，发泄内心的绝望、恐慌以至于病态。沦陷区文学中的颓废叙事也因为日伪当局残酷无情的统治而有着自身的特征。

首先，沦陷区文学中的颓废叙事是恐惧心理状态下的叙事。恐惧是"一种由于想象有足以导致毁灭或痛苦的、迫在眉睫的祸害而引起的痛苦或不安的情绪"①"指一个民族感觉到的疑惧不安，这种疑惧不安来自他们作为集体的安乐现状所面临的某种损害，或者是恐怖主义造成的悚惧，刑事犯罪造成的惊慌，道德沦丧造成的焦虑，或来自各级政府或团体施加在普通人身上的威胁"②。日伪当局对沦陷区爱国作家的血腥镇压制造了黑色恐怖的氛围，以东北沦陷区为例，金剑啸、王宾章、艾盾、侯小古、李季疯等许多作家文人惨死在日伪手中，遭受日伪非人刑讯的作家更是不胜枚举。③ 残酷的迫害和镇压，迫使不少作家流亡他乡。这种恐怖的氛围影响到每个个体，形成恐惧心理。"人们不断处于暴力死亡的恐惧和危险中，人的生活孤独、贫困、卑污、残忍而短寿。"④ 这种恐惧来源于现实现在，非常具体，非常直接，并与民族宏大叙事一起形成内在的冲突与矛盾，使犹豫不决、意志薄弱的内心衍生出空虚和无意义之感。如周佛海就曾接连在日记中写道："连日精神不振，心绪不宁，对各事均觉悲观，竟有不愿生活下去之意""良心之谴责，精神之痛苦，真使余一日不能生活下去也。"⑤ 因而，既畏于恐惧，又愧于民族气节，沦陷区的人们更容易形成卑

---

① 转引自孔新峰《霍布斯论恐惧：由自然之人走向公民》，《政治思想史》2011 年第 1 期，第 86 页。

② ［美］柯瑞·罗宾：《我们心底的"怕"：一种政治观念史》，叶安宁译，复旦大学出版社2007 年版，第 3 页。

③ 参见高晓燕主编《东北沦陷时期殖民地形态研究》，社会科学文献出版社 2013 年版，第268—274 页。

④ ［英］霍布斯：《利维坦》，黎思复等译，商务印书馆 1985 年版，第 95 页。

⑤ 蔡德金编：《周佛海日记》，中国社会科学出版社 1986 年版，第 644 页。

微者渴望卑微的心态，以逃避道德的谴责和死亡的威胁，沦陷区文学中游戏的生活态度，及时享乐的人生态度，消解高尚的世俗追求，大都渗透着这样的无奈，并有着别样的"悚栗之美"①。

其次，沦陷区文学中的颓废叙事伴随着深沉的文化焦虑。卡西尔曾说，"神话、语言和艺术起初是一个具体的未分化的同一体，只是逐渐地才分解为三重独立的精神创造活动方式"②，这句话道出了历史、语言与文学之间某种内在的关联。日本侵略者在中国强制推行语言殖民教育，强制作家用日语写作的行为，妄图从根本上腐蚀并彻底摧毁汉语文化，摧毁中华民族的集体记忆。"此间八年的文学，已不得不面临无论是'反抗'还是'与敌合作'都得用日语写作的语言危机。"③ 路易士在《幼小的鱼》中写道，"他们捣毁了我的 tochka/烧了我的字典和书/连看星的望远镜也被他们摔碎了，/剩下来的只有一支超现实派的手枪/忧郁地躺在地板上//我用脚踢了那具丑恶的尸首，/吐他几口唾沫，/然后以右手的拇指蘸他的血，/绘了一尾幼小的鱼，/游泳在的 tochka 颓垣上"④，全诗以生动的诗句抒写了民族文化毁灭的悲痛与内心的反抗。对于因与文化母体割裂而产生的痛苦和焦虑，小松的《旅途四重奏》也有着深刻描绘："我心中容不下/这沉默的袭击　没有言语/没有文字　会腐蚀我的灵魂/明天！有没有太阳？/我不敢信　不敢想/天会亮的/我是向黑暗中走去。"⑤ 诗中道出了人们迫于恐惧的沉默，失去语言的恐慌，以及对未来的绝望。语言是民族文化的载体，文化是一个民族价值观的载体。纪果庵说"生于乱世，总好以史遣愁"⑥，综观沦陷区的作家，似乎大都热心抄录古书，无论是有日伪背

---

① 李明晖：《惨败了的文学救赎》，硕士学位论文，吉林大学，2009 年，第 5 页。

② ［德］恩斯特·卡西尔：《语言与神话》，于晓等译，生活·读书·新知三联书店 1988 年版，第 113 页。

③ 陈芝国：《抗战时期北京诗人研究》，博士学位论文，首都师范大学，2008 年，第 32 页

④ 路易士：《幼小的鱼》，钱理群主编《中国沦陷区文学大系·诗歌卷》，第 18—19 页。

⑤ 小松：《旅途四重奏》，钱理群主编《中国沦陷区文学大系·诗歌卷》，第 308 页。

⑥ 纪果庵：《亡国之君》，钱理群主编《中国沦陷区文学大系·散文卷》，第 54 页。

景的期刊还是民间团体主持的杂志，如《古今》《风雨谈》《辅仁文苑》等，都随处可见谈古论今或文史考证的文章，弥漫着悼古伤今之情。这种现象，既是沦陷区作家"迭遭家难"之后寻求精神排遣与寄托的产物，在迷恋传统文化中获得精神上的延续和认同；也是为在沦陷区谋事求生的忏悔解脱，从某种意义上说，这种集体性投身故纸堆式的写作也暗示着沦陷区人们深刻的精神危机。

再次，沦陷区文学中的颓废叙事还存在着区域差异。以华中沦陷区与东北沦陷区文学的颓废叙事为例。华中沦陷区包括当时中国最重要的文化、商业和金融中心上海以及南京、杭州等经济文化重镇，特别是经过现代化洗礼的上海，传统价值观念受到极大的冲击，多元文化杂糅，自由思想泛滥、享乐主义盛行，"强调的是一种肉体的、一种感官的对世界的享受，对世界的追求"，其中的颓废叙事多半是对感官的重视、对道德的放逐和对自我的极度宣扬，经常表现为焦虑不安、颓唐厌世、沉沦堕落，迫不及待地追求刺激、冒险，急切地希望成名、发财，仓促地寻求情欲的满足。由于得风气之先，华中沦陷区文学较早受到外来颓废思想影响，因而呈现出"现代性"意义的审美嗜好和极致的生命体验。如张爱玲笔下的《封锁》，大抵是小市民的压抑人生的世俗挣扎、精神惶恐及虚无情绪。至于张资平的《新红Ａ字》，尽管有着严肃的伦理探索，但也无不渲染性爱的刺激和个人无望的悲哀。比较而言，东北地区远离现代文化中心，现代艺术的多元影响不似上海等地复杂而强烈；而在沦陷之后，现实生存环境更趋于恶劣，思想管控更为严密，如在日伪政府公布《艺文指导要纲》后，作家秋莹曾指出："我们预想此后的作品，一定再不容许个性的活动，而要扫除黑暗面的描写。"① 甚至不许流露悲观失望的情绪，即使是爱情小说，也不许写失恋和离婚，沦陷区作家只能隐晦地在作品中散布一种哀伤

---

① 参见高晓燕主编《东北沦陷时期殖民地形态研究》，社会科学文献出版社 2013 年版，第 249 页。

情绪，借此增强消极反抗的意识。① 因而，东北沦陷区文学的颓废叙事更多地表现为"没有祖国的孩子"的忧郁乡愁、没有尊严的悲愤自虐等。

四　沦陷语境与多元影响

从外在环境上来说，沦陷区殖民统治的残酷管制及其制造的恐怖氛围，是颓废风格形成的重要原因。异族的侵略，特别是文化殖民的阉割，使沦陷区的中华民族古老文明愈显衰颓没落，民族空前的危机感直接导致沦陷区作家的精神危机，在经过激烈抗争和残酷镇压后，沦陷区作家压抑的悲愤和苟生的自卑心、耻辱感刺激着他们的创作流露出消极无望的颓废情绪。时代风云变化莫测，社会运动波澜起伏，这种极度混乱的局面，往往使个人的命运显得无足轻重，从而一种强烈的时不我与的寂寞感充斥在青年人的心里，挥之不去，形影相随。而传统价值观的礼崩乐坏，殖民主义的价值观的强制灌输，很容易造成人心浮浪，无所归依，极易与颓废的情绪产生情感上的共鸣和心理上的认同。颓废叙事正是沦陷区作家深感苦闷忧郁、消极悲观寻找不着出路的恐惧、困惑、焦虑等情绪的象征。

作为中国现代文学的重要组成部分，沦陷区文学的发展也深受五四以来中国现代文学传统，包含外来文学的影响。颓废主义的传播与接受，恰为五四以来现代中国知识分子在时代巨变转型中提供了表达现代人的现代情绪的利器。同时，沦陷区的翻译文学非常受欢迎，如《中国文艺》第 2 卷第 2 期就刊有 13 篇翻译作品，编辑视野非常开阔；而在《风雨谈》发行的 21 期中，共发表 404 篇作品，其中翻译作品 63 篇，比重相当大。当我们看到《风雨谈》中和一个殉情的骷髅的对话的作品时并不会感到意外。从艺术风格来看，运用象征、自由联想等现代主义手法，在沦陷区文学中也不鲜见。如成弦的《年之赠礼》："你把衰老的条纹/刻在卖淫妇的苍颜，/你牵动她，

---

① 孙娜：《论东北沦陷区废园文学的成因》，《名作欣赏》2012 年第 11 期。

移近死亡／用你那权威的铁链／／…………她痴痴的望着自己的影子，／像一张衰叶，一条风里的游丝，／怯弱的靡有一点气息，／唉，为了活，为了活，／走啊——／靠着这酷寒的／深冬之街道／／…………写道：像一只待死的羔羊……"① 以蛇为时间，通过"衰败"和"死亡"的各种意象连接推进诗的节奏，极有李金发《弃妇》的痕迹，显示出沦陷区文学与中国五四文学传统内在的精神联系。也有论者论述爵青的中篇小说，认为其以充满着"倾颓废墟感"的眼光，在《欧阳家的人们》中描写了官宦家族欧阳亚风一家不可避免地崩溃的命运，有"五四"以来对旧式家庭堕落腐朽的批判遗风。②

　　从中国文化传统来看，中国古典文学中的"诗可以怨"的审美范型也是沦陷区文学颓废叙事形成的重要原因，但突破了诗教"温柔敦厚"的传统。③ 沦陷区文学中这种集体性的"嗜古"，可以说是由于极度的文化压抑与个体的精神寄托，是从苦闷中滋长出来的颓废，也因为有传统文化的影响，沦陷区文学的颓废也常常呈现出中国古典情趣和意境。如朱英诞的诗被废名称为"等于南宋的词"，其诗中的"薄命之感"正是南宋词的特色；而南星的诗，一样有浓厚的古典趣味，抒发着"末世之感"。④ 黄烈《寻梦者》："听四野长歌的夜枭／乃觉人世之全非／可怜风雨的秋宵／漂沉了首阳的蕨薇／滞留在蝙蝠之翅上／萦回在晓寺的钟声里／串串的铃声驼着梦／旅人的家在白山黑水间"⑤，就写出人在旅途的孤苦寂寞和节气凋落的伤感悲哀，以及古典颓废文学的情感、趣味和意境。中国文化本身就包含着源远

---

① 成弦：《年之赠礼》，钱理群主编《中国沦陷区文学大系·诗歌卷》，第 285—286 页。

② 孙娜：《论东北沦陷区废园文学的成因》，《名作欣赏》2012 年第 11 期。

③ 中国大陆遭遇数次中原区域的文化沦陷，如金元与宋的对立、清朝入关等，在每次地域沦陷后，伴随的都是文化之争。但汉民族"温柔敦厚"的诗教观，往往得以成为诗坛的主流倾向。具体论析可参见牛贵琥《金元诗歌温柔敦厚的审美追求》，《江西师范大学学报》（哲学社会版）2015 年第 4 期。

④ 吴晓东：《导言》，钱理群主编《中国沦陷区文学大系·诗歌卷》，第 3—14 页。

⑤ 黄烈：《寻梦者》，《中国文艺》1942 年第 6 卷第 3 期。

流长的颓废主义传统，这种古代颓废精神传统为沦陷区文学接受现代颓废主义提供了资源。

从文化认同机制上看，身份危机是沦陷区文学颓废叙事形成的内在动因。"只有面临危机，身份才成为问题。那时一向被认为是固定不变、连贯稳定的东西被某种怀疑和不确定的经历所取代。"① 中国香港学者金耀基认为，"人类学与社会学中所讲的'边际人'生活在两个不同且常冲突的文化中，两个文化皆争取他的忠诚，故常发生文化的认同问题。……边际人之极，即会发生一种'认同危机'。"② 沦陷区的殖民统治使沦陷区人们产生身份认同危机。如东北沦陷区文学中就有强烈的流亡感和民族身份不确定性的焦虑表达，如小松的《乡愁》中的"昨夜我在梦中走过/梦向我说些什么/一段幽幽细声/天知道那是一种流亡的歌"③ 和山丁的《寂寞》"读出埃及记/我向往那——/美好宽阔流奶与蜜之地/那六十万无家的以色列人/那羊与牛的群/……我轻轻阖上圣经/感到无边的寂寞"④，都流露出强烈的流亡意识，显示出亡国奴不知向何处去的迷茫。特别是殖民文化的强制灌输，既造成沦陷区人们对民族文化命运的焦虑，也深刻影响甚至动摇既有的价值观念，产生了身份焦虑和文化认同危机，并形成"无根"的集体困惑。为了从心理上强化自己中国人的身份，弥补自我身份的分裂，沦陷区的知识分子求乞于民族历史，既是逃避现实的生活方式，更是精神渴求文化归属的需要。如《年代》⑤ 通过祖业的兴衰，儿孙的不屑来抒发民族遭受苦难的悲痛。这种对祖先创下的伟业转变为颓败的感叹，既为沦陷区人们加深了民族历史记忆，又能让他们心中铭记共同的伤痕，产生共

---

① 转自胡强《"一个完全被上帝抛弃的人"——论康拉德〈在西方的注视下〉》，《外国文学》2006 年第 6 期。

② 罗荣渠等编：《中国现代化历程的探索》，北京大学出版社 1992 年版，第 11 页。

③ 录自《木筏》，钱理群主编《中国沦陷区文学大系·诗歌卷》，第 302 页。

④ 山丁：《寂寞》，《中国文学》1944 年第 3 期。

⑤ 噩迟：《年代》，《东北现代文学大系·诗歌卷》，沈阳出版社 1996 年版，第 890 页。

同的心声；金人的《北陵》① 在描述古老王朝衰落的场景中表达历史变幻的沧桑感，流露出对民族兴衰的一声叹息。沦陷区文学自始至终都散发着一股浓厚的伤今怀古的颓废氛围，是与身份危机有着密切的关系。

弗里德里克·詹姆逊曾指出，"第三世界"的文化"在许多显著的地方处于同第一世界文化帝国主义进行的生死搏斗之中——这种文化搏斗的本身反映了这些地区的经济受到资本的不同阶段或有时被委婉地称为现代化的渗透"②。不同于西方颓废那种形而上的本体焦虑和先锋意义上审美自觉，由于现代性经验的缺乏，沦陷区文学中的颓废难以具备西方"颓废"的现代审美品格。克罗齐认为"颓废"即"生活各个方面的衰败——道德、政治、宗教和艺术的颓废作为互相包含的整体"。尽管沦陷区文学中的颓废叙事仍然潜流着一股对民族命运热切的关注和个体命运救赎的热望，但相对于"五四"以来，甚至同时代其他地区的文学中如反意识形态的"颓废"，沦陷区文学中的颓废只是真实反映了恐惧底色背景下沦陷区人们困窘的人生挣扎，透露出难以言说的精神苦痛甚至绝望心态。

第三节　沦陷区文学中的隐喻

在中国现代文学史上，与国统区和解放区热情高昂地宣传民族大义，在作品中直接反映出异族入侵带来的苦难和号召中华民族奋起抵御外侮不同，由于沦陷区受日伪直接占据，沦陷区的作家受到严厉的文学审查和残酷的政治迫害，真实的思想和情感在作品中表现得隐隐约约、欲说还休。然而，在非常高压时期，绝大多数有热血的沦陷区文学者都没有丧失自己

---

① 金人：《北陵》，《东北现代文学大系·诗歌卷》，沈阳出版社 1996 年版，第 612 页。
② 转引自张京媛《新历史主义与文学批评》，北京大学出版社 1993 年版，第 234 页。

的民族责任感。他们在自己的文章中通过这样那样的方式，曲折地表现沦陷区人们生活的苦难，表达自己内心真实的情感，寄托深远的民族认同感。隐喻就是在殖民统治的残酷镇压下，沦陷区作家用来曲折表达真实思想和情感的一种方式。

一　隐喻在沦陷区文学中的作用

沦陷区文学的生存空间非常的逼仄。为了强化文化殖民，日伪采取了多种文学控制形式。如1940年6月，伪首都警察厅成立了对文艺界"管内对象进行侧面侦察"的"文艺侦察部"。而在1941年11月29日的《首警特密发第3650号》密件中，特务机关便对包括山丁、石军、吴瑛、但娣等在内的8名中国作家的作品进行了细微分析，搜索其中有碍日伪统治的内容。[1] 基于殖民统治的警觉性，日伪当局对中国作家进行了严密的监视和残酷的镇压。1936年6月13日，日本宪兵队一手制造了"黑龙江民报事件"，90多人被捕入狱，5人遇难。有一个例子很能说明当时日伪检查部门的严厉。秋萤的《矿坑》提到了在满洲开发的明星商品抚顺煤矿，描写了矿工的悲惨境遇，在当时日文译者大内隆雄看来，此文写得并不太"露骨"，然而未待全文刊完，仅刊出一期，便遭到日本检查部门的查禁，不准连载。[2] 然而，在民族文化认同和对外侵的仇恨与日伪高压政策和残酷镇压之间，沦陷区作家并没有选择沉默，而是通过各种表达方式传递和宣泄自己内心的感受和民族认同的情怀。隐喻正是这种背景下在沦陷区文学中得以广泛运用的。

可以说，隐喻的相似性特征为沦陷区文学提供了更广阔的表达空间。隐喻是在彼类事物的暗示之下把握此类事物的文化行为。如山丁的《鱼

---

① 徐迺翔、黄万华：《中国抗战时期沦陷区文学史》，福建教育出版社1995年版，第266页。

② ［日］冈田英树：《伪满洲国文学》，吉林大学出版社2001年版，第151页。

肆》①，表面上写的是榆篮里的鱼，"那浮在篮上的先被煎烹，/
压在苇底的窒息着残存"，其实是暗示出更具深意的心理体验。作者通过"鱼"任人屠宰的命运，暗示出沦陷区人们令人窒息的生活和被欺凌的命运。两者同样是处于"恐怖的气息"当中。由于沦陷区人们身陷囹圄，"待屠宰"这一相同的内心体验极易被激发出联想，这样，隐喻就建构了"鱼"的现实生活与"人"的想象生活之间的联系，从而达到对沦陷区不幸生活的共鸣，表达对沦陷统治当局的愤懑。人们在阅读此类作品时，很容易基于隐喻的相似性而感知、体验、想象、理解隐喻的真实含义。

如果说隐喻的相似性为沦陷区文学提供了更大的可能的表达空间，那么造成人们理解隐喻不同的文化差异，为沦陷区作家躲避日伪残酷的迫害提供了保护。虽然隐喻是通过突显某一相似性特征而实现其暗示所在，但隐喻作为一种映射，其联系方式是多维的。理解隐喻的方式受环境的影响，因为中日文化人有着不同的文化背景。而这种不同的文化背景、价值取向、生活方式、风俗习惯造成对文学作品中的隐喻有不同的解读。这种对隐喻理解能力的差异使沦陷区作家比较隐蔽地表达真实想法，隐喻的这种多维性给沦陷区作家的写作染上了一种保护色。沦陷区文学作家通过由于文化差异造成隐喻的理解不同这一特点，而在作品中大量使用隐喻。

二　沦陷区文学中喻体的种类

在运用隐喻的沦陷区文学作品中，历史题材得以广泛的利用。沦陷区作家在更宽泛的意义上把历史故事、历史典故和神话传说纳入他们借古喻今的题材范畴。在他们的作品中，历史文本中的意象和现实体验中的意象相对应，能真实地传达作家的写作企图，并在读者心中引起共鸣和联想。如黄雨《易水上》②，"易水上溜走了壮士的歌声/古杨村只存挂剑的痕迹/

---

① 山丁：《鱼肆》，《东北现代文学大系·诗歌卷》，沈阳出版社 1996 年版，第 199 页。
② 黄雨：《易水上》，钱理群主编《中国沦陷区文学大系·诗歌卷》，第 244 页。

我有影子/足御寒冷/且待一会吧/黄昏的雪下已迷津"。作品中"易水"一事的意义在中国家喻户晓，这也是读者理解该诗的关键点。作者借抒发对古壮士凛然大义的逝去的惆怅，隐含着"我"黄昏迟暮的落寞心情，宛转地表达了对世代人心变易的感叹。再如季疯在《也是诗话》① 中引用清黄仲则的"马因识路翻疲路，蝉到吞声尚有声"，并说"每为呜咽感动"，尝念其"岂有生才似此休"之语。实在是非常明显地传达出生活在沦陷区的人们的"无言"生存状态，悲愤之情油然而生。而他在《何以家为》② 中引霍去病"匈奴不灭，何以家为？"的名言，褒扬"国而忘家的忠臣烈士"，似乎已经要走出隐喻的修辞界限而显得过于暴露了！

　　借用历史题材的作品，经常穿梭在历史与现实之间，自有一种反复对照的艺术之美和加强暗示的效果。典故是一种历史化的隐喻，在沦陷区文学作品中，典故往往是用来表达当下情境的文化行为。如丁谛的《戏的世界》③ 就借用"捉放曹"这一典故，并通过小孩的视角来阐释作家对真与假、美与丑、善与恶的看法。作品通过种种隐喻，让读者的视线在真实与虚假之间穿梭，从而引发更深的联想和感受。作品开头借描述小春儿对世界的看法，表达出特殊时期人们内心的真实思想，"欢喜这真实以外的世界。有笑，有哭，有光荣的炫耀，耻辱的烙痕，仇恨的报复和恩惠的铭心的世界，比真实现有的民办变动得更快的，一切开端但立刻可以看到结果的世界"。作家在作品中反复强调小春儿在看那些戏中兵士们猛烈呐喊时的情景和感受，强调他在那种善恶分明、美丑鲜明的世界里畅快的发泄。这些都暗示出生活在沦陷区中的人们，在那种积重的生命的压力下被逼出人生的呼号，渴望人生有一种自然的原始的律奏。正是事实的残酷让小孩真正理解戏的含义并不断产生"这是好人还是坏人"的追问。"忠臣！两

---

① 季疯：《杂感之感》，益智书店印行 1940 年版，第 106 页。
② 同上书，第 114 页
③ 丁谛：《戏的世界》，《杂志》1943 年第 10 卷第 5 期。

个字特别的重，是从他的心底窜出来的，他心底有过这末一个感觉：他精神和人格是多末的伟大！"在华容道上小孩子演的关公不放曹操，也是这种正义心理的表现，当小春儿用梨打着了台上演曹操的人时，他恨这个不是戏的世界，坏的人挨不到打，他一点自由都没有。通过小孩子对戏中角色的善恶理解，用童真的心灵来对是非颠倒的现实世界进行控诉和嘲讽。在戏的世界里，善恶分明，文中无处不在用对这个世界的认同暗示出对现实世界的不满。文中那些英雄与奸臣，侠客与小人的对比，是现实与想象，世界在儿童心理上，不，是借儿童的心理投影诅咒这个罪恶的现实世界。最后，作品的结尾通过戏的世界捣破了小春儿必须重新面对这现实的人生，来暗示作品的真正所指是对沦陷区的现实世界的道德混乱和美丑颠倒的控诉。沦陷区作品就是这样借用历史典故使读者从现实走入历史，并且在现实与历史之间寻求暗示的共鸣点，曲折地表达自己的感情和对当下的思考。在这些所运用的历史典故中，读者一般都能够在相似性的基础上，借助于历史与现实的相互观照，表达在沦陷区中生活的深广的忧患意识和道德焦虑感，并赋有强烈的历史使命感。

沦陷区作家也常会重写、改写历史故事，从而达到表达不便言说的内心感受和思考。如李季疯的小说《在牧场上》①，小说重写苏武牧羊的故事，加入大量的心理描写，刻画出身陷困境中的苏武丰富的内心世界，委婉地表达出生活在沦陷区人们的内心体验和情感思想。而古丁的《竹林》②借写嵇康等竹林七贤的故事，主要记述生在乱世的人的精神状态，通过对嵇康的高傲与其他人的对比，也通过描述嵇康因才多识寡，得罪权贵而惨遭杀害的结局寄托作者内心的隐衷。作家之所以要援古证今，据事类义，当然也是不得已而为之。对于当下现实的直接描述，特别是对重大事件的直接描述，在异族的残酷统治下，任何真实思想的表达都不是一件轻松的

---

① 季疯：《在牧场上》，《东北现代文学大系·短篇小说卷》，第591页。
② 古丁：《竹林》，《东北现代文学大系·短篇小说卷》，第372页。

事情。典故的存在，使一切难题迎刃而解。虽然援古证今，据事类义乃不得已之举，却又产生了积极的修辞效果——典故的运用使得本来不可能的事情成为不必要的事情，历史事件的环境、动机、人物关系已经蕴含于典故之中，简捷的暗示代替了不必要的详细述说、解释和评价。此外，典故的应用本身还暗示了一种新的历史观：它或者暗示了原型事件的不断重复，或者发出美好时光不再的感叹，并以"历史是否重演"的问题自审。沦陷区文学作品借用历史题材来表达自己的思想感情，让作品与现实、历史与现在、神话与现实、历史文本与当下文本连接起来，达到暗示深层次的理解效果。

　　除了大量运用历史题材外，沦陷区文学作品隐喻还常借用其他喻体，如借"梦"喻事也较为常见。根据弗洛伊德的理论，梦的预演是意欲的实现。关于以梦的题材的作品实际上是一种自我保护性掩饰的不确定性和掩饰性的现实之隐喻，它包含一种多方面自我表现的现实体验，一种规避冒险的表达。作家可以借梦表达对残酷现实的体验。如罗麦的《一个灰色的梦》①，诗中以噩梦喻为现实，这个梦是"一个灰色使我畏怕的梦""前面是危险的，那里有虎，有狼穴，还是要当心些""每走几步，就会碰到参差高低的石壁，前面的怪石如同恶魔般地矗立着，仿佛准备就要吞噬我"。在这噩梦中诗人感到绝望，她的内心渴望"太阳马上升起来"。诗中的梦的所指清晰明确。而百灵的《寻梦》②则以梦喻为追求和光明，通过梦的迷失，来表达在黑暗现实生活中的迷茫。诗人在诗中呼喊"回来吧　我的梦/我将坠落到黑暗的陷坑"，表达了沦陷区人们对美好生活的渴望。借梦喻事抒情的作品还有顾视的《梦》③、歌青春的《星的梦》④ 等。这些诗作虽然不一定直指沦陷区现实生活，但也表达了诗人对美好未来的向往和追求。

① 罗麦：《罗麦诗文集》，辽宁少年儿童出版社 1989 年版，第 29 页。
② 百灵：《寻梦》，《东北现代文学大系·诗歌卷》，第 401 页。
③ 顾视：《梦》，《中国文艺》1943 年第 8 卷第 5 期，第 24 页。
④ 歌青春：《星的梦》，《东北现代文学大系·诗歌卷》，第 25 页。

　　沦陷区文学中隐喻题材当然不限于上述所说的两种。如徐放的《古城》就是借古城这一意象来抒发感情的。诗人面对古城的衰朽，联想到古城正遭受的苦难，借用灰尘、阴云、暴风、恶雨来刻画古城所受的创伤。整首诗象征性极强，也很容易被沦陷区人们所理解。诗人不时借景抒情，甚至用一些形象人事的词汇来突显诗的本意所指。因而当读者读完整首诗时，不难理解"古城"象征苦难的北京、苦难的中国。诗的结尾再次暗示诗人对沦陷的现状的不满，并表达自己对民族的寄托："古城！／老东西啊！／由于你的衰亡／／也许／是新生的象征呢！"像这样的借景借物抒情叙事的作品在沦陷区也是比较多的。隐喻以修辞的艺术为沦陷区作家、为沦陷区人们表达自己对沦陷生活的真实看法提供了一个可能的平台。隐喻将附属于象征情景的情感融进了被象征的情景之核心中。在这一情感转移中，情感间的相似是通过情景的相似引发的。在诗歌功能中，隐喻将双重意义的能力从认知领域扩展到了情感领域。

三　沦陷区文学中隐喻的本体指向

　　在异族入侵、民族分裂的历史语境中，沦陷区作家首先表达的是对中华民族的认同心理。为摧残沦陷区中国人民的民族意识，日本帝国主义实行了人类历史上罕见的殖民主义文化教育统治。正如毛泽东所说，"日本帝国主义对中国的政策分为物质和精神两个方面。在精神上摧残中国人民的意识，在太阳旗下每个中国人只能当顺民、做牛马，不许有一丝一毫中国气"①。领土的割裂激起中国人切身的痛楚和心理的仇恨，当然"由于沦陷区政治环境的严峻，即使进步文学，也很难针锋相对地直接去表现抗战"②，隐喻就是常被沦陷区文学用来暗示自己的民族属性和精神归属的一

---

　　①　《毛泽东选集》，人民出版社 1991 年版，第 455 页。
　　②　黄万华：《沦陷区散文同外来文化影响相处的基本格局》，《社会科学辑刊》1995 年第 1 期。

种表达方式。如《暂短》中"闭上眼，我像看见往古哀艳的故事/麋鹿跂足在廊下，苔藓绿遍了阶石/宫门前森然立着越国锦衣的战士/——一夜凄凉的风雨，吴宫埋葬了西施"①，诗人借古代忧愤的意境来表达时光不再的感伤和历史断裂的创伤，从而表达出深沉的民族认同意识。

沦陷区作家在表达自己的民族意识时，面临着更严峻的利害承担。因而他们也不得不在语言使用和文学手法上更加隐蔽。他们借用表面漫不经心的对童年的回忆，来诉说人是物非、时光不再的忧伤之情。如萧红的《后花园》《小城三月》里以散文的优美追述伤悲却又难以释怀、充满温情的往事。而师陀的《果园城记》、李道静的《冬，黄昏》《游山人后记》等文章则大都借人物写出了北京文化在温雅静谧中透出热情的特征，这种对传统文化的眷恋也可视作对民族文化的坚守。这些作者或是借历史典故，或是借传统文化审美心理来激发读者的历史意识和民族认同情绪。正如有的学者所说，"说话者拿历史情形与眼前的情形展开对比。它把过去视为现在的参照系，因而为延续传统的思想观念立下了汗马功劳。它使得许多'先贤'或'名流'成为原型符号或文化语像"②。应该说，隐喻在加强沦陷区人们民族认同意识上起到了比较重要的作用。

在民族危机之际，人们需要表达民族认同意识是必然的。但值得注意的是，由于在沦陷区中有着特殊的生存方式，有相当一部分作家，面对现实和战争，在作品中提出一些新的命题。沦陷期间，沦陷区人们的生活都直接或间接受控于日伪当局。"顺民"生活使人们心里产生了强大的道德焦虑，尤其是沦陷区的知识分子更面临着内心的深层危机。他们在生存的艰难与道德自律之间寻求新的平衡，然而两难的境地究竟还是不能避免。或出于日伪统治的压力，或出于传统道德的禁忌，他们不便在作品中直接

---

① 吴兴华：《暂短》，《吴兴华诗文集》，上海世纪出版集团、上海人民出版社2005年版，第28页。

② 季广茂：《隐喻理论与文学传统》，北京师范大学出版社2002年版，第95页。

表达对新的生存命题的追问。事实上，他们大都自觉不自觉地选择了"隐喻"的方式来表达自己的思考。李季疯的《在牧场上》① 是此类隐喻运用中比较有代表性的作品。作家通过新的视角重述苏武牧羊这一历史故事，来阐释生活在沦陷区人们的内心体验。小说的开端是在荒凉寂寞的草原上，孤独、漂泊、穷苦的生涯令苏武感到悲哀。在凄凉的情绪与庄严的意识之间，苏武时常唱起"任海枯石烂，大节定不少亏，能教匈奴惊心碎胆共服汉德威"。民族大义和国家利益支撑着苏武 19 年来一个个寂寞而又苦难的日子。然而作家借伴随并监视他的番人颉利图之口道出苏武内心的另一面，他时常劝苏武说，"汉家这样地待先生，把先生扔在海外就不管了，先生你还替他守什么节"，这也是沦陷区人们的一种心态写照。这些话引发苏武心中生活欲的滋长。他内心的精神操守和本能的生活欲冲突不已。一方面，他对颉利图说"一个人应当把他的人格，比享受——以至于生命，以至于什么都要看得重要。我们不能为着过好的生活，为着享乐就坏了我们的人格"。另一方面，他也感受到自己的生命在无谓的时间中流失，虚无得很。他在想给匈奴做官（降臣）与给匈奴牧羊（顺民）在意义上有什么两样。小说借苏武生存状况暗示出生活在沦陷区里的人们的道德困境。事实上，抗战胜利后，很多沦陷区生活的作家都受到不同程度的歧视。当苏武反复追问"一个降臣和一个顺民的异趣之点在哪里"的时候，他的内心充满了道德的焦虑，或许他也预感到将来自己必须承担的道德压力了。惶惑、空虚甚至恐怖中，他感到灵魂的孤独。然而，不能以身殉义，因为他又被妻儿的温情吞没。通过《在牧场上》这篇小说，我们可以看出沦陷区作品借助"隐喻"这一方式，提出了现代文学史上一些新的命题，如日常生活与国家大义，生命虚无与物质欲望，道德焦虑与个体自由。这些命题都值得我们去更深入地研究。沦陷区作家以"隐喻"的方

---

① 季疯：《在牧场上》，《东北现代文学大系·短篇小说卷》，第 593 页。

式，借历史故事的语境与当下语境的同构性更巧妙地表达了沦陷区人们难以言说的思考和面临的困境，极大地增加了沦陷区作品的意义和品格。由于历史典故是组成决定人们思想文化核心的根本因素之一，所以一个神话典故使用得当，总能渗入为那个文化所哺育的人们的心灵深处，拨动其他方式难以触及的心灵之弦。因而这些隐喻的运用也极大地增加了作品的艺术感染力。

　　沦陷区作家也借"隐喻"的方式对战争本身进行了反思和质问。如外文的《铸剑》①，诗人既对战争的正义与否进行思考，也对战争本身进行怀疑。诗中写道："吴王口中有了明朗的决议/'问罪复仇'就是堂堂的/地义天经的名义楚啊越国/我要向你们要点奴和地　扩大/扩大起吴国　吴国盟主/保护着你们的奴和土。"这样的诗句，不难让正在遭受野蛮入侵的沦陷区人们对入侵者的丑恶嘴脸有直接的认识。战争是劳民伤财的，干将和莫邪铸剑遇到众多的议论，"为了两根剑，烧了一山大木头"，"为杀人的头"的两口剑，莫邪献身于铸剑。干将也因而反省了自己"他想他的职业虽是/专门帮助人家去杀人""他决心/一根悄悄的藏起　纪念/他的妻　同时　以备/杀那专门杀人的"。诗人也对战争的残酷进行了描述，"再说吴越交界的战场/丁男丁女们正在沸腾着/必死的血潮　这是不战也死/战也死的必死的血潮啊"。生命在战争中别无选择，也因而显现出特别的脆弱。再如百灵的《乌江——长诗〈项羽〉之一节》②，一个小卒吐出了怨言："我们流血折骨，攻城夺地；/到底是为着何事？/是为着项王，扫灭刘邦？/我们的妻子正在哭泣，/是为着封侯，为着黄金？/我们的灵魂将归不得故乡，/是为着要马革裹尸，/有人来赞扬？/无用的声名，/带不到黄泉里。/我们的父母将饿死，/我们的尸骨将暴露在沙砾。/流自己的血，/流别人的血，/到底是为着何事？"在这些对战争进行"隐喻"式的思考

---

① 外文：《铸剑》，《东北现代文学大系·诗歌卷》，第 351 页。
② 百灵：《乌江——长诗《项羽》之一节》，《新青年》1938 年第 5 期。

中，尽管作家对战争的性质有时有不全面的认识，对战争的思考也不够深入，但这些体验和思考却是真真切切来自生活和灵魂上的痛苦。

在日伪统治下，对苦难的描写，就是对现实生活的不满，也是对日伪残暴行径的控诉。但由于特殊的环境，沦陷区作家描写的苦难，并不直接表露对时局的不满，但他们借助隐喻对当时普遍的不幸遭遇进行淋漓的控诉，从而达到对造成苦难根源的清醒认识。沦陷区文学作品对苦难的描写常常借助于刻画弱小"动物"的遭遇来表达"人"的悲惨命运。如梅娘笔下的"鱼""蚌""蟹"。其笔下"捕蟹的人在船上张着灯，蟹自己便奔着灯来了，于是，蟹落在早就张好的网里"，可以说是沦陷区女性命运的真实写照。而山丁《鱼肆》中待屠杀的"鱼"更是沦陷区人们无法把握自己在残暴者屠刀命运的写照。诗人外文甚至在诗中直接控诉忍辱偷生的悲愤，"我这条小蛆呵／为活　不能蠕动／蠕动在臭的大粪里／／十年来　忍着／没有流下一滴泪／压住了一团火／让他自煎心"。① 沦陷区作家对苦难的描写也是多种多样的。苦难的生活和民族的不幸使沦陷区人们就像沼泽里的芦苇，"它们生长在沼地里，为吃苦而活着，大风来了，它们便折下腰去，微风吹来，它们便唱起来，老了，它们便白头，被割断一茬，明年又从根上长出一茬，它们永远生长下去"② ……当然，借"物"抒情不仅限于悲叹。稚丁的《笼中鸟》③ 就呼吁那"已经失去'你生的意义'的'鸟'要磨利了你的嘴，啄折笼柱，／纵翅飞出去"。他们甚至在作品喊出"这就是乡村，这里有牛，而且也有狼啊，要紧的是怎样对付狼"④ 的声音，隐晦曲折地表达出对苦难的另一种态度。翻开尘封的沦陷区文学作品，看到这些描写苦难的文字，我们能够想象到田园荒芜的景象，能够体会亲人流离失所的惨状，也能够感受到那些为民族遭遇不幸而发出的深切悲伤。

---

① 外文：《向天空》，《东北现代文学大系·诗歌卷》，第362页。
② 山丁：《芦苇》，钱理群主编《中国沦陷区文学大系·新文艺小说卷》，第623页。
③ 稚丁：《笼中鸟》，《东北现代文学大系·诗歌卷》，第840页。
④ 关永吉：《牛》，钱理群主编《中国沦陷区文学大系·新文艺小说卷》，第249页。

除以上沦陷区文学作品频繁运用隐喻外，也有一部分作家并不为避讳时局而运用隐喻。他们在作品中大量运用隐喻只是为了达到更好的艺术效果。在这部分作品中，隐喻的作用只限于唯美性，在于能够含蓄而生动地表达人们的思想，并以一种间接的方式来表达那些只可意会而难以言传的内心感受，往往具有戏剧性显现的艺术作用。同时它们能最大限度地调动读者的思维感受能力。

沦陷区文学作品中广泛应用隐喻这一表达方式，一方面，反映了当时创作环境的恶劣，作家们借以规避敌人的迫害；另一方面，文学文本的隐喻也造成传述意义的不确定性，给读者理解造成一定的困难，这也反映隐喻在表意上的无力。当我们阅读沦陷区文学作品中俯拾即是的隐喻，不难感受到沦陷区作家的谨慎恐惧的心理，能深切体会到沦陷区人们忍气吞声的生活状况。这不禁令人想起杰姆逊所说，第三世界文学应该当作民族寓言来读，即使那些表面看起来与民族无关的文本，那些描写个人欲望和内心冲突的故事，它们也通常和民族及国家的命运息息相关，而不是纯粹书写个人的。在民族存亡危急的年代，隐喻在沦陷区文学的运用为人们提供了表达和沟通的可能。它通过借用种种喻体，为中华民族留住了记忆，它所蕴含的意义远远超过表达方式的本身。

余论　沦陷区文学中民族意识的时空流变

　　"依据其自身的性质，所有意识内容的深刻变化都会随之带来其特有的健忘症。在特定的历史情况下，叙述（narratives）就从这样的遗忘中产生。"① 沦陷区文学从一个幽暗的，几乎被遗忘的角落记叙着沦陷天空下的民族意识，给曾经受过创伤的伟大民族留下深刻的记忆。同时，它也暗示着这样一个事实：沦陷区的文学仍然是中国现代文学的一部分，其中所蕴含的民族意识仍在伟大民族的连续性时间之中。米什莱曾说："人越向前走，越了解自己民族的智慧，对地球的和谐就越有益。"② 对于民族集体来说也是如此，了解特殊语境中的民族意识，才能真正了解民族自身。虽然我们充分认识到抗日战争使中华民族儿女在苦难面前强化了自己民族的归属感，增强了民族意识，但我们也需要清醒地认识到在严酷的殖民统治下，沦陷区人们的民族意识仍会受空间与时间等因素的影响动摇其稳定性而发生一定的变化。

　　纵向来看日本殖民者对中国各沦陷区的殖民策略各有偏重。远在 1895 年台湾被割让给日本，1931 年日本又侵吞了我国的东北地区，1937 年日本侵华战争全面爆发，一大片土地又相继沦入日寇魔掌，成为沦陷区。由于有着不同的政治格局，如自"九一八"事变后，日伪于 1932 年 3 月在东

① ［美］本尼迪克特·安德森：《想象的共同体——民族主义的起源与散布》，吴叡人译，上海世纪出版集团 2003 年版，第 233 页。
② 转引自［法］吉尔·德拉诺瓦《民族与民族主义》，郑文彬、洪晖译，生活·读书·新知三联书店 2005 年版，第 4 页。

北成立伪满洲国；华北沦陷区自 1937 年 12 月始，先后成立伪临时政府、伪华北政务委员会等；而华中沦陷区则先后成立了伪中华民国维新政府和伪中华民国国民政府；其时的中国台湾则处于日本帝国设置的总督府管辖之下，加上地理环境、区域文化的"小传统"差异，日本殖民者因时因地不同，对不同沦陷区采取了不同的管制策略，以沦陷区的日语教育为例：在日占的中国台湾，自 1922 年颁布新的"台湾教育令"起，强制中国台湾人在公共场所使用日文，然后根据侵略战争的推进与文化殖民的需要，日本殖民者逐步取消了汉语选修课，全面推行"皇民化运动"，大幅废止中文报刊，妄图从民族语言文化上实行釜底抽薪，使中国台湾人彻底皇民化。在伪满洲国，日伪当局也以各种形式强制使用日语，其目的非常明确，即要伪满洲国推行日文，进而将日文替代中文，妄图使日语成为伪满洲国的通用语言。而对于华中、华北等沦陷区，由于战事的频仍以及日本在军事上、政治上的掌控不如在中国台湾、伪满洲国那么绝对有力，因而在日文推广方面还有些力不从心，对中文教育的压制也未能如愿遂行。尽管如此，各沦陷区日伪当局都将日语教育强行纳入各级教育体系，要求自小学高年级开始必须开设日语必修课程，并随年级的增加逐渐增加日语课时的比重，企图通过强化日语教育以确定日语的"准国语"地位，这也是日本侵略者实行文化殖民的重要步骤。① 与日语教育在不同沦陷区推行策略不同相类似，不同的沦陷区域文学也呈现出不同的民族意识形态。

　　东北沦陷后，日本侵略者企图建立"以宣统皇帝为元首、领土包括东北四省及蒙古"的新政权，"国防和外交由新政权委托日本帝国掌握，交通、通讯的主要部分也由日本管理"②，并以"王道政治"或"王道主义"作为伪满"建国精神"核心而对境内民众加以思想文化上的清洗与控制。

---

　　① 参见陈桃兰《论日本侵华期间在沦陷区所推行的日语教育》，《直面血与火——国际殖民主义教育文化论集》，2003 年，第 256—264 页。（国际学术会议，后由内蒙古大学出版社 2006 年出版，张诗亚主编）

　　② 转引自胡德坤《中日战争史（1931—1945）》，武汉大学出版社 2005 年版，第 22 页。

在伪满"艺文以建国精神为基调"①的强制下，东北沦陷区作家要想脱离与官方的联系而进行写作几乎不可能。如 1941 年"满洲艺文联盟"在"新京"成立后，凡文艺界知名作者均被指定为会员，置于警宪当局的"特务要视察人"之列。②在这种情况下，东北沦陷区作家被迫卷入官方政治，与日伪文艺机构发生纠葛的人数比例相对于其他区域是较高的。

然而，综观东北沦陷区的文学创作仍在整体上保持其现实主义的创作原则，并从中体现出具有东北特色的民族意识形态。首先，东北沦陷区文学注重挖掘东北地域特色，寓民族认同意识于乡土叙事之中，因而，东北沦陷区的"乡土"写作较之其他沦陷区要积极得多。其次，在日伪严密的文网之下，东北沦陷区作家以不合作的态度大量进行"艺术"创作，而巧妙拒绝"国策文学""决战文学"的胁迫。再次，东北沦陷区作家尽力加强与内地的联系，并积极谋求逃往内地的机会，从言语到行动上体现出民族向心意识。如东北作家梁山丁，就是打通关系办理了"出国证"，才得以在 1943 年 9 月 30 日乘车离开东北到达北京的。当身为伪满洲国国民的山丁逃往北京后，感叹自己有"做一个中国人而自豪的情绪"③时，我们也可知东北沦陷区也确实比其他沦陷区环境要恶劣得多。此外，由于日本实行移民政策，加上东北境内大量朝鲜人、俄罗斯人等族类的存在④，东北沦陷区文学的民族意识较之其他沦陷区域作品有着更多的异族形象，并在"他者"的对比下，强化自己的民族意识。

日本侵略者为使其利益最大化，在各个沦陷区采取分而治之的政策，

---

① 姜念东等：《伪满洲国史》，吉林人民出版社 1980 年版，第 432 页。

② 杨义：《中国现代小说史（下）》，人民出版社 1998 年版，第 350 页。

③ 参见张泉《张深切移居北京的背景及其"文化救国"实践》，《台湾研究集刊》2006 年 2 月，第 80 页。

④ "九一八"事变后不久，日本就有组织地以每年 30 万人的速度向东北移民，截至 1945 年，日本人达 260 万人，成为东北最大的少数民族。而早在 20 世纪 20 年代，日本曾公开唆使大量韩国人移民吉林，由于日本在土地与移民政策上的因素，这些异族移民与中国本地居民（移民）发生了种种复杂的关系。"万宝山"事件正是反映民族之间关系的一种现象。参见许宁、李成主编《别样的白山黑水——东北地域文化的边缘解读》，黑龙江人民出版社 2005 年版，第 369 页。

这也使得华北沦陷区能够与汪伪南京政府保持相对独立的特殊地位。随着战局的变化，在日本坚持"军部及政府采取作战第一主义的宣传报导政策"之后，日伪开始逐渐加强"促进新的民心建设促进工作"①，这为华北沦陷区作家利用日伪政策而发展文学提供了可能条件。此外，或许是"北方之人，不为离世绝俗之举，而日周旋于君臣父子夫妇之间"②，或许是"在京者近京"，有着"官的帮闲"的传统；也由于文化商业市场的不成熟，华北沦陷区文学对官方支持有着较大的依赖，华北沦陷地区的散文异常繁荣，特别在前期尤为明显，这种致力于个人性的抒怀写作其实是华北沦陷区作家对以上生存文化语境的反应。当时评论家楚天阔做过分析，认为华北沦陷区散文形成创作主潮，主要原因在于早在"五四"就有非常有声望的作家周作人肯定出山写作，而他以知堂署名的散文广泛见诸报刊，对华北沦陷区随笔散文写作流行起到了巨大的促进作用。当然，也由于散文随笔的范围较广，其主题多以个人生活为主，较少甚至可以不牵涉政治等时局敏感题材，既为写作者所欢迎，同时也能被沦陷区日伪当局所接受也是一个重要原因。个人性的散文随笔写作反映出作家处于内心的民族意识与外在的生存状态之间的矛盾状态。

由于大学机构相对众多，其中具有教会背景的大学更是有着相对自由的写作空间，华北沦陷区文学的"文艺"味更为浓厚。华北沦陷区文学中的民族意识也大多是通过"文艺"的方式曲折表达出来。同时也因为"文艺味"过重，有时导致"民族意识"的淡化。在华北沦陷区，纯文艺性的文学作品相当多，这也算是民族意识与文艺意识之间的另一种辩证关系吧。

受惠于大都市成熟的市场机制，以上海为中心的华东沦陷区文学既秉

① ［日］龟谷利一：《华北的杂志现状及今后新文化建设的方案》，《国民杂志》第 1 卷第 8 期。

② 王国维：《屈子文学之精神》，《王国维经典文存》，上海大学出版社 2003 年版，第 155 页。

承了"海派"文学的"近商者在使商获利"① 的生存策略，同时也继承了
"孤岛"文学的抗日爱国传统②。前者导致华东沦陷区通俗文学异常繁荣，
后者则借通俗文学更为广泛地传播民族意识。虽然有时商业意识过分浓厚
而使文学作品流于空泛与媚俗，但更多的时候两者体现出民族危机时期的
默契，显得相得益彰，有时甚至出现商业意识因民族意识吸引了更广泛的
读者，民族意识因商业意识而取得更为广泛影响的良好局面，如《万象》
《文艺春秋丛刊》等既坚守了充溢民族意识的品格，又吸引了广泛的读
者群。

　　概言之，从东北、华北、华东各个沦陷区文学中民族意识所处语境与
蕴含方式的不同之中，我们不难理解民族意识的存在是受空间环境影响
的。白山黑水的东北，在充满与自然抗争产生的强悍生命力传统文化之
中，同时又面临着伪满洲国这样一个"独立"高压的环境，民族意识诉求
的方式就略显单一，它必须在现实环境允许的条件下，借助文本叙述技巧
从"乡土"出发，而达到民族认同的目的，自然也挟持东北独有的雄浑、
豪迈与粗犷的气概。而在传统文化氛围浓厚的华北沦陷区，民族意识则可
借助多种文化因子形成一种弥漫的生存力量，看似纯文学的作品，不经意
地流露出文化中国的向往，然也不免沾染上"京派"式淡淡的忧愁，充满
着个人生命乃至文化历史的慨叹。至于华中沦陷区，民族意识更是在这个
相当现代的文化市场中左右逢源，寻求属于自己的文学空间。在潜行扩张
的同时，一方面民族意识不得不面临着与"汉奸文学"的敷衍与对决，表
现出作家的智慧与勇气；另一方面也时时需要抵御市场利益的诱惑，避免
丧失在民族危机时个体所应承担的道德责任。如华中沦陷区《万象》杂志
在日伪严密文网中建构了一个相对自由的呼吸空间，其编辑者对民族文化

---

① 栾迁石（鲁迅）：《"京派"与"海派"》，《花边文学》，人民文学出版社 1973 年版，第
13 页。
② "孤岛"沦陷前，"孤岛文学"深沉的民族忧患和炽烈的民族抗争意识对周边沦陷区文学
也产生了辐射影响。

的自觉坚持和坚强不屈的意志，为《万象》赢得了民族文化"堡垒掩体"的声誉。

民族意识的变化也表现在时间这一维度上。抗日战争期间的沦陷区文学以 1941 年为界，大致能分为两个时期（东北沦陷区文学可分三个时期，即以 1937 年以前为一个时期）。从文学实践来看，前后期民族意识也发生了一些变化。

民族意识的变化体现在沦陷区作家在不同时期参与文坛活动的态度上。沦陷初期，沦陷区文坛普遍出现一段沉默期，这是对异族入侵的愤懑情绪的直接表现，也是对时势的一种冷静观察过程。如华北沦陷区沦陷初期，作家们纷纷离开北平，"所谓文化古都的北平，说来真是凄凉万分，所有从事文艺的作家们，大都离此南下，残留的一些前辈们，也多半闭门读书，不再写什么东西，所以不但连文艺的前进光大谈不到，就连维持事变前那种气象都不可得"[①]。这是当时具有日伪官方背景刊物在刊首所言，可见他们对文坛时局有较清醒的判断，并对众多作家不再写作的原因心知肚明。而发表了的作品，也是乏善可陈，难觅佳作："当时所谓文艺，没有一篇是现实的东西，报纸的文艺版所刊载的全是笔记和考证一类的文字，甚至连用白话写成的作品都少见得很。在本年以前的华北文艺界，除了少数的几个杂志附有文艺篇幅和报纸副刊以外，简直可以说是没有新文艺发表的机会，虽然有些，也是极其贫乏得可怜的东西。"[②] 再如前面所提，周作人在附逆之前曾有过较长时间的犹豫与观望。无论是基于国家民族意识不甘落水为文化汉奸，还是忌惮于日本侵略者的暴行考虑，初期的沉默总体而言还是显现出对日伪当局的不配合。而随着沦陷时间的延长，沦陷区文坛也开始出现呼应日伪宣传方面的文章。如有"我们就应当调整两国的利害，树立共同的目标。合作互助，开辟共同的出路""我们的文

---

① 《卷头语》，《中国文艺》1940 年第 3 卷第 1 期。
② 罗特：《一年来的华北文艺界》，《华文每日》1943 年半月刊第 10 卷第 1 期。

学要造成东方各民族互相了解互相敬爱这精神，尤其是中日两国民族应对于此点特别努力"① 这样附和日本侵略者的言论。而到了1942年的"华北的文艺界，尤其是北京，总算有一番峥嵘蓬勃的气象"② "文化界之活动，竟急遽的呈现了旺盛的状态"。当时的日人志智嘉认为出现这样兴盛的文学的原因"也许是受了本年初时日本对于中国实行新方针的影响，或者是由于五年来保守沉默的文化人，抑制不住他们的热情，而终于爆发出来的结果"。③ 虽然投身文坛的作家，尤其是参与日伪文艺活动的作家态度大都不积极，但事实情况是一部分作家参与活动的次数已经趋于频繁了。

　　民族意识的变化还体现在沦陷区文学选取创作题材上。沦陷前期，东北沦陷区出现了抗联文学、"北满"作家群创作等有影响的文学作品。这些作品体现出反抗的勇气与"力"的追求。如金剑啸的叙事长诗《兴安岭的风雪》，其中慷慨悲壮之气激荡人心，而萧军、萧红的小说合集《跋涉》，也表现出苦难生活中的坚强和对现实进行"革命"的意志。而至沦陷中后期，文学题材则有着更广泛的多样性。如华北沦陷区文学题材就甚为博杂，从知识小品到文史杂谈，从风物人情到寓意言志，内容显得十分丰富。而其中的校园文艺一度出现过于偏重文艺本身技巧的创作倾向，甚至被讥为"田园风味"和"洋神父化"。④ 以沦陷区女性文学题材为例，沦陷初期，女性文学秉承"五四"新文学关怀社会苦难、民族存亡等传统，显示出强烈的现实战斗精神，如萧红、萧军早期小说合集《跋涉》中的作品。至沦陷中后期，在日伪高压管制政策下，女性文学已无法直接反映社会历史重大问题，此时的作品大抵只是展示一般的人生悲惨情景以曲露心声，如蓝苓的《端午节》写过节买不起粽子的贫寒窘境。表现婚恋、

---

① 杨正宇：《我们的文学的实体与方向》，《华文每日》1941年半月刊第6卷第1期。
② 罗特：《一年来的华北文艺界》，《华文每日》1943年半月刊第10卷第1期。
③ 志智嘉：《文艺杂谈》，《艺文杂志》1943年第2卷第1期。
④ 楚天阔：《1938年北方文艺界记略》，《中国公论》1940年第2卷第4期。

人性等主题的作品更是盛行一时，更显女性文学的软性特色与特有形态。这些变化既说明沦陷区文学随着时间的推移出现了根据时势调整自身发展的策略，也暗示出民族意识在日伪严厉的管制下，甚至在表现力度上出现式微的症候。

当然，这种策略的调整也是民族意识对沦陷区日伪高压统治的现实反映，如沦陷区文学对民族文化传统的态度转变。随着民族危机的日益逼迫，人们愈加有着深重的文化焦虑感，这也导致沦陷区文学在继承"五四"人道主义精神传统的同时，也对新文化运动对中国传统文化那种彻底决裂态度产生了质疑，开始深深地认识到传统文化在精神价值上有着民族认同的根性。特别是当异族文化强势介入现实生活时，具有"士"文化传统的知识分子，自觉或者不自觉地选择回归文化传统，并从中获取道德勇气和精神力量。当然，从民族生存上来说，弘扬传统文化，也有利于民族文化血脉得以维系，进而深层次地提升民族凝聚力，提升民族自信心。在沦陷区文学发展受到日伪多重约束的语境中，通过弘扬民族传统文化以提高民族的自信力，其实是保存民族意识的一种非常切合实际也非常有效的方式。在强敌的文化殖民统治政策下，保持民族的文化自尊，寻求民族认同的资源方面，沦陷区文学也确实发挥了重要的作用。

为了削弱沦陷区人们的抵抗意识，日伪当局对沦陷区文学作品进行了严格的审查，企图压制民族意识的流露。然而，沦陷区文学中民族意识生生不息的存在显示了中华民族具有坚韧的意志力与顽强的生命力。对于这一点，台湾沦陷时期尽管经过皇民化运动，但其汉民族的意识依然难以磨灭，那种在民族历史深处流淌的文化血脉潜行不息，他们强烈的祖国文化认同感不时感召向母体回归，因而我们通过阅读日据时期的台湾文学，仍然看到即使被日本占据达半个世纪之久的中国台湾人民也仍然有着强烈的民族意识。日本人称"台湾人的民族意识之根本起源，乃系于他们是属于汉民族的系统""视中国为祖国的感情，不易摆脱，这是难以否认的事实"①"没有一个种族能够垄断美丽和智能以及力量"②。20 世纪的抗日战争给异族入侵者一个沉痛的教训，也给中华民族一个认识自己力量与智慧的契机。沦陷区文学不绝如缕的民族意识存在展现出中华民族顽强的生命力与坚韧的凝聚力。

民族意识的变化还体现在人们对民族命运体认的变化上。吉尔·德拉诺瓦认为"民族意识取决于时间，包括集体失忆、共享的现实和拥有共同未来的愿望"③，其中共同未来的愿望即是民族命运感。所有的民族都是命运共同体，民族通过塑造其成员共同的命运感而加深民族集体的凝聚力与生命力。而这种个体对民族命运的体认则受现实处境制约，尤其会在长时间的环境变化之中，发生改变。沦陷之初，人们的反抗情绪高涨，对于日伪政权采取抵抗、抑制或者是消极合作的态度。而至抗战相持阶段，在日伪采取高压与怀柔兼施政策，同时长期与外部世界隔绝的情况下，民族命运阴晦不明时，沦陷区的民族意识出现了某些分化，如爵青笔下出现自觉地服膺日伪国策——"复兴东洋"的言论④，其中应该体现出他内在的把中华民族捆绑于日本侵略者身上的命运感。再如由于日本实施"变成日本人"的国族想象措施，如在中国沦陷区推行的日语普及政策，据有关统计，"1945 年台湾光复时，30 岁以下的青年已多不能认识祖国的文字，其思想和生活方式也大都已和日本人接近而与祖国疏远"⑤，给民族文化带来了极其严重的危害，对国人的民族意识和国家认同造成了负面影响，中国

---

① 转引自陈小冲《日本殖民统治台湾五十年史》，社会科学文献出版社 2005 年版，第205 页。

② ［美］爱德华·赛义德：《被殖民者的代表：人类学对话者》，李玮译，《国外文学》1997年第 4 期。

③ ［法］吉尔·德拉诺瓦：《民族与民族主义》，郑文彬、洪晖译，生活·读书·新知三联书店 2005 年版，第 219 页。

④ 参见孙中田、逄增玉、黄万华、刘爱华《镣铐下的缪斯——东北沦陷区文学史纲》，吉林大学出版社 1998 年版，第 109 页。

⑤ 转引自陈桃兰《论日本侵华期间在沦陷区所推行的日语教育》，《论日本侵华期间在沦陷区所推行的日语教育》，《直面血与火——国际殖民主义教育文化论集》，2003 年，第 256 页。国际学术会议，后由张诗亚主编，内蒙古大学出版社出版，2006 年。

台湾人民一度出现国族认同危机。① 再以华北沦陷区文艺期刊的发展轨迹
为例也能看出这种变化：1937 年，文艺期刊仅 3 个（均报纸副刊）；1940
年，文艺期刊达 33 个；1945 年文艺期刊则降至 11 个。② 虽然这组数字受
日伪当局政策、沦陷区作家积极利用日伪期刊等因素影响，但仍存在着这
样一个事实：随着民族命运由失落到复兴，人们对日伪当局的态度也不
同，民族意识也出现某种波动。或许正应了法侬在《地球上的不幸的人
们》的那句话——"本土知识分子迟早会意识到，民族的存在不是通过民
族文化来证明的，相反，人民反抗侵略者的战斗实实在在地证明了民族的
存在"③。只有民族战争的胜利，共同的民族命运感才能更有效地强化民族
意识。

　　已有众多学者的相关研究④表明沦陷区文学中民族意识自始至终贯串
其中，并直接提升了沦陷区文学在现代文学史上的地位。本书从沦陷区作
家、文艺期刊、民族集体记忆以及文学症候等方面，对沦陷区文学民族意
识进行多角度的分析。研究证明沦陷区文学中民族意识自始至终贯串其
中，并直接提升了沦陷区文学在现代文学史上的地位。我们必须清楚认识
到 20 世纪的异族入侵者处心积虑地实行"文化疏离"政策的野心之所在：
他们企图通过离散与压制中华民族的民族意识而致使一个伟大民族进行自
我毁灭。从这个意义上说，沦陷区文学所进行的是一场民族文化保卫战，
它通过对民族语言与民族文化的继承来维持民族血脉的延续。尽管民族意
识在不同的沦陷区时空领域有着不同的表现形态，但它们又是同一的。东

---

① 汪思涵：《日据时期台湾民间状况与"殖民地近代性"》，《东南学术》2006 年第 2 期。
② 参见钱理群主编，封世辉编著《中国沦陷区文学大系·史料卷》，广西教育出版社 1998
年版，第 583 页。
③ 转引自罗钢、刘象愚主编《后殖民主义文化理论》，中国社会科学出版社 1999 年版，第
283 页。
④ 参见蒋蕾《精神抵抗——东北沦陷区报纸文学副刊的政治身份与文化身份》，吉林人民出
版社 2014 年版；刘晓丽《异态时空中的精神世界——伪满洲国文学研究》，华东师范大学出版社
2008 年版；等等。

北沦陷区作家流亡到关内，成为中国抗日文学的先声；台湾作家流亡到北平，成为华北沦陷区文学中维系台湾文学民族血脉的特殊存在。各日占区文学抵抗精神的多元表现，同其流亡文学中归乡意识的多角度开掘互相呼应，构成了反殖民战争的重要视角。此外，中国抗战时期沦陷区文学也是当时世界上法西斯占领区唯一以公开、"合法"的出版形式发行了大量寓有民族意识、抵抗形式作品的文学，形成这样一种文学的原因、途径、经过及其结果，都是值得研究和总结的历史遗产。杜赞奇认为，自20世纪初期始，中国开始使用新的语言资源，"包括词汇和叙述结构，把民族建构为历史的主体，改变了人们对于过去以及现在民族和世界的意义和看法"①。本书探讨沦陷区文学中的民族意识，既是对现代文学叙述民族国家新的角度、新的方式的回应，也希望能够有助于人们去思考现代民族意识对文学的根本性影响。

---

① ［美］杜赞奇：《从民族国家拯救历史：民族主义话语与中国现代史研究》，王宪明译，社会科学文献出版社2003年版，第3页。

参考文献

一 沦陷区原始期刊

《朔风》，1938 年 11 月创刊，共 18 期。（收集 10 期）

《新满洲》，1939 年 1 月创刊，共 74 期。（收集部分文章）

《辅仁文苑》，1939 年 4 月创刊，共 11 期。

《中国文艺》，1939 年 9 月创刊，共 51 期。

《艺文志》，1939 年 10 月创刊，艺文志事务会刊行，共 3 辑。（收集部分文章）

《国艺》，1940 年 1 月创刊，收集到 14 期。

《作家》，1941 年 4 月创刊，共 16 期。（收集部分文章）

《麒麟》，1941 年 6 月创刊，共 44 期。（收集部分文章）

《万象》，1941 年 7 月创刊，共 45 期。

《古今》，1942 年 3 月创刊，共 57 期。

《万象十日刊》，1942 年 5 月创刊，共 9 期。

《杂志》，1942 年 8 月复刊，共 37 期。

《华北作家月报》，1942 年 10 月创刊，共 8 期。（收集部分文章）

《大众》，1942 年 11 月创刊，共 32 期。

《万岁》，1943 年 1 月创刊，共 8 期。

《紫罗兰》，1943 年 4 月创刊，共 18 期。

《风雨谈》，1943 年 4 月创刊，共 21 期。

《东西》，1943 年 4 月创刊，共 2 期。

《人间》，1943 年 4 月创刊，共 4 期。

《文友》，1943 年 5 月创刊，共 53 期。

《作品》，1943 年 7 月创刊，共 6 期。

《艺文杂志》，1943 年 7 月创刊，共 23 期。

《青年文化》，1943 年 8 月创刊。（收集部分文章）

《春秋》，1943 年 8 月创刊，共 54 期。

《文学集刊》，1943 年 9 月，共 2 辑。

《天地》，1943 年 10 月创刊，共 21 期。

《艺文志》，1943 年 11 月创刊，艺文书房发行，共 12 期。（收集部分文章）

《中国文学》，1944 年 1 月创刊，共 11 期。

《光化》，1944 年 5 月创刊，共 6 期。

《千秋》，1944 年 6 月创刊，共 2 期。

《潮流》，1944 年 6 月创刊，共 2 辑。

《小天地》，1944 年 8 月创刊，共 5 期。

《文艺世纪》，1944 年 9 月创刊，共 2 期。

《东方学报》，1944 年 10 月创刊，收集 4 期。

《苦竹》，1944 年 10 月创刊，共 3 期。

《飙》，1944 年 10 月创刊，收集 2 期。

《文化年刊》，1945 年 1 月创刊，共 3 辑。

《文贴》，1945 年 4 月创刊，共 5 期。

《新世纪》，1945 年 4 月创刊，共 4 期。

二　文学作品集

古丁：《一知半解集》，月刊，满洲社 1938 年版。

古丁：《奋飞》（短篇小说集），满洲图书株式会社 1938 年版。

成弦：《青色诗抄》，满日文化协会诗歌丛刊刊行会 1939 年版。

梅娘：《第二代》，文丛刊行会 1940 年版。

李季疯：《杂感之感》，益智书店 1940 年版。

张金寿：《京西集》，华北作家协会 1943 年版。

梁山丁：《绿色的谷》，新京文化社 1943 年版。

梁山丁：《绿色的谷》，春风文艺出版社 1987 年版。

王秋莹编：《满洲新文学史料》，开明图书公司 1944 年版。

陈芜等：《病·海·寂寥——东北十二作家》，光华书店 1946 年版。

萧军：《跋涉》，花城出版社 1983 年版。

梁山丁编：《长夜萤火》，春风文艺出版社 1986 年版。

梁山丁编：《烛心集》，春风文艺出版社 1989 年版。

梁山丁：《伸到天边的大地》，沈阳出版社 1991 年版。

黄万华编：《新秋海棠》，广西人民出版社 1988 年版。

罗颖编：《罗麦诗文集》，辽宁少年儿童出版社 1989 年版。

张青榆：《青春的怀望——青榆诗文集》，沈阳出版社 1991 年版。

张泉选编：《梅娘小说散文集》，北京出版社 1997 年版。

司敬雪选编：《梅娘小说——黄昏之献》，上海古籍出版社 1999
年版。

中国现代文学馆编：《爵青代表作》，华夏出版社 1998 年版。

沈寂：《盗马贼》，黑龙江人民出版社、北方文艺出版社 1998 年版。

谭惟翰：《海市吟》，黑龙江人民出版社、北方文艺出版社 1998 年版。

周作人著，止庵校订：《周作人自编文集》（共 36 册），河北教育出版
社 2002 年版。

孙郁、黄乔生主编：《回望周作人》系列（共 8 册），河南大学出版社
2004 年版。

吴兴华:《吴兴华诗文集》(共 2 卷),世纪出版社、上海人民出版社 2005 年版。

金宏达、于青编:《张爱玲文集》(共 4 卷),安徽文艺出版社 1992 年版。

亦清等编:《苏青散文精编》,浙江文艺出版社 1995 年版。

静思编:《张爱玲与苏青》,安徽文艺出版社 1994 年版。

孔范今主编:《中国现代文学补遗书系》(卷 3、卷 5),明天出版社 1990 年版。

张毓茂主编:《东北现代文学大系》(共 8 卷 14 册),沈阳出版社 1996 年版。

钱理群主编:《中国沦陷区文学大系》(共 7 卷 8 册),广西教育出版社 2000 年版。

三　与沦陷区文学相关的著作

刘心皇:《抗战时期沦陷区文学史》,成文出版社有限公司 1980 年版。

[美] 耿德华:《被冷落的缪斯:中国沦陷区文学史(1937—1945)》,张泉译,新星出版社 2006 年版。

徐迺翔、黄万华:《中国抗战时期沦陷区文学史》,福建教育出版社 1995 年版。

黄万华:《中国和海外 20 世纪汉语文学史论》,百花文艺出版社 2004 年版。

黄万华:《史述和史论:战时中国文学研究》,山东大学出版社 2005 年版。

孙中田、逄增玉、黄万华、刘爱华:《镣铐下的缪斯——东北沦陷区文学史纲》,吉林大学出版社 1998 年版。

张泉:《沦陷时期北京文学八年》,中国和平出版社 1994 年版。

［日］冈田英树：《伪满洲国文学》，靳丛林译，吉林大学出版社 2001年版。

孔范今主编：《二十世纪中国文学史》，山东文艺出版社 1997 年版

杨义：《杨义文存·中国现代小说史》，人民出版社 1998 年版。

丁帆等：《中国乡土小说史》，北京大学出版社 2007 年版。

张毓茂：《东北新文学论丛》，沈阳出版社 1989 年版。

张毓茂：《东北现代文学史论》，沈阳出版社 1996 年版。

冯为群、李春燕、张毓茂等编：《梁山丁研究资料》，辽宁人民出版社1998 年版。

李士非等编：《李克异研究资料》，花城出版社 1991 年版。

冯为群、李春燕：《东北沦陷时期文学新论》，吉林大学出版社 1991年版。

逄增玉：《黑土地文化与东北作家群》，湖南教育出版社 1995 年版。

王向远：《"笔部队"和侵华战争——对日本侵华文学的研究与批判》，昆仑出版社 2005 年版。

王向远：《日本对中国的文化侵略——学者、文化人的侵华战争》，昆仑出版社 2005 年版。

辽宁省社会科学院研究所和黑龙江省社会科学院文学所编辑：《东北现代文学史料》（第 1、2、3、5、6 辑），1980—1984 年。

蔡德金、李惠贤编：《汪精卫伪国民政府纪事》，中国社会科学出版社1982 年版。

经盛鸿：《南京沦陷八年史》（上、下册），社会科学文献出版社 2005年版。

肖效钦、钟兴锦主编：《抗日战争文化（1937—1945）》，中共党史出版社 1992 年版。

王承礼主编：《中国东北沦陷十四年史纲要》，中国大百科全书出版社

1991 年版。

陈小冲：《日本殖民统治台湾五十年史》，社会科学文献出版社 2005 年版。

田亮：《抗战时期史学研究》，人民出版社 2005 年版。

［英］卜立德：《一个中国人的文学观——周作人的文艺思想》，陈广宏译，复旦大学出版社 2001 年版。

钱理群：《周作人论》，上海人民出版社 1991 年版。

颜敏：《张资平评传》，百花洲文艺出版社 1999 年版。

胡德坤：《中日战争史（1931—1945）》，武汉大学出版社 2005 年版。

王仲三笺注：《周作人诗全编笺注》，学林出版社 1995 年版。

李今：《海派小说与现代都市文化》，安徽教育出版社 2000 年版。

陈青生：《抗战时期的上海文学》，上海人民出版社 1995 年版。

黎湘萍：《文学台湾——台湾知识者的文学叙事与理论想象》，人民文学出版社 2003 年版。

倪伟：《民族想象与国家统制》，上海教育出版社 2003 年版。

范智红：《世变缘常——四十年代小说论》，人民文学出版社 2002 年版。

吴福辉：《都市漩流中的海派小说》，湖南教育出版社 1995 年版。

［美］李欧梵：《上海摩登——一种新都市文化在中国 1930—1945》，北京大学出版社 2001 年版。

史桂芳：《"同文同种"的骗局——日伪东亚联盟运动的兴亡》，社会科学文献出版社 2002 年版。

马逢洋选编：《上海：记忆与想象》，文汇出版社 1996 年版。

［美］费正清主编：《剑桥中华民国史》，中国社会科学出版社 1993 年版。

尹雪曼：《抗战时期的现代小说》，成文出版社有限公司 1980 年版。

胡昶、古泉：《满映——国策电影面面观》，中华书局 1990 年版。

吕元明：《被遗忘的在华日本反战文学》，吉林教育出版社 1993 年版。

董炳月：《"国民作家"的立场——中日现代文学关系研究》，生活·读书·新知三联书店 2006 年版。

［日］水口春喜：《"建国大学"的幻影》，董炳月译，昆仑出版社 2004 年版。

［韩］金昌镐：《苦难的岁月　互补的文学——沦陷时期中国东北与韩国文学比较研究》，博士学位论文，东北师范大学，2003 年。

刘晓丽：《1939—1945 年东北地区文学期刊研究》，博士学位论文，华东师范大学，2005 年。

蒋蕾：《精神抵抗——东北沦陷区报纸文学副刊的政治身份与文化身份》，吉林人民出版社 2014 年版。

四　与民族意识相关的著作

［美］本尼迪克特·安德森：《想象的共同体——民族主义的起源与散布》，吴叡人译，上海世纪出版集团 2003 年版。

［法］吉尔·德拉诺瓦：《民族与民族主义》，郑文彬、洪晖译，生活·读书·新知三联书店 2005 年版。

［德］尤尔根·哈贝马斯：《后民族结构》，曹卫东译，上海人民出版社 2002 年版。

［英］安东尼·吉登斯：《民族—国家与暴力》，胡宗泽、赵力涛译，生活·读书·新知三联书店 1998 年版。

［英］安东尼·D. 史密斯：《全球化时代的民族与民族主义》，龚维斌、良警宇译，中央编译出版社 2002 年版。

［英］埃里·凯杜里：《民族主义》，张明明译，中央编译出版社 2002 年版。

［英］厄内斯特·盖尔纳：《民族与民族主义》，韩红译，中央编译出版社 2002 年版。

［美］杜赞奇：《从民族国家拯救历史》，王宪明译，社会科学文献出版社 2003 年版。

［日］吉野耕作：《文化民族主义的社会学——现代日本自我认同意识的走向》，刘克申译，商务印书馆 2004 年版。

［日］依田憙家：《日本帝国主义研究》，雷慧英等译，上海远东出版社 2004 版。

［印度］布塔利亚·乌瓦什：《沉默的另一面》，人民文学出版社 2001 年版。

［日］山田正行：《自我认同感与战争》，刘燕子、胡慧敏译，昆仑出版社 2004 年版。

［法］拉巴·拉马尔、［法］让·皮埃尔·里博主编：《多元文化视野中的土壤与社会》，张璐译，商务印书馆 2005 版。

孔庆榕、李权时主编：《中华民族凝聚力论纲》，广东人民出版社 1995 年版。

钱茂伟、王东：《民族精神的华章——史学—传统文化》，北京图书馆出版社 2004 年版。

侯杰、范丽珠：《中国民众意识》，山西教育出版社 1999 年版。

阿拉坦、孙青、华辛芝、齐小平：《论民族》，民族出版社 1989 年版。

杨思信：《文化民族主义与近代中国》，人民出版社 2003 年版。

李世涛主编：《知识分子立场——民族主义与转型期中国的命运》，时代文艺出版社 2000 年版。

许宝强、罗永生选编：《解殖与民族主义》，中央编译出版社 2004 年版。

刘晶辉：《民族、性别与阶层——伪满时期的"王道政治"》，社会科学文献出版社 2004 年版。

陈顺馨、戴锦华选编：《妇女、民族与女性主义》，中央编译出版社 2004 年版。

尚会鹏：《中国人与日本人——社会集团、行为方式和文化心理的比较研究》，北京大学出版社 1998 年版。

中国社会科学研究会编：《中国与日本的他者认识》，社会科学文献出版社 2004 年版。

徐迅：《民族主义》，中国社会科学出版社 2005 年版。

王春霞：《"排满"与民族主义》，社会科学文献出版社 2005 年版。

韦民：《民族主义与地区主义的互动》，北京大学出版社 2005 年版。

王联主编：《世界民族主义论》，北京大学出版社 2002 年版。

五　其他相关理论著作

孟悦、戴锦华：《浮出历史地表——现代妇女文学研究》，中国人民大学出版社 2004 年版。

［英］爱德华·泰勒：《人类学——人及其文化研究》，连树声译，上海文艺出版社 1993 年版。

［法］莫里斯·哈布瓦赫：《论集体记忆》，毕然、郭金华译，上海世纪出版集团 2002 年版。

［德］诺贝特·埃利亚斯：《个体的社会》，翟三江、陆兴华译，译林出版社 2003 年版。

［美］P. 蒂利希：《存在的勇气》，成穷等译，贵州人民出版社 1998 年版。

叶秀山：《思·史·诗——现象学和存在哲学研究》，人民出版社 1988 年版。

［美］乔治·H. 米德：《心灵、自我与社会》，赵月瑟译，上海译文出

版社 1992 年版。

赵园：《明清之际士大夫研究》，北京大学出版社 1999 年版。

［英］安东尼·吉登斯：《现代性与自我认同》，赵旭东等译，生活·读书·新知三联书店 1998 年版。

季广茂：《隐喻理论与文学传统》，北京师范大学出版社 2002 年版。

张沛：《隐喻的生命》，北京大学出版社 2004 年版。

［法］爱弥尔·涂尔干：《乱伦禁忌及其起源》，汲喆等译，上海人民出版社 2003 版。

［加］谢少波：《抵抗的文化政治学》，陈永国译，中国社会科学出版社 1999 年版。

［法］阿兰·图海纳：《我们能否共同生存?》，狄玉明、李平沤译，商务印书馆 2003 年版。

［美］爱德华·W. 萨义德：《东方学》，王宇根译，生活·读书·新知三联书店 1999 年版。

［美］爱德华·W. 萨义德：《文化帝国主义》，李琨译，生活·读书·新知三联书店 1999 年版。

王宁、薛晓源主编：《全球化与后殖民批评》，中央编译出版社 1998 年版。

罗钢、刘象愚主编：《后殖民主义文化理论》，中国社会科学出版社 1999 年版。

［英］艾勒克·博埃默：《殖民与后殖民文学》，盛宁、韩敏中译，辽宁教育出版社 1998 年版。

［英］巴特·穆尔－吉尔伯特等编撰：《后殖民批评》，杨乃乔等译，北京大学出版社 2001 年版。

［匈］阿格妮丝·赫勒：《日常生活》，衣俊卿译，重庆出版社 1990 年版。

费孝通:《乡土中国　生育制度》,北京大学出版社 1998 年版。

[英] 石里克:《伦理学问题》,张国珍、赵又春译,商务印书馆 1997 年版。

[英] 休谟:《道德原则研究》,曾晓平译,商务印书馆 2001 年版。

[法] 乔治·索雷尔:《论暴力》,乐启良译,上海世纪出版集团、上海人民出版社 2005 年版。

王海明:《伦理学原理》,北京大学出版社 2001 年版。

赵红梅、戴茂堂:《文艺伦理学论纲》,中国社会科学出版社 2004 年版。

[美] 罗尔斯:《正义论》,何怀宏译,中国社会科学出版社 1988 年版。

吴玉杰:《新历史主义与历史剧的艺术建构》,中国社会科学出版社 2005 年版。

张进:《新历史主义与历史诗学》,中国社会科学出版社 2004 年版。

张京媛主编:《新历史主义与文学批评》,北京大学出版社 1993 年版。

张灏:《危机中的中国知识分子——寻求秩序与意义》,新星出版社 2006 年版。

[美] 爱德华·W. 萨义德:《知识分子论》,单德兴译,生活·读书·新知三联书店 2002 年版。

[法] 雷蒙·阿隆:《知识分子的鸦片》,吕一民、顾杭译,凤凰出版传媒集团、译林出版社 2005 年版。

后　记

　　很多时候人们都很不愿意去感受时间流逝到底有多快，但生命内在的节奏总能让我们体悟到岁月的丰厚馈赠与无情剥夺。犹记得从齐鲁大地返回赣鄱故土时的快意与踌躇，弹指间，多少年华已逝，本书的出版算是对一段美好时光的铭记。

　　选择沦陷区文学作为研究方向，内心确实有耕种"自己的园地"的自觉意识。从受导师的影响到研究方向的确立，从单篇论文的撰写到较为系统地收集、梳理、研究沦陷区文学，个人对研究领域慢慢有了较为深入的了解与更为自觉的坚守。沦陷时期，特定历史逼迫人们必须作出异常艰难的选择，舍生取义与自甘堕落，百折不挠与颓废焦虑，淡泊名利与缘时而上等复杂地交织在一起，遭时不淑、汲汲戚戚彰显出人生百态、生命无常、历史无情。沦陷区文学作为特殊语境下人们的文学写实与想象，他们的作品具有多元色彩，既有"苟利国家生死以"的家国情怀，也有"风雨谈""秉烛谈"中的人生况味，个人在大变动时代的悲欢离合、悲欢交集总能透析出更深层更复杂的人性和生活逻辑，呈现出独特的文学风貌和审美风格，给予我们更多的人生启迪。

　　从文字到现实，我们更觉平凡世界的安稳与日常生活的幸福来之不易。平凡生活里自有平凡人的感动，这种感动大多来自遇到的许多美好的人与事。我的导师黄万华先生是个矢志学术、生活简朴的学者。在学生看来，他言谈温文尔雅又饱有热情，行事简朴而不落俗套，他对学术全心投入，对学生鼓励有加，他的言传身教极富感染力，对学生的影响深远。成长永远离不开家庭支持，我的父母、岳父岳母和妻子史育婷的无私奉献是最强有力的后盾，尤其是女儿冯雨青的出生给生活增添了无限快乐，从牙牙学语到蹒跚学步，从送她上学到她指正成年世界的不足，她既是我爱的焦点，也是我的人生镜子，参与到她童真世界里与她一起成长，我仿佛重生了一次，获得了不断审视、调整、完善自己的崭新生活。

本书是在博士学位论文基础上修改完善而成的，也是教育部人文社科基金青年项目"民族意识与沦陷区文学"（11YJC751020）、江西省社科基金项目"沦陷区文学思潮研究"（15WX03）研究成果，书中部分章节曾在《社会科学辑刊》《江汉论坛》《江西社会科学》《兰州学刊》《黑龙江社会科学》《江西师范大学学报》等期刊上发表，获得了高翔先生、刘保昌先生、张立荣女士的热心扶持和耐心指导。完成本书稿后，围绕沦陷区文学研究这一主题，本人先后申报并获得国家社会科学基金项目、国家社科基金重大项目（子课题）立项，其中获得张福贵先生、高翔先生、傅修延先生、赖大仁先生、颜敏先生、黄发有先生、蒋蕾女士、李永东先生等诸多师长的学术指导，对此，我深怀感恩之心、感激之情。

江西师范大学是一所有年头、有底蕴的大学，得益于其良好的学术氛围，本书入选江西师范大学博士文库，获得资助出版。感谢中国社会科学出版社郭晓鸿老师细致又高效的工作！郭老师处事干净利落，提出的意见切中肯綮，她出色的专业水准为本书的出版增色不少。

2017 年 4 月于江西师范大学知行楼